"十一五"国家重点图书出版规划项目

中國京劇流派劇目集成

启功题 [seal]

《中国京剧流派剧目集成》编委会　编

第壹集

學苑出版社

图书在版编目（CIP）数据

中国京剧流派剧目集成·壹／《中国京剧流派剧目集成》编委会编.
－北京：学苑出版社，2006.8（2007.3重印）
ISBN 978-7-5077-2681-7

Ⅰ.中... Ⅱ.中... Ⅲ.京剧－剧本－作品集－中国 Ⅳ.I232

中国版本图书馆CIP数据核字（2007）第005581号

出版人：孟 白
责任编辑：潘占伟
责任校对：刘学青
装帧设计：徐道会
出版发行：学苑出版社
社　　址：北京市丰台区南方庄2号院1号楼　100079
网　　址：www.book001.com
电子信箱：xueyuan@public.bta.net.cn
销售电话：010-67602949　67675512　67678944
印　　刷：高碑店市鑫宏源印刷厂
开本尺寸：889×1194　1/16
印　　张：17.75
版　　次：2006年8月北京第1版
印　　次：2007年3月北京第2次印刷
印　　数：501—4000册
定　　价：76.00元（平装）

序言

◎黄克

京剧向称国粹艺术，内容博大精深，剧目十分丰富，人们常以“汉唐三千宋明八百”形容其浩瀚。其中流派剧目又以演员表演的鲜明个性使剧目显得更为多彩多姿，充满魅力，既被专业人员钻研承继，也为广大戏迷喜闻乐见，遂成为京剧舞台上一大亮点。

流派

举凡表演艺术，原本就无不带有表演者的个人色彩。京剧表演艺术因其唱念做打诸多方面功夫的综合性和繁难性，表演的个性化尤为突出；加以行当的粗分、剧目的雷同，于大致相同的条件下尽显各自的千姿百态、千变万化；一招一式、一腔一韵之中可以体现不同的特色，同样一出戏，甚至同样一个戏中人物也完全可以演出不同的风采，这种充满个性化的表演，遂成为京剧竞技场上最是为人乐道而又情趣无穷的审美内涵。倘若这种富于个性化的表演为受众所认可，且代有传人，形为规范，即可自成一家，成为迥异于他人的艺术流派。以“四大名旦”（梅兰芳、程砚秋、荀慧生、尚小云）为例，虽皆工旦行，却又各有千秋。京剧大师王瑶卿就曾这样分析这四位后起之秀的独到之处：“梅兰芳的样儿，程砚秋的唱儿，尚小云的棒儿，荀慧生的浪儿。”所谓“样儿”，指梅的艺术造诣全面，要什么有什么；所谓“唱儿”，指程以行腔之新颖动听为能；所谓“棒儿”，指尚的刀马功底深厚；所谓“浪儿”，指荀的柔媚多姿、风情万种。寸长尺短，一语道破各有专擅的各家流派特点。如此成就固然来自自己的勤学苦练、苦心孤诣，更少不了观众的知音捧场、鼓励有加。因此，一个艺术流派的形成，对于创始人来说，无疑是开拓了审美追求的新境界；对于受众戏迷来讲，则更是得到了多样化审美需求的新满足。梨园行有云：唱戏的是疯子——指其追求的执着，听戏的是傻子——指其享受的痴迷。二者相得益彰、相映成趣，或许正道出京剧流派形成之三昧。

流派剧目

在京剧传承的一二百年间，随着历史的变迁、社会的发展，以及新人辈出、师承转换，荡涤旧物、崇尚新声，传统剧目中的绝大部分早已绝迹于舞台，然而，其精华部分（包括剧目中表现出来的唱念做打等程式体系）还是被完好地保存了下来，并得到长足的发展。其间，流派创始人于剧目的推陈出新做出了不可磨灭的贡献。基于对剧目乃至剧中人物的理解和认识，以及更便于发挥自己技艺特长的需要，流派创始人对浩如烟海的传统剧目进行了严格的筛选，经过了整理加工再创作，使之又焕发出崭新的韵味和光彩；随着这样剧目的增多，最终形成了自己流派所特有的剧目系列。而另外的流派又在另外的剧目系列中发挥着自己的优势，即或剧目相同，不同流派依然可以于演出中表现出自己的独特风格。总之，在其演出的剧目中，无不打上自己表演风格的鲜明烙印。京剧舞台上一度出现的这种百花齐放、争芳斗艳的盛况，实由自丰富多彩的流派剧目，这在京剧发展史上已是不争的事实。

但也应看到，如今京剧流派剧目相对于京剧的鼎盛时期，已是光景不再。个中原因很复杂，就客观因素而言，新兴的艺术形式的多种多样，人们的欣赏习惯和娱乐方式已经有了更广泛的选择余地，因而完全可以去旁骛；此外，就京剧本身而言，演出剧目之贫乏不能不说是观众锐减的重要原因之一。本来演出场所和演出场次就不多，翻来覆去又只是那几出骨子老戏，怎么能吸引观众，特别是年轻观众呢？——连那些老戏迷们也都听腻歪了。

回过头来看，今日演出剧目的贫乏和流派创始人晚年艺术景况也不无关系。他们在艺术的巅峰期——集中在上个世纪二三十年代，创作或改编了一出出新戏，直令观众赏心悦目，目不暇接。当其时，除了富连成科班或游动的散班演出些大路戏外，北京的京剧舞台几乎就是流派剧目的天下。据1932年商务印书馆出版的《五十年来北平戏剧史材》的记载，自民国十二年（1923）至十八年（1929）这六七年间，以梅派剧目为例，只“初演”的剧目——也就是自家独创的新戏或整理改编的传统戏，就有前后本《西施》、《洛神》、《廉锦风》、头二三四本《太真外传》、《俊袭人》、全本《宇宙锋》、《凤还巢》、《春灯谜》等12出戏（其中前后四本《太真外传》这四出戏是在一年多时间里陆续完成的）；同一时间段，马派“初演”的剧目也有《化外奇缘》、全本《玉镯记》、《秋灯泪》、《战宛城》、全本《火牛阵》、《鸿门宴》、全部《临江馆（“馆”应作“关”）》、全部《浣纱溪》、《范仲禹》、全本《清风亭》、头二三四本《大红袍》、全本《天启传》、《许田射鹿》、全本《十道本》等15出戏（其中《大红袍》分头二和三四本两次演出），当然，其中还不包括“初演”以外的经常性的大量的传统戏演出。试问，这些曾经轰动一时的流派创始人编创的新剧目于今又有多少出传承下来了呢？个中主要原因就在于流派创始人到了晚年一些唱做吃重的剧目已难胜任，只有将其已臻于炉火纯青的技艺凝炼到少数剧目之中，或演出或教习也只拘囿于这少数几个剧目了。而其传人也就将这几出戏奉为圭臬，全不知其鼎盛时期的所谓“文武双全”、所谓“昆乱不挡”为何事，致使一些当年的热门戏几近失传，这不能不说是梨园一件憾事。记得梅兰芳先生曾撰文论述学艺过程中的“少、多、少”，大意是初学时会的戏（包括技艺）自然是少的。随着所学剧目的增多，技艺的增长，激发起拓宽其艺术驰骋领域的热情，兼收并蓄，从而极大地丰富了自己。进而又随着审美取向的定型，艺术见识的提高，势必要对自己所学所用下一番去芜存精的工夫，扬长避短，使自己的独特技艺集中在少数几个代表剧目之中。表面看来演出的剧目是少了，但炉火纯青，在艺术创新上却达到了新境界。从少到多，从多而少，贯穿着的是继承与发展的艺术成熟的过程，也闯出了一条攀升艺术高峰的必由之路。后学者以为，学会了几出流派代表剧目便可以薪尽火传，得到了真经，孰不料缺少广博的根基，既影响个人的发展，也造成了剧目越传越少的现实。这难道不是应该汲取的教训吗？

有道是“礼失求诸野”。由于流派剧目的独特韵味及其所富有的艺术魅力，由于京剧作为自娱自乐的审美取向已深入人心，更由于迷恋传统演唱艺术者的大有人在，京剧传统剧目——包括一些已经消失于舞台的流派剧目，至今仍在京剧爱好者中间传唱不息。我们不妨到公园里看一看那一圈圈围着的戏迷，他们来自四面八方，或许彼此并不相识，只凭一把胡琴就将大家凝聚在一起，有滋有味地互相欣赏着一段段流派唱腔。更不用说那遍布全国各地乃至国外华人聚居区的票房，他们还时不时地粉墨登场，过一把戏瘾呢！这种自拉自唱、自娱自乐的红火场面，充分显示了京剧流派剧目的深厚群众基础和顽强的生命力，对于相对落寞的京剧舞台不啻一种发人深省的挑战。然而，这又何尝不是对京剧振兴的潜在的呼唤和有力的支持呢！

流派剧目集成

正鉴于其强大的生命力和深厚的群众基础，“振兴京剧”作为文化建设的国策的提出可谓正得其时。而振兴之务，首要的是挖掘和继承优秀传统剧目，以之作为发展和创新的基础和借鉴。我们编纂《中国京剧流派剧目集成》的初衷正在于此：将流派剧目演出的精彩瞬间记录于永恒，将构成流派剧目的诸多元素一一记录在案。诸如每剧的剧情本事、创始人表演特点的提要，剧中人物行当归属、服装扮相，剧本曲文、唱腔谱、伴奏谱、锣鼓经，以及身段谱等得以再现流派表演风格的内容，都力图完整地记录整理出来，为流派艺术的教学和研究提供文字的基础资料。持此，内行自可作为表演的参考，京剧爱好者也可以作为演习的蓝本。

这一工作，对于京剧剧目的基本建设虽然可谓之善举，但具体做起来却困难多多。首当其冲的就是剧目的选定。京剧剧目虽称汗牛充栋，但保存下来的资料却十分有限。京剧形成初期，以“老生三杰”又称“前三鼎甲”的程长庚、余三胜、张二奎为代表的一代固然没有留下什么音像文字资料；即或以“老生新三杰”又称“后三鼎甲”的谭鑫培、孙菊仙、汪桂芬为代表的一代除了少量的唱片外也没有完整的剧目传下来，所以我们的剧目整理工作只能从民国初年以降的“四大须生”、“四大名旦”开始。他们受熏陶于前辈艺术家，可谓传统的集大成而又能创新的一代，整理剧目以他们为重点自然最合适不过。遗憾的是这些艺术大师大都已经作古，得到他们指点和首肯已不可能，为此，我们只能通过其亲传或再传弟子来进行流派剧目的整理工作。从中我们更深地体会到抢救要及时，当初未能抢救下来现在也不要嫌晚而不为，抢救一点是一点，否则能够保存下来的精华越来越少，越加难向历史向后人交代了。

更难的则是遴选整理者。剧目的全面整理需要全面的人才。我们在组织稿件的过程中却发现这样的人手颇不易得。如果流派创始人或其传人曾在戏校任教，且有较为完整的教案保存下来，今日稍加整理即可选用，自然不是难事。不过这样的情况并不多，大量的剧目尚需要对当年的演出本进行追忆记录，加工整理。曾经受业于流派创始人或其传人的京剧工作者虽然是整理演出本的合适人选，但是他们大都是单位的骨干，忙于演出，忙于剧务，或居于领导职位，很难分出身来。即或肯于应承下一两出戏，也常有如下的情况：能演不能说，能说不能写，能写又不能打谱。因此，完成一个剧目经常需由记录者、整理者和打谱人联袂而行，倘再加上剧目的传授者和提要的撰写人，则非四五人鼎力不可。《中国京剧流派剧目集成》收入二百多出戏，每出戏即使平均两三人参加，也要组织四五百人次。其繁难可以想见，其壮观亦可以想见。当然，这还仅就整理者的数量而言，更为难能可贵的还在于参与者的无私奉献。试想，跟演一出戏或教一出戏相比，以文字整理出一出戏，不仅费时而且费力，无疑是一桩一般人不肯为也不屑为的苦差事，而我们的整理者却能甘之如饴，乐此不疲，没有为京剧事业的传承而不计个人得失的宝贵情操，是难有这种积极性的。不仅如此，随着岁月流逝，整理流派剧日益困难，更需要求助一些老专家，他们或是资深艺员、教师，或是资深票友、戏迷，而今已是硕果仅存的京剧艺术的专家、流派历史的见证人。在他们身上洋溢着一种传承京剧流派的使命感，和对振兴京剧的期待。他们热情地参加到这项工作中来，或亲自动手，为我们整理剧目；或答惑解疑，给我们工作以指导。使我们在受教于他们的同时，油然而生一种深深的敬意。

克服了上述困难，《中国京剧流派剧目集成》终于呈现在读者面前。书中，除了囊括主要流派的主要代表剧目，试图反映京剧鼎盛时期的大致面貌而外，尚有可说道者。

首先是挖掘整理出一批流派剧目，其中不乏已近失传的流派艺术精品。其中共收流派五十余家、剧目二百多出，不仅是从装扮到曲谱俱全，而且半数以上不曾整理出版过，可算是京剧剧目建设的一个不小的工程。下列剧目可为佐证。如王（瑶卿）派名剧《南天门》（今能见到的只剩下王和老谭合拍的剧照）、余（叔岩）派名剧《太平桥》（据说是老谭给余说的开蒙戏）、马派名剧《白蟒台》（写王莽被俘后向旧臣一一乞命事，老生扮演反面人物堪称奇特）、麒派名剧《斩经堂》（其中吴汉的悲剧性格曾引起过热烈争论）、荀派名剧《鱼藻宫》（写吕后残害戚姬事，乃荀派悲剧剧目之一），以及汪（笑侬）派名剧《哭祖庙》、龚（云甫）派名剧《徐母骂曹》、徐（碧云）派名剧《绿珠坠楼》、裘（盛戎）派名剧《打銮驾》等，都是难得一见的流派剧目之珍品。而以“关外唐”名世的唐（韵笙）派名剧经其家人和传人的努力竟整理出其代表作《驱车战将》、《闹朝击犬》、《好鹤失政》、《绝龙岭》、《未央宫斩韩信》、《刀劈三关》等七出之多，堪称流派剧目建设的新收获。除此之外，《中国京剧流派剧目集成》还特别着力于武戏的挖掘整理。较之文戏，武戏更难整理，需要将演员在台上的动作招式一一准确地反映出来，没有深入的钻研领会、亲身体验，很难下笔。众所周知，杨小楼作为一代武生宗师，其“武戏文唱”乃武生的不二法门，也是令人神往的一种表演境界，在武戏剧目整理中理应得到体现。资深票友朱家溍先生得其真传，整理了杨派名剧《麒麟阁》，并详细记述了前后六次观剧的心得，惜乎不及将其用工尺谱记下的昆曲吹腔翻为简谱便溘然而逝了。另一出杨派名剧《镇潭州》则是根据京剧耆儒刘曾复先生的讲授整理出来的，其中杨再兴上场的“蝴蝶霸”、和岳飞对打的“枪架子”，皆独得杨派之秘，给人以再闻《广陵散》般的惊喜。此外，高盛麟的《长坂坡》、《走麦城》，王金璐的《落马湖》、《八蜡庙》也都走的杨派的路子，有的就是直接跟杨宗师学的。南派大武生盖叫天武功盖世，他的剧目身后却乏人整理，多亏移居上海的原中国戏校武功教师赵雅枫先生以耄耋之年勉力整出《一箭仇》，也算保存了盖派一脉。还值得一提的是收获了一批武丑戏。叶盛章当年是以武丑戏挂头牌演大轴的第一人，勇于创新，能戏甚伙，现将其创作的名剧《酒丐》、《祥梅寺》、《打瓜园》、《徐良出世》、《三盗九龙杯》、《铜网阵》等七出代表作一并推出，既再现了叶氏当年神勇，也为乏人承继的武丑行当提供一些演习之本。尤为可喜的是我们也挖掘整理出富连成科班总教习、文丑“萧派”创始人萧长华老先生的《选元戎》、《荡湖船》、《变羊记》等已近绝迹舞台的拿手剧目。凡此，整理者挖掘流派剧目的辛勤劳作成果，均为我们编纂“集成”增添了光彩。

为了方便读者翻检使用，本书采取四五出戏合编一册的形式，这样全书约有五十册之多，并拟分三批推出。第一批为老生行的余派，以及号称“南麒、北马、关外唐”的三派，和武丑行的叶（盛章）派，计五家八册。第二批则以旦行“梅、尚、程、荀”为代表，包括老旦、刀马旦等流派。第三批是老生、小生、武生、净、丑等其他流派。

预期一两年内出齐。倘若其中有重要疏漏，又得人整理，亦可考虑编辑出版“集外集”，以满足读者的需求，也使这部“集成”更为名副其实。

当然，《中国京剧流派剧目集成》的编纂，其目的只在提供流派剧目作为研究家和后学者的参考借鉴。而流派、流派，意重在“流”。所谓流，指流行和流变。流派艺术正是在流行、流变中最终形成的，即或在最终形成之后，也还是靠流行、流变而发展的，倘若泥古不化，抱残守缺，就会失掉其鲜活的生命力，艺苑奇葩也会枯萎，这已为京剧发展史所证明。不过，流派艺术发展也需要有个前提，那就是首先要掌握渗透在表演程式唱念做打、手眼身发步中的艺术个性，而流派剧目就是其艺术个性展现的载体。继承流派艺术，不能只满足于模拟外在的“体”，更要在剧目演练中去体味其艺术个性的“魂”，这样才能促使京剧流派艺术从剧目建设到表演个性都得到发扬光大。此乃传承流派剧目的题内之义，自毋庸赘言。

目录

马连良

安云武 **整理**　　胡希和　何偶　**记谱**

黃 金 台

马连良　郝寿臣演出本

京剧的剧目不论剧幅大小，都要演绎故事。优秀的剧目往往从故事中折射人生，描画社会，从而发人深思，给人启迪。《黄金台》就是这样的一出折子戏。

《黄金台》的故事发生在东周时的齐国，太监伊立迫害政见不同的世子田法章，御史田单将田法章男扮女装，掩护其出城逃生。

《黄金台》的情节并不复杂，场面也不见浩繁，但却设计了一环紧扣一环的戏剧情节，塑造了昏庸的君主、进谗的君妃、跋扈的太监、贪婪的城官、狡猾的衙役等等社会丑类，而在忠心秉正的田单与恶势力进行坚决而又有理有节的抗争当中，人们饱看了一幅封建社会的人生图像。

在京剧教育史上，许多戏是演员必学必演的“开蒙戏”，如旦行的《思凡》、《出塞》；净行的《芦花荡》、《山门》，丑行的《盗甲》、《下山》，而《黄金台》则是老生演员（亦包括花脸演员）必学必演的剧目之一。选择它作为“开蒙戏”，不是因为它有什么精彩绝技、高难表演，而是因为《黄金台》包含了唱念做舞这几门基本功夫，而这些功夫的运用，又是简约精练，中规中矩，不事雕琢，落落大方。从某种意义上说，这比摔一个转身几百度的跟斗，翻几个高八度的唱腔要更难一些。难，就难在它不以特殊技巧讨俏，而是寓繁于简，在平淡处见惊奇，于规整中显功力。演《黄金台》，演好了，成为大家，演得差些，不会入歧途，走弯路。戏曲教育让老生以《黄金台》“开蒙”，昭显教育家的一片苦心。

马连良演《黄金台》，直如鱼入海洋。盖因剧中大段的唱念，与马派的优长不谋而合。“巡城”的成套〔二黄〕唱腔，马连良唱得端正得体，他从不以拉长腔、“放警报”来换取掌声。通常，在这一大段唱腔中，马连良只在“西凉国欠我邦三年贡餉”这一句〔二黄原板〕中“得彩”，余者并不刻意追求剧场效果。因为这是剧中的田单巡夜，夜半三更，打着灯笼，大喊大叫，无疑是违背规定情境的。而“盘关”的〔三眼〕就不同了，这里，马连良一改潇洒自在的唱法，而以豪放几近雄奇的行腔显示田单弃家去国、身临险境时的紧张和戒备。最著名的“抓一把灰土把脸盖定”一句，马连良使用了一个挺拔的高腔，营造出异军突起、鹤鸣九皋的艺术效果，显示出田单后来统领大军破燕，收复齐国七十余城的将帅风范。这是《黄金台》中不曾展现，但又确是田单其人的另一个侧面。

“盘关”的大段念白，让人们充分领略马派“音乐念白”的独特风采。马连良在与萧长华、马富禄的合作中，除去二位丑角的插科打诨天衣无缝之外，马连良的念白随处可见娓娓叙事的技巧，营造氛围的谨严，甚至在田单的一哼一哈、唯唯诺诺的字里行间，都能感觉出田单处境的困厄和与对方巧妙的周旋。难得的是在这种种应对、凑合中，田单也不失御史这样一位官员的身份。

《黄金台》是一个许多流派共有的剧目。但到了马连良手里，有了从量变到质变的革新变化。那是马连良27岁的时候，他已从谭派传承中脱颖而出，成了自领一军的青年艺术家。马连良以艺术家特有的敏锐，觉察到了《黄金台》精彩的艺术表演与其有头无尾的戏剧情节不相匹配。为此，他汲取了《伐齐东》、《黄金台》、《乐毅伐齐》、《火牛阵》等剧本的精粹，把《黄金台》丰富成了全本《火牛阵》，并从此成了马派本戏之一。

像马连良的大多数新作一样，《火牛阵》成了以老生为主角，同时兼有生旦净丑几门角色的合作剧目。术语的“全梁上坝”（指集中所有优秀人才在一处）在马派戏里，在《火牛阵》里得到典型的体现。特别是敫慧娥——这一角色多是由张君秋扮演——的出现，从声部上改变了《黄金台》只有生、净、丑，缺少女性重要角色偏向。于是，全剧呈现出了生旦净丑群星璀璨的壮观场面。

赵晓东

人物行当

田　单	老生	侯　栾	丑
伊　立	花脸	乳　娘	老旦
田法章	小生	二衙役	杂
皂　隶	丑	六校尉	杂

服装扮相

田　单　俊扮。忠纱、黑三，蓝官衣（衬褶子）、玉带、黑或紫彩裤，厚底；后改为:高方巾，宝蓝褶子，黄丝绦。

伊　立　勾白底太监脸。大太监帽或荷叶盔、牵巾，黑团龙平金马褂、苫肩、白绣金箭衣、蓝大带，黑彩裤，厚底。挂朝珠。

田法章　俊扮。大太监帽、甩发，绣花褶子，浅粉色彩裤，厚底；后改：红缎女帔，彩鞋；再改：渔婆罩，青衣、腰包、云肩。

皂　隶　勾豆腐块。红缨帽、八字，蓝布箭衣、黄大带，白大袜，开脸鞋。

侯　栾　勾豆腐块。圆翅纱帽，青褶子，黑彩裤，朝方靴。

乳　娘　俊扮。黪网子、紫绸条，白老斗衣、黑坎肩、紫腰包、白腰巾，黑彩裤，福字履。

二衙役　勾丑脸。白毡帽，蓝布箭衣，黑彩裤，白大袜，薄底。

六校尉　俊扮，揉脸。大板巾、额子、牵巾，黄素马褂、紫箭衣、蓝大带，黑彩裤，薄底。挎腰刀。

道具

桌子	一张	椅子	两把
宝剑	一口	银锭	五个
朝珠	一串	黑马鞭	一根
折扇	一把	黄马鞭	一根
腰刀	八把	杂色马鞭	八根
香袋	一个	红桌围椅披	一份
堂板	一根	灰桌围椅披	一份

第一场

〔舞台上空场。

〔开头锣鼓打住，起**【四更鼓】**

〔田单内白：“掌灯！”，二衙役内白：“喳。”

〔田单内唱〔导板〕如下：

〔二黄导板〕

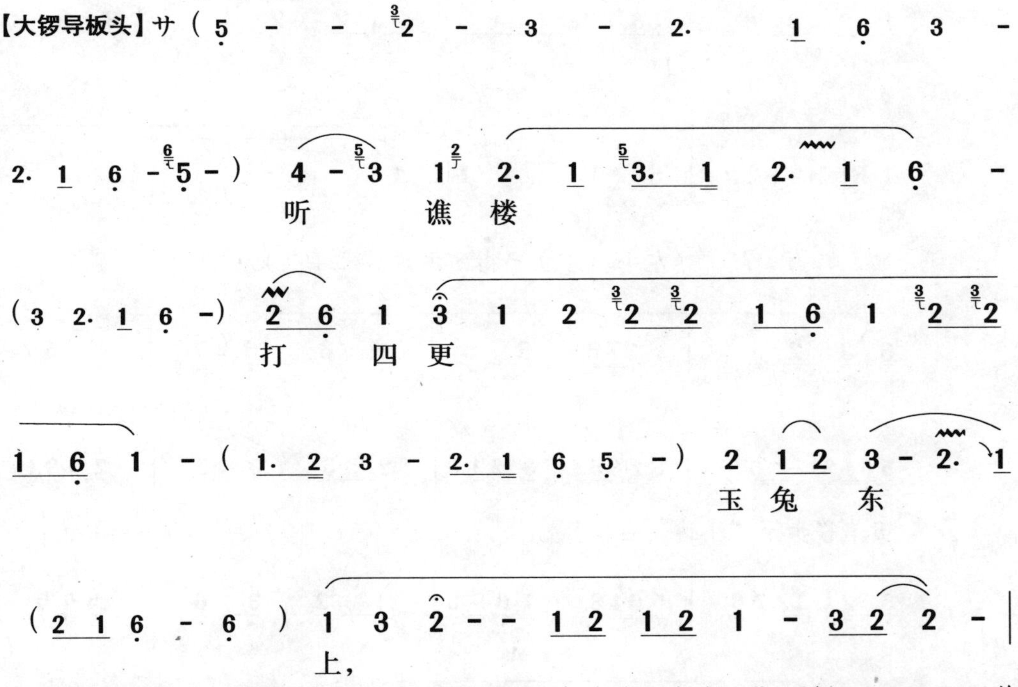

〔**【一锤锣】**衙役甲提灯、衙役乙“上场门”上，站“九龙口”两侧。**【回头】**田单上站“九龙口”亮相，前移两步后双抖袖。

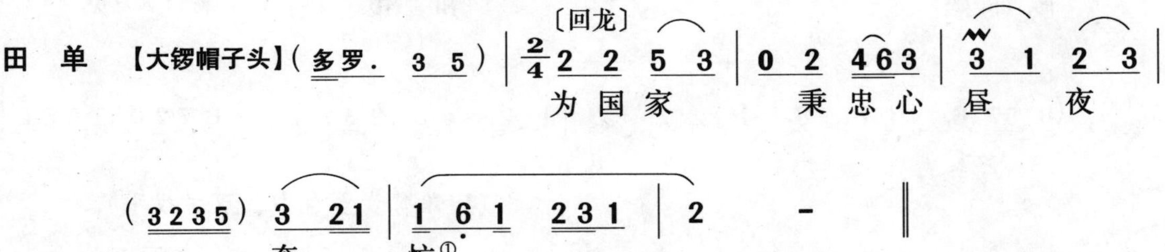

〔**【慢长锤】**二衙役引田单至台中，田单“抖右袖”。

〔二黄原板〕

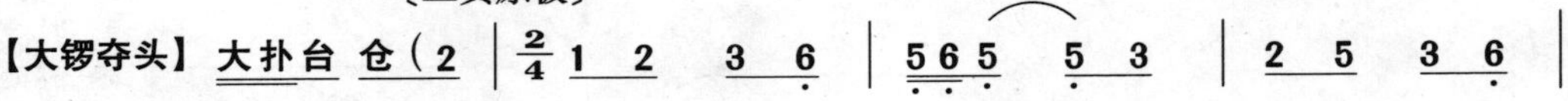

① 马连良此处〔回龙〕转〔原板〕，也有唱〔三眼〕腔的。

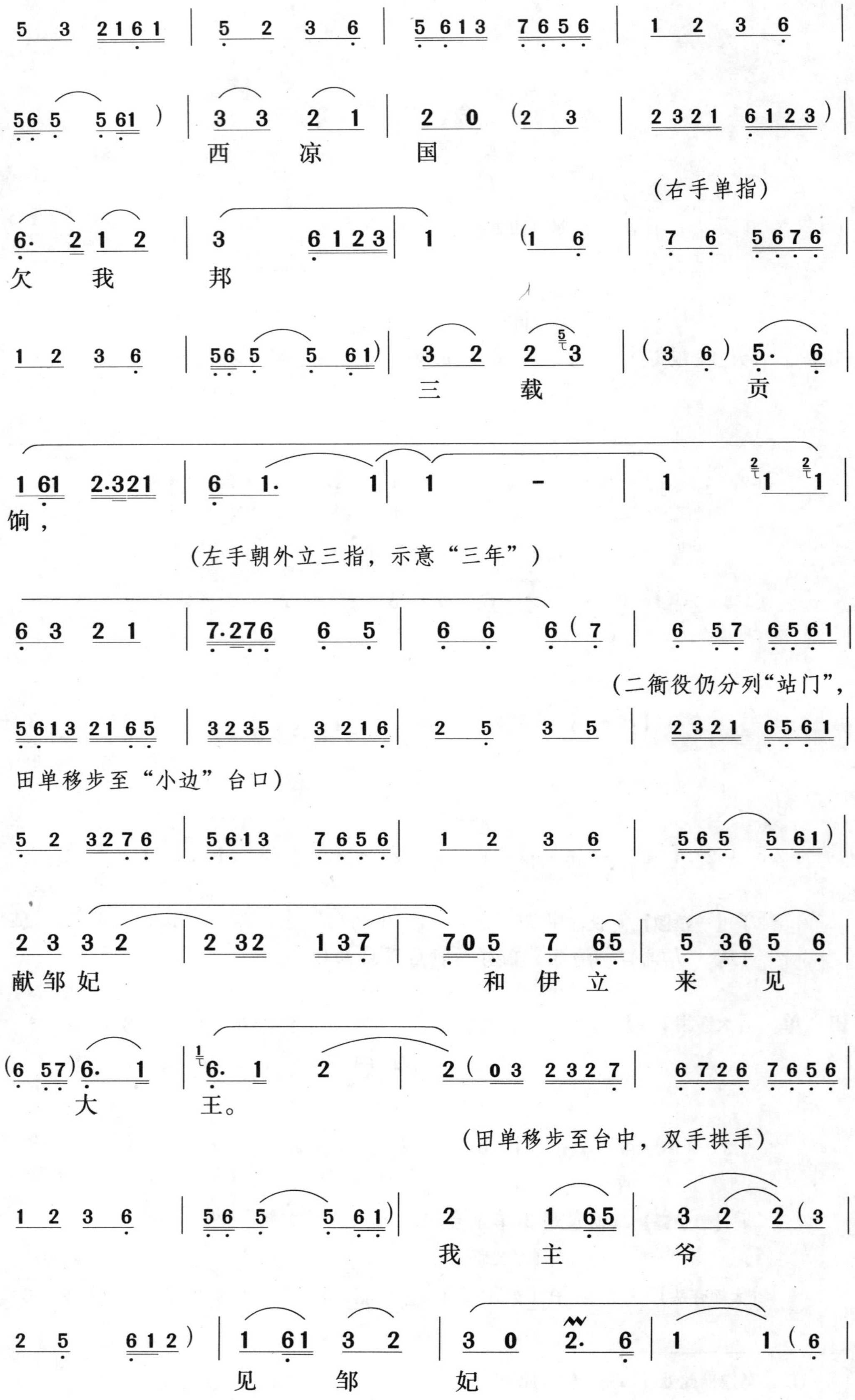
西 凉 国
(右手单指)
欠 我 邦
三 载 贡
饷，
(左手朝外立三指，示意“三年”)
(二衙役仍分列“站门”，
田单移步至“小边”台口)
献邹妃
和 伊 立 来 见
大 王。
(田单移步至台中，双手拱手)
我 主 爷
见 邹 妃

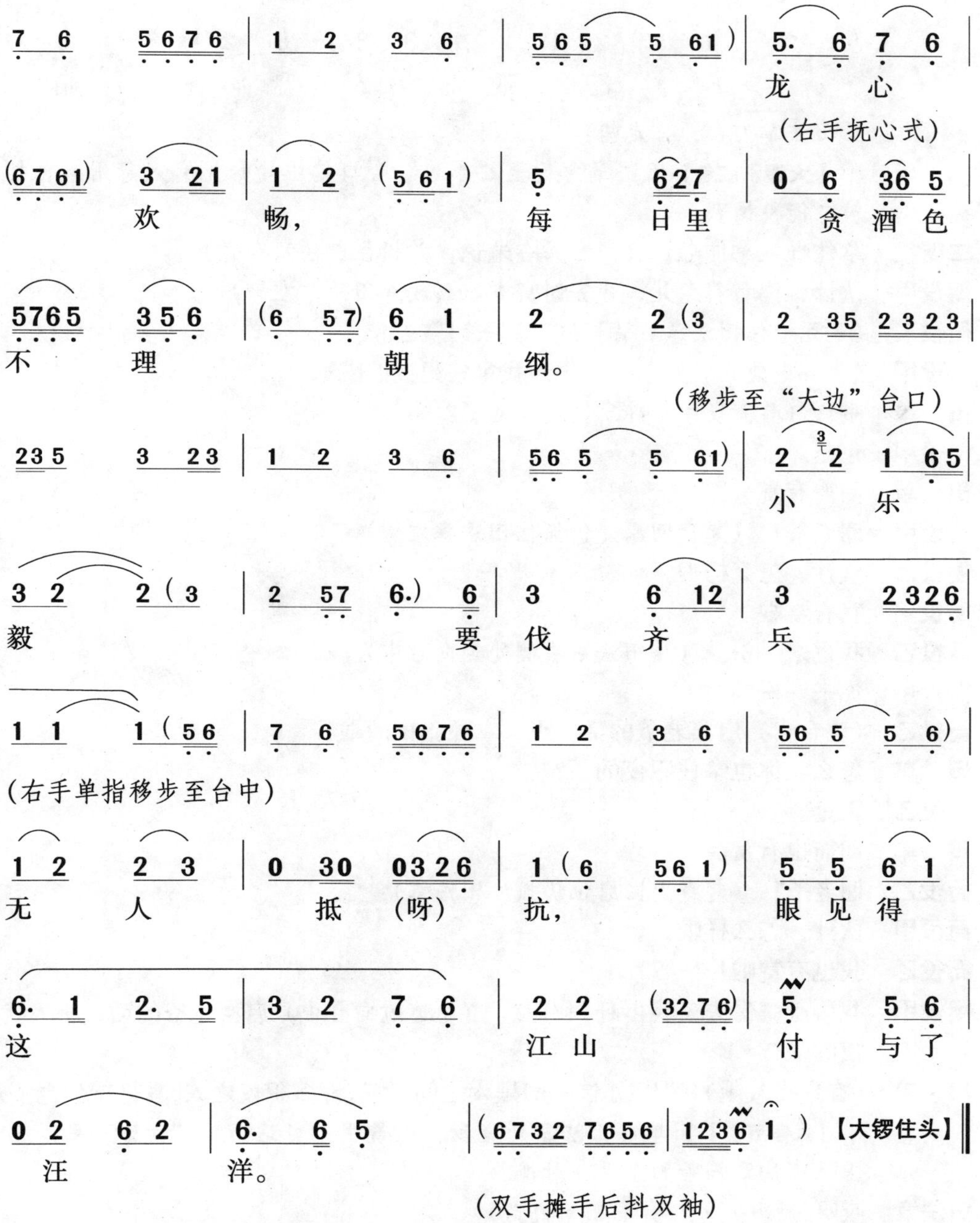

下官，田单（**仓台**）齐王驾前为臣，官拜巡城御史。今当巡城之期，左右！

二衙役 有。

田　单 掌灯！（右手前指，双抖袖）

〔二黄散板〕

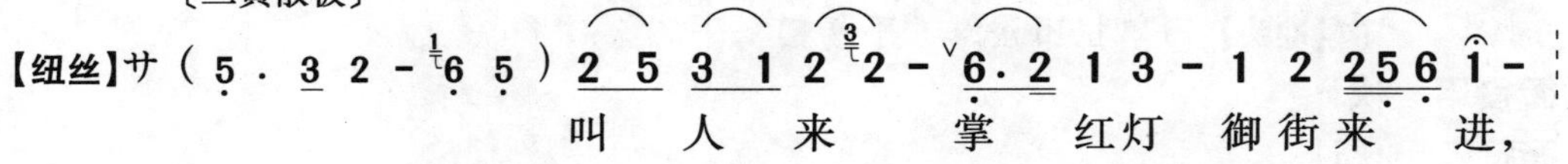

〖**【纽丝】**二衙役领起来，至“大边”靠“下场门”处分列左右，田单在锣鼓中移步至“大边”台口略靠后处，右单抖袖。

(3 2 - 6 5) 2 1 2 1 3 3 - 6. 2 1 6. 1 6. 1 2 - ‖
若有那面生人 盘 查内 情。

「田法章内白:“走哇!”

「**【大锣水底鱼】**田法章急行至“小边”台口偏中处,见有人急用水袖挡脸,但仍被二衙役擒获。

二衙役 拿住啦!拿住啦!(同时兴奋地说,并抓住田法章双臂)

衙役甲 伙计,你看着点儿,我去讨赏去。(放开田法章左臂)

衙役乙 (死死揪住田法章右臂)好,你去讨赏去!

衙役甲 (跪台中处)启禀老爷,小人我拿住犯夜的啦!

田 单 哦!(看衙役甲)你拿住犯夜的了?

衙役甲 正是。

田 单 回衙有赏。

衙役甲 谢老爷!(起身回原处仍抓住田法章左臂)

衙役乙 伙计,怎么样啦?

衙役甲 我有赏啦。

衙役乙 我也来一份。(从田法章右侧处走向台中)

衙役甲 你来一份?

衙役乙 (跪台中)启禀老爷的话,小人拿住犯夜的啦!

田 单 怎么?你也拿住犯夜的了?

衙役乙 正是。

田 单 回衙也有赏。

衙役乙 谢老爷!(起身返回原位仍抓住田法章)

衙役甲 伙计,怎么样啦?

衙役乙 我也有赏啦!

衙役甲 我再赶一份去,我再赶一份去。(急速跪向台中)启禀老爷的话,小人我又拿住犯夜的啦!

田 单 (有些生气地)嗯!**【小锣一击】**黑夜之间,哪有许多犯夜之人,掌灯待你老爷观看哪!

「**【大锣五击】**田单向田法章处移步,衙役甲举灯站田单“大边”处。田单用右手压下田法章挡脸的左手,对视。

田法章 哎呀!卿…… (欲向田单说话)

田 单 (急忙地)噤声!(**八大仓**)[(**八**)用右手捂田法章的口,带上左手同示意。(**大**)向左方甩髯口。(**仓**)是前两个动作完成后的亮相。](在**【撕边】**中,以紧张的目光移动,配以哆嗦的表演,转向衙役甲高举的灯笼处。(**八仓**)中完成左脚踢灯,右手拉田法章,再左手提袍亮相的系列动作)

「**【冲头】**田单拉田法章“下场门”下。

衙役甲 伙计!

衙役乙 伙计!

「二衙役在黑暗中相互摸寻,衙役甲摸到衙役乙的双手。

衙役甲 (模仿田法章的语调)“哎呀!卿……”

衙役乙 （模仿田单语调）“噤声！”

衙役甲 别挨骂了！

〔【大锣原场】二衙“下场门”下。

第 二 场

〔正堂桌，先设“小座”。另备一椅置堂桌一侧，待改摆成“八字椅”。

〔【大锣水底鱼】田单右手拉田法章，左手提袍从“上场门”上至台中；同时乳娘自“下场门”上至台中开门迎接后归“小边”，田单归“大边”扶田法章坐“小座”后，脸朝里出左手袖；乳娘亦脸朝里，出右水袖，共同遮挡田法章。

田 单 千岁醒来！

〔二黄导板〕

田法章 【大锣导板头】サ（5 - 3 2 3 - 2. 1 6 5 -）3 3 6 5 5

适 才 间 吓

5 7 6 - 6 6 5 6 - 1 2 - 2 1 - 【撕边大锣一击】

得 我 昏 迷 不 醒，

（双手揉眼，睁眼见田单）

田 单 千岁醒来！（撤左手改搭拱，乳娘撤右手改施礼）

〔二黄散板〕

田法章 【小乱锤】接【大锣凤点头】サ（6 5 3 2 2. 1 6 5 -）7. 6

只

5 6 7 7 - 6 6. 5 3 5 6 6 5 - ‖

见 卿 家 在 面 前。

田 单 千岁！

【大锣凤点头】（6 5 - 3 2 2 3 - 2. 1 6 5）

1 3 3 2 2 3 3 2 1 2 1 2 1 -（6 7 6 1 -）

问 千 岁 因 何 事 逃 出 宫 院？ （仓）

2 2 1 1. 2 1 2 1 2 3 - 6 2 1 3 - 2 1 6. 1 2 - ‖

一 一 的 对 为 臣 细 说 根 源。

田法章 卿家呀！（抖左水袖）

【大锣凤点头】サ（5 - 3 2 2· 1 6 5 -）i 5 5 6
伊立与我

6 3 5 6 i -（6 7 6 1 -）7 7 6 5 6
结 仇 怨，（仓） 暗 害 小

5 6 7 6 6 5 3. 5 6 6 5 -
王 丧 黄 泉。
（双手摊手）

田　单　（八大仓）（左手前指）好贼！

〔二黄散板〕

【快扭丝】サ（5 - 3 2 2· 1 6 5 -）1 3 3 2 -
恨 伊 立

3 2 6 2 1 2 1 1. 6 5 6 1 216
把 我 的 牙 咬 断，

（6 5. 6 7 6 1）6. 2 1 1 3 1 63 2 1 2 -
（仓）苦 害 我 主 为 哪 般？

〔【冲头】家院"上场门"撩褶子疾行，进门站"小边"，台口搭拱。

家　院　启禀老爷，伊立前来搜府！（右手向外指）

田　单　（一惊）知道了！

家　院　是！（躬揖【冲头】出门疾行，"上场门"下）

田　单　（半回身，翻右水袖）【大锣叫头】千岁！方才家院报道伊立前来搜府，如何是好？（双手摊手）

田法章　（慌张地离开"小座"，站台中，面向田单）哎呀，卿家要搭救小王啊！（欲行跪拜礼）

田　单　这就不敢！

〔【乱锤】田单急速搀扶田法章，右半转身向里，右转身向外至"大边"台口，左右手轮换抚左右额头，思索状；田法章左半转身向里，右转身向外至台中，双手搓手、摊手、捋手，无奈状；乳娘右半转身向里，左转身向外至"小边"台口处，焦急状。[①]（八大仓）田单背左手，右手捋髯。【撕边一击】向右看，【撕边一击】向左看，【撕边一击】转眼珠疾思，得计点头，连双翻水袖。

田　单　【大锣快叫头】千岁！【大锣五击】千岁只好扮作臣妹模样，混过一时，再作道理。

田法章　就依卿家。

田　单　乳娘，与千岁改扮起来！

---

① 这种形式叫"一翻两翻"。

〔【冲头】田法章右半转身，乳娘左半转身并搀扶，二人“合扇儿”从“上场门”下。

田　单　(同时右手单捋髯，望“上场门”方向，左转身至台中，思虑)唉！【大锣原场】（右转身向里，归中）

〔二黄导板〕

【大锣导板头】サ（6 5 - 3 2 2 3 - 2. 1 6 5 -）5 - 3 2 3 2 -
水

3 3 1. 2 3 2 2 2. 1 6（3 2. 1 6 5）2 7
不 清 皆 因

6 1 7 6 6 5（3 2. 1 6 5 -）3 1 2 3 - 2 -
是 鱼 儿 搅

1 2 1 6 -（6 5 7 6 -）1 3 - 2 - 1 2 1 2 1 - 2 -
（顷 仓） 混，

〔【急急风】六校尉分三批，每两个人一对出场，至“小边”台口处加鞭，“下场门”下。

〔【大锣四击头】伊立上“九龙口”处举马鞭亮相，【急急风】“趟马”。

伊　立　嗬！（仓）马来呀！【撕边一击】（加鞭打马）

〔【急急风】伊立急速“下场门”下。

〔二黄散板〕

田　单　【纽丝】サ（5 3 - 2 2. 1 6 5 -）2 1 3 1. 2 3 3 1 2 - 2 1
(转身至台中，双抖袖)　料 不 想 又 出 了 害 国

3 2 2 6. 1 2（5 6 1 2 -）3 3 2. 1
之 人。（仓） 急 急 忙

6 3 1 3 2 - 1. 6 5 6 5 6 1 2 2 2 1 -
忙 千 岁 请，

（向“大边”台口处移步后右转身向“上场门”处较深度揖躬）

〔【纽丝】田法章改换女妆后仍由乳娘搀扶出场，至“九龙口”处双抖袖。

〔二黄散板〕

田法章　【凤点头】サ（5 3 2 2. 1 6 5）5 2 3 7 6
万 般

5 6 5 6 7 - 6 6. 5 3. 5 6 6 6 -
无 奈 扮 妇 人。

「在台中与田单碰面，**【小乱锤】**各自“背拱”，乳娘站“小边”。

田法章 啊，卿家，看小王扮的可像？

田　单 （上下打量）呃，扮的倒像，可晓得妇人行走？

田法章 小王不晓得。

田　单 乳娘教导千岁。

乳　娘 啊千岁，妇人行走么必须要——这样走！（左手扯右手水袖走三步——**（台台台）**

田法章 哦！妇人家行走必须要——这样走！（学乳娘动作—— **（台台台）**

田　单 哦喝！着、着、着！（**【大锣三锣】**同时击手掌表示。接**【快冲头】**）

家　院 （“上场门”疾上，进门）伊立来到府门！

田　单 快快有请！（出门站“大边”台口处。双手拱手，示意田法章、乳娘速从“上场门”下）

家　院 有请！

「**【急急风】**伊立、六校尉“上场门”上，站“一条鞭”。**【纽丝】**伊立上场至“小边”台口处，“勒马”。

〔二黄散板〕

伊　立 サ（5 3 2 - 3 - 2· 1 6 ⁶5 - ）3 2 5 3 | 2 - 4 3 - 2 5 3 2 2 23 2 3 -

御史衙前下了马。

「**【回头】**缓马鞭，看田单。

田　单 公公！（躬身作揖）

「**【大锣原场】**伊立下马，**【纽丝】**进门至“大边”，田单至“小边”。六校尉下马后，“挖门”进，分左右“站门”。

伊　立 サ（6 5 3 2· 1 6 ⁶5 - ）2 5 3 32 5 | 3（6 1 2 3 - ）3 25 3 - 3 2 2 - ‖

有劳大人相迎咱。

「**【大锣原场】**田单双手拱揖，（锣鼓声弱）让座，掸尘。

伊　立 呃，咱家不敢当。

田　单 当得的。（继续让座）

伊　立 哈哈哈！（狂举双臂，摇动双手。略一思考，与田单掸尘）与田大人掸尘。

田　单 （急忙制止）不敢当！

伊　立 当得的！

田　单 不敢当啊！哈哈哈！

「再恭让座，伊立坐“八字椅”的“大边”椅，田单坐“小边”椅。锣鼓止。

田　单　不知公公驾到，未曾远迎，当面恕罪。（略欠身，拱揖）
伊　立　岂敢，岂敢！咱家来的鲁莽，田大人你就恕个罪儿吧！（拱手,脸向外亮相）
田　单　岂敢哪，（八大顷仓）（右手单指挑右侧髯）岂敢——！（双手搭拱）【撕边大锣一击】
六校尉　喔——！
「田单用右手捋中部髯口，向右扭头转身一看。【撕边一击】
六校尉　喔——！
「田单由右向左扭头回身再看，（大……台）随转眼珠，略定神气。
田　单　啊公公！
伊　立　田大人。
田　单　黑夜之间，带领许多校尉驾临敝衙，但不知有何公干？（双手摊开，问话状）
伊　立　田大人！难道说这件事情，你还不知道吗？（目视田单,右手摊手，问话状）
田　单　下官不知。
伊　立　既然不知，待咱家我慢慢的告诉与你。（右手双指田单）
田　单　公公请讲！（双手搭拱）
伊　立　只因东宫世子田法章，人伦大变，子要淫父妃。大王大怒，赐咱家宝剑一口，三更时分，斩杀世子回奏。不知是何人走漏了消息，世子连夜逃出皇城。咱家二次启奏大王，大王赐咱家四十名校尉，各府搜寻,各府俱已搜到，并不见世子。我想世子他……（仓）（向外指）
田　单　怎么样？（目视伊立）
伊　立　定然藏在了你府！【撕边一击】（手指转而指向田单）
田　单　哦，原来为此！【小锣一击】啊公公,想你我为大臣者,就该上殿保本的才是呀！
伊　立　（哑口）这个……
田　单　（逼问）哪个？（八仓）
伊　立　咱家连保数本，大王不准，唉！也是嗐儿枉然哪！
田　单　怎么，公公保过本了？
伊　立　哎哟，哎哟，咱家早就保过本喽！（边说边右腿搭左腿，右手压左手，双手按膝头，脸朝外，亮“二郎腿”相）
田　单　（转眼珠，单捋髯，思索）【小锣一击】也罢！待下官差人四下寻访，有了世子的下落，献给公公就是了！
伊　立　（放下“二郎腿”转向田单）田大人，这话儿可不是这么样的说法！
田　单　哎，要怎样的讲法呢！（边说边用左腿搭右腿，右手压左手，双手按膝并晃头）
伊　立　世子若在你府，你将他交与咱家，我带上金殿，保你满门无事，可也就嗐儿结了。
田　单　哈哈哈……【撕边一击】哎呀！多承公公的美意，怎奈世子他——（仓）（右手往外指）
伊　立　在这儿哪？
田　单　不在敝衙。
伊　立　当真不在？
田　单　当真不在。
伊　立　果然不在？

田　单　果然不在。

伊　立　（拍案站起）你这儿来！**【冲头】**（与田单同步前移台口，站“八字”）田大人!你说世子不在你府，咱家我就要——（怒目紧逼）

田　单　（沉着应对）要怎样？（双手摊手）

伊　立　我就要——

〔**【软四击头】**伊立用右手撩田单左手，向里转身，同时左手盖田单右手，“合扇”转身，伊立略拔剑威逼;田单右手翻水袖盖头，左手水袖垂下惊恐状，二人同亮相。**【撕边】**伊立“欺”向田单，田单哆嗦惧视伊立。

伊　立　搜啊——！

〔（**八仓**）伊立回剑，田单落亮相式。

田　单　公公，当真要搜？

伊　立　当真要搜。

田　单　果然要搜？

伊　立　果然要搜。

田　单　呃，好好好，请搜。

伊　立　校尉的！（右手“山膀”）

校　尉　（众齐高声应答）有！（**仓**）

伊　立　两厢搜来！（双手左右分开，**【冲头】**与田单“合扇”归里站）

校　尉　（众应）啊！

〔**【大锣搜场】**锣鼓中六校尉按“站门”位置，“一翻两翻”，“大边”推出田法章和乳娘，站“小边”台口。众校尉站“横一字”。

校　尉　有两个妇人！

伊　立　起过了！（仍背身，挥左手）

校　尉　（众齐应）啊！

〔**【冲头】**伊立转身与田单同至台口。

伊　立　**【大锣叫头】**田大人！你说世子不在你府，顺着咱家的手儿瞧——！

〔（**八大仓**）伊立左手撕牵巾，右手向右方向指；**【撕边】**田单同时背左手，右手捋中部髯口；此时二人向右方看——田法章与乳娘同时转向，面朝里，定住姿势。**【撕边大锣一击】**

伊　立　她是嗨儿谁？（在“谁”字上伊立用右手推田单左肩）

田　单　（顺势一个小趔趄，急速转眼球，思索，笑）哈……！（**大　大　大大乙　台**）哎呀呀！这是乳娘同小妹，小妹同乳娘啊——哈……！（**台**）（用左膀扛一下伊立的右肘部，转而发笑）

伊　立　哦！原来是令妹田大姑娘。

田　单　不敢，不敢，乃是小妹。

伊　立　请过来，咱家见个礼儿吧。

田　单　小妹礼貌不周，冲撞公公那还了得！

伊　立　你我一殿为臣，见见何妨？

田　单　（双手摆手）不见也罢。

伊　立　（欲拔剑）一定要见！

田　单　要见？请见！（示意乳娘见礼并速去）

乳　娘　小姐礼到！

〔【小锣五击】田法章施妇人礼后速“上场门”下。

伊　立　咱家还礼！

〔【撕边大锣一击】伊立左“山膀”一望，田单右水袖挡；【撕边大锣一击】伊立再右“山膀”又一望，田单左水袖再挡。伊立转脸朝外挥右手，起【大锣叫头】。

伊　立　哎呀且住！【大锣五击】世子不在他府，难道说这孩子，他上了天了吗？（指右前方上（仓）田单随指目视）

田　单　他怎样的上法？

伊　立　他入了地了吗？【撕边大锣一击】（退后一步，右手指地）

田　单　（随指看地）他怎样的入法？

伊　立　这孩子他哪儿去了哪？（双手摊手）

田　单　着哇！【小锣一击】真真奇怪的紧哪！

伊　立　（猛然思索）哦嗬有了？【大锣五击】待我再上金殿，多讨校尉，再来搜查。（大台）田大人，咱家吃了几杯水酒，酒言酒语的有些个莽撞。（拱手）

田　单　何出此言？

伊　立　得罪了！（再拱手）

田　单　忒谦了哇！（双手摆手）

伊　立　哎哟，哎哟，这倒怪不得的了，告辞了哇！

〔【纽丝】与田单一起“合扇”向里一拜，后拉“山膀”。

〔二黄散板〕

伊　立　サ（5 - 3 2 2· 1 6 5 -）5 3 3 3 3 3 2 2 3 -
辞别御史把马　　跨，

〔【急急风】伊立与田单“合扇”向里拜揖。出门右转身拉右“山膀”；同时六校尉拉马鞭站“横一字”，“头家儿”带马，伊立欲执马鞭，田单上前欲搀扶，伊立示谢意，右手拿马鞭站台中。六校尉齐上马后“下场门”下。伊立在单起【软四击头】中上马；锣鼓转【纽丝】勒马回身。

伊　立　サ（3 2 - 3 2· 1 6 5 -）4 3 3· 2 1 2 2 3 -
多讨校　尉

（3 2 4 3 -）3 1 2 1 2 3 3 2 2 - ‖
我　再　　　搜　查。

〔【大锣收头】伊立左转身，面向“下场门”骑马蹲裆式，右手横马鞭，左手支马鞭头。【冲头】再右转身，反绥马鞭，面朝外【大锣叫头】“三笑”，在最后一笑改转念成“哇呀呀——！”（八大仓）往里“出马鞭”，跨右腿，向前方踢左腿；向右转身跨右腿，马鞭“上膀子”，再小踢左腿，扭身扭头，“踏别步”亮勒马“矮相”。

田　单　送公公。

伊　立　免！（八大仓）（再回身、加鞭、举马鞭，拧身朝“下场门”亮住）

〔【急急风】伊立“下场门”下场。田单由“小边”台口往“下场门”处移步，张望。

田　单　（八大仓）（捋髯，右手指问“下场门”）好奸贼！【撕边】

「【纽丝】双抖袖，原位回身，站“大边”台口。

〔二黄散板〕

サ（5 － 3 2 2· 1 6 5）3 3 4 3 2 4

一 见 伊 立 跨 金

3 （1. 2 3）2 1 2 2 2 1 2·（5

蹬，（仓）不 由 田 单 恨 在 心。

6 1 2）6. 2 1 2 1 3 1 3 2. 6 1 －

（仓）二 次 再 把 千 岁 请。

（边唱边进门，左半转身站“大边”台口，脸朝“上场门”方向，深度躬揖）

「【纽丝】田法章仍由乳娘搀上，站“小边”台口，“抖袖”。

〔二黄散板〕

田法章　サ（5 3 2· 1 6 5）2 2 7 6 5. 6

好 贼 可

5 6 7 6 6 5 3 5 6 6 5 －

曾 出 府 门？

田　单　【大锣叫头】千岁！奸贼临行言道：多讨校尉再来搜查。如何是好哇？

田法章　卿家搭救小王！

「【乱锤】田法章、乳娘由“小边”台口处右转向里走，再由里左转向外，左右手交替按额头；田单由“大边”台口左转向里走，再由里右转向外，左右手交替抚胸，思虑状，均归原站位置。【撕边大锣一击】田单捋髯思索，望天。

田　单　【大锣叫头】有了哇！趁此天还未明，你我君臣扮作烧香还愿的模样混出城去，再作道理。

田法章　改扮起来。

田　单　（对乳娘）两厢看来。

乳　娘　遵命。

「【阴锣】田单、田法章“下场门”下。乳娘慢速“两望门”，田单、田法章改装后复上。乳娘仍让站“小边”。

田法章　乳娘，这有官宝一锭，收拾收拾，回原郡去吧！

乳　娘　遵命。（“上场门”下）

田法章　卿家，带马。

田　单　臣，领旨。

「【大锣原场】田单给田法章带马后，自己上马，【大锣水底鱼】正圆场，田法章在“大边”，田单在“小边”。

田法章　哎呀卿……（双手伸向田单）

田 单 噤声！

「田单双手摆手、捂嘴的同时，向右甩髯口，**【撕边一击】**田单右望，田法章左望，再同时“合扇”回望。在（**八大仓**）中加鞭，**【大锣原场】**“下场门”下。

第 三 场

「舞台中一堂桌，“小座”。**【大锣缓锣、撤锣】**

「侯栾内白：“啊哈！”

「**【小锣五击】**侯栾上场至“九龙口”。

侯 栾 做官儿好——！（以下，念〔**数板**〕词的同时向台中移步）

做官儿好，做官儿妙，做官儿头戴着乌纱帽，与祖增光耀。

坟地立着旗杆、刁斗，家里贴着门封、告条。

有朝一日为官好，我也坐着个人儿抬轿。

前头有帘儿，后头有罩，离地足有那么二三尺高。

这个造化可真不小，乐得我拍手哈哈笑。

一伸腿儿，底儿掉了，啪嗒嗒，吓了我这么一大跳。

他们在外头跑，我在里头跑；

跑来跑去，跑了我两脚的燎浆泡。

这个梦才惊醒了，可笑，可笑！**【小锣归住】**（坐“小座”）

（念）做官有四衙，我被二衙辖；

二衙比我大，我比二衙多俩伢（扎）。

「皂隶“遛上”，站“大边”，扶堂板昏睡状。

侯 栾 下官，侯栾。我父侯尚卫。在齐王驾前为臣。多蒙我父同年好友，给我巴结这么一个小差事。咳！这且不言。伊公公有札子到来，命我把守关口，不许闲杂人等乱出乱入。又该上关了，我说来呀！（没有应声）我说来呀—！

皂 隶 （打鼾声）呼……

侯 栾 嘿，出门就着啦！醒醒儿，咳！吃面啦！

皂 隶 （猛然醒来）好咸的卤！

侯 栾 什么好咸的卤哇？

皂 隶 你不是说吃面了吗？

侯 栾 你扣着食哪？我叫你哪！

皂 隶 这个“来呀、来呀的”是叫我哪？

侯 栾 可不是叫你吗！

皂 隶 我小名叫“来呀”吗？

侯 栾 哎哟，我说你们当差的就是你一个人儿呀？

皂 隶 人多着哪！

侯 栾 还是的。我叫你们就是来呀来呀的，谁听见谁搭个碴儿不就得了吗？！

皂 隶 这么说我倒霉。

侯 栾 怎么说你倒霉呀？

皂　隶　它就是我听见了。
侯　栾　就是你听见了?
皂　隶　啊。
侯　栾　那就是你吧。
皂　隶　是我怎么着?
侯　栾　你不知道哇?
皂　隶　什么事情又叫我知道啦?
侯　栾　我说给你听听。
皂　隶　你说说，你说。
侯　栾　只因东宫世子田法章，人伦大变，子要淫父妃。大王大怒，赐伊公公宝剑一口，三更时分，斩杀回奏。不知是何人走……
皂　隶　（又睡着，弱鼾声）
侯　栾　哟嗬！好，好……嘿嘿！我这儿跟你说话哪！
皂　隶　你说什么来着?
侯　栾　合着你全没听见哪?
皂　隶　你说你的。
侯　栾　你睡你的?
皂　隶　你说吧，我听得见。
侯　栾　别睡啊，听着！
皂　隶　你说吧，我听得见。
侯　栾　听着，只因东宫世子田法章，人伦大变，子要淫父妃，大王大怒，赐伊公公宝剑一口，三更时分……
皂　隶　（捂侯栾嘴）嘚啦，嘚啦！“三更时分斩杀世子回奏。不知是何人走漏了消息，世子连夜逃出了皇城。伊公公有谕，命你把守关口，不准闲杂人等乱出乱入——”是这么回事不是? ①
侯　栾　是！
皂　隶　你告诉我干什么?
侯　栾　我不告诉你，告诉谁去?
皂　隶　告诉我怎么着?
侯　栾　今儿咱们得上关哪！
皂　隶　上关哪?！你就说上关得了吗，说这么多废话干什么? 走吧！
侯　栾　（用扇子一挥）走。
皂　隶　（原地不动）走啊！
侯　栾　走哇。
皂　隶　走哇！嘿嘿！
侯　栾　你走，我好走哇。
皂　隶　你讲理不讲理?
侯　栾　老爷吗，不讲理。

---

① 此处要念“贯口”，一种快节奏，干板垛字，一气呵成的念白方法。

皂　隶　我是干什么的？
侯　栾　你呀，你是跟着我的。
皂　隶　还是呀！我要是在头里走，那不成了你跟着我的了吗？
侯　栾　哎哟，混蛋呐！
皂　隶　好说，混蛋出尖儿！
侯　栾　什么又出尖儿呀？——我是老爷，你是兵。
皂　隶　哟，哈哈！老爷吃几碗干饭哪？
侯　栾　什么叫几碗干饭哪？
皂　隶　一个月又该挣多少钱哪？
侯　栾　什么挣多少钱哪？
皂　隶　怎么回事呀？
侯　栾　你呀，在头里喝道，轰赶闲人，我才能走哪。这是官事。
皂　隶　哦，官事？
侯　栾　嗳，官事。
皂　隶　官事官办，别打哈哈。
侯　栾　这不结了吗！
皂　隶　（借摆喝道架式，故意用堂板向后打侯栾的头）
侯　栾　怎么喳，怎么喳！留神人头！
皂　隶　你这个人头有什么瞧头儿？
侯　栾　什么？有什么瞧头儿？我叫你喝道哪！
皂　隶　总得喝道？
侯　栾　总得喝道，轰赶闲人哪！
皂　隶　轰赶闲人哪，不就是轰人吗？
侯　栾　啊。
皂　隶　交给我啦。
侯　栾　你这不是起哄吗！
皂　隶　（站台口，平握堂板，左手前、右手后。侯栾随后）嗳哟！屎来喽！
侯　栾　（气恼地）咳咳咳！什么屎来啦？
皂　隶　你不是叫我给你轰闲人吗？
侯　栾　你轰闲人哪！
皂　隶　是轰闲人哪！你睁眼瞧瞧。
侯　栾　瞧什么？
皂　隶　头里走的这个，都比你官儿大，我敢轰谁呀？我说这个“屎来啦”，人家都嫌臭，捂鼻子，扭头，人就过去了。不是成了吗？
侯　栾　什么事！不能说“屎”。
皂　隶　那么说什么？
侯　栾　要说俩字。
皂　隶　俩字的？成。
侯　栾　说你这俩字的。
皂　隶　（重又端起堂板）喔——“屎蛋”来喽！

侯　栾　咳咳咳咳怎么又“屎蛋”啦?
皂　隶　这是风干的。
侯　栾　风干的更臭，这个——
皂　隶　你不是俩字吗?
侯　栾　俩字儿要说“老爷”。
皂　隶　哦“姥爷”。
侯　栾　对啦。
皂　隶　“舅舅”在哪儿哪?
侯　栾　哪儿又跑出“舅舅”来啦?
皂　隶　不俩字儿吗?
侯　栾　这——，你不会，干脆，咱们别喝道了，抄道儿赶紧走吧。
皂　隶　这不结了吗!
侯　栾　走，走吧。
「皂隶领起，走半个圆场，往“上场门”方向。
侯　栾　嘿嘿嘿，你哪儿去?你上哪儿去?
皂　隶　上哪儿呀?
侯　栾　我上东关。
皂　隶　上东关?
侯　栾　呃。
皂　隶　哎哟!这是西门。
侯　栾　走错啦。
皂　隶　嗬，回去回去。
「二人由“上场门”方向往“下场门”方向返回。
侯　栾　回去回去!这不是起哄吗!
「“大边”靠“下场门”处摆一堂桌。“大座”。
皂　隶　哎呀!哈……!这儿还好。（坐在椅子上）哎呀，坐着比站着舒服。
侯　栾　那是，快起来，起来!
皂　隶　那不是人坐的?
侯　栾　是人坐的，不是你坐的，这是给老爷预备的。
皂　隶　哟，给您预备的?
侯　栾　对啦!
皂　隶　那么我应该站在哪儿?
侯　栾　你，跟我这儿戳戳儿得啦!
皂　隶　我们应该这儿戳着?
侯　栾　可不，你就戳会儿吧!
皂　隶　得了，戳着吧!（站堂桌外首“大边”台口处）
侯　栾　哎哟!（伸懒腰，打哈欠）嗬——!
皂　隶　怎么啦!怎回事儿呀?
侯　栾　乏啦。
皂　隶　乏啦?添劈柴呀!

侯　栾　什么添劈柴？
皂　隶　不是说“乏”了吗？
侯　栾　有点儿困了！
皂　隶　干什么来着？哪儿那么困呢？
侯　栾　这两天有点事情，我跑了几夜，怪困的。咱俩商量商量。
皂　隶　商量什么？
侯　栾　是这么着，我呀在这儿冲个盹儿，你盯会儿怎么样？
皂　隶　嘿嘿嘿！冲个盹儿？你先等等儿。
侯　栾　怎么？
皂　隶　这是官事！
侯　栾　嘿嘿，咱们有交情啊。
皂　隶　哦！在这会儿有交情了啊！
侯　栾　待会儿我醒了，换你呀！
皂　隶　你先睡，睡够了你换我？那好极了，我先睡，我睡醒了换你。
侯　栾　我先睡。（欲睡状）
皂　隶　那咱们可说好了，你睡醒了换我。这是官事，那可不成。
侯　栾　你啰嗦不啰嗦？还睡不睡啦？
皂　隶　你管睡不睡，这儿耗着。
侯　栾　嗳……咱们有交情，我先睡，一定换你。
皂　隶　赶紧睡。
侯　栾　反正我是困了，（又做睡状）
皂　隶　睡着了？
侯　栾　（睡状中）睡着了。
皂　隶　睡着了你说话？
侯　栾　你问我么我不说话？这不成心搅吗不是！你要成心搅，我不睡了。
皂　隶　那趁早甭睡！
侯　栾　别介别介，还是那句话，有交情。
皂　隶　有交情？
侯　栾　一定换你。
皂　隶　一定换我？那好，那你赶紧睡。
侯　栾　好！你这儿先盯着。
皂　隶　我这先站着。
侯　栾　“呼——”（睡状，打鼾）
皂　隶　嘿嘿，说着就着了，火笼子脑袋，这还官事哪？动不动老爷先睡了？有了事儿是你的，与当兵的不相干。你会睡，我也会睡，我呀，我在这儿打个盹儿吧！（右手握堂板，头朝前，趴在舞台正中部位）

〔田单（**八大仓**）内白：“马来呀！”

〔**【大锣水底鱼】**田单执马鞭引田法章“上场门”上，至“小边”台口偏中处，田单靠近台中处勒马，一望城门。

田法章　哎呀，卿——

田　单　噤声！【大锣一击】（向右甩髯，双手摆手示意，田法章自捂口）

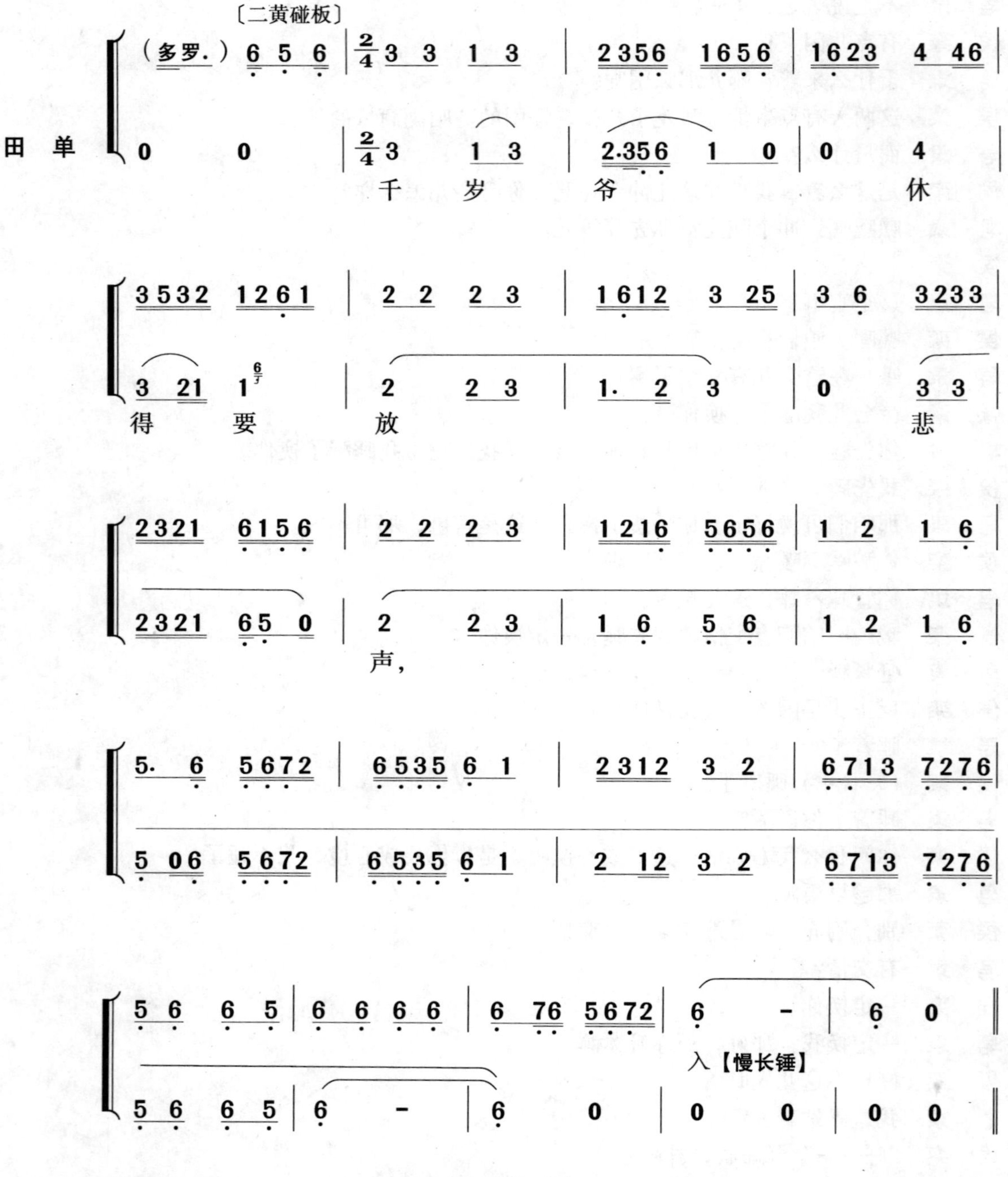

【慢长锤】二人同下马，田法章马鞭交田单。【大锣夺头】

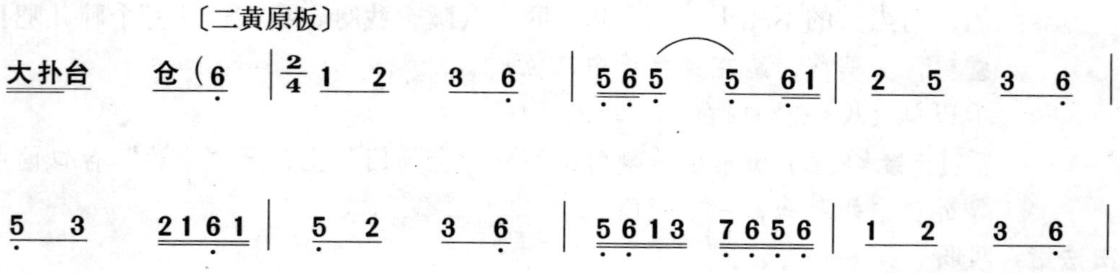

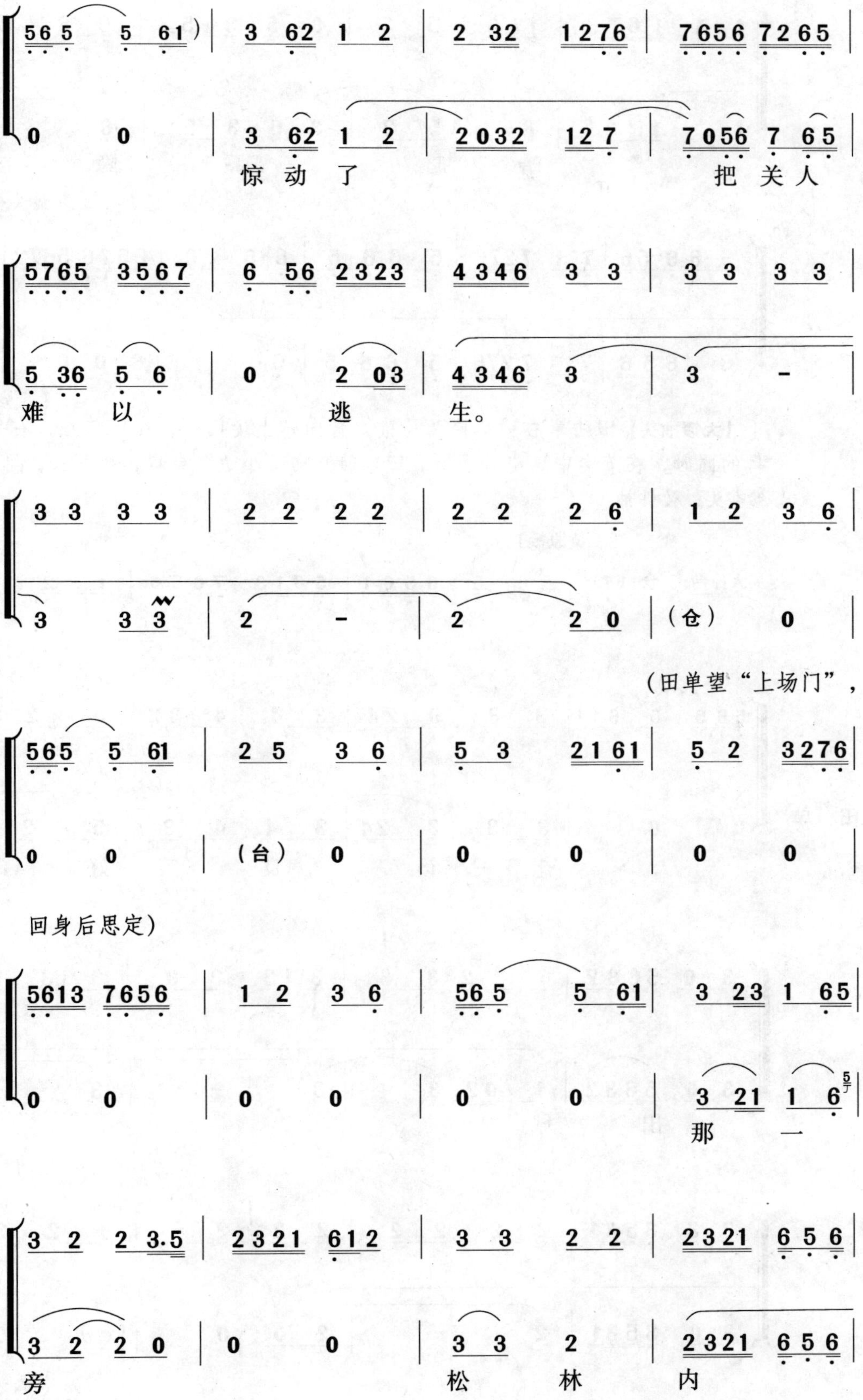
惊动了 把关人
难以逃生。
(仓)
(田单望“上场门”，
(台)
回身后思定)
那一
旁
松林内

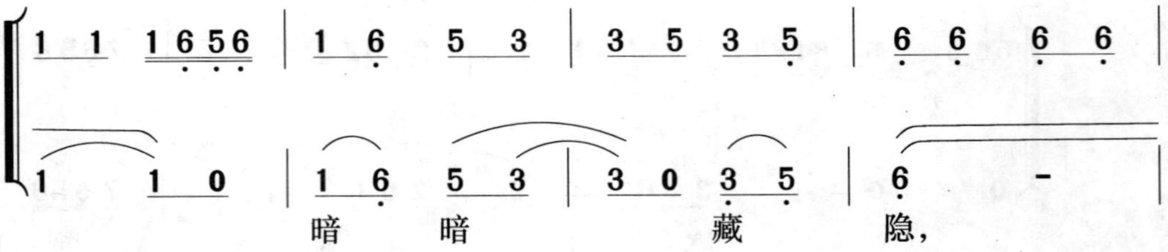

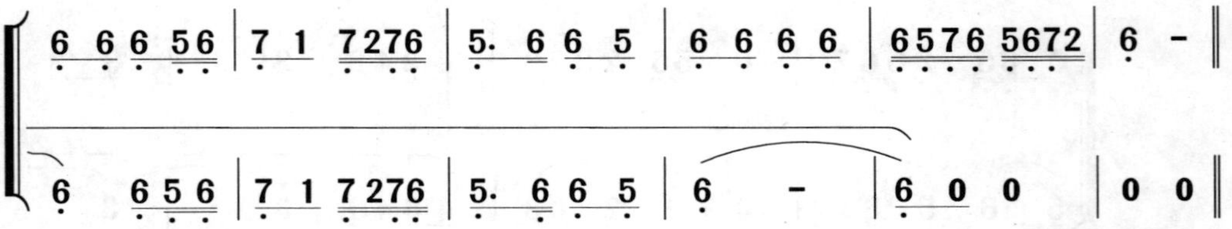

〔【大锣抽头】田法章右手牵拎两马鞭，背向“上场门”，在田单左、右手分别前挥的同时，在节奏中退步后下场。田单转身向“小边”台口，抚额头，思索。【大锣夺头】双抖袖。

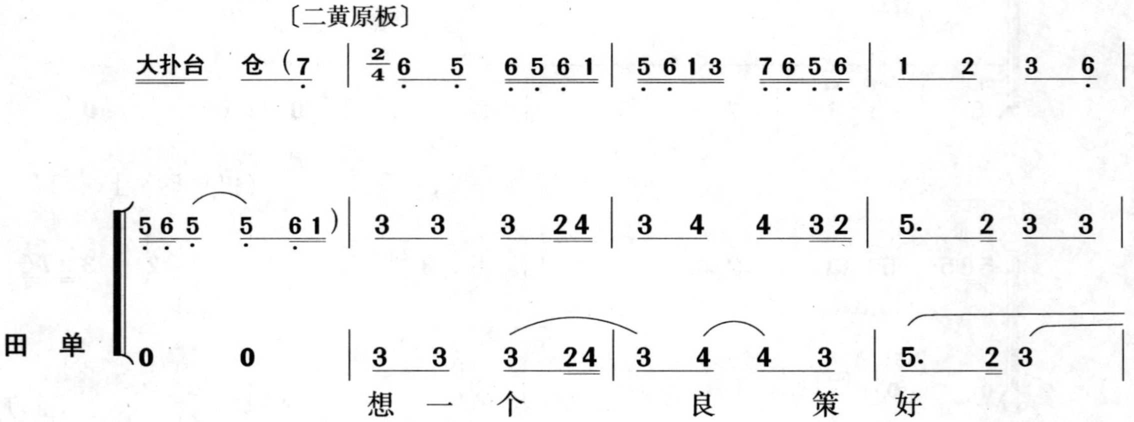

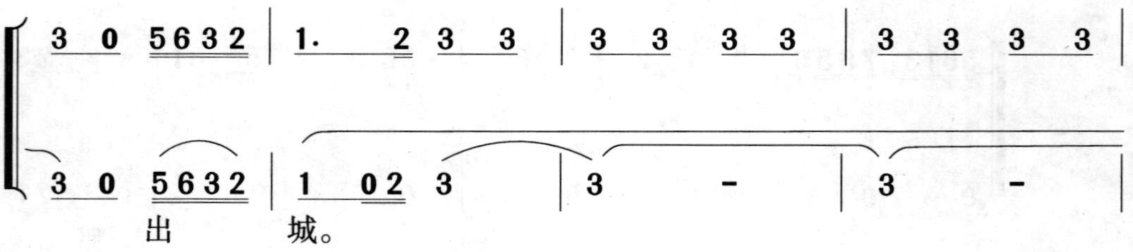

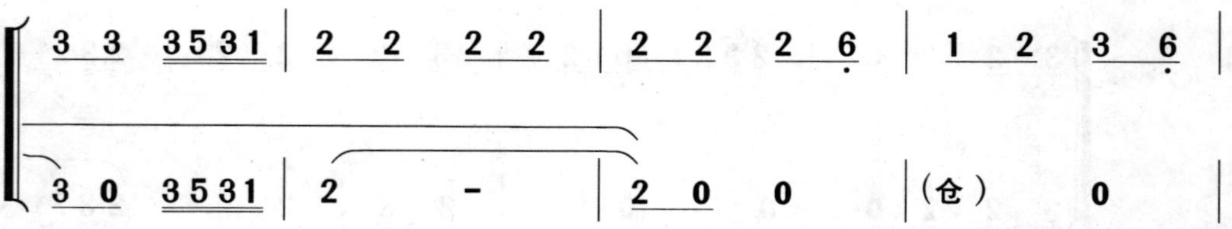

（思索中低头看地，

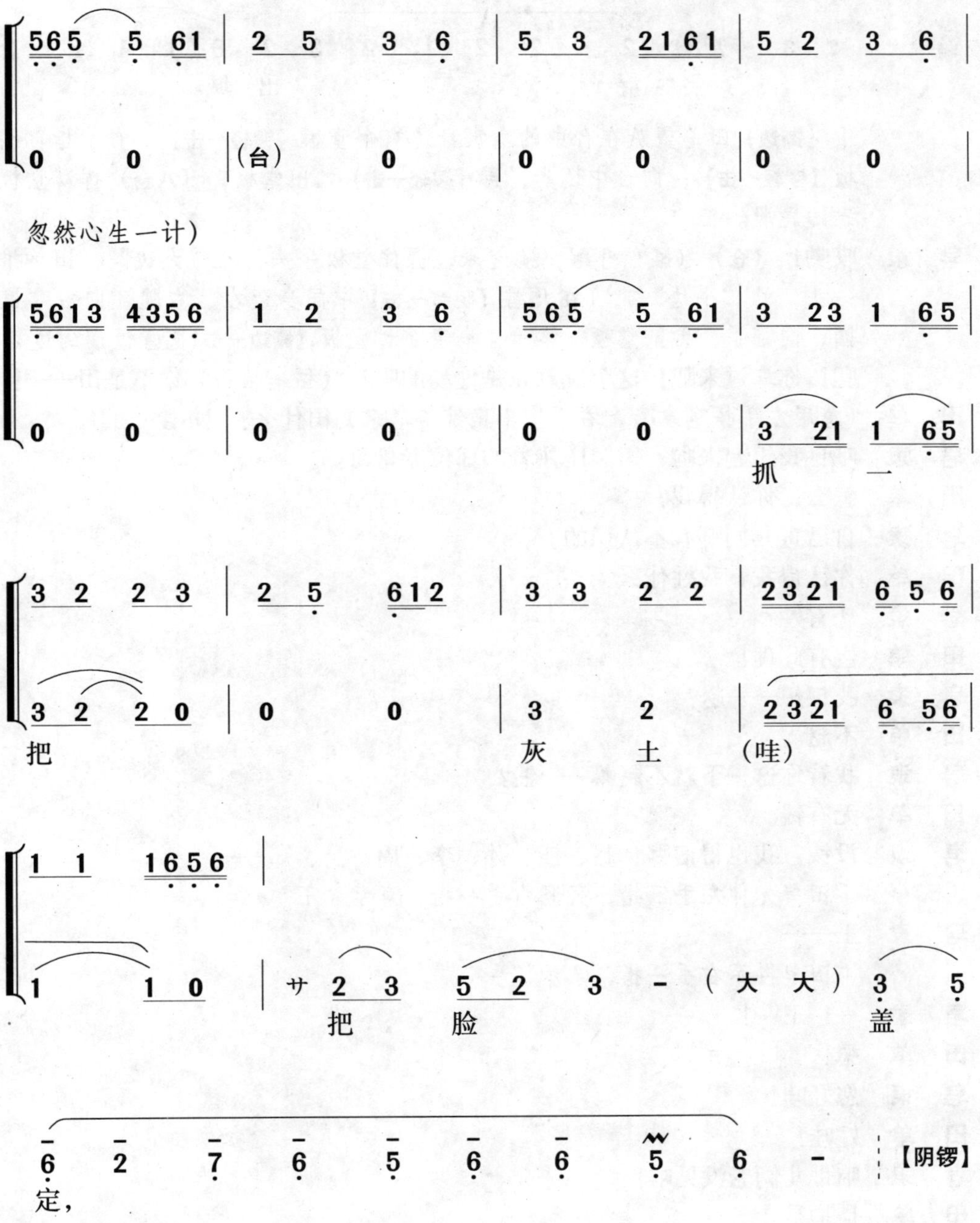

「边唱末一句尾腔边退步。与【阴锣】同时右转身，向“上场门”，左手上翻水袖盖头，右手同时上翻水袖在胸前，下场。转【急急风】“变妆”疾上，左水袖挡脸，“划步”至“小边”台口【八大仓·撕边】放水袖露出面部。

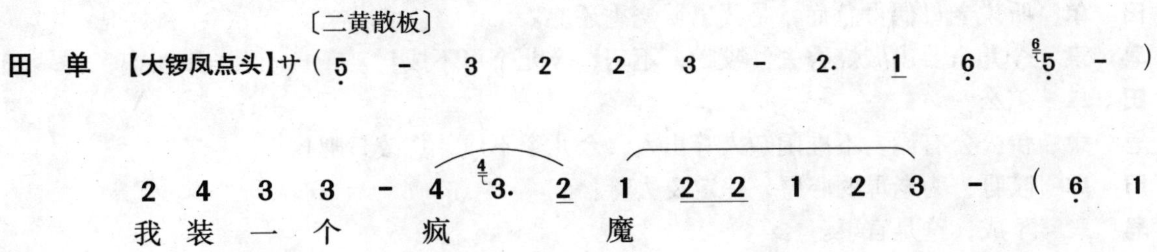

2 3 -) 3 ˅ 2 - 2 2 1. 2 3 2 6 1 1 2 -【大锣住头】‖
要 混 出 城。

〔【撕边】田单望趴在台中的皂隶身边有个堂板【锣轻一击】，右手指自己，再指堂板【锣轻一击】；向台中迈步，再【锣轻一击】抽出堂板；（八仓）挥动堂板，猛打皂隶的屁股。

皂　隶　哎哟！（仓）（猛然吓醒，跳起来，握住堂板一头，站“大边”，田单推住堂板另一头，站“小边”）（在几番【阴锣一击】中同步迈左、右腿、向右“推磨”一整圈，同翻手，再抢堂板，终于让皂隶夺过堂板，【撕边一击】把堂板溜到边幕中）

嘿！你拿过来吧！这个玩意儿是你动的吗？（猛一抬头）你不是田——！

田　单　（急用左手捂皂隶嘴，右手掏出银锭给皂隶）田什么？【小锣一击】

皂　隶　哦！我想起来啦，田家庄住着的那位老哥哥。

田　单　怎么，你认得我？

皂　隶　自己哥儿们哪有不认识的。

田　单　你认得我，我姓什么？

皂　隶　您有姓？

田　单　岂有此理！

皂　隶　我想想——赵？

田　单　不赵。

皂　隶　我看你这一下就不赵嘛——钱？

田　单　无有钱。

皂　隶　没钱？我也得信哪！赵、钱、孙、李、周、吴、郑——

〔田单先伸左手三指，又竖右手一指，意示“王”。

皂　隶　王——

〔田单再示右手一指，意示“一”。

皂　隶　一！王一！

田　单　嗯！

皂　隶　您好哇！

田　单　好哇！

皂　隶　咱哥儿俩老没见啦！

田　单　是是是。

皂　隶　老太太好吗？

田　单　老太太好。

皂　隶　那就好。我说您这个时候，到这儿干什么来啦？

田　单　听说老母偶得急症，是我出城烧香还愿。

皂　隶　今儿个要出城烧香去？哎哟，不巧，今儿个可不成！

田　单　怎么？

皂　隶　伊公公有谕，不准闲杂人等出入，今儿个不成，您改日吧！

田　单　哎呀！为老母的心愿，一定要去呀！

皂　隶　不成，这是官事。

田　单　贤弟方便方便吧。

皂　隶　要是成，我何必跟您费话呢？这不是叫我为难吗？（摊开双手）

田　单　（再取一锭银子，左手挡水袖，右手从水袖下递银子）商量商量吧！

皂　隶　（右手接银子后，当即改口气）这……哎，这么办，咱们商量着瞧。我们有老爷，我做不了主，我得跟他去说一声，您这儿候会儿，您这儿候会儿。（从台中线往“大边”堂桌走去，一看侯栾仍在鼾睡）好哇，还睡哪！哎醒、醒醒儿，来啦来啦！（站外首）

侯　栾　（矇眬状）啊？什么来啦？

皂　隶　过关的。

侯　栾　过关的？胡说八道！伊公公有谕，不准闲杂人等乱出乱入哇，过关哪儿成啊！

皂　隶　不是外人哪！

侯　栾　不是外人，谁呀？

皂　隶　王一哥。

侯　栾　王一哥？哪儿他妈来的王一哥呀？

皂　隶　小茶馆引见的那个，人家还伺候咱们茶钱来着。

侯　栾　谁还记着那个。

皂　隶　得啦！出城有点儿事儿，你就让他过去吧。

侯　栾　出城？不成，不成！伊公公有谕，不准闲杂人等乱出乱入！你还不知道吗！

皂　隶　行行行，瞒上不瞒下呀，这怎么着？

侯　栾　什么瞒上不瞒下呀，这是官事！

皂　隶　官事？

侯　栾　哎，官事。

皂　隶　好小子，你他妈不懂交情啊！

侯　栾　我怎么不懂交情？

皂　隶　你都忘啦！你没“落子”，连整铺盖都没有哇，病在我家啦，我当裤子卖袄，给你将养病，病好了，出去找落儿去，穿我的裤子。这会儿求着你啦，你跟我论官事。小子，脱了裤子“还钱”！（右手拍桌子，再手心朝上做索要的姿势）

侯　栾　你等等儿，你等等儿，（思考状）

皂　隶　等什么呀？我这会儿就要！

侯　栾　别介、别介，好办，好办！

皂　隶　什么好办？

侯　栾　我王一哥是不是？

皂　隶　是王一哥出城有点事。

侯　栾　你把他叫过来。

皂　隶　甭问，没错儿。

侯　栾　你那边儿站，说去，去呀！

皂　隶　好好好，就问一句。

侯　栾　不成，这是官事。

皂　隶　（走向“小边”台口，问田单）哎，王一哥，我们老爷见见你，问一句话。

田　单　要我见官，说不出话来呀。（摆手，摇头）

皂　隶　不要紧的，有我在一边儿哪！（引田单至堂桌前，皂隶站堂桌“里首”，田单左水袖挡脸）王一来啦。

侯　栾　我说，你就是王一呀？

田　单　正是。

侯　栾　你出城上哪儿呀？

田　单　东岳庙烧香还愿。

侯　栾　（拍桌子，指田单）胡说八道！下去！

皂　隶　下去！这……（表示很为难）

「皂隶示意田单退至“小边”台口，一面向侯栾招手示意求情，侯栾移位到田单处。

侯　栾　（生气地搧扇子，喃喃自语）这是哪儿的事呀！

皂　隶　你怎么又冒出个东岳庙来啦？（向田单说）

田　单　本来有个东岳庙哇！

皂　隶　我在地面儿查过庙，有没有，我还不知道嘛！哪儿有个东岳庙啊！

田　单　有个东岳庙啊。

皂　隶　我说没有就没有！您这是叫我着急呀！（又摊开双手）

田　单　有个东岳庙啊！（又掏出一锭银子，递给皂隶右手上）

皂　隶　哎，我想起来啦，土地祠旁边儿，西北旮旯那个小东岳庙，是不是？

田　单　正是。

皂　隶　耽误您会儿工夫。（边说边走向侯栾）

侯　栾　哪儿的事情，东岳庙，什么记性！

皂　隶　老爷，有个东岳庙。

侯　栾　咱们的地面儿，你天天跟我查庙，有没有你还不知道！

皂　隶　我说有就有。

侯　栾　你说有就有？

皂　隶　嗳！

侯　栾　我说没有就没有！

皂　隶　小子，脱裤子还钱！

侯　栾　怎么又来这句啊？

皂　隶　这句灵嘛。

侯　栾　有吗？

皂　隶　你想，西北旮旯那个。

侯　栾　那是庙吗？

皂　隶　那个就是东岳庙。

侯　栾　那你再把他叫来！

皂　隶　叫他干什么呀？

侯　栾　我还得问一句话。

皂　隶　哪儿那么些个话！

侯　栾　官事，我得交代得下去呀？

皂　隶　就说一句，别多问。

侯　栾　得得得。

皂　隶　（再走向田单）王一哥，老爷叫你再去一趟。
田　单　哎呀，忒啰嗦了哇！
皂　隶　你别胡说就得啦。老爷，他又来啦。（重引田单至堂桌前，田单仍用左手挡脸）
侯　栾　我说王一呀，我问问你，出城烧香还愿，几个人呀？
田　单　兄妹二人。
侯　栾　胡说八道！下去！
皂　隶　（面向侯栾，背向田单，示意田单退至原位）下去，下去！
侯　栾　什嘛东西！
皂　隶　老爷！（转身对田单）您这是怎么啦？你怎么又兄妹二人啦！
田　单　是兄妹二人。
皂　隶　你说了半天是一个人，俩人那可不成。
田　单　是兄妹二人。
皂　隶　哎哟，成心叫我嘬瘪子！这叫我怎么办呀？（摊开双手示意，田单又掏出银锭递到皂隶手上）
田　单　是兄妹二人哪！
皂　隶　怎么着，老妹妹也来啦？
田　单　正是。
皂　隶　我们哥俩还没见着哪，请过来我看看。

〔田法章从"上场门"仍持、牵二马鞭上，站"小边"台口，左手"背供"，自挡脸。

田　单　是是是，来来来！见过大哥哇。

〔田法章放下水袖，欲向前……

皂　隶　（大吃一惊）这不是东！东、东——
田　单　（急忙用左手捂皂隶嘴，同时递塞银锭）东什么……？
皂　隶　是东跨院添的这位老妹子，这么高了，我把她忘了，您这儿候会儿，我再给您言语一声。（又至侯栾旁）
侯　栾　哪儿的事呀，怎么又两兄妹啦。
皂　隶　老爷，老爷，我说您这俩耳朵是干什么吃的？
侯　栾　什么呀？怎么啦？
皂　隶　您没听出来，说的是俩人。
侯　栾　你说的是一个人，马马虎虎叫他过去得啦。两人哪，那哪儿成啊？
皂　隶　是兄妹二人嘛！
侯　栾　这他妈是官事！
皂　隶　官事？小子！脱了裤子还钱！
侯　栾　（随同皂隶一齐说）脱了裤子还钱！
皂　隶　你也会啦！
侯　栾　那还不会？叫他们过去吧！
皂　隶　王一哥，走着，走着！

〔【冲头】田单左转身，用身体和衣袖遮掩田法章向"下场门"下。皂隶转至"小边"台口，田单归"大边"。

皂　隶　我可不送啦。
田　单　（转身向皂隶）贤弟，有累你了。
皂　隶　哪的话哪。
田　单　辛苦你了。
皂　隶　这算什么呀。
田　单　来来来，这里有一茶之敬。（取出一锭银子）吃饭不饱。（欲递银子，又收回）
皂　隶　（伸出手）叫您花钱。（又收回手）
田　单　（再欲递银子）吃酒不醉。（又收回）
皂　隶　这倒怪不得的啦。
田　单　（左一摸，右一摸腰间）哎呀，我的路费要紧！对不住！对不住！（右手一掂银锭，放入香袋中，拱手，**【冲头】**转身向“下场门”下）
皂　隶　好喂！临完了他空了我一嗦儿啊。哎呀慢喳！哎！哪有这么一个王一哥呀？怎么瞧他眼熟哇？这是巡城御史田单。他哪有老妹子呀？这是东宫世子。他们俩人出去了吧？哎呀！要是他们俩人出去，我这个吃饭的家伙不保啊！（摸脖子）哎呦，糟了，糟了，糟了…… （思索态）哎，有啦！摘个肩儿，我弄到他身上，就这么办，我跟他说去！（又近侯栾处，笑）哈……！老爷！大不了还是您哪！我真作情您哪，露了脸啦！
侯　栾　怎么回事呀？
皂　隶　合了适啦。
侯　栾　谁合了适啦？
皂　隶　过了“把”喽。
侯　栾　谁过了“把”啦？
皂　隶　别介，大河有鱼小河有虾，您吃肉，我们也得喝点儿汤啊！无多有少，您随便，我们闹双鞋穿。
侯　栾　这都哪儿跟哪儿的事？哪跟哪儿啊？
皂　隶　别装糊涂。
侯　栾　谁跟你装糊涂？
皂　隶　出去的那俩是谁呀？
侯　栾　王一哥跟老妹子嘛。
皂　隶　谁的王一哥呀？那是巡城御史田单，保着世子过去啦！

（仓）（侯栾吓呆了）你图了三千两银子，把他们放走啦！不分给我，那不行！

〔**【急急风】**皂隶进堂桌内揪侯栾衣领，朝“上场门”跪“里首”，皂隶跪“外首”六校尉“上场门”引伊立持马鞭上，站“九龙口”，六校尉“小站门”勒马停住。

侯　栾　参见公公！
皂　隶　参见公公！
伊　立　守城的官儿，看见东宫世子过去了没有？
侯　栾　没过去。
皂　隶　他图了三千两银子，给放了！没我的事。
伊　立　没你的事，好小子，走你的！

皂　隶　得！谢谢您哪！**【大锣五击】**（“下场门”速下）

伊　立　咂！（**仓**）你竟敢图财将世子放走，吃咱家一剑！

〔**【撕边大锣一击】**伊立拔剑，侯栾吓得后仰坐并摆手。

侯　栾　哎呀公公！念在我父与公公一殿为臣，求公公饶恕！

伊　立　哈哈哈哈！**【撕边大锣一击】**，咱家若不念与你父一殿为臣，非要你的脑袋不可！校尉的！（拉右“山膀”）（**仓**）

校 尉　有！

伊　立　将他带在马后，追赶世子去者！

侯　栾　谢公公！

〔奏唢呐曲牌<尾声>后半段。侯栾站起。六校尉向“下场门”方向“扯斜”。伊立台中场亮相，**【急急风】**下。侯栾随下。众“窝下”。

——剧 终

许东升 整理　　迟金声 校阅

淮河营

马连良　周和桐演出本

《淮河营》是马派老生特有的剧目。这部今人眼里奉为经典的老戏，却是当初马连良在不惑之年最富创造才情时排演的一出“新戏”。那是在二十世纪的三四十年代，为排这出新本《淮河营》，马连良下了很大的功夫，“常常夜以继日，天亮了还琢磨着，有时连吃饭也不知其味，真是寝馈于斯”。就题材选择角度的别致、人物典型形象的鲜明、艺术形式风格的独特等方面，都达到一种前无古人后无来者的水准与层面。

汉高祖刘邦病故，吕后专权，大封吕氏宗亲。此举激起刘氏宗亲和老臣的反对，遂谋铲除吕党。当时，刘邦的少子厉王刘长镇守淮南，握有兵权。刘贾、刘交二王托蒯彻、栾布、李左车三位旧臣去淮南劝说刘长除吕扶汉。蒯彻等见到刘长后，动之以情，晓之以理，并把刘长的身世及其生母被吕后所害之事一一告知。刘长不信，反囚三老。蒯彻凭机智、勇敢，激刘长而获释，他准备请人去盗宗卷。在铁的事实面前，刘长终于醒悟，最终兴兵灭吕。

《淮河营》的情节内容，本是反映封建时代帝王将相、政治风云，被京剧舞台演绎出来，却在正剧样式的大框架里，充满普通人生感受中的盎然情趣。从构成戏剧冲突的主要元素人物格局来说，“正方”一边，主人公蒯彻并非一枝独秀，而是有李左车、栾布一净一丑左右映衬。这两个人物在历史上都是统领过千军万马、立下过赫赫战功的名将，可出于烘托的需要，这二位的性格都被夸张得变了形，李左车憨态可掬，栾布怯懦奸猾。这样的人物组合，凸显出“当家老生”蒯彻典型性格的鲜活，他的机智诙谐、从容镇定、妙语连珠、进退自如，也越发光彩照人。“反方”一边，淮南王刘长，用架子花脸应工，处处夸张的表演程式，造成虚张的声势，把少不更事、颐指气使、率性而行、喜怒无常的小刘长的贵族身份和性格特征，渲染得惟妙惟肖，与“正方”一边形成巨大的反差，进而营造出亦庄亦谐、好看又有趣的戏剧冲突和喜剧效果。

剧中蒯彻，作为全剧的核心人物，并没有成本大套的“核心唱段”，可却不乏“神来之笔”。总共两整段唱，第一段〔西皮摇板〕转〔流水〕，从“淮南王他把令传下”起始，到“生死二字且由他”收尾，唱起来统共不到五分钟，没有大起大伏，没有剑拔弩张，所有玲珑剔透的雕琢，都在行云流水般的自然而然中进行，平中见奇却尽得风流，成为马派唱腔中脍炙人口的名段。

念白在《淮河营》的表演里所占的比重也相当大。蒯彻和刘长你来我往唇枪舌剑，是全剧的“戏眼”。从直观的效果看，可谓句句机锋，字字珠玑，路转峰回，高潮迭起。然而，解剖开来便会发现这样一个奇妙的现象，那就是，蒯彻所念的具体内容，所叙述有关事件的始末缘由，在欣赏者的感受中往往并不那么重要，甚至淡化得模模糊糊，而被强化了的是剧中人物之间的性格冲突和各自人格的魅力。这是京剧艺术特别是传统戏解构方式的一个重特征，也是马派表演艺术的独擅之妙。假若你问一问欣赏过《淮河营》这出戏并津津乐道的观众，他可能讲不太清楚刘长身世之谜到底是怎么回事，可“舌辩侯”蒯彻活生生的飞扬神采，却肯定在他的心中留下深刻的印象。

《淮河营》作为一出马派的经典剧目，自然也是马氏门人争相继承的看家戏。马先生早年弟子王和霖、迟金声，晚年弟子张学津、冯志孝，都擅演此戏。

刘福民

人物行当

刘　贾	老生	蒯　彻	老生
刘　交	净	金　环	净
旗　牌	生	八军士	杂
李左车	净	四大铠	杂
栾　布	丑	刘　长	净
家　院	丑	田子春	老生

服装扮相

刘　贾　俊扮。银大镫、绸条、白三，白开氅，黑彩裤，厚底。

刘　交　勾紫三块瓦。金大镫、绸条、黪满，红开氅，黑彩裤，厚底。

旗　牌　（二名）俊扮。大板巾，花箭衣、黑花马褂、大带，黑彩裤，厚底。

李左车　勾白老三块瓦。将巾、白满，紫开氅，红彩裤，厚底。第二场绿龙箭衣、大带、黑龙马褂、黑苫肩。

栾　布　勾小花脸。小倒缨盔、铃铛扎、黄绸条，绿开氅，红彩裤，朝方。第二场：紫龙箭衣、大带、黑龙马褂、黑苫肩。

家　院　俊扮。黪三、小黑罗帽，海青褶子、大带，黑彩裤，布袜子、方口鞋。

蒯　彻　俊扮。白发髻、白满、黄绸条，青缎子地蓝缎子平金云头边道包，内衬朱红褶子、香色褶子、天青色地平金龟背锦整抄包，酱黄色丝绦，青缎子平金四文边、淡青色腰裙，香色彩裤，白布袜子、云头万字履。第二场：纱地金边软侯帽、香色改良蟒（黑缎子地绣三灰圈金海水和托肩，黑缎子地平银草团龙摆）、金品绿心紫色地软带。

金　环　勾黄花三块瓦。倒缨盔、黑扎、黑耳毛子，蓝花箭衣、黑花马褂，红彩裤，厚底。

八军士　俊扮。小软倒缨盔，浅黄色素打衣打裤、卒坎、腰箍，薄底。

四大铠　俊扮。罐子盔，大铠服，黑彩裤，薄底。

刘　长　勾黑碎脸。紫金冠、牵巾、翎子、黑缎子大飘带，内衬浅黄褶子、黑蟒、玉带，红彩裤，厚底。

田子春　俊扮。荷叶盔、黑三，绿蟒、玉带，黑彩裤，厚底。

道具

桌子	两张	椅子	五把
桌围椅披	两份	灯笼	一盏
削刀	八把	宝剑	两口
跃虎旗	四面	开门刀	四把
銮驾	半副	高台	一方
大帐	一份	兵器架	两个
马鞭	数条	令旗	一面

第　一　场

「台上设堂桌、八字椅。

「**【冲头】【一锤锣打上】**刘贾、刘交上，至台口。

刘　贾　（念）汉室不幸遭奇变，

刘　交　（念）吕后谋夺汉江山。

「**【冲头】**刘贾、刘交分坐八字椅。与此同时旗牌上。

旗　牌　栾、李二公到。

刘　贾　有请。（旗牌应声：“有请。”）

「吹奏唢呐<工尺上>。

「栾布、李左车上。刘贾、刘交出门迎。

刘　贾　啊，广武君。

李左车　千岁。

刘　贾　栾公。

栾　布[①]　啊千岁。（剧中栾布的念与唱，均用京白）

「众先后“挖进”，礼让。

刘　贾
刘　交　请坐。

李左车
栾　布　谢座。

「当中八字椅，李左车入“小边”“跨椅”，刘交归“小边”，栾布入“大边”跨椅，刘贾仍归“大边”。乐止。

李左车
栾　布　相约我等为了何事？

刘　贾　汉室江山一旦休矣！**【撕边一击】**

栾　布
李左车　何出此言？

刘　交　只因吕后在长安城内大封吕氏宗亲为王，眼看汉室江山断送吕氏之手！

刘　贾　我二人思得一计，可以转祸为福。

李左车
栾　布　有何妙计？

刘　交　相烦二公去至淮南，顺说刘长，叫他斩吕扶汉。

---

① 栾布：史有其人，以战功封鄃侯。鄃，县名，地属古清河县今山东夏津县一带。有的史书将其封号鄃侯记为俞侯。“俞”是多音字，除当姓氏讲读 yú 外，还可与鄃字同读 shū 音。大约是剧作者误将俞（shū）当作了 yù，于是剧中进一步将鄃侯错成了虞侯。使栾布的戏中身份与史实有了较大的变化。其实，“俞”（或鄃）侯是封号，而“虞”侯是官名，二者不同。

李左车 好，某愿前往。（站起）

栾　布 且慢！慢着慢着！回禀二家千岁，想那个刘长年轻性情暴烈，我二人此去顺说那刘长恐怕不能成功。

刘　交
刘　贾 依栾公之见呢？

栾　布 我保举一人，管保一去就成。

刘　交
刘　贾 是哪一位？

栾　布 就是那蒯彻蒯文通。

刘　交
刘　贾 敢是那舌辩侯？

栾　布 正是。

刘　交
刘　贾 好！请来相见。

栾　布 请来相见？唉呀，我想那蒯彻性情古怪，他不见，有什么办法呢？

刘　交
刘　贾 这便如何是好？

栾　布 也罢！待我栾布略施小计，管叫那蒯彻随我二人一同前往。

刘　交 好！轿马伺候。（四人同站起）

栾　布 我看不必吧。此地离他府上不远，转过小巷就是，咱们还是步行而往吧。

刘　贾
刘　交 好，如此掌灯伺候。

〔**【闪锤】**众起身，旗牌持灯自“下场门”上。

〔西皮摇板〕

李左车 （7̣ | 6̣ | 5 | 5 5 | 3 6 | 5 i | 3 2 | 1 1）| 6̣ 1 3 2 2 1 1 3 2 –
大家悄悄过小巷，

〔**【快长锤】**众人出门，走圆场，栾布、李左车在前，刘贾、刘交在后，至“上场门”右台口，旗牌下。

李左车 **【长锤】**切住（一望）

【凤点头】（过门同前）6̣ 2 1 1 2 3 5 2 1 1 – **【住头】**‖
来到蒯侯府门旁。

栾　布 已到蒯府，待我向前。我说府上有人么？

〔家院内白：“啊哈！”**【小锣五击头】**“下场门”上。

家　院 从前王侯府，如今隐士家。外面谁叫门呢？

栾　布 里面听着：圣旨下！

家　院 啊？圣旨下？我给您回禀一声。（站“大边”面向“下场门”）启爷，圣旨下呀。

〔【快冲头】【双叫头】蒯彻[①]内：“天哪，天！炎汉江山【一锣】危矣！”

内唱〔西皮导板〕

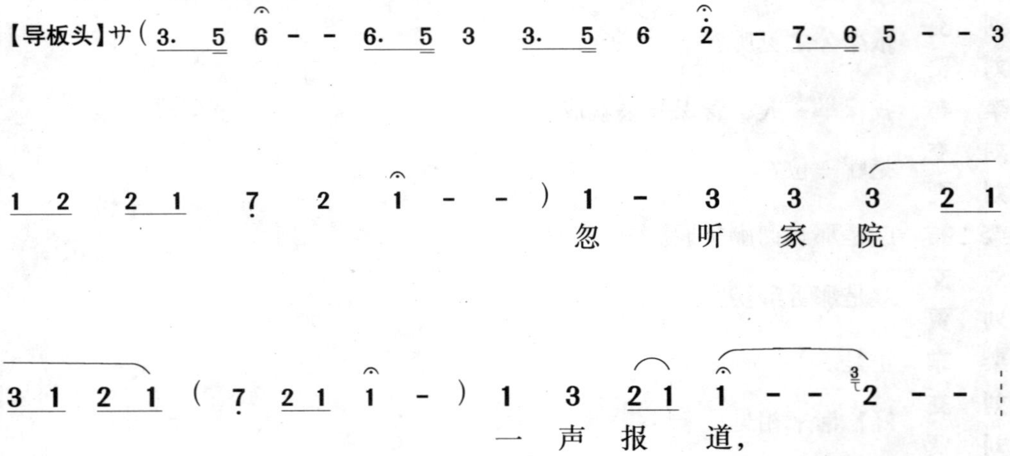

（唱至“道”字边唱边自“下场门”出场，【撕边一锣】切住）

家　院　启爷，圣旨下。

蒯　彻　啊？

家　院　圣旨下。

〔流水板〕

① 蒯彻：史有其人，因其名与汉武帝同，史书避讳，书为蒯通，因而剧中有“蒯文通”的称呼。蒯彻确实是长于辩术，历史上，他既因辩说立功，也因辩说获罪，又因辩说而得免。不过，剧中说他被封“一字不斩舌辩侯”云云，于史无征，当属“戏”言。《淮河营》敷演汉朝老臣除吕扶刘事，剧中人大都史有其人，而且剧中人性格走向与史实相符。但戏中不少情节则属虚构。

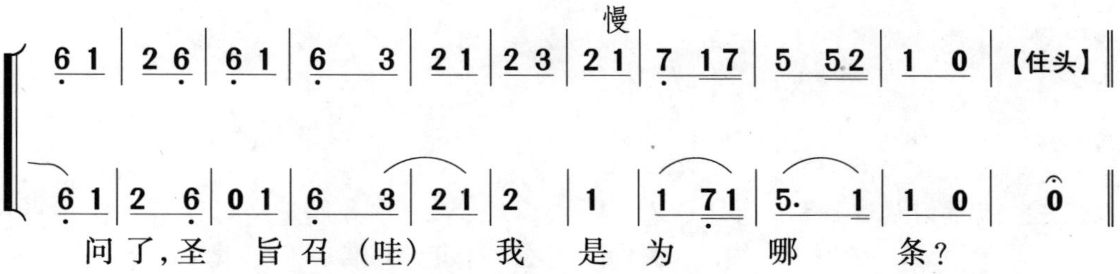

哎，（仓）想我蒯彻也曾告归林下，不问朝政。如今又有圣旨到来，我岂能甘附吕党？**【撕边一击】**（想）有了！家院过来，对押旨人去说：老爷染病在床，行动不便，请收回成命，候老爷病体痊愈，亲自入朝复命。对他们去说。

家　院　是。

蒯　彻　待我来听上一听。（背双手）

家　院　外面听着：我家老爷染病在床，行动不便，请收回成命，待等老爷病愈之后，亲自入朝复命。听见了没有哇？**【冷锤】**（栾布、李左车等惊诧，栾布与李左车耳语）

李左车　哎！**【撕边一击】**里面听着：方才说得不清不明，你将门儿开开，出来再讲一遍。

家　院　说得这么清楚，还没听明白呀？（看蒯彻，蒯彻示意开门）等着我给您开开门。

〔家院先开右扇门，后开左扇门，栾布在开左扇门时从家院身后溜进，藏在蒯身后，家院出门。

家　院　原来是几位王爷！我家老爷染病在床，行动不便，待等我家老爷病愈之后，亲自入朝复命。

李左车　此话是哪个讲的？

家　院　我家老爷讲的。

李左车　你家老爷今在何处？

家　院　啊，这个？（略一犹豫）我家老爷在……

栾　布　（在蒯彻身后拍蒯彻肩）你家老爷在这儿哪！**【一锤锣】**（栾布从蒯彻身后出，众笑）

蒯　彻　（夹白）千岁，大人！

〔蒯彻让众进入后夹白："请坐。"接**【原场】**刘贾、栾布坐"大边"，刘交、李左车、蒯彻坐"小边"。家院摆座后暗下。

蒯　彻　列公黄夜至此，有何见教？

刘　贾
刘　交　大人哪！

〔西皮摇板〕

刘　贾

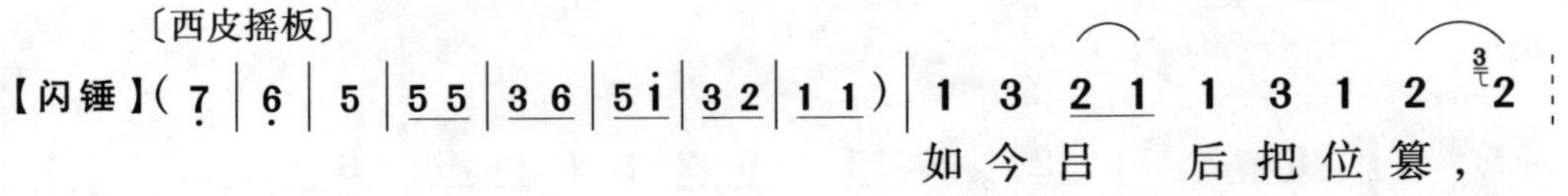

刘　交　（过门从略）

栾布 老蒯，这事非你去不可！

蒯彻 （考虑）（大……大大乙仓）哦。（站起）

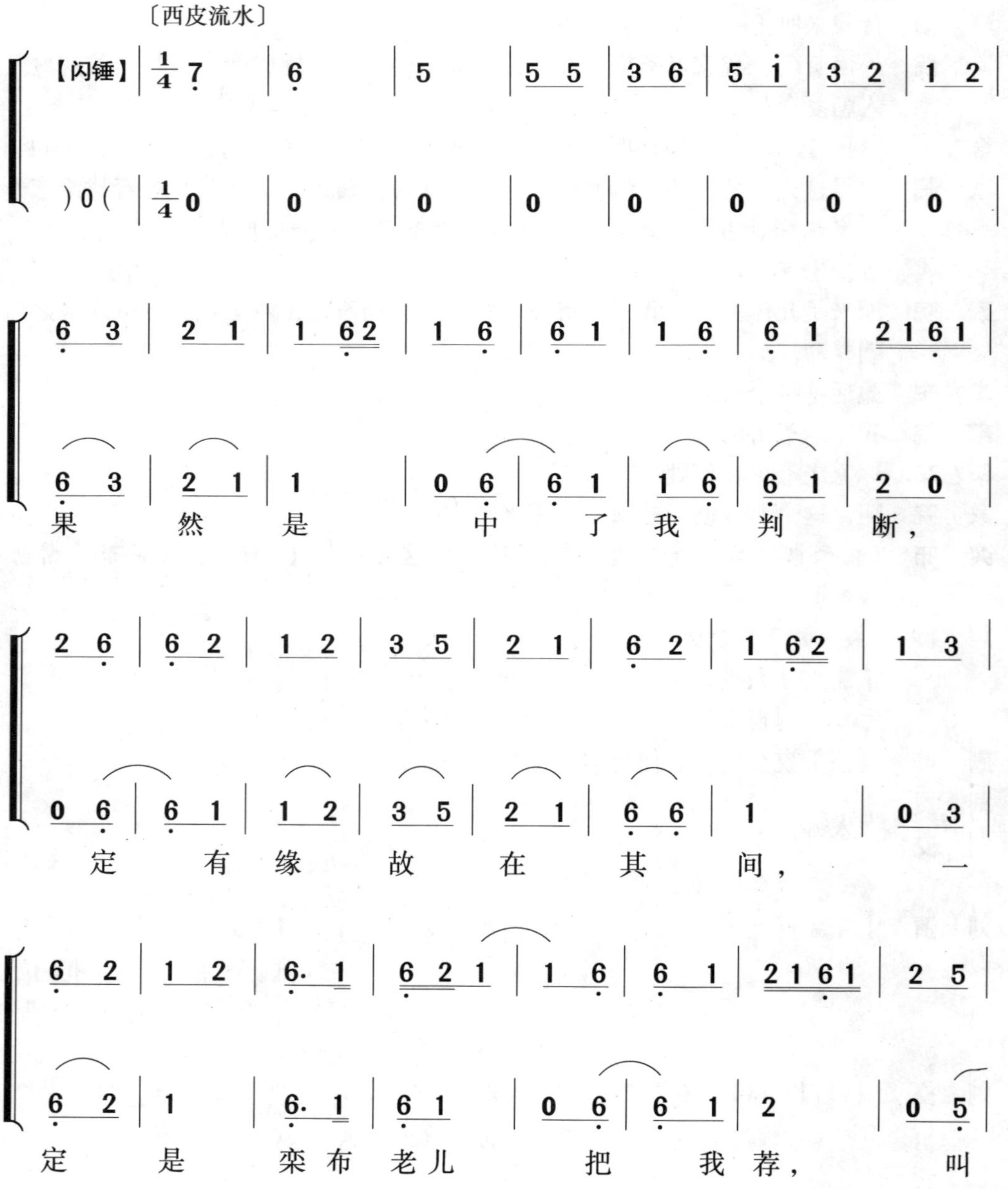

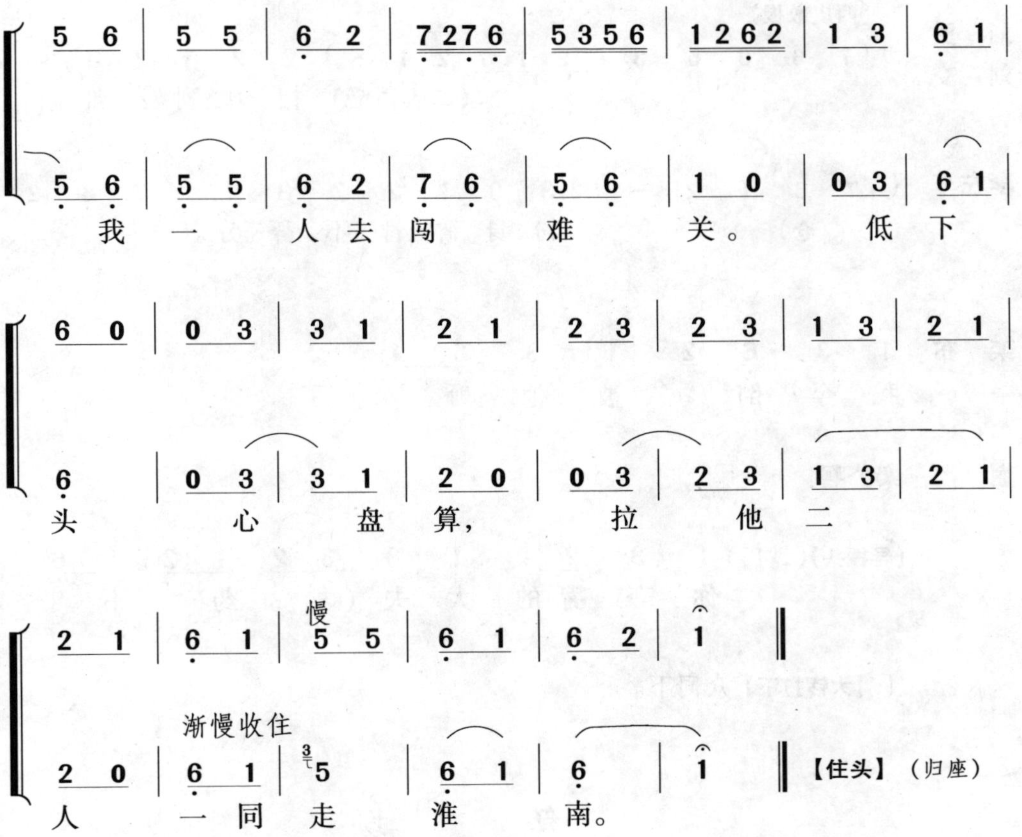

启禀二位千岁，想那刘长年幼性傲，为臣一人前去顺说，恐难成功，想广武君李左车足智多谋，虞侯栾布能言会道，我三人若能同去，大功必成也。

李左车 好，某愿前往。（起身）

栾　布 慢着，慢着！你先坐着！（起立，叫蒯彻同向前）我说老蒯呀，你这儿来，听我跟你说。想那刘长不过是个年轻的小孩子，你到那里三言五语跟他一说就成了，何必买一个饶俩呐！

蒯　彻 哦！怎么，听栾公之言，此去顺说刘长容易得很？

栾　布 容易得很！

蒯　彻 好！既如此容易，就烦栾公一人前去，我们在此听候好音。你看如何哇？

栾　布 我一个人去？（略一思索）那不行！还是咱们三人一道去吧！

蒯　彻 全是你说！

栾　布 不是呀！人多主意多不是。**【住头】**（与蒯彻同归原座）

蒯　彻 但不知几时前往？

刘　贾
刘　交 事关紧急，急速为妙。

蒯　彻 既然如此，待等明日我三人去往淮营便了。

〔**【大锣凤点头】**蒯彻、刘贾、刘交、栾布、李左车同站起。

〔西皮散板〕

刘贾
刘交 サ(7 6 6 5 3 1 2 1 7 2 1 -) 2 2 1 2 3 3 2 -
(二人同唱)相 烦 列 公 淮 南 到,

李左车 (7 6 1 2 -) 3 3 1 2 2 3 1 (7 6 2 1 -)
(仓) 粉 身 碎 骨 不 辞 劳。

栾布 1 3 6 2 1 3 6 1 2
我 今 倒 被 他 赚 了,

蒯彻 栾公啊!

【导板头】(过门)1 3 2 1 1 3 3 2 1 2 1 6 1 -
你 夸 嘴 的 大 夫(哇) 药 不 高。

〔【大锣打下】众同下。

第二场

〔【冲头】八军士持削刀上,站"斜一字",金环骑马上,至"大边"台口拉回来。

金环 三军的!(众应声:"啊!")打道营门!

〔曲牌<八声甘州>领起圆场"挖开",金环下马归正场【大锣归位】打住。

金环 千军万马俺为先,承上启下把令传。【住头】某【撕边一击】淮南王帐下大中军金环。【住头】某侍奉王爷,王爷十分宠信,大事通禀,小事任某去办,今当开放营门之日,三军的!(众应声)【大锣一击】有人求见速报我知!(众应声)

〔【冲头】八军士走向"下场门"站成"斜胡同",后随金环下。

〔【快长锤】栾布、李左车、蒯彻上。同站台右"小边"。

〔西皮摇板〕

蒯彻 (过门从略)2 1 2 3 1 2 1 2 6 2 1 3 2 -
奉 旨 命 来 淮 南 逞 说 舌 辩,

栾布 (过门从略) 1 3 2 6 2 1 2 1 6 2 1 2 1 -【住头】
我 三 人 来 到 了 这 鬼 门 关 前。

我说老蒯呀，来到淮河营啦！

蒯　彻　怎么？到了淮河营了！栾公向前通报。

栾　布　哎，咱们三个人一道来的，怎么单叫我上前通报哇？

蒯　彻　你出的主意总是你去呀！

栾　布　我出的主意就得我去？好，我去就我去。（稍上两步，向台中）有人么？走出一个来！

军士甲　（“下场门”上）喂！做什么的？

栾　布　嘍！你说的这是什么？去去去，换一个会说话的出来。你说的这是什么呀！

军士甲　有请中军官。

〔【五击头】金环“下场门”上。

金　环　何事？

军士甲　有人求见。

金　环　待我看来。【撕边一击】（看栾布）嘿！原来是个老头儿。

栾　布　（学金环声音）老头儿，我不玩火球儿！

金　环　到此何事？

栾　布　去去去，对你家小千岁去说，就说长安来了三位老臣，有大事密禀。快去说去！

金　环　拿来！

栾　布　什么？

金　环　禀帖。

栾　布　禀帖。哟，坏了，没带着。（转身）老蒯呀，他跟我要禀帖，我没带着呀！

蒯　彻　怎么？禀帖未曾带着！

栾　布　没带着，怎么办呢？

蒯　彻　不妨事，待我向前。

栾　布　你去呀，瞧你的！（走向“小边”）

蒯　彻　（上前）哎！【一锣】对你家千岁去说：长安城中来了三位老臣，要见你家千岁，有大事密禀。禀帖未带，快去通报，【撕边一击】快去快去！

金　环　是是是。【冲头】（下）

栾　布　老蒯呀，这么着成吗？

蒯　彻　这也算不了什么。

〔金环内白：“令下！”【冲头】持令旗上。【叫头】

金　环　三老听者：千岁有令，命你三人，分作三班，报门而进！你们要仔细了！你要与我【一锣】打点了！【五锤】（一指三人，转身急下）

〔三老在【撕边一击】中同看“下场门”，李左车站“大边”，蒯彻在中，栾布“小边”。

蒯　彻　嘿嘿！小小淮河营，倒有些威风煞气也！

〔摇板〕

【闪锤】（过门同前）3 2 1 1 3 2 1 2 2（3 2 1 6 1 2）

淮南　王他把令传下，

李左车　3 1 3 2 21 6 1 (1 21 62 12 65 55)
分 作 三 班 去 见 他。

蒯　彻　3 21 1 3 21 1 2 2 (3 21 61 21 65 55)
分 明 是 先 把 虎 威 诈，

5 3 3 21 1 2 - 61 2 2 1 - ‖【一锣】（笑）
不 由 得 我 等 笑 哈 哈！

栾　布　哦！

〔流水板〕（随过门加堂鼓【浪头】）

【闪锤】1/4 (7 | 6 | 5 | 55 | 36 | 5i | 32 | 12) | 14 |
战

3 | 33 | 32 | 35 | 32 | 35 | 55 | 32 | 12 |
鼓 不 住 咚 咚 的 打， 只 打 得 栾

12 | 23 | 12 | 1(62 | 1) 1 | 12 | 55 | 31 | 2 |
布（哇） 心 内 麻。 趁 此 机（呀） 会

12 | 35 | 61 | 25 | 32 | 12 | 31 | 2 | (22 |
我 就 溜 了 吧， （大 大 大 大

〔行弦〕
23 | 2161 | 212 ‖: 03 | 21 | 61 | 23 | 43 | 21 | 61 | 212 :‖
衣 大 大 仓 大） （在〔行弦〕中进行下面三人的对话）

蒯　彻　回来！哪里去？
栾　布　我有事去。
蒯　彻
李左车　你有何事？
栾　布　我呀，我有点“内急”！
蒯　彻　什么叫“内急”？
栾　布　“内急”就是要“搂闪”。
蒯　彻　什么叫做“搂闪”？
栾　布　这么大的舌辩侯，连“搂闪”都不懂？“搂闪”就是要“拉屎”去。
蒯　彻　生死关头，不许你去！

李左车 不许你去！

栾　布 唉！坏了！（〔行弦〕收住）

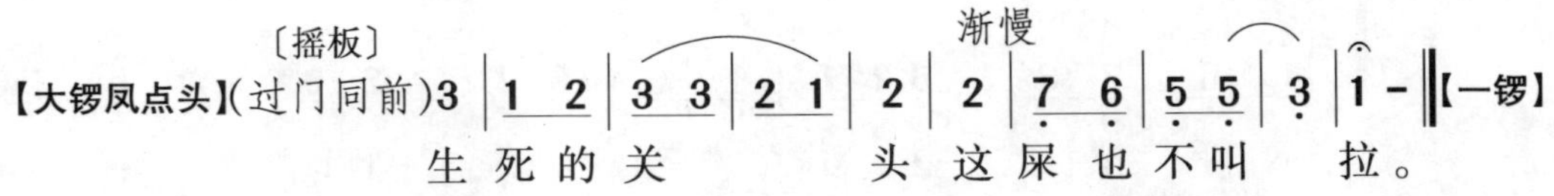

蒯　彻 啊！【闪锤】（右手抖袖）

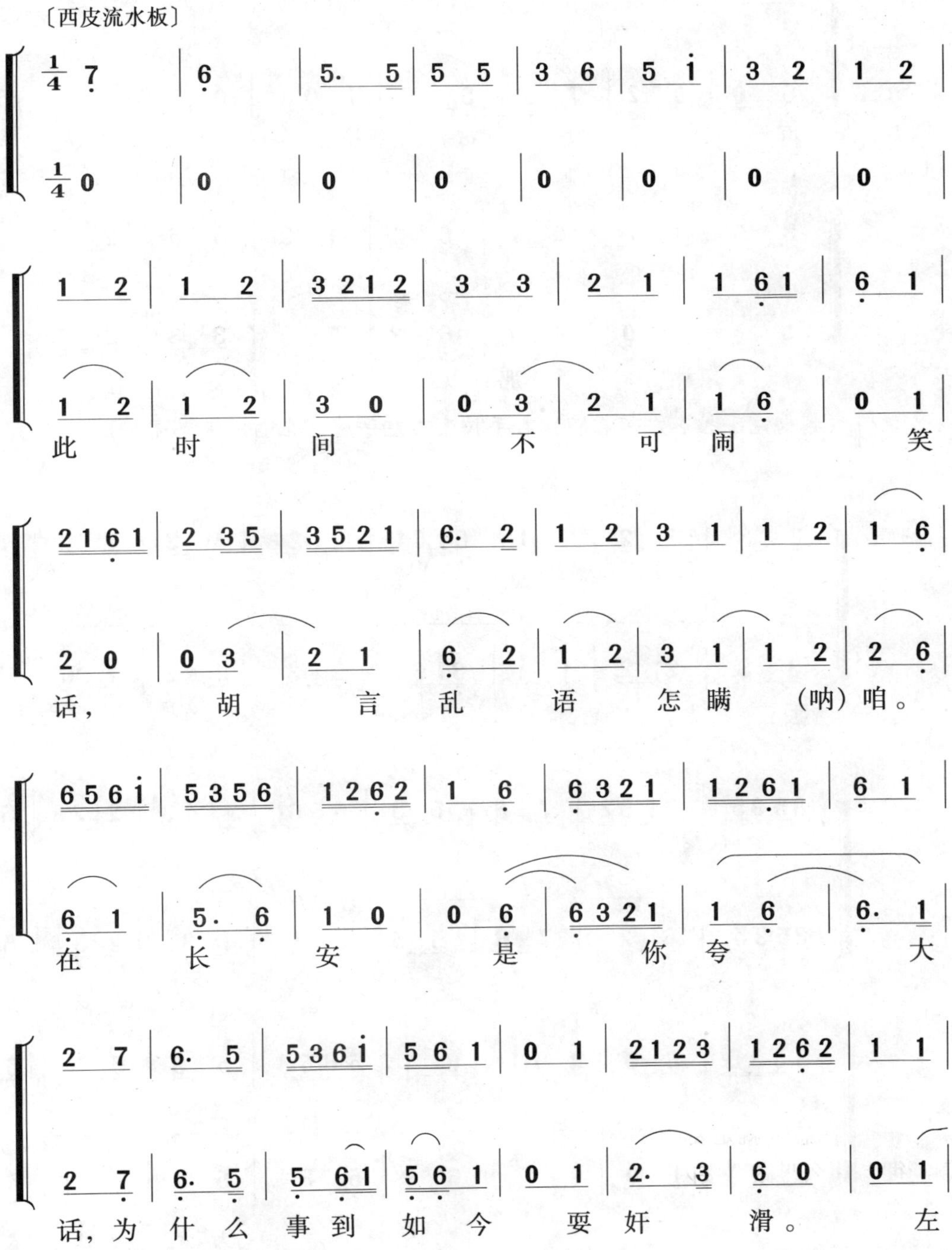

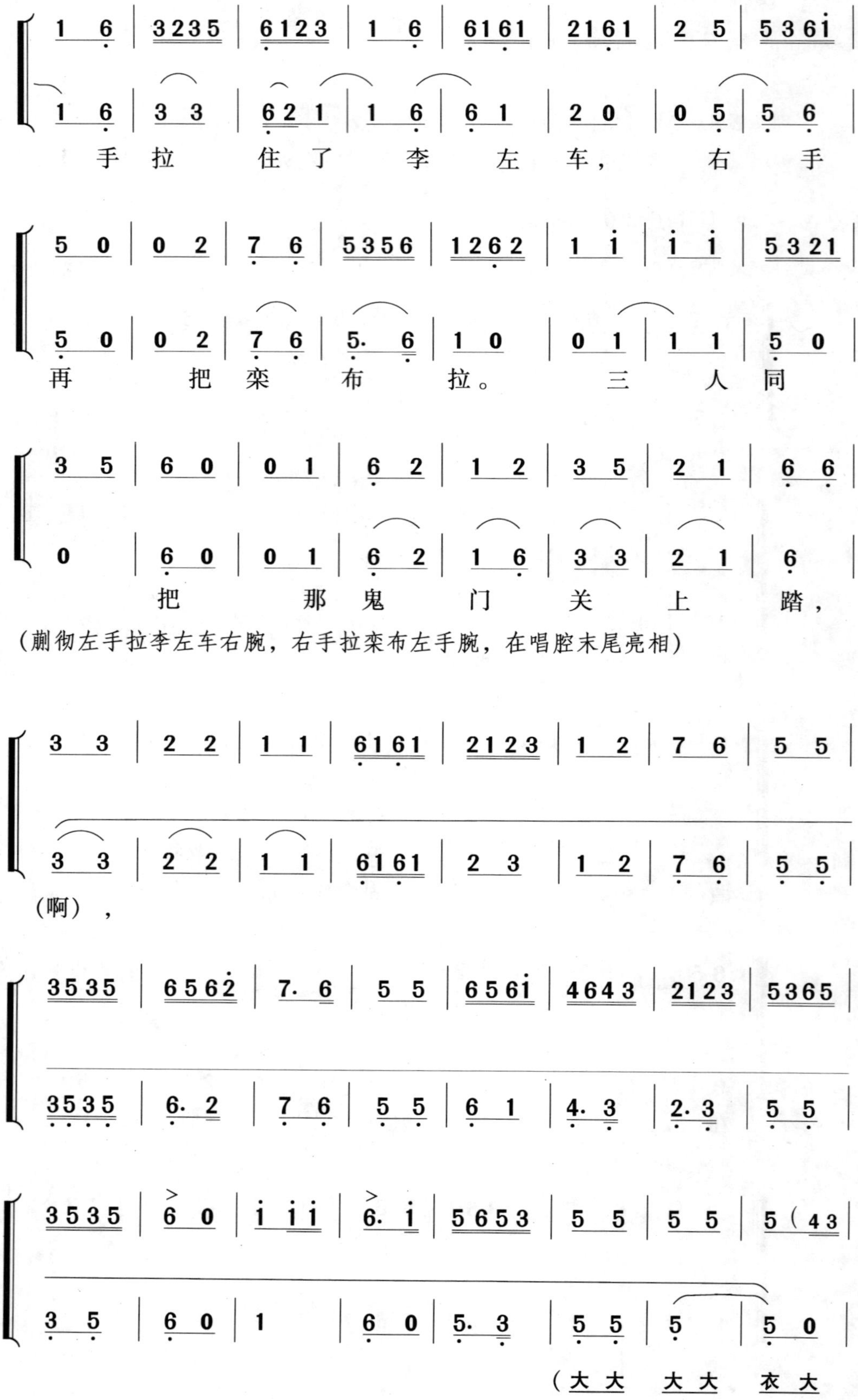
手拉住了李左车，右手
再把栾布拉。三人同
把那鬼门关上踏，
(蒯彻左手拉李左车右腕，右手拉栾布左手腕，在唱腔末尾亮相)
(啊)，
(大大 大大 衣大

〔行弦〕

2161 | 435 | 0 6 | 5 2 | 3 6 | 5 | i | 6 5 |

0 | 0 | 0 | 0 | 0 | 0 | 0 | 0 |

大　　　仓　大）

サ4　－　3 5　6 i　5 6　i　－）接（过门）(3　1 2　2 1　7　2　i）

（过门中起**【双槌凤点头】**）（栾布、李左车下）

〔散板〕

サ　3 2　2 6　1.　2 3 5　2　－　1　－　2 2 5　－　6 1 6　－　i　－ ‖

生　死　二　　字（喏）　　且　　由　　　　他。

〔**【一锤锣】**蒯彻右手抓袖，左手撩衣襟亮相后，从“下场门”下。

第　三　场

〔奏<将军令头子>摆高台，幕启开**【急急风】**四军士持削刀“站门”，金环站“大边”，四军士执跃虎旗“站门”。刘长上，到台口，**【回头】**亮相，**【四击头】**向左转身向外亮相，**【急急风】**向右小圆场朝外亮相，上高台坐。**【五击头】**

刘　长[①]（念诗）性儿强来性儿刚，顺者昌来逆者亡。（**仓才仓**）

任所欲为无商量，人称**【冲头】**（掏翎子亮相）淮河小霸王。**【半夺头】**孤，**【撕边一击】**淮南王刘长。**【住头】**适才中军报到，长安来了三个老臣要见孤王，有事密禀。嗬，中军听令！（**仓才仓**）

金　环　在。

刘　长　传孤的将令：摆下枪林剑阵。（**仓才仓**）命他三人分作三班，（**仓才仓**）报门而进！你要与孤传呐，**【大锣一击】**你要与孤（**仓仓仓**）传头班！（锣与“传头班”三字同击，双手掏翎子三摆）**【撕边一锣】**（抖右袖，坐）

金　环　架起刀门！

〔四大铠内白：“啊！”

〔**【冲头】**四大铠两边上至台中，架起刀门。

金　环　传头班！

〔李左车内白：“来也。”**【快长锤】**上，看刀门。

〔西皮快板〕

李左车　（过门同前）$\frac{1}{4}$4 | 3 | 0 3 | 3 3 | 2 5 | 3 2 | 3 (2 | 3) 1 | 1 1 | 2 1 | 2 | 3 | 1 2 | 1 |

忽　听　一　声唤　头　班，　挺　胸又　背　走　向　前。

---

① 刘长：刘邦少子，封淮南厉王。其出身大抵与剧中所述相同。但关于他灭吕扶汉事，则于史无据。

〔西皮摇板〕

(过门略) 1 | 2 | 2 | 3 | 1 | 2 3 2 2 -
小 刘 长 摆 下 刀 和 剑,(众喊威)

〔【闪锤】李左车钻刀门，四大铠两边下。李左车站“小边”。

李左车 (过门略) 6 2 1 1 2 3 2 1 1 - 【住头】
要 吓 左 车 难 上 难。

叩见千岁！（在台中间里跪【撕边一击】）

刘　长 下跪何人？

李左车 李左车。

刘　长 官居何职？

李左车 广武君。

刘　长 唔呼呼呀！【撕边一击】原来是我父王托孤老臣，起来一旁坐下。

李左车 谢座。【一锤锣】（坐“小边”）

刘　长 远由长安到此面见孤王，为了何事？

李左车 为臣有桩故事与千岁有关，特地到此说与千岁知道。

刘　长 哦！有桩故事与孤有关？

李左车 正是。

刘　长 你可记得清？

李左车 记得清。

刘　长 讲得明？

李左车 讲得明。

刘　长 好哇！【软四击头】如此你就与孤【三锣】（双翻水袖做身段）【一击】讲！
（仓）

李左车 千岁容禀：【归位】（起身站“小边”）为臣这段故事，是高皇灭了项羽之后，奏凯回朝。路过长山，思念功臣，吊祭长山王张敖。见其使女赵氏，生得天姿国色，就将她带进宫去，封为香宫娘娘。【住头、一锣】不上数月，香宫娘娘身怀有孕；不料彭越造反，高皇御驾亲征，香宫娘娘上前奏道：“啊万岁，妾妃将要生养，不知命何人收生代劳？”高皇在马上用鞭一指，说道：“命正宫吕国太收生代劳。”【一锣】【住头】

刘　长 嗯。

李左车 高皇一去，数月未归。香宫娘娘渐渐临盆，那吕国太定下毒计，与她送去三件礼物。（走向“大边”，走去再回）

刘　长 哪三件礼物呢？

李左车 龙须菜、定心汤、天鹅蛋。

刘　长 哎！分明是一番好意，怎说是毒计？

李左车 说什么好意，般般有药，件件有毒。香宫娘娘本当不用，怎奈是大予小送，又不得不用。待等生下一家小千岁之后，用下此物，那时节可怜哪！【二击】可怜哪！【五

击】可怜那香宫娘娘，怀抱小千岁的龙体，痛哭一场，她、她、她就一命（走回“大边”）升天了！【撕边一锣】

刘　长　噢！

〔摇板〕

李左车　【闪锤】(过门略) 3 2 21 1 62 1 2 -（3 21 61）
香宫娘娘死得惨，

3 3 13 2 12 16 1 - 【住头】
空留幼主在人间。

刘　长　啊！【一锣】听你言来语去，这家小千岁莫非是孤王不成？

李左车　你今日才得明白。【一锣】

刘　长　怎么讲？

李左车　你才得明白！

刘　长　喳喳喳，好恼！

〔散板〕

【纽丝】サ（66 65 31 2 62 1）4 3 32 3 3 32 3
听罢一言怒满膛，

（6 12 3）4 32 1 22 12 3 21（7 62 1）
（仓）花言巧语你骂孤王。（仓）

62 12 3 2 3 31 23 4 32 12 3 21 6 1
进得淮营胡乱讲，搬弄事非罪怎当。

（7 621）3 3 32 12（21 6. 1 2）12 4 3 - 0
（仓）人来囚起（顷仓）候发放！白：“囚起来！”

〔【纽丝】军士绑李左车押下后，军士复暗上归原位。刘长一望，锣鼓切住。

刘　长　嗬，中军！

〔散板〕

【大锣凤点头】サ（7 6 65 53 12 621）32 3 13 21 62 1 1 【大锣一击】
（唱）再传二班见孤王。

金　环　传二班！

〔栾布内白：“来也。”

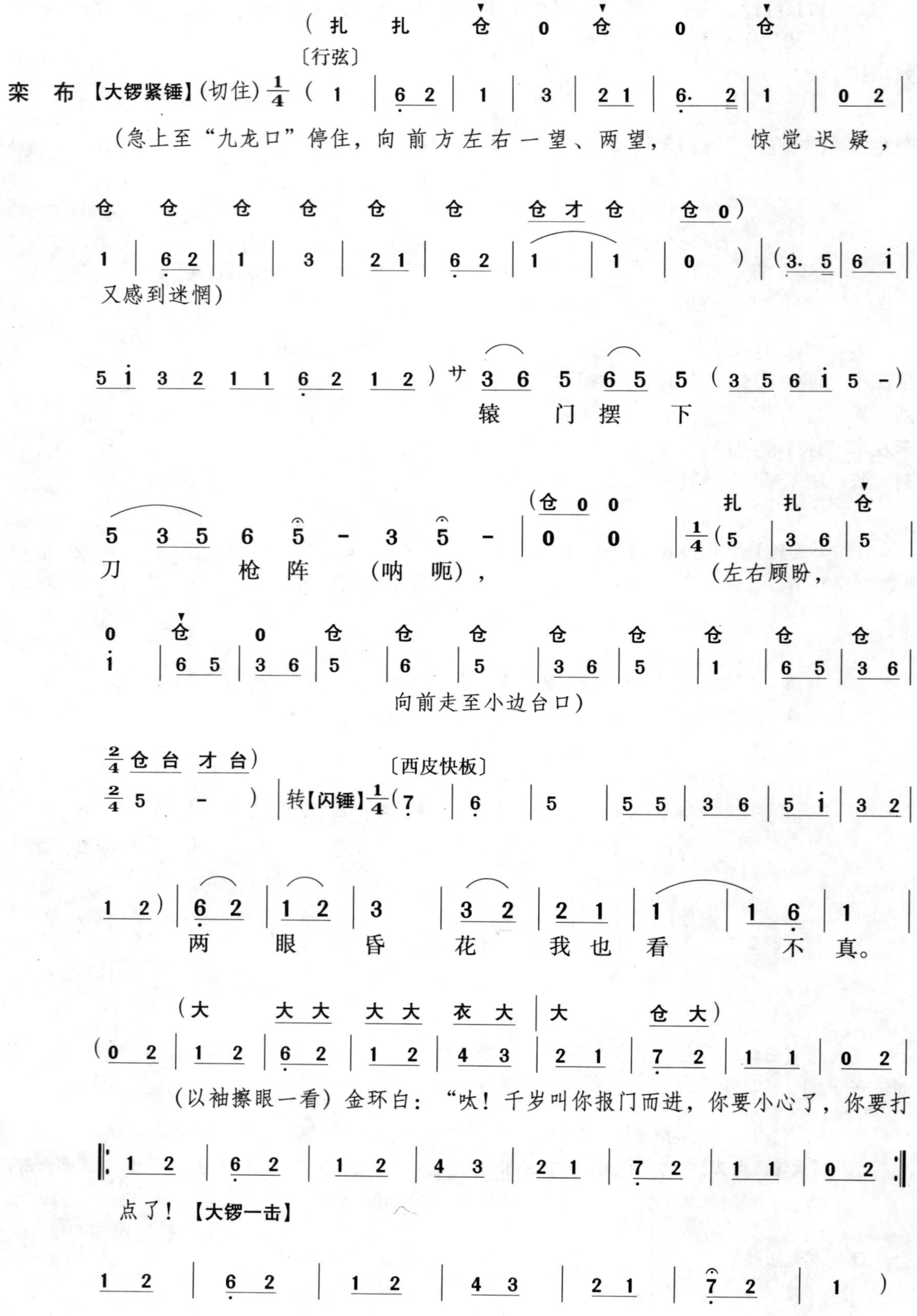
扎 扎 仓 0 仓 0 仓
〔行弦〕
栾 布【大锣紧锤】(切住)
(急上至“九龙口”停住，向前方左右一望、两望，惊觉迟疑，
仓 仓 仓 仓 仓 仓 仓才仓 仓0)
又感到迷惘)
辕门摆下
(仓00 扎 扎 仓
刀 枪阵 (呐 呃)，(左右顾盼，
0 仓 0 仓 仓 仓 仓 仓 仓 仓 仓
向前走至小边台口)
仓台 才台)
〔西皮快板〕
转【闪锤】
两 眼 昏 花 我也看 不 真。
(大 大大 大大 衣大 大 仓大)
(以袖擦眼一看)金环白：“呔！千岁叫你报门而进，你要小心了，你要打
点了！【大锣一击】

栾　布　噢！

〔流水板〕

【闪锤】(7 | 6 | 5 | 5 5 | 3 6 | 5 i | 3 2 | 1 2) | 1 6 | 4 | 3(12 |

忽 听 得

3) 3 | 3 5 | 3 2 | 1 2 | 3(12 | 3) 1 | 1 6 | 3 3 | 2 3 | 3 3 | 5 6 |

里 面 传 一 声， 吓 得 我 栾 布（哇） 心 内

1(62 | 1) 3 | 2 3 | 6 2 | 1 | 2 1 2 | 3 3 | 2 | 1 3 | 2 | 3 3 | 2 1 | 3 3 |

惊。 此 一 番 进 去 怒 恼 了 他 的 性，那 时 节 推 出 了 辕 门

2 1 | 6 1 | 2 2 | 03 2 | 123 | 216 | 1(62 | 1) 1 | 1 2 | 5 6 | 3 1 |

以 外 奔儿巴 吓 叽 我 的 老 命 归 了 阴。 大 着 胆

23 | 1 2 | 3 5 | 21 | 16 | 01 | 16 | 01 | 61 | 61 | 25 | 32 | 12 | 31 | 2 ⁝

儿 我 就 钻 刀 阵，

〔四大铠架起刀门，**【九锤半】**转**【搓锤】**栾布做惊恐身段，进刀门站“大边”。四大铠分两边下。

〔摇板〕

栾　布　**【凤点头】**（过门略）6 2 1 1 3 2 2 1 66 1 －**【住头】**‖

问 我 一 言 答 一 声。

小千岁在上，老臣有礼。（立恭礼）

〔**【撕边一击】**刘长看栾布。

刘　长　下站何人？

栾　布　虞侯栾布。

刘　长　唔呼呀，**【撕边一击】**又是我父王托孤的老臣。一旁坐下。

栾　布　谢座。**【住头】**（坐“大边”）

刘　长　远由长安到此，面见孤王为了何事？

栾　布　请问千岁，适才间绑的何人？

刘　长　广武君李左车。

栾　布　因何将他捆绑？

刘　长　进得淮营胡言乱语，故尔将他上囚。

栾　布　但不知他说了些什么？

刘　长　他道孤是香宫赵娘娘所生。

栾　布　怎么着？他说你是香宫赵娘娘所、所生？想必是赵娘娘所生。

刘　长　他又道孤是吕国太抚养。

栾　布　怎么着？他说你是吕国太抚养？想必是吕国太抚养。

刘　长　他说是？

栾　布　那就是！

刘　长　他又说不是？

栾　布　怎么着他还说不是？哈哈哈，那就不是吧！

刘　长　咦！**【撕边一击】**胆大栾布，进得淮营随机应变，真可谓老而不死是为贼！**【大锣一击】**

栾　布　千岁，有道是君责臣，臣也当责君。所以我是“知之为知之，不知为不知，是知也！”

刘　长　嘟！**【大锣五击头】**大胆栾布，进得淮营，胡言乱语。来呀，推去砍了！**【撕边一击】**

栾　布　且慢，我乃托孤老臣，哪个敢斩？

刘　长　斩不得？

栾　布　斩不得。

刘　长　孤就要囚！

栾　布　什么？

刘　长　要囚！

栾　布　动也动不得！**【撕边一击】**

刘　长　三军的！（众应）斩得好，还是囚得好？

众　囚得好。

刘　长　哎呀！**【大锣五击头】**说什么囚得好，分明是叫这老儿多活一时，来呀！**【大锣一击】**与孤囚、囚起来！

〔军士绑栾布。

栾　布　哦呵！坏了！

〔散板〕

【纽丝】（过门）サ 6̣2 1 3 2 6̣2 1 2
霎　时　之　间　上　绑　绳，

6̣2 1 3 2 2 1 6̣ 1 **【大锣一击】** 1 5 3 3 1
不　由　栾　布　吃　一　惊。（出门）我　高　叫　老

2（**空匡**）2 1 2 3 5 3 2 － 1 2 －
蒯　来　救　命　（呐　呃），

【大锣一击】老蒯呀！（**崩登仓**）

〔蒯彻内白：“来也！”

〔【急急风】蒯彻左手撩袍，微抖，急走上到台口见栾布，惊愕，锣切住。

蒯　彻　啊！（4̂ 3 1 2 －）【凤点头】（过门略）サ3 2 1 1 6̣2 1 2 1 6̣ 3 2 1 1 － ‖
虞侯 为 何 上 了 刑（哪）？

栾　布　老蒯呀！

〔散板〕
【凤点头】（过门略）3 2 1 6̣ 2 1 3 1 6̣ 2 1 2 2（7̣ 6̣ 1 2）
刘长这小 子他是概 而不论，（仓）

6̣ 2 1 3 2· 1 1 2 2 1 1（7̣ 6̣ 2 1）
不 容 分 说 就 上 绑 绳 （哪）。（仓）

1 3 2 6̣ 2 1 6̣ 2 1 6̣ 1 6̣ 1 2（7̣ 6̣ 1 2）
咱 三 人 倒 有 两 个 上 了 捆，（仓）

2 5 3 2 2 1 2 1 1 ³2 1 － ‖
救 命 全 仗 你 一 个 人（呐）！

蒯　彻　哦！

【大锣凤点头】（7̣ 6̣ 6 5 5 5 i 3 1 2 2 6̣ 6̣

2 1 1 1）3 2 2 1 1 1 3 2（7̣ 6̣ 1 2 2）
听 罢 言 来 笑 吟 吟，（仓）

栾　布　（夹白）你还乐哪！

蒯　彻　7̣ 6̣ 6̣ 3̣ 5̣ 7̣ 2 2 5̣ 6̣ 1（7̣ 6̣ 2 1 －）
我 有 言 来 你 是 听。（仓）

栾　布　你有话说吧。

蒯　彻　1 6̣ 3 2 2 1 6̣ 6̣ 3 2 1 1 6̣ 1 2（6 5 5 2·1 6·1 2 －）
你 既 知 小 刘 长 暴 虐 烈 性，（仓）

5̣ 3̣ 7̣ 6̣ 3̣ 5̣ 3̣ 5̣ 3̣ 1 6̣ 3̣ 5̣ 6̣ 6̣ 5̣（2 3·4 6 5）6̣ 2 1 3 2 1【凤点头】
为 什 么举荐 我（哇） 来 见他人（呐）？

栾　布　就别抱怨啦！

蒯　彻　（过门略）3 21 11 63 6 63 21 1 61 2（7 612·）
这也 是你要奸滑自 己 的报 应，（仓）

栾　布　哎唷！

蒯　彻　6 3 21 1 2 1 3 2 - 3 21 6 6 13 2 2 1（1/4 仓大 | 0 2 |
要求 救你只好（哇） 另请 高明（呐）！
（向栾布摆手向“小边”走）

〔小拉子〕（栾布在此音乐中夹白）
162 |: 143 | 2172 | 1·2 | 1262 | 143 | 2172 | 1·2 | 162 :| 12）|

栾　布　哎老蒯，老蒯，别不管呐！到什么时候了？你赶紧救命吧，我都出了汗啦！
蒯　彻　（微笑，抖右袖）

【大锣凤点头】サ（7 6 65 55 i 3 12 2 6 6 2 1）

13 21 1 2 21 1 63 21 1 61 2（7 6 1 2）
劝 虞 侯且忍 耐略 等 一 等，（仓）

5 37 63 5 31 7 65 3·5 6 6 5（2 3 6 5·）7
待 我 去见 刘 长 舍

6·7 1 2 7 6 65 6 1（7 6 21）63 26 1 2 12 3
命 拚 生。（仓） 但 愿 得说动 他

1 61 61 2 2（7 6 1 2）7 65 5 3 1 3 7
乃炎 汉 之幸，（仓） 也不 枉我三人千

（3561 5 6）
6536 5 1 616 21 613 22 1 【大锣凤点头】（过门略）
里 迢 迢 走淮 营，我们同来 同行（呐）。

2 1 2 3 12 1 2 - 1 6 321 61 2 2 -
全凭我三寸 舌 在败中 取胜，

栾　布　【纽丝】切住（刚行又止）老蒯呀！【大锣凤点头】

（过门同前）3 2 5 3 2 1 1 2 2 1 1 2 1 1 【纽丝】（栾布走下）
你进　去也　得　留他点神（呐）！

蒯　彻　（过门同前）3 2 1 6 2 1 1 3 2（7 6 1 2）
低　下　头　来　暗　思　忖，（仓）

6 2 1 3 2 1 6 1 2 1
怎　样说　动就把　他　赢？（右手搂髯，左手翻袖）

【叫头】且住！【五锤】二老大臣今已上囚，我此番进去若说他不倒，一来炎汉江山无以为救，二来断送我三人的性命。这……【撕边一击】【乱锤】（思忖，向里转身，再想，又返回，背双手，仰面转眼珠）【叫头】哦，哦！有了！【五锤】我此番进去与他一个玩世不恭！【一锣】傲慢不逊！【一锣】用言语激怒于他！再做道理呀！【快纽丝】（四大铠架刀门）

（过门同前）3 2 2 1 1 1 6 1 2（7 6 1 2）
我将主　意来拿　稳，（仓）（用手将帽挪动稍斜戴）

7 6 6 3 5 6 7 2 5·6 1（7 6 2 1）
衣帽斜　挎见他　人。（仓）（此时速向右飘髯，右手同左手掖左袍襟于腰带中）

4 3 3 1 2（7 6 1 2 2）2 1 1 2 2 -
撩袍我　且　（顷 - 仓）钻　刀阵，

〔【撞金钟】四大铠架起刀门阵势。蒯彻右手抖袖，抓袖。众喊堂威。锣鼓转【纽丝】蒯彻看刀阵，起步钻入，转身归“大边”。四大铠归原位。

蒯　彻　（过门同前）1 3 2 1 1 2 2 1 1 2 5 6 6 1 -【住头】
看他把　我　怎　样　行。

〔【撕边一击】蒯彻看刘长。

蒯　彻　请了！【撕边一击】

刘　长　下站何人？

蒯　彻　姓蒯，名彻，字文通，高皇封过“一字——不斩舌辩侯”。喏、喏、喏，就是我啊！

刘　长　哪个问你的官衔？

蒯　彻　高皇封过，是不得不讲。

刘　长　你进得淮营，可知王法？

蒯　彻　王法治国。

刘　长　可晓得礼仪？

蒯　彻　礼仪传家。

刘　长　好哇！**【软四击头】**你既知王法礼仪，自古臣子见君原有二十四拜，三拜九叩，四起八拜，方合道理。你如今进得淮营，衣冠不整，横眉视君，是何道理？**【大锣一击】**

蒯　彻　呵呵！不错，不错。凡为臣子见君，原有二十四拜，三拜九叩，四起八拜，方合道理。你是高皇的爱子，我是先王的旧臣。况且，我如今是告老封侯之人，来到此处乃一客位，你就该下位迎接，那时节我必然恭恭敬敬行起君臣大礼。你如今昂然上座，怒目相视，全无礼节，反道我老蒯不参不拜，呵呵！正所谓不知责己，只知责人也！

刘　长　（大　大　大 大　乙大大　仓）呀！

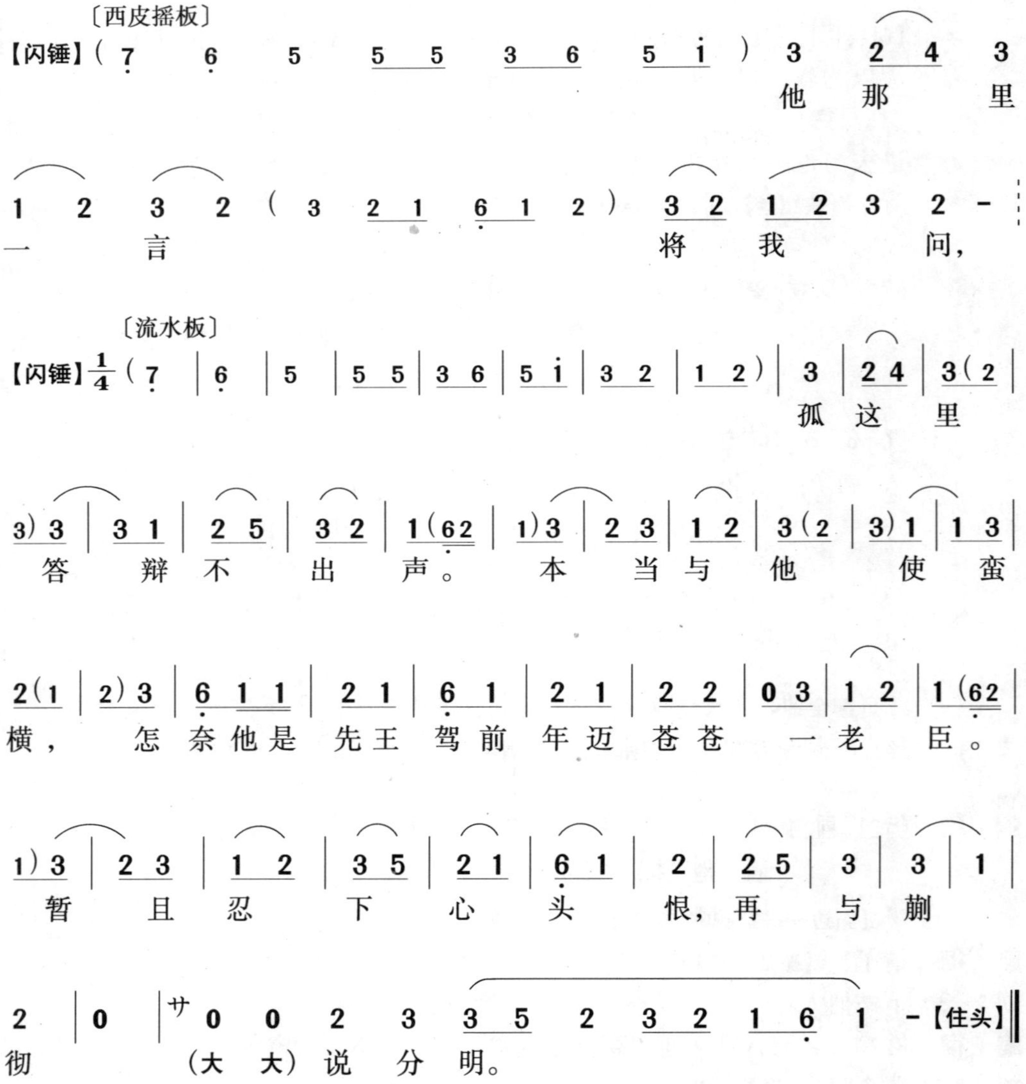

蒯彻，孤也不计较与你，远由长安到此面见孤王为了何事？

蒯　彻　那栾布、李左车他二人进营何事？

刘　长　他二人进得淮营胡言乱语，今被孤王上囚。有人再提此事者，孤定斩不赦！**【一锣】**

蒯 彻 听你之言，那栾布、李左车他二人上囚了么？
刘 长 嗯，便宜了他们！
蒯 彻 说什么便宜了他们，依我看来是该遭雷打！【大锣一击】
刘 长 啊？哪个该遭雷打？
蒯 彻 就是你！
刘 长 啊？【大锣撕边一击】（拔剑向蒯彻）
蒯 彻 （双手摇摆拦阻）啊，慢来，慢来！不必性急，请安坐。我有几句言语说与你听。
刘 长 讲来！（收剑，不耐烦）
蒯 彻 听道：【大锣归位】想那栾布、李左车乃是你父王驾下托孤的老臣，从长安至此，不过是为了你刘家江山社稷而来。说得是，好好的款待。说得不是，也要送回长安。你如今将他二人上囚，犹如囚了高皇一般，岂不是该遭雷打！
刘 长 呔！【大锣五击头】大胆蒯彻，进得淮营胡言乱语，你是该当【冷锤】何罪呀？
蒯 彻 （右手抓水袖）【崩登仓】哈……！（冷笑）
刘 长 【撕边一击】你为何发笑？
蒯 彻 非我发笑，我倒无有什么罪名，你今头顶三行大罪，你可知道哇？
刘 长 哎！【撕边一击】孤镇守边关，保卫疆土，何罪之有？我问你这一？
蒯 彻 好，我来问你：前者兵发成皋，为了何事？
刘 长 捉拿我叔父刘渊进京问罪。
蒯 彻 你叔父刘渊，他有何罪？
刘 长 他要篡夺汉室天下，还说无罪吗？
蒯 彻 你叔父刘渊，今年多大年纪？
刘 长 七十有三。
蒯 彻 可有后代？
刘 长 哎！这？乏嗣无后。
蒯 彻 着哇！想你叔父幼年的时候，随同你父东挡西诛，南征北剿，那时不争江山，不夺社稷，如今七十有三，乏嗣无后，才来争江山夺社稷，难道说他带到棺材里面去坐不成？
刘 长 这个……【大锣一击】
蒯 彻 可笑你不明道理，不辨事非，单听吕后片面之言，乱杀刘氏宗亲，见了你叔父刘渊，提枪就刺。你叔父刘渊抱住枪头，对天叹曰："刘家出了不肖之子！"痛哭先王一场，拔剑自刎。你不念亲骨肉，反来侄伐叔，其罪一也！
刘 长 啊……这个……【大锣一击】这一罪孤且认下。我问你这二？
蒯 彻 这二，你父王晏驾，你因何不登基？
刘 长 是孤年幼。
蒯 彻 你几岁封王？
刘 长 七岁封王。
蒯 彻 几岁离都？
刘 长 九岁离都。
蒯 彻 镇守淮南？
刘 长 一十二年。

蒯　彻　共计算来？

刘　长　二十余载。

蒯　彻　着哇！你七岁封王，九岁离都，镇守淮南一十二年，共计算来二十余载。既不登基，又不接位，就该发下龙票一张，（由“大边”走向“小边”，边说边走）去至山东，请回九千岁，大家当殿商议，（右手按上左手一、二）谁在殿上为君，谁在殿下为臣，方合道理。你如今坐又不坐，让又不让，叫那吕后在长安城中称孤道寡，眼看炎汉社稷断送吕后之手，其罪二也。（左手向刘长伸出二指，右手扶左手袖下）

刘　长　这！【大锣一击】好，这二罪孤也认下。我问你这三？（伸出右手三指向蒯）

蒯　彻　这三，（蒯右手伸出三指，左手扶右手袖下，面微向上面的刘长）这淮河两岸的老百姓，是古来有的呀？还是新有的呢？

刘　长　古来有的。

蒯　彻　不然，不然，是新有的。（双手微摆）

刘　长　古来有的。

蒯　彻　噢，古来有的？我再来问你，你父王在九里山与霸王交战的时候，那时节是先有你呀，还是先有我呢？（左手指刘长，右手托髯）

刘　长　这个……自然先有你这个老儿！（右手指蒯彻）

蒯　彻　着哇！既然先有我，我不知道，你是怎么晓得呀？（右手心向上，眼微向刘长）

刘　长　你知道？好，你就讲！（摆右袖不耐地）

蒯　彻　我自然要讲。想当初，你父王与霸王交战的时节，淮河两岸的老百姓被霸王杀得是干干净净。你父王灭了项羽，奏凯而回，打从淮河两岸经过，见那里无有人烟，去至江夏调来三千七百余户，（自“小边”走向“大边”）每人赐木犁一张、耕牛一头。（右手指盖左手指）对百姓们说道：“养子不当差，种地不纳粮。”众百姓敬你父如天神一般，谁知你，不来继父志，反来丧父德，其罪有三！你还有何话讲？（**崩登仓**）

〔西皮散板〕

刘　长　呀！【**慢纽丝**】サ（7̣ 6̣ 6 5 5 3 1 2 2 6̣ 2 1 1 1）

4 3 3 2 ^{5}3 4 3 3 （6̣ 1 2 3 - ）
听 罢 蒯 彻 三 罪 论， （仓）

3 1 3 2^{3} 2 1 6̣ 1 （7̣ 6̣· 2 1 - ）
如 梦 方 醒 愧 在 心。

5 3 3 1 2 2 1 3 2 - 0
急 忙 下 位 礼 恭 敬，（夹白）“刀枪撤去！”

〔【**纽丝**】四大铠分下，刘长下高台，站“小边”，蒯彻整理衣冠，站“大边”。

刘 长 先生哪！

【大锣凤点头】（过门同前）3 1 3 2 3 7 6 5 3 1 – ‖

多蒙先生你训 后 生。（右手拉左手袖，向蒯行礼）

蒯 彻 （回拜）

【大锣凤点头】6 2 1 3 2 1 3 2 （7 6 1 2）

冒 渎 千 岁 失 恭 敬，（仓）

6 2 1 1 3 2 6 2 7 6 5 6 1 ‖

快 快 赦 回 二 老 臣！

刘 长 中军！

【大锣凤点头】（过门略）4 3 3 2 2 1 1 2 3 2 –

传 令 快 把 二 老 请。

金 环 将二老赦回来！

〔【纽丝】栾布、李左车自“下场门”上。

李左车 （过门略）6 2 1 1 3 2 6 2 2 1【住头】‖

想 是蒯 彻 把 功 成。

〔栾布、李左车进门，栾布站“大边”，李左车站“小边”。

栾 布
李左车 多谢千岁不斩之恩！

刘 长 孤多有莽撞，还望二位老先生莫怪！请坐。（军士搬座）

〔【一锤锣】刘长坐当中，蒯彻、栾布“大边”，李左车“小边”。

蒯 彻 千岁既明已往之事，就该发兵诛吕扶汉才是。

刘 长 此事容孤思之，再做计较。三位老先生暂回长安听候好音，自有定夺。

蒯 彻 （无奈，对李左车、栾布示意）也只好如此。

刘 长 中军过来！备半副銮驾[①]，将三位老先生送出淮河营！

金 环 得令。銮驾走上！

〔【冲头】八太监两边上，持銮驾。

金 环 銮驾齐备。

刘 长 啊三位老先生，孤家不能远送了。

〔三老站起。面对刘长感到诧异，但又无可奈何。

蒯 彻 谢千岁！

---

① 銮驾：皇帝的车驾。因车上有銮铃，故名。其车形、队列、旗帜、仪仗等均有固定规制。

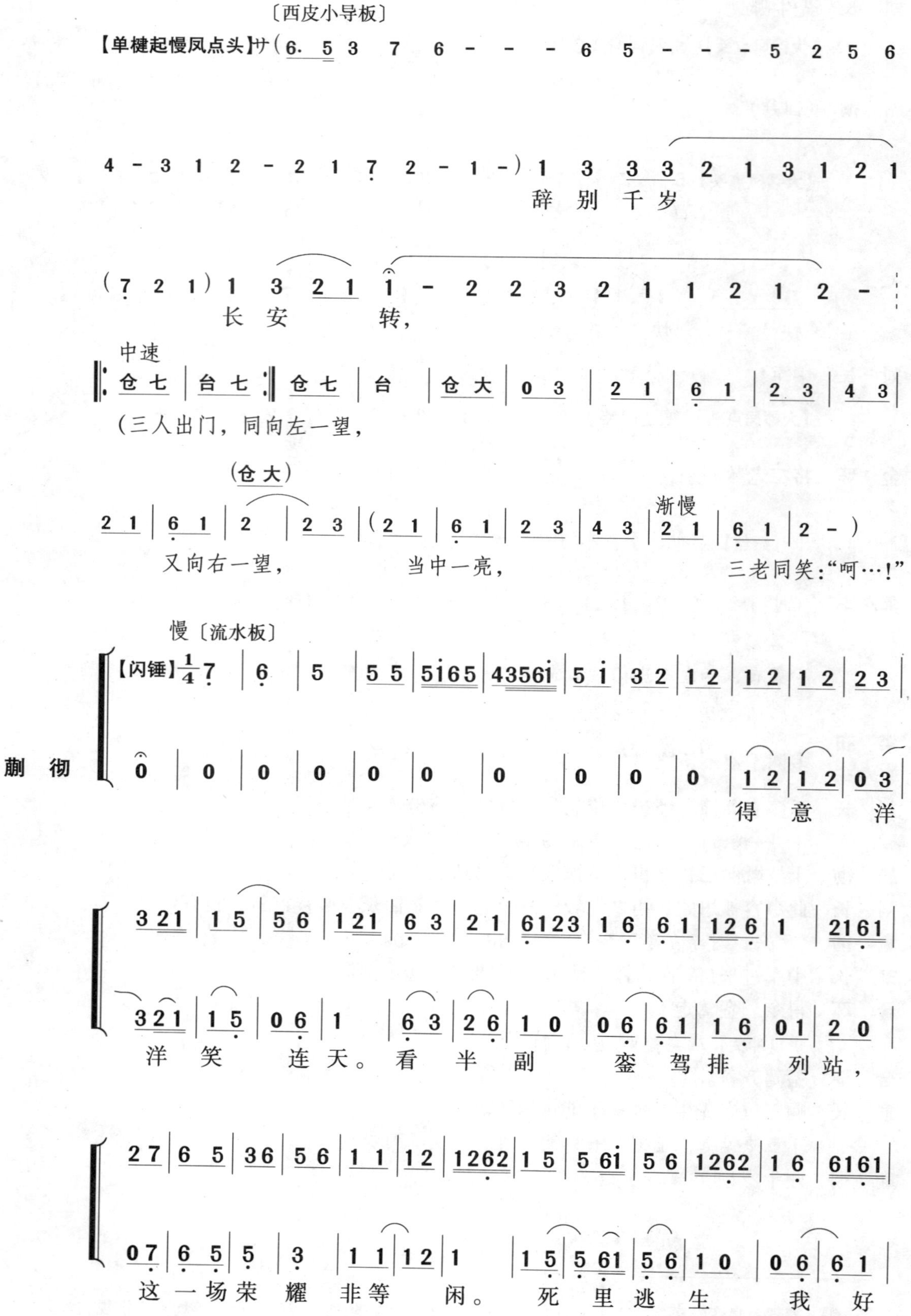
〔西皮小导板〕
【单楗起慢凤点头】
辞别千岁
长安 转，
中速
仓七 台七 仓七 台 仓大
（三人出门，同向左一望，
（仓大）
又向右一望， 当中一亮，
渐慢
三老同笑："呵…！"
慢〔流水板〕
【闪锤】
蒯 彻
得意洋
洋笑 连天。看半副 銮驾排 列站，
这一场荣耀 非等 闲。死里逃生 我好

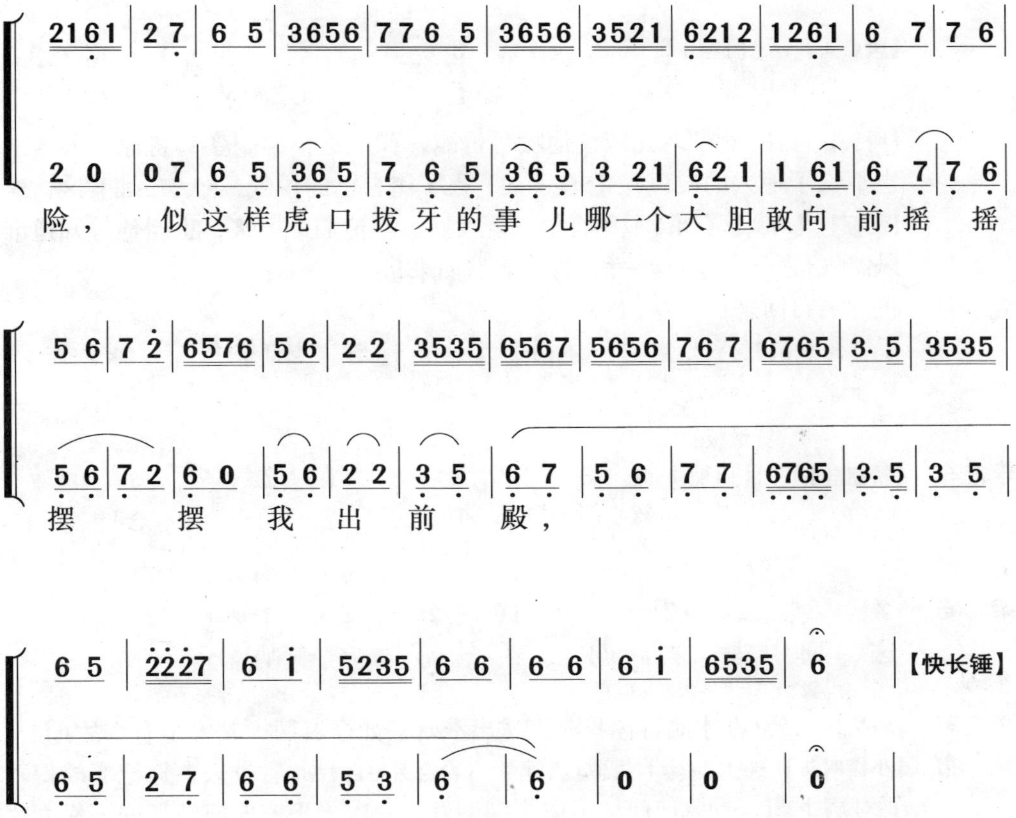

〔【快长锤】太监领起先下。李、栾、蒯三人同向“大边”回身成“斜一字”。

〔摇板〕

李左车 （过门）3 2 3 3 3 1 2
真 不 愧 舌 辩 侯（二人伸出“赞指”夸奖蒯彻）

栾　布 6 2 1 3 2 1 1 － ‖【大锣抽头】
名 不 虚 传 （呐）。

蒯　彻 夸奖了哇哈……！

〔在【抽头】锣鼓声中蒯彻向左转身左手拉李左车右腕，右手拉栾布左腕向“下场门”随渐快节奏同下。锣鼓切住。

〔散板〕

刘　长 啊！【快纽丝】サ（7 6 6 5 5 3 1 2 6 2 1 1 1）

1 3 3 2 3 3 4 3 （6 1 2 3） 6 2 1 2 2 1 2 3 2 1
蒯 彻 大 胆 逞 舌 辩， （仓） 口 似 悬 河 胆 包 天。

（7 6 2 1） 3 3 3 2 3 3 2 － （7 6 1 2 －）
（仓） 低 下 头 来 暗 思 念， （仓 匝 匝 匝）

【凤点头】(过门略) 6 2 1 3 3 2 3 5 2 1 1 ‖
霎 时 七 孔 又 生 烟。

【叫头】且住!蒯彻老儿依仗他嘴巧舌能，孤反送了半副銮驾将他三人送出淮河营，岂不长了他人的威风!【大锣一击】灭了俺自己的锐气!【大锣一击】这，这，这……【乱锤】【叫头】有了!不免将他三老唤回，与他们个厉害，也叫他等知道淮河营的威风煞气!来呀!【大锣一击】将三老召回来!

金 环 将三老召回来!

〔【急急风】八太监“下场门”上，走过场“上场门”下。李左车、栾布、蒯彻上。

〔散板〕

李左车 【快纽丝】(过门略) 3 3 1 2 3 1 2 (7 6 1 2) |
忽 听 又 把 三 老 唤，(仓)

栾 布 2 3 2 2 1 1 2 2 1 ‖
这 回 进 去 可 要 玩 完 (呐)。

李左车 【叫头】二公!方才他将你我三人送出淮营，如今召回，其中定有变故!

栾 布 【小锣叫头】(上韵念)哦喝老蒯!(台台另另台)此番进去，你把嘴放得乖乖的，你要对病下药，看风使船，不图半副銮驾，只求平平安安回转长安，你看这嘚儿是不嘚儿?

蒯 彻 事已至此，也只好如此。

李左车
栾 布 走哇!

【纽丝】(过门同前) 2 2 1 3 2 1 3 2 |
三 人 一 同 上 银 安[①]，【大锣凤点头】(进门归原位置)

蒯 彻 6 2 1 3 2 1 2 1 【住头】‖
见 了 千 岁 便 开 言。

啊千岁，将我等唤回为了何事?

刘 长 唤回你等，非为别事，自盘古以来，哪有臣问君罪之理，分明有些傲上!

蒯 彻 臣子谏君，古来有的，何言傲上?

刘 长 哦，古来有的?

蒯 彻 嗯!

刘 长 你哪里知道许多?

---

① 银安：戏曲中，正统皇帝办公所在称金銮殿；王侯或非正统、外邦君主等办公所在称银安殿。盖“银”较“金”等而下之。

蒯　彻　我活了七八十岁,自然比你知道的多些。

刘　长　哦!你知道?

蒯　彻　嗯。

刘　长　你就讲!

蒯　彻　听道:（扎）昔日有个楚霸王，刚愎自用性乖张。(台 ᵗᵃ台）不听范增忠良谏，后来自刎在乌江。（台另台）良药苦口利于病，忠言逆耳惹祸殃。(台 ᵗᵃ台)为君须得反躬想，说臣傲上理不当。

刘　长　哎呀!【大锣五击头】说什么当也不当，我就杀了你!（拔剑向蒯）【撕边一击】

蒯　彻　你要杀那个?

刘　长　我要杀你!

蒯　彻　你要杀我?

刘　长　嗯!

蒯　彻　却也不难。除非用金镐银锄，将高皇金身玉体，抬到淮营，你跪在你父王面前说道:“儿臣驾下，有一个不大不小的官儿，他名叫蒯彻，他不听儿臣的约束，儿要杀他!”你父王若能开口，你便杀得。如其不然，哪一个敢斩?【一击】（右手比斩状）

刘　长　呀呀呸!【大锣五击头】哪有人死能复生?

蒯　彻　着哇!哪有为子不认亲!【一击】

刘　长　哪一个不认亲?

蒯　彻　就是你呀!(右手指刘长)

刘　长　怎么讲?

蒯　彻　就是你!【一锣】

刘　长　(抓蒯彻右手至台口)【撕边崩登仓】喳喳喳，哇呀呀……!（放手，蒯微向后退）

【快纽丝】(过门略) 3 3 3 2 2 1 1 3 2 －　|【急急风】（军士绑三老押下）
忙将三老上　了　捆,

〔田子春随【急急风】上,到台“大边”扬右手水袖。

田子春　刀下留人!

【快纽丝】（过门）3 3 1 2 3 13 2 1 －（7 6 2 1）
急忙走进淮河　营。　(仓)（边走边唱到“小边”）

62 1 3 2 1 3 2 (7 6 1 2)
快　将三老来松捆,　(仓)

62 1 3 2 2 76 56 1 【住头】‖
要　斩先斩我田　子　春。

参见千岁。

刘　长　平身。卿家进内何事?

田子春　千岁为何要将三老问斩？

刘　长　他三人进得淮营，胡言乱语，故尔问斩。

田子春　但不知他们讲些什么？

刘　长　他三人道孤是香宫赵娘娘所生，吕国太抚养。胡言乱语，其情可恼！【一击】

田子春　原来为此！【住头】请问千岁，旁人足下俱生十趾，惟有千岁只生九趾，可是么？

刘　长　这……【大锣一击】不错，是的。

田子春　这就不错的了。千岁果是香宫赵娘娘所生无疑的了。

刘　长　怎见得？

田子春　只因香宫赵娘娘生下千岁之时，被吕后陷害，心中十分愤恨，故尔咬去一趾以作后记。

刘　长　哎！【大锣一击】无凭之言，孤家不信。

田子春　皇家宗卷写得明白，谁敢欺君作假？

刘　长　好，调来宗卷证明此事，孤方可深信。

田子春　且慢！无故调卷，恐国太生疑。

刘　长　依你之见呢？

田子春　依臣之见，先将三老赦回，然后我与三老一同去往长安，一来设法盗取宗卷，二来送回三老，千岁你看如何？

刘　长　噫！（大大　大　大　大　大乙　仓）孤倒明白了。

田子春　明白何来？

刘　长　你分明是解脱三老之计，他等回到长安与孤闭门不见，你道是与不是？

田子春　为臣愿将满门家眷担保三老，若盗回宗卷证明此事，千岁你、你、你便怎么样？

刘　长　这个？【叫头】也罢，若盗回宗卷证明此事，孤即刻发兵诛吕扶汉。

田子春　千岁就该将三老赦回。

刘　长　先生代劳。

田子春　将三老赦回来！

〔【五锤】蒯彻、栾布、李左车“下场门”上。

蒯　彻　适才问斩今又请，必然说破赵氏身。

蒯　彻
栾　布
李左车　田大人。

田子春　三位老先生受惊了。

蒯　彻　千岁莫非已说破已往之事，要发兵诛吕扶汉么？

田子春　已往之事，也曾对千岁回明，命我去往长安盗来宗卷证明此事，他便诛吕扶汉。

蒯　彻　若得如此，乃汉家之幸也！

田子春　你我一同进见。

蒯　彻
栾　布
李左车　请！

〔【五锤】蒯彻等进门，蒯彻、李左车站“大边”，田子春、栾布站“小边”。

蒯　彻　谢千岁敬贤礼士不斩之恩。

刘　长　哎呀！喳，喳，喳！【乱锤】（愧窘）孤一时莽撞，三位老先生请勿见怪。

蒯　彻
栾　布　岂敢。
李左车

刘　长　后面备酒，与三位老先生压惊。

栾　布　怎么着，千岁你还请我们喝酒吗？

刘　长　正是。

栾　布　我说老蒯呀。你这儿来，（拉蒯彻作“旁白”语）你瞧出这事来了没有？

蒯　彻　何事？

栾　布　刚才呀说绑就绑了，如今又请咱们喝酒，这还有个名堂。

蒯　彻　什么名堂？

栾　布　这不是打一巴掌又揉一揉吗？

「蒯彻等众人同笑。

刘　长　请！

「吹奏唢呐<尾声>。刘长拱手相让，众相互拱手恭请，**【一锤锣】**众人同下。

——剧　终

迟金声　马崇仁　**整理**　常保全　**执笔**　杨凌云　**记谱**

苏武牧羊

马连良演出本

“苏武，留胡节不辱。雪地又冰天，穷守十几年，渴饮雪，饥吞毡，牧羊北海边。心存汉社稷，旄落犹未还。……”这是五十多年前在我国北方民间就十分流行的一首古歌曲。小学生在街上唱，母亲哄孩子唱，学吹口琴、吹笛子、拉二胡等乐器，大都用这支曲子开蒙，可见《苏武牧羊》故事的深入人心。

京剧《苏武牧羊》原名《万里缘》，一个“缘”字，点明了剧中的主要情节——苏武与胡地女子的婚姻。马连良早在1921年即与王瑶卿合演此剧。王派甜脆、流畅、亲切又富于“儿化音”、“小辙口”的京白在戏中有充分的展示。1931年，马连良将《万里缘》重新整理，突出了苏武威武不屈、忠贞爱国的主题，强化了苏武的戏份，自此定名《苏武牧羊》，成了重唱、重念的马派本戏之一。

马连良说：“念白也可以谱出曲子来。”这是他对念白的音乐性、韵律性的一个简明的表述。人所共知，马派的念白极富乐感，极富动感。马连良善于用接近生活的语言、语音、语调、语法来演绎人物，这在《苏武牧羊》中有很好的印证。如苏武对番王逼迫时的严辞相拒，对卫律劝降时的愤慨激昂，对李陵降敌时的鄙视轻蔑，对胡阿云说婚时的调侃取笑，无不绘声绘色，“言如其人”。不用在剧场看戏，只听戏的录音，人们便可以在脑海里勾勒出苏武当时的神气和表情，稍微熟悉马派艺术的，还可以约略想见马连良当时的形体动作。

在林林总总的老生名家中，马连良的歌喉并非绝佳上乘。但娴熟的演唱技巧使马连良不以大段唱腔为难事。直到六十多岁，马连良仍在演出《苏武牧羊》。剧中的〔西皮〕、〔二黄〕以至〔反二黄〕唱腔，他唱来仍然阔口满音，流畅响堂。在马派蔚为大观的艺术宝库中，〔反二黄〕比例很少，传世的只有《苏武牧羊》和《赵氏孤儿》两段，而后者又明显地借鉴了《苏武牧羊》。研究马派唱腔，尤其是〔反二黄〕唱腔，《苏武牧羊》无疑是最好的范例。

值得提出的是，许多京剧传统戏都有汉族与少数民族通婚的情节。我想，京剧之所以是国粹，之所以被誉为“国剧”，原因很多，但不歧视少数民族，认同中华民族这个大家庭，也是原因之一。像《珍珠烈火旗》、《四郎探母》、《红鬃烈马》、《苏武牧羊》等等不一而足。这些剧目中的少数民族女子，无一例外的聪明睿智，美丽大方。倘旧日的编剧家心存民族的歧视，倘编剧家没有“胸怀祖国，放眼世界”的大手笔，是绝写不出这样可亲可爱的女子的。

同许多传统剧目一样，《苏武牧羊》也牵涉到了中国历史上的民族战争。作为今天的中国人，应该怎样看待这些争端，这同近年来又引起争论的“岳飞是不是英雄”是一样的话题。已故的老一辈革命家李一氓同志酷爱京剧，又对民族问题有精深的研究。20世纪80年代初，我与李老谈及这个话题，李老的论述概括说来大致有两点。一是看当时战争的正义与非正义，金邦侵宋，金就是非正义的。以此类推，汉朝遣使，匈奴扣押，苏武当然是正义的一方。因此，岳飞、苏武就是英雄。另一点是要考虑到中国自古就是多民族聚居的国家，要考虑到今天的人们尤其是少数民族的认同程度。李老认为，“与其称岳飞是民族英雄，不如称他是抗金英雄更准确、更适宜”。

说到苏武，李老认为，苏武穷困北海，志向不移无疑可歌可颂，但这毕竟是中华民族内部的争端。李老幽默地评价苏武，“朝持汉节，夜拥胡姬”。如果严格地按敌我形式划分，“这算是怎么回事？”

李老故去十多年了，我不敢掠人之美，将李老观点写出，是对李老的一点缅怀，故作“代圣人立言”。

顺便说一下，苏武、苏武牧羊、苏武娶胡女包括生子取名“通国”，都是史实。说京剧几乎就是一部立体的中国历史，《苏武牧羊》也算一个旁证吧。

赵晓东

人物行当

苏　武	老生	巴达赫	净
胡阿云	青衣	值假官（大太监）	丑
卫　律	丑	三朝官	一生 二净
李　陵	小生	家　院	老生
壶衍鞮	净	丫　环	旦
单　于	净	纛旗手	杂
傅介子	老生	报　子	杂
胡克丹	净	车　夫	杂
彭　殷	老生	四鞑子	杂
苏　母	老旦	四绿龙套	杂
苏　妻	旦	四红龙套	杂
司马迁	老生	四兵士	杂
常　惠	丑	二鞑女	女杂
张　胜	净		

服装扮相

苏　武　俊扮。纱帽（如意翅）、红风帽、甩发、茨菰叶儿、黪发鬏、鬓发、牧羊盔、蓝绸条；黑三、黪三、黪二涛；团花香色褶子、白蟒（三尖儿）、玉带、白大镫、红斗篷、素紫褶子、蓝绦子、素香色褶子、衬褶子、蓝腰裙儿、香色小斗篷；秋香色彩裤、大袜、厚底、方口皂。

胡阿云　俊扮。大旗头（双红穗）、软旗头，红旗蟒、淡绿色衣袍、宝蓝色大襟长坎肩，彩裤，花盆鞋，船底旗鞋。

卫　律　丑扮。纱帽（长方翅）、直翎子、黑尾、丑三，紫改良官衣、黑软带，彩裤，朝方。

李　陵　俊扮。扎巾、小额子、纱帽、驸马套翅、翎子，粉靠（软），红蟒，玉带，彩裤，厚底。

壶衍鞮　勾尖眼窝白三块瓦脸。八面威盔、翎子、尾，黑满，蓝蟒，玉带，彩裤，厚底。

单　于　揉老脸。白满、草王盔、翎子、尾，黄蟒、玉带，彩裤，厚底。

傅介子　俊扮。纱帽、红风帽、黪三，绿蟒、玉带、红斗篷，彩裤，厚底。

胡克丹　勾黑碎脸。额子、翎子、尾、黑抓鬏，黑扎、黑破靠、黑蟒，彩裤，厚底。

彭　殷　俊扮。金膛荷叶盔、黑三，红蟒、玉带，彩裤，厚底。

苏　母　俊扮。黪网子、绸条，紫女帔、绿裙子，彩裤，福字履。

苏　妻	俊扮。大头，蓝帔、白腰包，彩裤，彩鞋。
司马迁	俊扮。纱帽、黪三，白蟒、玉带，彩裤，厚底。
常　惠	丑扮。大板巾、八字儿吊奓儿（黑和黪），绿花箭衣、黑马褂、紫大带，彩裤，朝方。草帽圈儿，蓝大袖儿，白腰裙儿，彩裤，大袜，皂鞋。
张　胜	勾元宝脸。大板巾、黑满，紫花箭衣、黑马褂、蓝大带，彩裤，厚底。
巴达赫	揉红脸。大鞑帽，紫龙箭衣、黄马褂、大带，红彩裤，薄底靴。
大太监	丑扮。太监帽，彩裤，朝方、箭衣、马褂。
三朝官	甲（净）虎头壳、翎子、尾、黑扎，白蟒、玉带，彩裤，厚底。 乙（净）虎头壳、翎子、尾、黑满，紫蟒、玉带，彩裤，厚底。 丙（净）虎头壳、翎子、尾、光嘴巴，黑蟒、玉带，彩裤，厚底。
家　院	俊扮。青罗帽、黑三，青素褶子、大带，彩裤，厚底。
丫　环	俊扮。大头，裤子袄、小坎肩、腰巾子，彩鞋。
纛旗手	俊扮。梢子帽，素蓝箭衣、红卒坎、大带，彩裤，薄底靴。
报　子	丑扮。梢子帽，蓝素箭衣、红卒坎、大带，彩裤，薄底靴。
车　夫	俊扮。梢子帽，蓝素箭衣、绿卒坎、大带，彩裤，薄底靴。
四鞑子	揉脸。（武）紫小达帽，紫红箭衣，黑彩裤，薄底靴。（文）黑小鞑帽，黑褶子，红卒坎，彩裤，薄底。
四绿龙套	俊扮。前大板巾，后小板巾，绿龙套衣，彩裤，薄底靴。
四青袍	俊扮。红秦椒帽、青袍、红卒坎、黑彩裤、薄底靴。
四红龙套	俊扮。大板巾，红龙套衣，彩裤，薄底靴。
四兵士	俊扮。小倒缨盔，灰豹衣裤、小蓝大带，彩裤，薄底靴。
二鞑女	俊扮。小鞑帽，天蓝色旗袍、葡萄紫小坎肩，彩裤，船底儿旗鞋。

道具

单刀	四把	**令旗**	一面
荷包枪	四杆	**瓜锤**	二根
瓜棍	二根	**马鞭**	数根
宝剑	一口	**桌子**	二张
蝇帚	一根	**方凳**	二个
车旗	一副	**椅子**	四把
圣旨	一道	**朝珠**	一串
喜神	一个	**手铐**	一副
粉手绢	一条	**羊形（套穿的）**	二个

腰刀（带套）	二副	红手本（对开）	一本
文房四宝	一份	城　墙（带城门）	一份
金杆样枪	一杆	花杆黑缨枪	四杆
白杆白缨枪	一杆	符节（金杆、黄穗、红缨）	一杆
平台，及玉石栏杆	一套		
提　篮（上盖白巾）	一个		
"汉"字绿方大纛旗	一面		

桌椅披（紫色，香色，米色，黄色）　各一份

第　一　场

〔舞台后区摆放紫桌椅披的高台。

〔【急急风】四番兵持枪上“站门”分两边，胡克丹水袖挡面随上至台中央【回头】放下水袖,【四击头】双手提蟒向左方亮相。【冲头】右转身往里上高台。【大锣五击】

胡克丹　（念）威风凛凛统雄兵，
　　黄沙滚滚宇宙浑。
　　朔方儿郎皆奋勇，
　　夺取（【冲头】左手翻水袖，右手单“山膀”）边关扰汉庭。【大锣夺头】（右手撕水袖里翻）

某，【大锣一击】大都督胡克丹。【大锣住头】单于驾前为臣。只因去岁，汉王兴兵伐宛，杀死宛王母舅，宛国投降，我国单于只恐他兴兵攻取我邦，为此先行出兵攻取他朔方王都，【大锣五击】看前面已是狄道，正好夺取，儿郎嗬！

众番兵　有。【大锣一击】

胡克丹　起兵前往。

众番兵　啊！

〔【一缍锣】接【原场】四番兵往外归，胡克丹下高台，“头家儿”番兵带马，胡克丹上马，乐队奏唢呐曲牌<小朱奴儿>番兵“插门”下,胡克丹骑马随“下场门”下。

第　二　场

〔正场桌，“小座”。

〔【一锤锣】四绿文堂“站门”上，分两边。彭殷上，走至“九龙口”抖袖，整冠，向前至台中。

彭　殷　（念）奉命镇狄道，
　　昼夜费辛劳。（左转身入“小座”）

〔报子内白：“报！”

〔【冲头】报子“上场门”上至台口进帐至“小边”。

报　子　胡克丹讨战！

彭　殷　再探。

报　子　啊！【冲头】（“上场门”下）

彭　殷　【叫头】且住呀！【五击头】胡克丹兵临城下，不免到敌楼观看动静，左右！

四红文堂　有。

彭　殷　带马伺侯。

四红文堂　啊！

〔【纽丝】四绿文堂“归外”，彭殷上前至台口，出门，闭二幕。

〔西皮散板〕

彭 殷 サ(7 6 6 5 5 3· 1 2 7 6 2 1 1)1 2 2 1 5 3 2 3 2 2 -
人来带马敌楼上，

〔【纽丝】闭二幕。撤桌椅，摆城。四红文堂“头家儿”给彭殷带马，然后“插门”下。彭殷上马“下场门”下。

〔二幕开，彭殷站在城上。

彭 殷 (过门同前)1 3 2 1 1 2 - 3 1 3 2· 6 1 -
黄沙滚滚遮太阳。

(内唱)〔西皮导板〕

胡克丹 【大锣导板头】サ(7 6 7 6 - 6 5 5 5 5 3 3 1 2 2

7 6 2 1 1)3 3 3 2 2 2 1 3 2 -
威风凛凛出虎帐，

〔【急急风】四番兵举枪斜“一字儿”，胡克丹持枪上至台口，向右走回至“九龙口”。

〔西皮摇板〕

胡克丹 【紧锤】(7 6 3 5 5 5 3 6 5 5 3 2 1 2 6 5 5 5)3 3 1 2 2
刀枪剑戟似

3 1 (2 1 7 2 1 2) 3 3 3 1 2 2 2 1 2 2 -
秋霜。三军与爷朝前闯，

〔亮弦〕

(0 43 2 1 2 2)

〔【快长锤】四番兵“正领儿”起来绕“正圆场”至“上场门”“一条鞭”，胡克丹顺抢转身面向城上的彭殷。

〔西皮摇板〕

胡克丹 (过门同前)2 3 3 2 1 2 3 2 1 1 -
城上儿(喏)郎听端详。

【叫头】呔！城上三军听者，禀报你家主帅，快快开城门投降，如若不然，杀进城去，鸡犬不留！

彭 殷 【叫头】住了！胆大的胡克丹！【大锣五击】我主未曾亏负尔等，兴兵犯境，是何理也？

胡克丹 【叫头】住了！只因你主无道，杀死宛国母舅，我国狼主大怒，命我带领人马，扫灭你邦。

彭 殷 哼！你将人马暂退一箭之地，待我禀明我主，定要与你决一胜负。

胡克丹 须要言而有信？

彭 殷 岂能失信于你。

胡克丹 好！儿郎喁！

众番兵 有！

胡克丹 人马倒退四十里！

众番兵 啊！

〔【急急风】众番兵“领起来”“下场门”下，胡克丹随下。

彭　殷 【叫头】且住呀！胡克丹兴兵前来，不免打本进京，奏明圣上。众将官！

〔内应：“有。”

彭　殷 小心防守！

〔【一锤锣】彭殷下城，闭二幕。

第　三　场

〔【长锤】四青袍“上场门”“站门”上，至台口分两边，司马迁左手抱符节，右手拿马鞭上至“九龙口”。

〔西皮摇板〕

司马迁 （过门同前）2 1 3 ³2 2 2 1 1 ⁶1 ³2 - 【闪锤】（走至台前）

狄道 彭殷告急 本，

（过门同前）6̣ 2 1 3 ³2 1 2 2 1 - 【大锣住头】

单 于兴兵犯边（哪）庭。

下官，司马迁。只因单于兴兵犯境，圣上命苏武前去和番，以免生灵涂炭，命我前去降旨，人役们。

青　袍 有。

司马迁 苏府去者。

〔西皮摇板〕

【闪锤】（过门同前）1 2 3 1 2 ˇ3 2 ³2 - 【闪锤】（四青袍“插门”下，司马迁至“下场门”处回身）

但愿苏武 安边境，

6̣ 2 1 1 3 ³2 ˇ 1 3 2 1 1 ⁶1 - ‖

以 免涂 炭 众 生 灵。

〔【一锤锣】司马迁扬鞭下。

第　四　场

〔正场桌，“小座”。

〔【小锣打上】苏武“上场门”上，至“九龙门”整冠，向前至台前。

苏　武 （引子）恪守忠贞，侍天颜，

サ 1. 2 1 2 3 2 ³2 6̣ 7̣ ²7̣ ²7̣ 6̣ - ‖

兼 养 双 （呃） 亲。

（诗）一朝抱艺货皇都，
喜供小职赞鸿图，
平生愿遂忠和孝，
料想苍天不负吾。（家院“下场门”暗上）

下官，姓苏名武字子卿。乃杜陵人也。先君讳建，景帝驾前官拜大夫，蒙圣恩执掌中郎，怀社稷之深忧，受朝廷之爵禄，谙通文武，饱蕴古今。正是：（扎）

但得民安乐，
共享太平年。

〔内白：“圣旨下！”

家　院　禀爷，圣旨下。

苏　武　香案接旨。

〔唢呐奏曲牌<小傍妆台>四青袍、司马迁上。下马进门，至堂桌前。苏武站在台中。曲牌止。

司马迁　圣旨下跪。

苏　武　万岁。（跪下）

司马迁　听宣读诏曰：朕览狄道彭殷告急本章，单于兴兵犯境。孤念两国交战，生灵涂炭，今派中郎将苏武前去讲和，即日起程，赐以旌节，永表忠贞，回朝之日另加升赏。望诏谢恩！

苏　武　万万岁！

〔唢呐再奏<小傍妆台>，苏武接节交给家院，家院下，再上。司马迁站“大边”，苏武站“小边”。曲牌止。

苏　武　大人奉旨前来，多有辛苦，后堂留宴。

司马迁　王命在身，不敢久停，告辞了。

苏　武　奉送！

〔唢呐奏曲牌<小傍妆台>，司马迁出门上马，与四青袍同下。苏武出门相送，再进门。曲牌止。

苏　武　来。

家　院　有。

苏　武　二堂传话，请太夫人出堂。

家　院　有请太夫人出堂。

〔【小锣打上】丫环引苏母、苏妻上。

苏　母　我儿身受皇家爵，

苏　妻　一家均沾雨露恩。

苏　武　夫人。孩儿参见母亲。

苏　母　罢了，一旁坐下。

苏　武　告坐。【小锣一击】

〔苏母坐中，苏武坐“大边”，苏妻坐“小边”，丫环站“小边”，家院站“大边”。

苏　母　儿呀，适才圣旨到来何事？

苏　武　只因狄道彭殷有告急本章前来，圣上念百姓流离之苦，命孩儿前去讲和，以安中夏。儿今此去路途遥远，归期日久，只是有老母在堂，孩儿放心不下呀！

苏　母　为娘虽然年迈，身体倒还康健，吾儿但放宽心。
苏　妻　老爷，婆婆自有妾身侍奉，老爷且莫担心。不知几时起程？
苏　武　君命紧急，明早起行。
苏　妻　妾身备酒，与老爷饯行。
苏　武　有劳夫人。正是：自古尽忠难尽孝。
苏　母
苏　妻　忠孝本是路两条。

〔【大锣打下】苏妻搀苏母先行，苏武随后，均由“下场门”下。

第　五　场

〔【撤锣】【小锣打上】张胜，常惠上至台前，张胜“大边”，常惠“小边”。
张　胜　为免生灵遭涂炭，
常　惠　奉命北国去和番。
张　胜
常　惠　（同）俺。
张　胜　张胜。
常　惠　常惠。
张　胜　你我跟随苏大人前去和番，若是北国不允如何是好？
常　惠　苏大人忠心为国，此去定能说服单于，两国修好。
张　胜　但愿如此。
常　惠　众位大人都在长亭给苏大人饯行，看天时不早，
张　胜　你我速往长亭去者。
〔【一锤锣】二人下。

第　六　场

〔堂桌、八字椅。
〔【长锤】四绿文堂上“站门”分两边，彭殷随上，至“九龙口”。
〔西皮摇板〕
彭　殷　（过门同前）2　1　3 2　2 2　2 1　1　1　2　-　【长锤】
心　中只　把胡儿　恨，

（过门同前）6 2　1　1　2　1　3　2 6　1（3　2 1　6 2　1）
平　白　无　故　动　刀　兵。

2　2　2　1 5　3　2　2　1　1. 3　2　-　【闪锤】
将　身　且　坐　宝　帐（呃）等，

（过门同前）1 3 2 1 1 2 2 ∨ 1 2 1 － ‖
且 听 探 马 报 分 明。

〔内白：“苏大人到！”

四绿文堂 苏大人到。

彭 殷 有请。

〔奏唢呐曲牌<小傍妆台>彭殷站起出门，四红文堂“上场门”上“一条鞭”，张胜、常惠随上。**【撕边】**苏武持“符节”骑马上，至台口**【一锣】**转身下马，进门，众随苏武进门分站两边。苏武持节站台中。彭殷进门在中跪拜，站起，曲牌止。

彭 殷 请坐。

苏 武 有坐。

〔**【原场】**苏武坐“大边”，彭殷坐“小边”。

彭 殷 仁兄此去和番，必须见机而行。

苏 武 哎呀！**【大锣五击】**愚兄奉命持节前往，节存兄在，节断则亡，断无违背也！**【大锣凤点头】**

〔西皮摇板〕

（过门同前）2 2 1 2 1 3. 3 2 （3 5 2 1 6 1
忠 心 报 国 将 忠（呃） 尽，

2 1 6 5 5 5）3 1 3. 3 2 ∨ 1 1 1 6 1 － ‖**【大锣凤点头】**
不 负 君（哪）王 雨 露 恩。

彭 殷 （过门同前）2 2 1 2 1 2 ∨ 3 2 1 1. 3 2 － |
胸 怀 大 志 令 人 （哪） 敬，

苏 武 马来！（**【快长锤】**起身向前出门，文堂带马，众“插门”下。苏武上马走至“下场门”起回身）

〔西皮摇板〕

（过门同前）3 3 2 1 1 2 1. 2 3 5 2 2 2 （2 1
说 他 不 和

6）1 1 3 3. 1 2 － 2 2 6 1 6 1 1 － ‖
我 不 回 程。

〔**【大锣一击】**二人对拱手，**【长锤】**苏武打马下。彭殷站台中。四龙套归外。

〔西皮摇板〕

彭 殷 （过门同前）2 2 1 2 1 2 ∨ 2 1 1 3 2 －
人 来 与 爷 关 门（哪） 掩，

〔**【快长锤】**四文堂两边分下，彭殷至“下场门”，转身。

（过门）1　^{3}2　1　^{3}2　3　2 1　6̣ 1　6̣　1　-‖
　　　　但　愿　子　卿　早　　　回　　程。

「【大锣打下】彭殷下，闭二幕。

第七场

「堂桌、"小座"。

「【大锣打上】四小番持枪"站门"上，分两边站。

「【四击头】接【回头】卫律上至"九龙口"整冠、捋髯，上前至台中，抖袖。

卫　律（引子）要劝忠良为不义，假迎奉，

サ1.　2　3 5　2　^{3}2　^{3}2ˇ　6̣　7̣　^{2}7̣　^{7}6̣　-‖
且　　作　　　　　　　　投（哇）　　机。

（【一锤锣】左转身归里，入"小座"，四小番同时归里）

（诗）全凭三寸舌，
　　　打动苏子卿。
　　　若得他心肯，
　　　同为我国臣。【大锣归位】

（念）下官【大锣一击】丁灵王卫律。【大锣住头】乃南朝人氏。归降了北国，狼主十分的恩厚，这且不言。闻得苏武到此和番，是我在狼主面前夸下了海口，定劝苏武归降北国。小番的！

众小番　有。

卫　律　带马金华驿去者。

众小番　啊！【闪锤】（众小番归外，卫律归外，出门转身站中间。闭二幕）

〔西皮摇板〕

卫　律（过门同前）2　2　1 3　^{3}2ˇ　3　3　2　^{3}2　-
　　　　　　　　　人　来　带　　马　金（哪）华　驿，

「【快长锤】小番带马，领起来走圆场至"上场门""一条鞭"，卫律上马随走圆场至"上场门"台口，勒马望。

〔亮弦〕

（4　3.　1　^{3}2　-）

【大锣凤点头】（过门同前）1　3　^{3}2　2　3 5　2 1　^{2}1　-‖
　　　　　　　　　　　言　语　打　动　苏　　子　　卿。

「【大锣住头】卫律下马。

「二幕启，正场桌、"八字儿"椅。

卫　律　来。

一小番 有。

卫　律 前去通禀，丁灵王要见。

一小番 是。（上前）门上哪位在？

「常惠内白：“嗯哼！”**【小锣五击头】**常惠“下场门”上，出门。

常　惠 做什么的？

一小番 丁灵王要见。

常　惠 候着。（转身进门。向“下场门”里）有请大人。

「**【大锣五击头】**苏武左手持符节，“下场门”上。

苏　武 （念）南风和暖归边定，

君命难辞千里劳。**【撕边大锣一击】**（面向常惠）何事？

常　惠 丁灵王要见。

苏　武 噢，丁灵王——。**【撕边大锣一击】**（想）

常　惠 正是。

苏　武 对他们去讲，天朝礼教，凡人臣出使异国，除公务之外概无私交，容日番廷相会。

「转身入“大边”坐，常惠出门。

常　惠 来人的。我家大人言道：“天朝礼教，凡人臣出使异国，除公务之外，概无私交，容日番廷相会。

「常惠转身欲进门，卫律上前。

卫　律 哎，慢来，慢来。烦劳通禀，故友求见。

常　惠 候着。（转身进门站“大边”）启大人，故友求见。

苏　武 噢，故友求见。**【撕边大锣一击】**（想）好好好，说我出迎。

常　惠 大人出迎。**【大锣五击头】**（苏武出门，常惠随出）

苏　武 是哪一位？（卫律主动上前）

卫　律 哎呀苏兄。

苏　武 噢，原来是卫兄，说什么丁灵王。

卫　律 （不自然的）哦，是了。这是小番们不会讲话。（转身训斥小番）嘿！你说我卫律也就是了，什么丁灵王不丁灵王啊！

小　番 是。

卫　律 这还了得，还不与我滚了下去。（甩水袖）

「**【大锣五击头】**四小番“上场门”下，苏武与卫律双进门，苏武站“大边”，卫律站“小边”。

卫　律 啊苏兄，人生久未见，

动如参与商。**【小锣二击】**

苏　武 君亲待子久，

兄因何不还乡？

卫　律 （无言以对，转而假意地）噢，承教，承教。（转话题）啊苏兄请上，待我卫律大礼参拜。（欲拜，苏武拦）

苏　武 且慢，下官符节在手，君命在身，凡为臣子者，理应参君！（苏武将抱着的符节换在右手抬举，示意卫律参拜。卫律甩手不理。苏武将符节回原位抱着）兄既不参君，何劳费礼！

卫　律　（转回身）小弟这里只行常礼了。（向苏武躬身）

苏　武　（冷淡的）不能还礼，请坐。（卫律表示无奈）

「【原场】二人入座，苏武坐“大边”，卫律坐“小边”。

卫　律　啊苏兄，非是小弟不念故国，怎奈那单于待小弟恩重如山，有道是，这受恩深处便为家了哇！

苏　武　哼！好个“受恩深处便为家”了！

卫　律　这也是小弟不得已而为之呀！

苏　武　**【撕边大锣一击】**（冷笑）哼……。好个不得已而为之。

卫　律　请问苏兄，令堂与嫂夫人纳福？

苏　武　托庇粗安。

卫　律　汉朝的朝政何人掌管哪？

苏　武　还是霍老将军。

卫　律　还是霍老将军？哎呀呀！这个老儿他还在呀？

苏　武　哎，虽然年迈，越发的精壮了哇。

卫　律　哦，越发的精壮了？

苏　武　（应声）哎。

卫　律　哎呀呀，真乃是老当益壮啊！

苏　武　本来是老当益壮啊！

卫　律　请问仁兄，从长安至此，这路上走了几时？

苏　武　两月有余。

卫　律　噢！两月有余？哎呀呀，快得紧哪！

苏　武　君命在身是怎好迟缓哪！

卫　律　啊苏兄，记得小弟那年，从长安至此，这路上么——哎，我整整走了六十余天哪！

苏　武　这六十余天，也是两月有余。

卫　律　噢，这六十余天，也是两月有余？

苏　武　（应声）哎。

卫　律　如此说来，彼此。

苏　武　一样。

卫　律　啊——。

苏　武　啊——哈哈哈……！

卫　律　啊——　（大声的笑）哈哈哈……　**【撕边大锣一击】**[①]不知苏兄到此有何贵干？

苏　武　只因圣上念百姓流离之苦，特命下官前来讲和，不知番王他意下如何？

卫　律　哎呀呀，和的好哇，和的好！龙争虎斗何代无之？啊苏兄，今早小弟在我狼主面前，正议论朝政。忽然有个小番报道，说是南朝来一个使臣，我就问道：哪一个使臣呢？

苏　武　（应）哎？

卫　律　好一个聪明伶俐的小番，言道足下至此。我将仁兄你的忠、孝、才能，对我家狼主一说，他是实在的欢喜呀！

---

① 以上一段对话均坐在椅上，没有调度，卫律是没话找话，苏武是冷淡相待。

苏 武 噢，他乃番国王子，听说下官到此欢喜什么？

卫 律 嘿嘿，他虽是番国的王子，倒也锺爱贤臣。为此小弟来劝仁兄归降北国，与俺卫律同事一主，不知苏兄尊意如何？【撕边大锣一击】

〔得意地倒背右手，左手翻水袖指苏武，大声发问。

苏 武 （怒视卫律）卫兄你此言——（倾仓）（右手掸髯，指卫律）差矣！【大锣住头】

〔二人同时抖袖，仍然坐着。

卫 律 何差？

苏 武 想俺苏武，今奉天子命诏，授之节旄，到此讲和，为免生灵涂炭，并非叫俺前来求功名，觅富贵。况我苏门，世受汉恩，怎肯学那背主抛亲、已丧臣节之辈！卫兄，似你这不顾纲常，哪管民教，无君无父，非理之言，你要谨慎哪【撕边】谨慎！【大锣一击】

卫 律 唉！不是哟。小弟在狼主面前夸下了海口，定劝仁兄归降北国，你不归降，岂不辜负小弟我这一片保荐之心哪？

苏 武 哼！你好多事呀！（转脸不看卫律）

卫 律 哎，非我多事。你若归降北国，岂不是荣华富贵呀？

苏 武 哎呀呀！我的命小福薄，受不得这些荣华富贵呀！

卫 律 苏兄，我劝你呀，还是归降的好哇！

苏 武 嘿嘿！我怕骂名千载，遗臭万方。【大锣一击】

卫 律 哼哼哼（发狠地）良言相劝，执意不听，你呀，你是难逃公道哇！（大大大大大大乙仓）（苏武站起，右手抓水袖，怒向卫律）

苏 武 卫兄住口！【闪锤】（拂袖、忿恨）

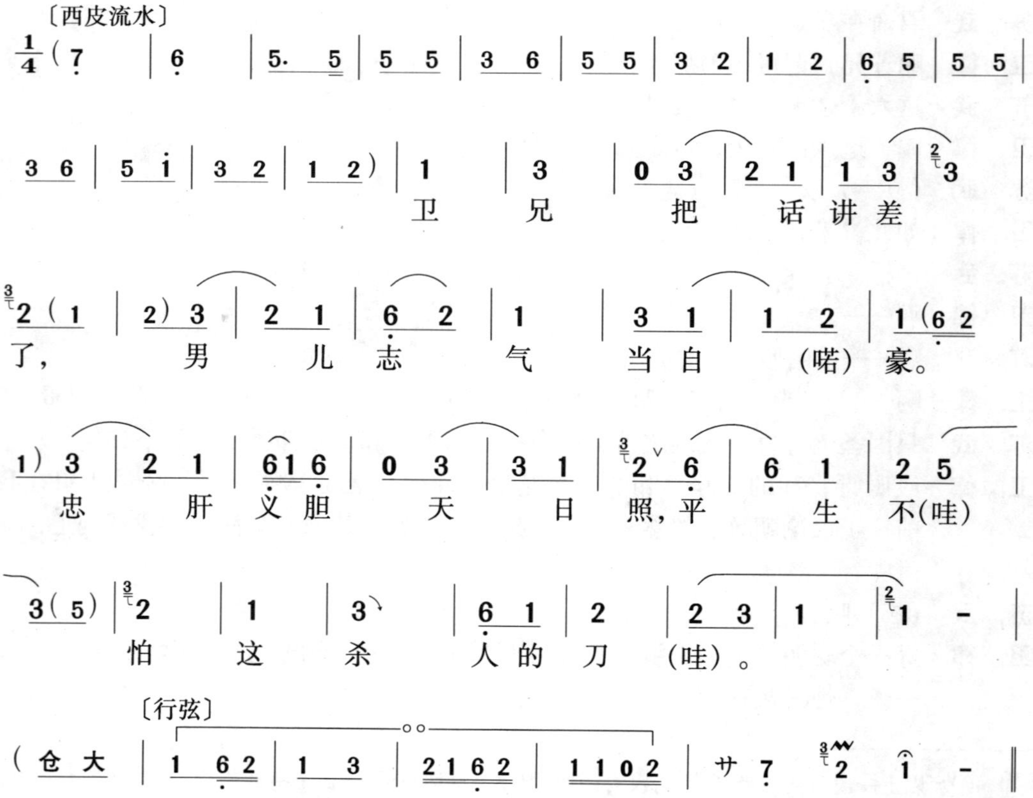

卫　律　（在音乐中念）

啊苏兄，你呀，不要如此倔犟，你若归降了北国，岂不是荣华富贵，哎，喏喏喏，（指自己）你来看，这身穿紫袍！

苏　武　哼哼……！

卫　律　归降的好哇！

〔西皮散板〕

苏　武　【快纽头】サ（7 6 - 6 5 i i 3 1 2 7 6 2 1 1）

2 2 1 2 3 2 2 （6. 1 2 2）6 2 1 3 3
荣 华 富 贵 全 不 要，（仓） 我 受 贫（哪）

2 1 2 1 （1 7 2 1 1）6 3 2 2 1 1 6 1 6 6 3
穷 也 清 高。（仓） 劝 你 早 早 回 避（呀）

2 （2 1 6. 1 2 2）3 2 1 6 1 2 1 6 1 2 2 1 -
了， 休 得 在 此 你 絮 叨 叨。

卫　律　呀呸！【快纽丝】

〔四小番“上场门”上，站“一条鞭”。

〔西皮散板〕

（过门同前）サ 2 1 5 3 2 1 2 3 2 2（6. 1 2 2）6 2 1 2 2
你 今 来 在 这 北 国 了，（仓） 要 想 逃

2 3 1 2 1（7 6 2 1 1）3 5 3 3. 2 2 2. 3 5 1 2【纽丝】
脱 哪 里（呀）逃。（仓） 人 来 与 爷 带（呀）虎 豹，

〔小番带马，卫律上马，四小番“下场门”下，卫律打马到“下场门”处，回身。

卫　律　哼！（“下场门”下）

〔亮弦〕

（7 4. 4 3 3）

〔西皮散板〕

苏　武　【双楗风点头】（2. 3 5 5 - 3 3. 1 2 2 7 6 2 1 -）3 5 3 3 2 3
一 腔 怒 气

3 2 3 5 3. 2 1（7 6 2 1 -）2 1 3 2 2 1
上 心 （哪）梢。（仓） 不 顾 高 堂 年

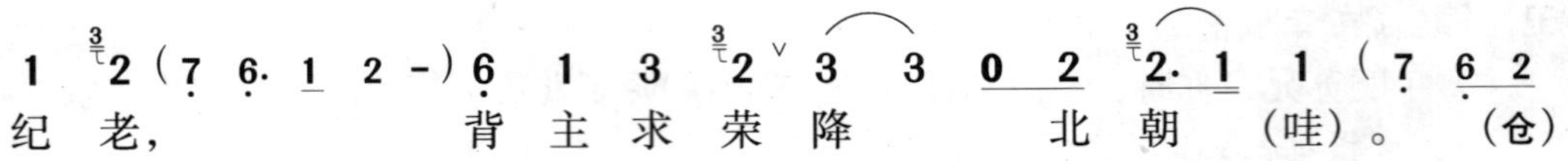

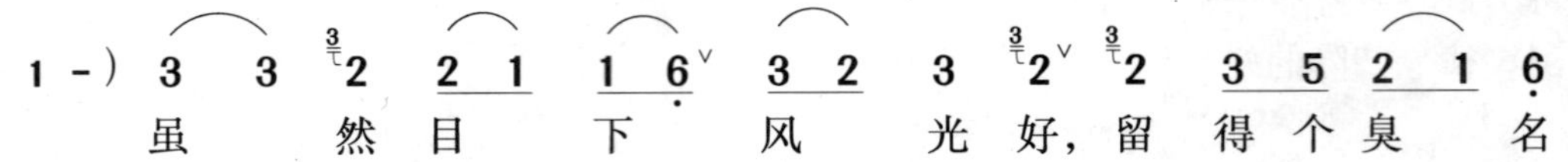

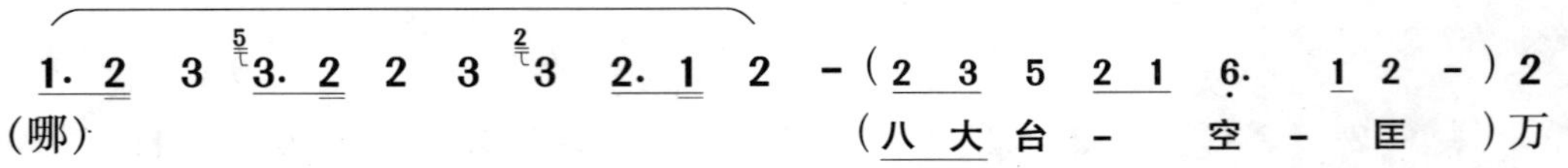

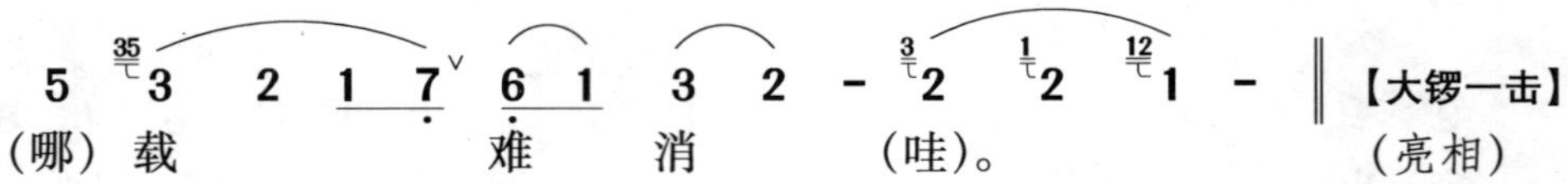

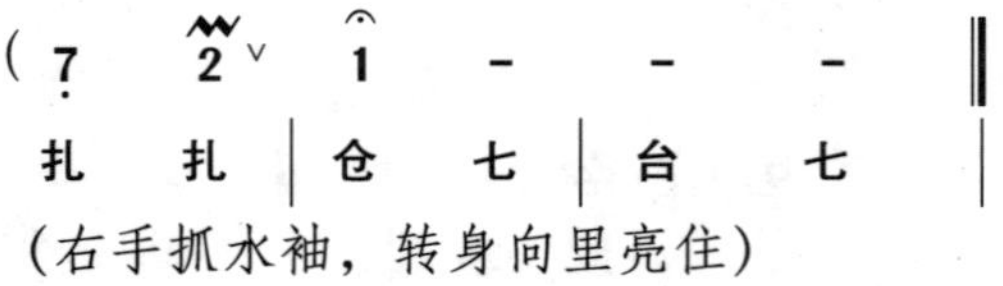

〔【长锤】连奏，苏武由“下场门”下。

第八场

〔正场桌，“大座”。

〔【快长锤】单于“上场门”上。

单于

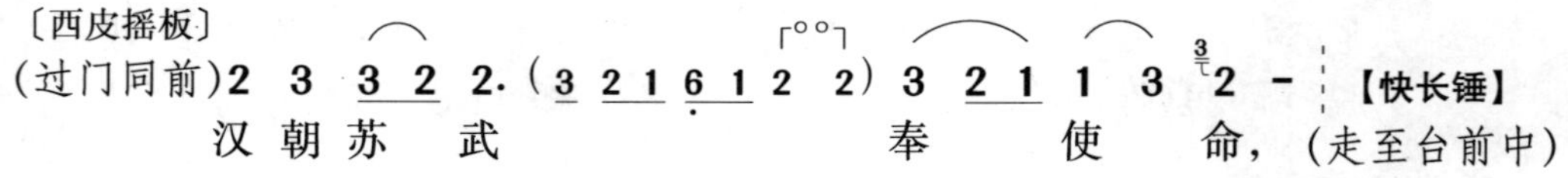

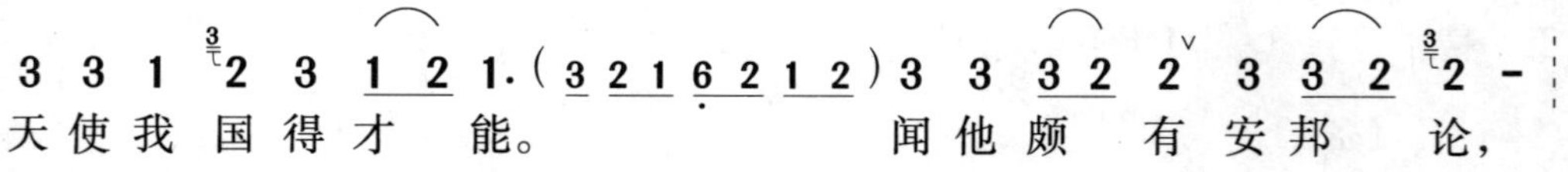

〔【闪锤】众归里，单于入“大座”。

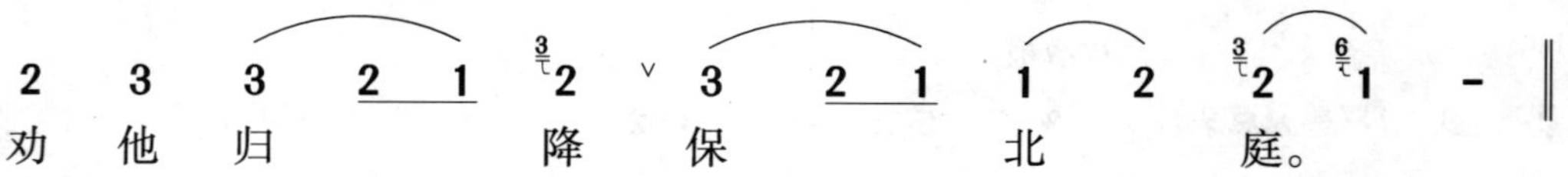

〔【快长锤】卫律“上场门”上。

卫律

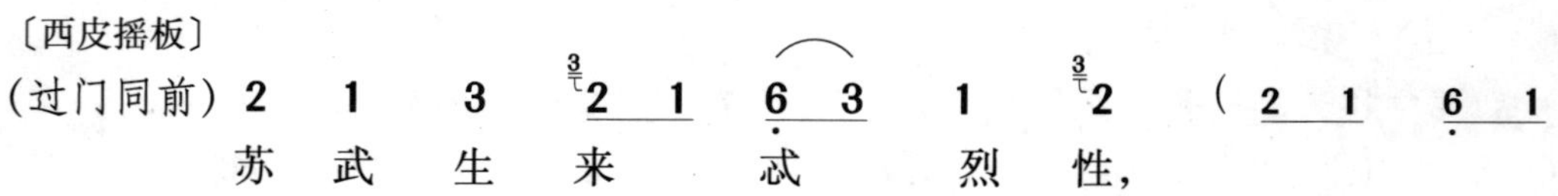

2 1）6 2 1 1 3 ²2 2 1 6 1̇ –【大锣住头】‖
不 免 奏 与 狼 主 听。

（至台中向里）参见狼主。

单 于 平身，赐座。

卫 律 谢座！【大锣住头】（坐“大边”）

单 于 卿家，顺说苏武降意如何？

卫 律 苏武执意不肯归降。

单 于 他不肯归降，如何是好？

卫 律 啊狼主，何不将苏武宣上殿来，再好言相劝，哪怕他不降。

单 于 好，宣苏武上殿。

卫 律 狼主有旨，苏武上殿。（归“小边”）

「苏武内白：“来也！”【紧锤】左手抱符节“上场门”上，至台前一望。

〔亮弦〕

サ（2. 3 5 5 2 1 –）【闪锤】（苏武左手抖袖）

〔西皮流水〕

苏 武 （过门同前）1/4 3 2 | 3 | 0 3 | 2 1 | 6 2 | 1 | ²2（1 | 2）1 | 1 2 |
金 华 馆 内 传 旨 命， 单 于

1 | 2 | 1 2 | 3 | 1（2 | 1）1 | 1 2 | 1 2 | 3 5 | ²2 0 |
传 见 汉 使 臣。 特 地 前 来，

サ（0 0 6. 1 2 2）²2. 3 2 1 1 ²2. 2 ²2 – 【长锤】（走至“大边”）
（大 大） 安 边（哪）境，

〔西皮摇板〕

（过门同前）サ 1. 2 3 5 ²2 ²2 ²2 1 1. 2 ²2. 6 1̇ –【大锣住头】‖（望单于）【撕边大锣一击】
为 救 两 国 军 与 民。

且（此字读“居”音）鞮侯请了。【撕边大锣一击】

单 于 啊！下站可是苏武？

苏 武 正是。

单 于 哼！闻得你朝颇晓礼仪，今日一见，原来是无礼之辈。

苏 武 啊！【撕边大锣一击】你何以见得我不晓得礼仪呢？

单 于 见了孤家不跪，岂不是无礼。

苏 武 （笑）哈哈哈……。【长撕边大锣一击】

单 于 你为何发笑？

苏 武 哎呀呀，非我发笑。想俺苏武，今奉天子命诏，手持节旄，到此讲和，乃一客位，你就该下位迎接。你不下位，便是无礼，怎么反道我不晓得礼仪，哼哼，你说此言，真乃欠通啊欠通！

单　于　哎，这…… **【撕边大锣一击】** 孤家也不计较于你。你今前来求和，必须依孤一件。

苏　武　哪一件？

单　于　要你归降我国。

苏　武　（愤怒的）呀呀呸！**【大锣五击头】** 俺苏武铁铮铮一片忠心，日月可照，要俺归顺你国，除非是日从西起，你便有指望了。

〔西皮流水〕

【闪锤】（过门同前）1/4 3 | 6 | 0 3 | 2 1 | 1 | 6 1 | 2（1 | 2）1 | 1 2 | 1 |

番 王 休 要逞 毒 狠， 子 卿 言

2 | 1 3 | 0 3 | 1（2 | 1）1 | 1 3 | 6 1 | 6（7 | 6）1 | 1 3 |

来 听 分 （哪）明。 早 拼 一 死 把 忠

2（1 | 2）6 | 6 1 | 2 5 | 3 5 | 2 1 | 6 3 | 2 1 | 2 | 2 3 | 1 ‖

稍慢

尽， 何 惧 在（呀） 此 去 丧 残 生（哪）！

单　于　住了！

〔西皮散板〕

【大锣凤点头】（过门同前）艹 1 2 1 2 2 1 2（6. 1 2 -）6 2 1 3 2 1 6 1 1 - ‖

将 他 打 在 北 海 境，（仓） 看 他 贪 生 不 贪 生。

〔亮弦〕

〔（八大仓）苏武抓水袖一亮。（ 7 2 1 - ）

卫　律　赶了下去！

〔**【纽丝】** 苏武上步出门。

苏　武　哼！

〔西皮散板〕

（过门同前）2 1 3. 3 2. 1 2 2（6. 1 2 -）6 3 2

自 古 忠（啊）臣 不 惜 命， （仓） 怕 死

2 1 1 2 6 3 2 1 1 ‖

焉 能 做 忠 臣 （哪）。

〔**【冲头】** 苏武转身“下场门”下。

单　于　卿家，苏武执意不降，有何妙计？

卫　律　这有何难，苏武既然不降，就将他打在那北海牧羊，待等公羊生了乳，放他回去也就是了。

单　于　此计甚好，后殿摆宴，与卿家痛饮。退班。

〔**【一锤锣】** 单于、卫律“下场门”下，太监分两边下。

第九场

「空场。

「【四击头】李陵“上场门”上，“起霸”。

「【大锣归位】转身“云手”拉开。

李　陵　（诗）善习骑射艺超群，
耻为贰师后队行。【小锣二击】
三千壮士皆奋勇，
踏破胡城救子卿。【大锣半夺头】（四兵士两边上）
俺，【大锣一击】李陵。【大锣住头】汉室为臣。奉了圣上旨意，带领三千人马，绕道金雀关搭救苏武。今乃黄道吉日，正好起兵。众将官！

四兵士　有。【大锣一击】

李　陵　起兵前往。

四兵士　啊！

「【起堂鼓·急急风】兵士给李陵带枪，李陵拿枪上马；兵士领起来，与番兵“雁儿头”会阵，胡克丹随上与李陵对阵。

胡克丹　【叫头】呔！来将通名。

李　陵　天朝大将李陵。来将？

胡克丹　大都督胡克丹。

李　陵　胡克丹！【大锣五击】劝你国写下降书顺表，放出我国苏武，如若不然，鸡犬不留！

胡克丹　李陵！【大锣五击】劝你马前归顺，如若不然，枪下做鬼。

李　陵　一派胡言，放马过来！

「【急急风】众兵士、番兵“二龙出水”下。李陵与胡克丹起打，胡克丹败下，李陵追下。

第十场

「【乱锤】接【冲头】番兵败上，分站两边，胡克丹上。

胡克丹　【叫头】且住。【大锣五击】李陵来得厉害，儿郎的！

众番兵　有！

胡克丹　绊马索伺候！

众番兵　啊！

「【急急风】番兵“扯斜”，用手势作拉开绊马索。李陵上，绊倒，擒住。

胡克丹　绑回去！

「【一锤锣】众“下场门”下。

第十一场

〔正场桌，“大座”。

〔【快长锤】四太监，站门上，分两边，单于上，至台前。

〔西皮摇板〕

单　于　（过门同前）1　2　3 2　2　2　3　2 1　1　2　－【大锣扫头】‖
我　国　兵　将　多　奋　勇。

〔随锣鼓众太监归里，单于进“大座”，胡克丹“上场门”上，至台中，面向里。

胡克丹　李陵被擒。

单　于　押上殿来！

胡克丹　押上殿来！

〔【冲头】番兵押李陵带手铐链上。李陵归“大边”，胡克丹在“小边”，坐跨椅。

单　于　嘟！大胆李陵，见了孤家为何不跪？

李　陵　【叫头】住了！【大锣五击】俺乃天朝大将岂肯跪你！【大锣一击】

单　于　哼！你今被擒，还是这等性傲，来！推出斩了！

胡克丹　且慢。【大锣一击】（站起）狼主，何不趁此机会劝他归降，狼主岂不又多了一条膀臂呀！

单　于　嗯。卿家向前。

胡克丹　为臣向前。【大锣住头】（上前与李陵并排站）啊李将军，你若归降我国狼主，少不得封侯之位，你若不降，将你杀死，家中撇下妻儿老小，李将军，你要再思啊，再想——。

〔亮弦〕

李　陵　（大大　大大　乙大　大　仓）サ 7　2　1　－　‖（退两步想介）
呀！

〔西皮摇板〕

【闪锤】（过门同前）3 6　5　5 7　6（6 5　3 5　6　6）7　6　3 5　6
蝼　蚁　尚（啊）且　贪　性　（哪）命，

（6 5　3 5　6 5　3 2　1 2）3 6　5　5 3　1　6　5　1
为　人　岂　能　不　贪

5 6　5（3 5　6 1　5 6　3 2　1 2）3 6　5　5　3 1　6
（哪）生。　左　思　右　想

5　3　3 5　2（0 3　2 1　6 1　2 3）5　5　5　1 2
心　不

3 5 2. 1 6 1 2 3 4. 6 3 5 3. 2 1 1 2 - (仓大.)
定(哪),

〔行弦〕 慢
1/4 (2161 | 2 3 | 2161 | 2. 3 | 2161 | 2 3 | 216 | 6 1 | 2 -) ‖

胡克丹 还是归降的好哇!
单　于 着哇!
李　陵 【闪锤】サ 3 6 5 5 3 i 6 5 5 6 6 5 -【大锣住头】‖
李 陵倒 做不 肖 人。

要俺归降却也不难,你国狼主要亲自与我松绑。
胡克丹 呃——这个!
单　于 好,孤家离位。
胡克丹 为臣代劳。
〔【大锣五击头】胡克丹上前卸下李陵手铐,归"小边"站。李陵转身面对单于。
李　陵 末将归降来迟,死罪呀,死罪!(边念边跪)
单　于 卿家快快请起。【撕边一击】
李　陵 谢狼主!(起身归"大边"站立)
单　于 (用凝视的目光打量李陵)呜呼呼呀!【大锣一击】看李陵相貌堂堂,人品出众。(转脸对胡克丹)啊,大平章。
胡克丹 臣。
单　于 孤意欲将花艳公主招赘李陵,卿家向前说明。
胡克丹 待为臣向前与他说过。啊李将军,狼主要将花艳公主招赘于你,你是料无推辞的了吧。
李　陵 这……
胡克丹 还不谢过狼主。
李　陵 噢,多谢狼主!
胡克丹 下面更衣去吧。
李　陵 谢狼主!
〔至台中向里深躬【大锣五击】转身出门,摊双手,做无奈表示,(八大仓)转身随【冲头】"下场门"下。
单　于 啊,大平章,鞍马劳顿,回府歇息去吧。
胡克丹 领旨。
〔【一锤锣】单于抽下。太监两边分下,胡克丹出殿门"上场门"下。

第十二场

〔台中放二个方凳,外罩香色椅披,呈"八字儿"。
〔苏武内白:"天哪!"【纽丝】两只羊形过场,苏武左手抱符节上场,走至台前,

〔亮弦〕

右手翻水袖。（5 7 6 – ）【大锣凤点头】

〔二黄散板〕

苏　武　サ（5 – 3 2 2 2 3 3 3 2. 1 6 6 5 –）

2 1 2 （5 6 1 2 –）2 2. 1 1 – 2 2 1. 6

大丈夫　　终不能　愁眉展

5 6 1 –（6 7 6 1 –）5 6 2 1 2 1 2 3 2

放，　（仓）有一　日归故土

2 3 （6 1 2 3 –）6 2 1 – 6 1 2 –【大锣住头】

（哇）　　感谢　上（啊）苍。

唉！【大锣一击】前奉王命，到此讲和，不想番王累次劝我不降，又将我打在北海牧羊。可怜随我三十余人，至今杳无下落，思想起来，唉！悲痛人也。（哭，振泪）【大锣一击】唉，这且不言。昨日有个打柴的小哥对我言道：汉朝李陵带领三千人马，在金雀关交战，又被胡儿擒去，招为驸马。我想李陵乃是我朝有名的上将，未必肯降，是真是假，叫我难料也！（音乐随“难料也”同时〔亮弦〕）

〔亮弦〕

サ（3 5 1. 7 6 – 5. 6 1 – ）

〔二黄散板〕

【纽丝】（1. 2 3 3 3 2 2 2. 1 6 6 5 –）2 2 1 2

降顺外国

3 3 3（6 1. 2 3 3）6 2 1 1 6 1 1 6 1 2

良心丧，（仓）有　何脸面　见故　乡。

（3 3 3. 5 2 2. 1 6 6 5 –）6 2 1 3 3 2

（内喧喊声）　（仓）耳　旁听（哪）得

2 2 2. 1 1 1 2 2 1 2 1 –　【纽丝】

有人喧　嚷，　（走至“大边”方凳旁，回头望）

（5 5 – 3 2 2 2. 1 6 6 5 –）2 1 3 2 1 2 1 2 1 2 3 5 6 1 2 2 –

想必　是卫　律　贼　又来　招降。

〔【大锣水底鱼】四小番“上场门”上，“一条鞭”，李陵随上，至台前。

李　陵　李陵。（仓大）奉了狼主之命，顺说苏武，来此北海，呜呼呼呀！【大锣一击】看那旁好像苏仁兄，待我下马见过。【大锣五击】（下马，番兵接马下。走近苏武）啊，苏兄。

苏　武　（不看李陵）搭话者何人？

李　陵　小弟李陵。

苏　武　【撕边大锣一击】（看李陵，站起来抓住李陵的左手）噢，你是李贤弟？

李　陵　苏兄。

苏　武　李少卿？

李　陵　正是。

苏　武　（看李陵的穿戴，松开手）哎呀呀！你这样的打扮，莫非你错了念头了吗？

李　陵　这个——。噢，哪旁有块顽石，你我坐下讲话。

苏　武　好好好，请坐，请坐。【大锣五击】（二人坐在“八字”方凳上，李陵在“小边”，苏武在“大边”）

李　陵　仁兄有所不知，只因小弟奉了圣上旨意，带领三千人马绕道金雀关，前来搭救仁兄，不想失计被擒。唉！小弟归顺北国了。

苏　武　噢——！【撕边大锣一击】怎么你归顺胡儿了？

李　陵　小弟也是出于无奈呀！

苏　武　哎呀！【大锣五击】想你李门，乃是汉朝世代忠良，今一旦归顺北国，难道把君恩家眷都抛弃了吗？

李　陵　咳！仁兄啊！

〔二黄散板〕
【大锣凤点头】(过门同前)サ 3 6 5 5 ⁷6ᵛ 6 3 5 6 i̇ - (6̣ 7̣ 6̣ 1 -)
小 弟 若 是 不 降 顺，(仓)

5 5 6 7 7ᵛ 6 6 5 3 5 6 ⁵6 ⁱ̇5 ⁶5 - 【大锣住头】‖
顷 刻 之 间 命 难 存。

苏　武　贤弟到此作甚？

李　陵　闻得仁兄海上牧羊，受尽风霜之苦，听小弟相劝，不如放弃节杆，同事北国，不知仁兄意下如何？

苏　武　哎呀贤弟呀！

〔二黄散板〕
【大锣凤点头】(过门同前)サ 1 3 2 ³2 3 2 1 1 2 2 ²1⁶⁵
宁 拼 (哪) 一 死 心 无 憾，

(6̣ 5̣ 6̣ 7̣ 6̣ 1 -) 5̣ 6̣ 1 1 6̣ 3ᵛ 5̣ 6̣ 1 1 6̣1 ³2 【大锣住头】‖
(仓) 要 放 节 杆 难 上 难。

李　陵　仁兄执意不降，小弟不敢强劝。南门以外砌造一台，名曰“望乡台”，请仁兄到那里望望家乡如何？

苏 武 好好好，既然如此，有劳贤弟头前带路。

〔【纽丝】二人同站起。

〔二黄散板〕

苏 武 （过门同前）サ 2 2 4 3 2 1 2 3 3（6 1. 2 3 -）3 3 2

贤弟提起望家乡，（仓）不由

1 2 3 3 3 6 1 2.（3 2161 2 -）3 3 2 2. 1

子卿我两泪汪。（仓）贤弟带

1 6（6 5 7 6 -）6 1. 2 3 1 2. 3 2 3 2 1 6

路 头前

5 6 1 1 2 2 2 3 2 1 7 6. 1 2 2 1. 6 1 -

往（啊呃），

〔【纽丝】闭二幕。李陵先、苏武后，同下。

二幕启。台中后方摆栏杆台子，李陵先上，苏武后上，二人在台上站定。

〔二黄散板〕

苏 武 サ（5 2 2. 1 6 6 6 5 -）2 2 3 3 5 6 1 2 0【大锣住头】

不知家乡在何方。

李 陵 啊仁兄，你来看——！【撕边大锣一击】（手指远方，苏武随看）往南一带黑沉沉，便是分关交界了。

〔（八大仓）苏武，右手抓水袖，眼望前方。

苏 武 噢——！【撕边大锣一击】怎么，往南一带黑沉沉，那就是分关的交界了！

李 陵 正是。

苏 武 【冲头】（右手翻水袖，拱手）【叫头】我主！【大锣五击】万岁！【大锣住头】咳！我主哇——！【快冲头】（搌泪，跪下）

〔二黄导板〕

【大锣导板头】サ（5 5 5 5 3 2 2 2 32 7 6 2 3 1 2 3 3 3 3

2165 3 3 2 2 - 7 - 7 7 6 6 6 6 5 -）5 5 3 -（2 1 6）6

登层

1 2 3. 2 1 2 2 2 2. 1 6 0（3 2 1 6 6）5 5 3 5 2

台 望家

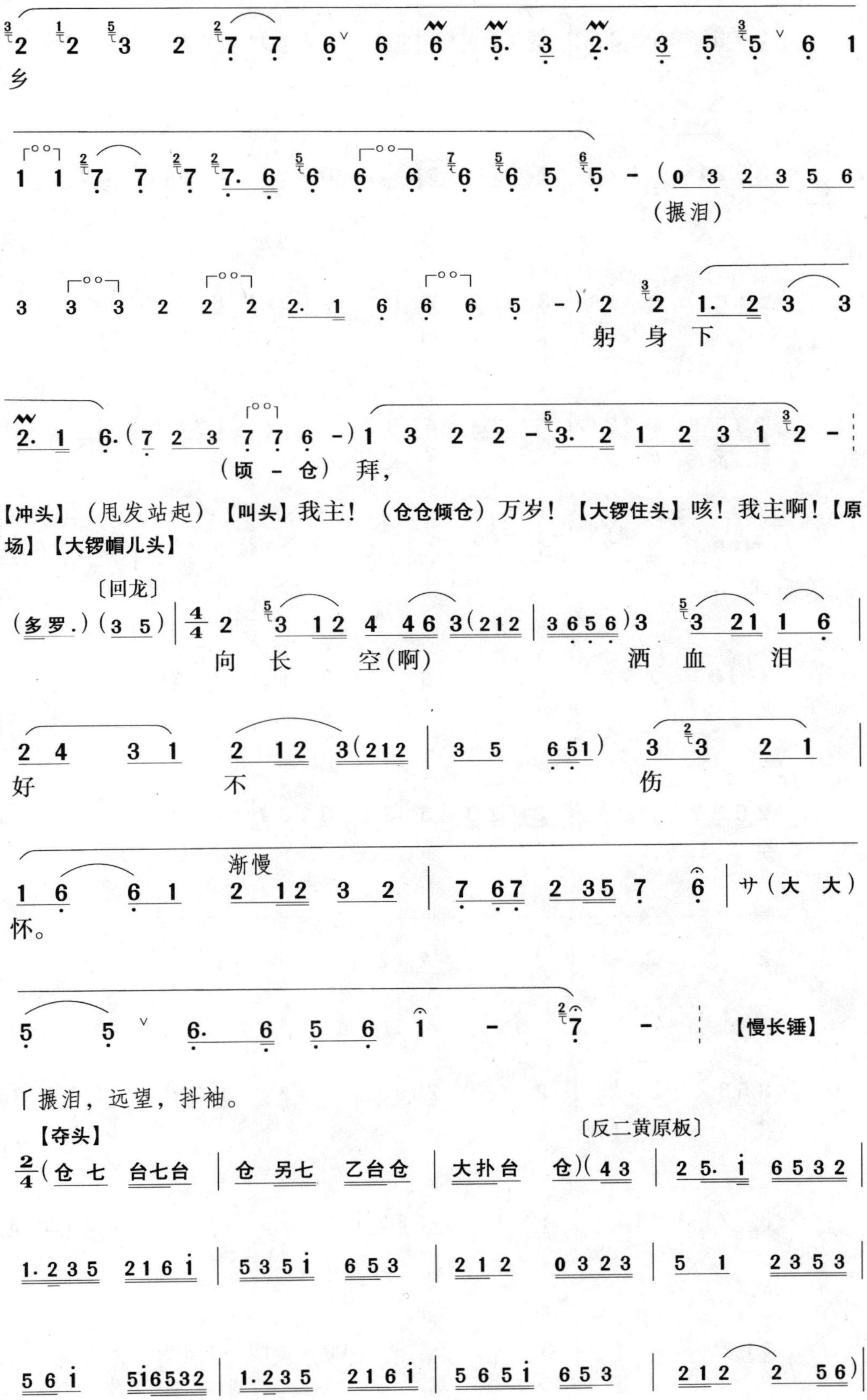
乡
(振泪)
躬身下
(顷-仓)拜，
【冲头】(甩发站起)【叫头】我主！(仓仓倾仓)万岁！【大锣住头】咳！我主啊！【原场】【大锣帽儿头】
〔回龙〕
(多罗.)
向长空(啊)洒血泪
好不伤
渐慢
怀。
ㄓ(大大)
【慢长锤】
「振泪，远望，抖袖。
【夺头】
〔反二黄原板〕
仓七台七台 仓另七乙台仓 大扑台仓

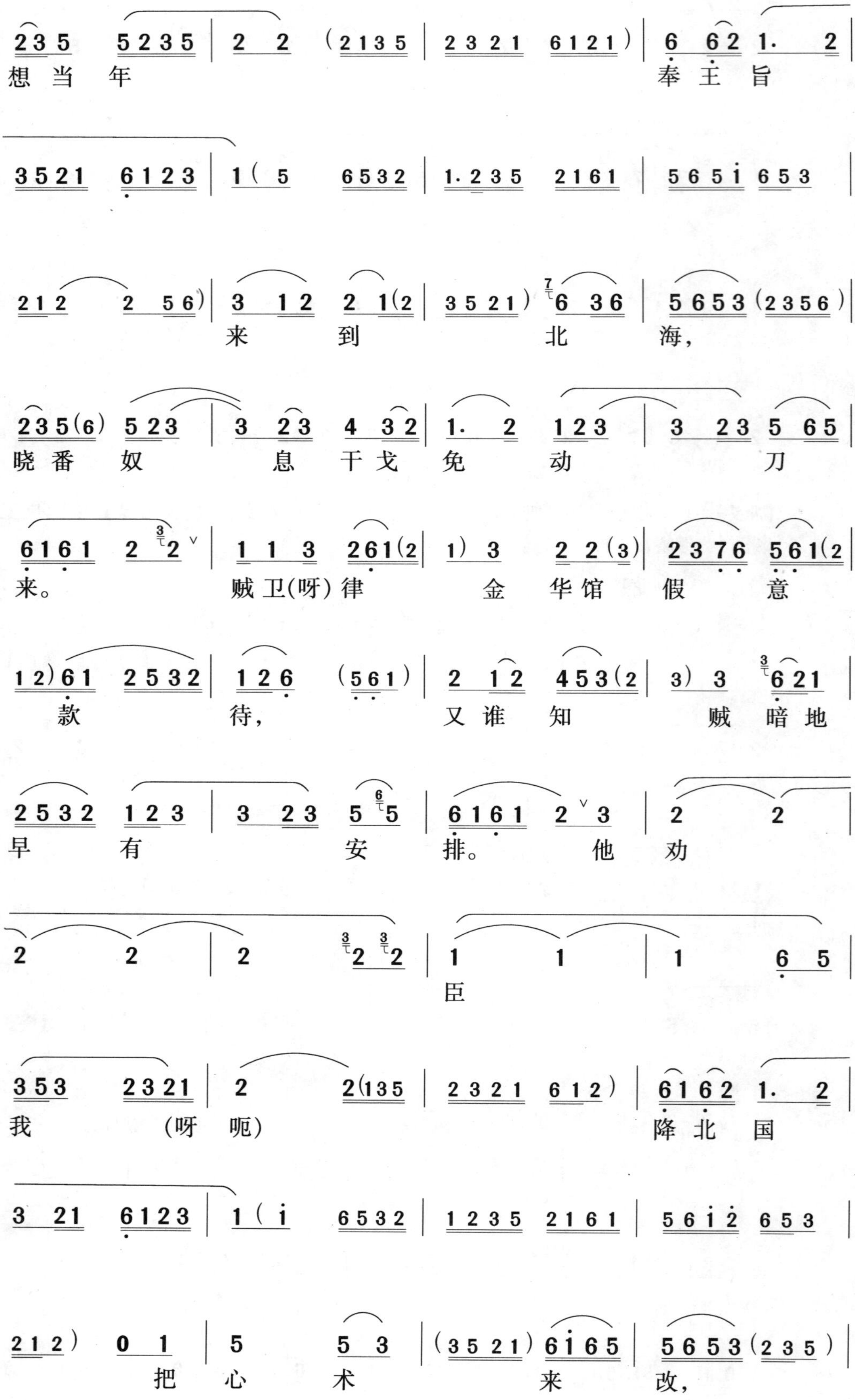
想当年 奉王旨
来到北海，
晓番奴 息干戈免动 刀
来。贼卫(呀)律 金华馆假意
款待，又谁知贼暗地
早有安排。他劝
臣
我(呀呃) 降北国
把心术来改，

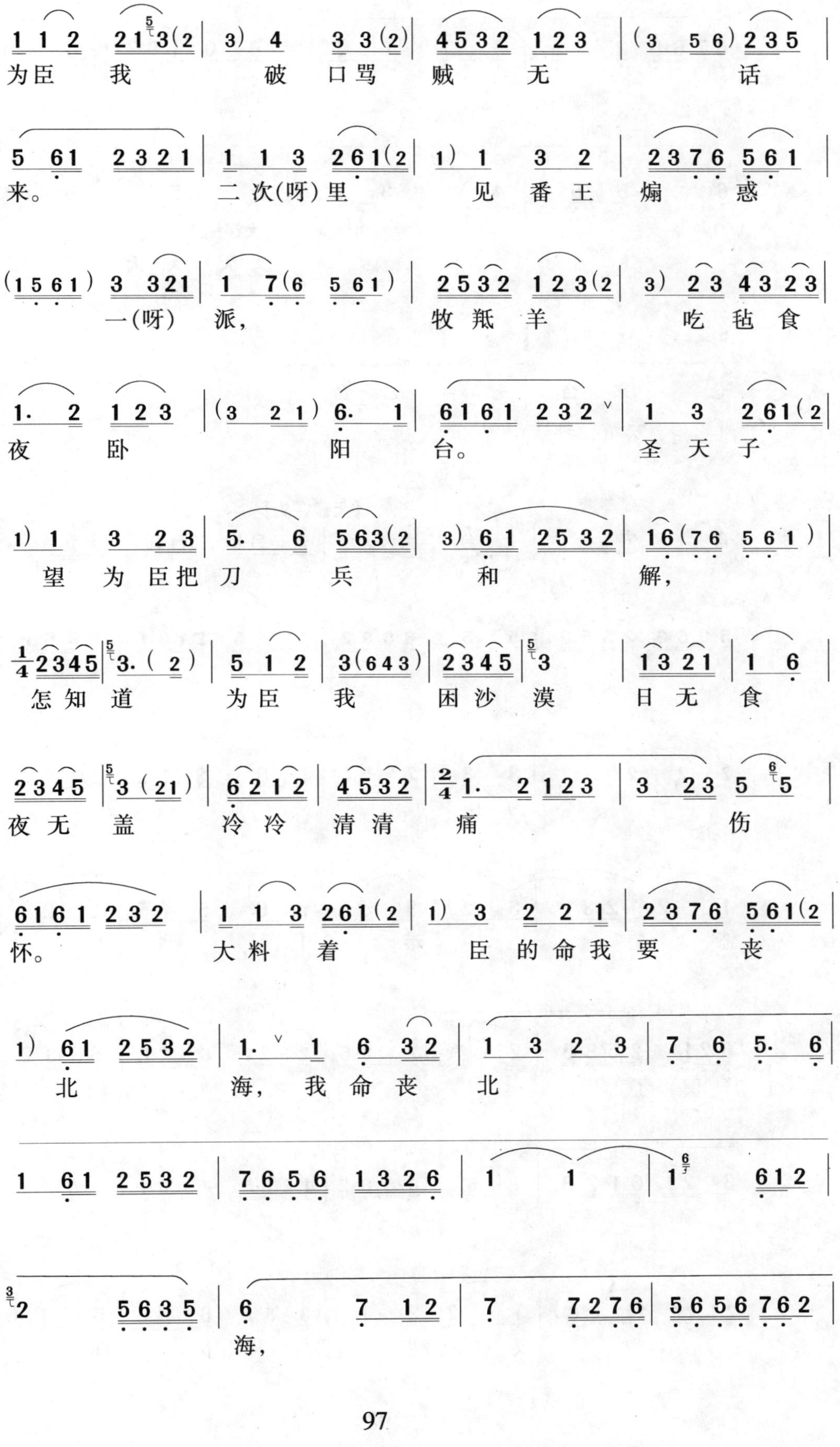
为臣 我 破 口骂 贼 无 话
来。 二 次(呀)里 见 番 王 煽 惑
一(呀) 派, 牧 羝 羊 吃 毡 食
夜 卧 阳 台。 圣 天 子
望 为 臣把 刀 兵 和 解,
怎 知 道 为 臣 我 困 沙 漠 日 无 食
夜 无 盖 冷 冷 清 清 痛 伤
怀。 大 料 着 臣 的 命 我 要 丧
北 海, 我 命 丧 北
海,

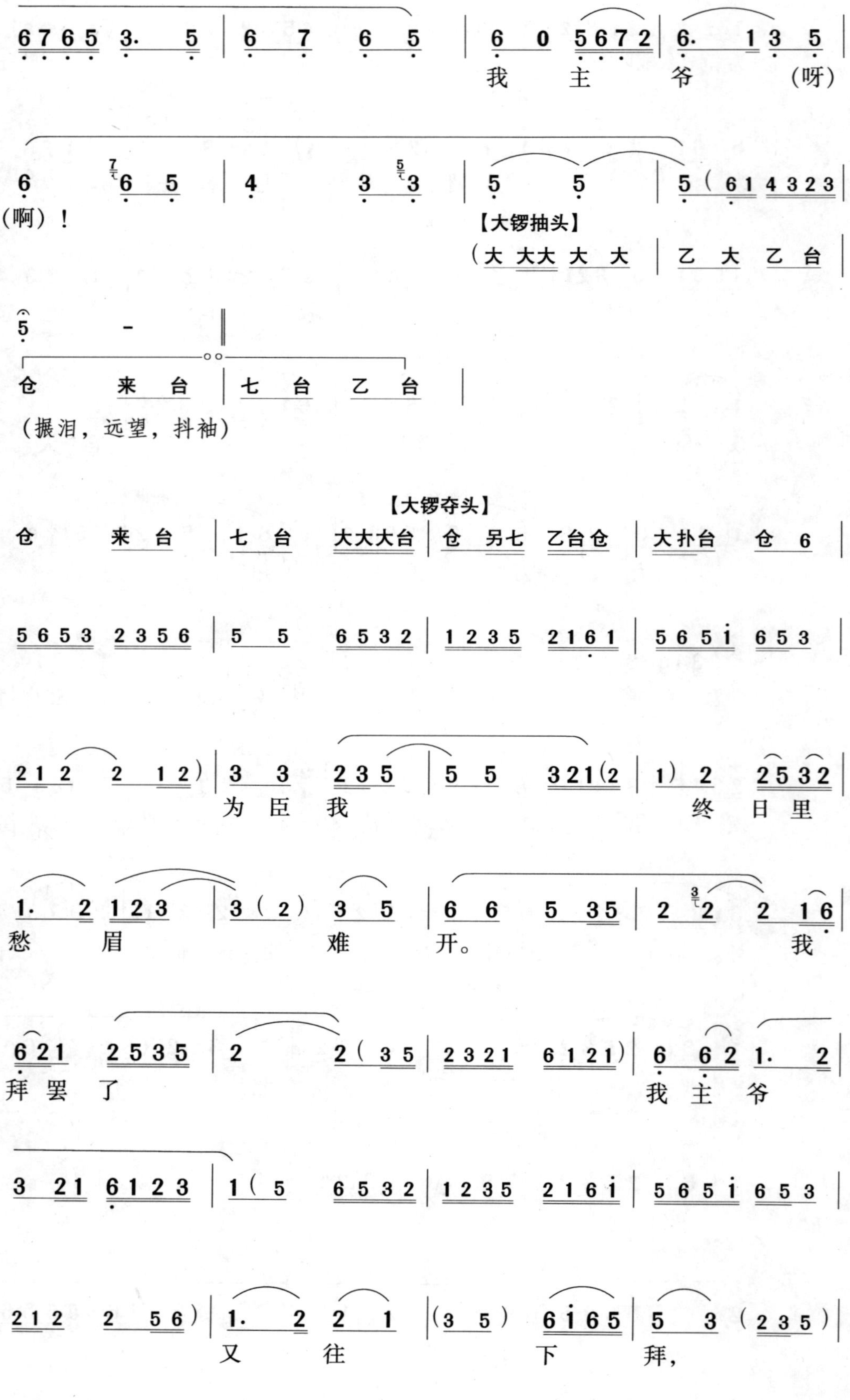
我 主 爷 （呀）
（啊）！
【大锣抽头】
（大 大大 大 大 乙 大 乙 台
仓 来 台 七 台 乙 台
（搌泪，远望，抖袖）
【大锣夺头】
仓 来 台 七 台 大大大台 仓 另七 乙台仓 大扑台 仓
为 臣 我 终 日 里
愁 眉 难 开。 我
拜 罢 了 我 主 爷
又 往 下 拜，

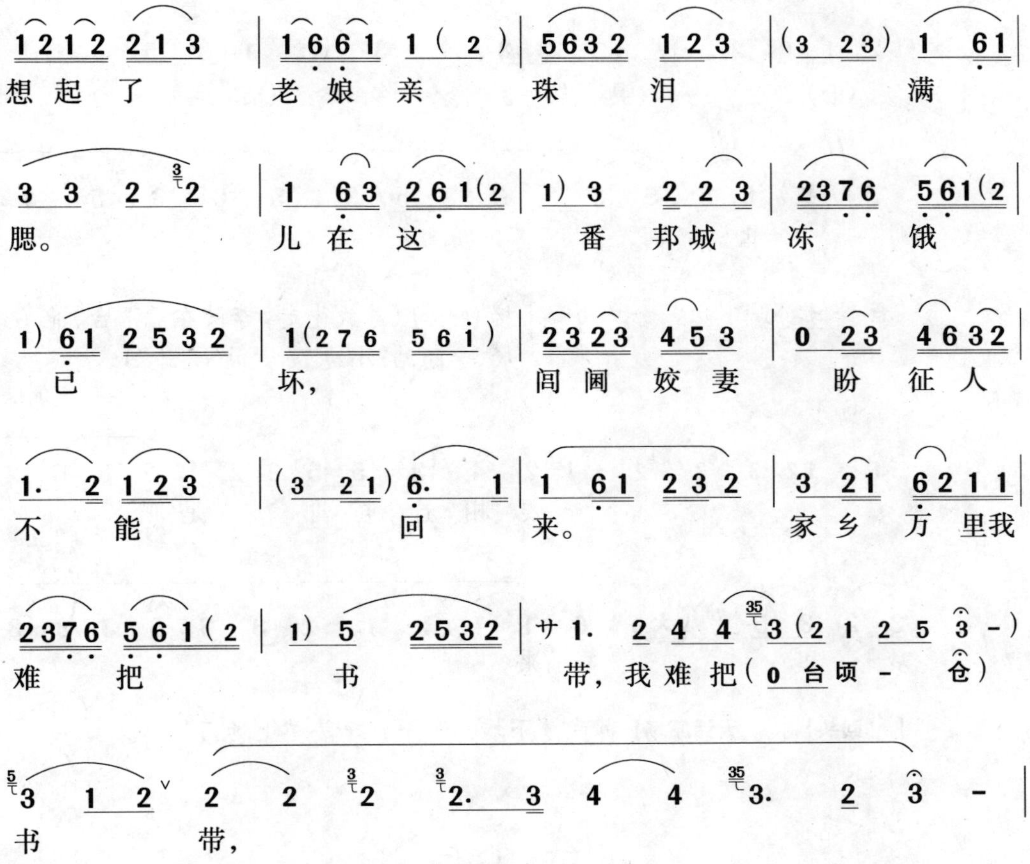

〔【乱锤】苏武难过的欲倒，揾泪哭介，李陵上前搀扶。

李 陵 苏兄啊！

〔反二黄散板〕

苏 武

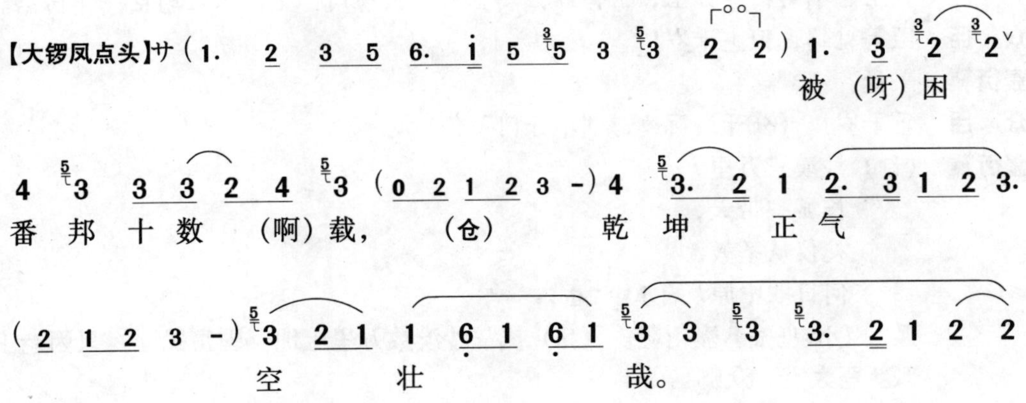

（2 1 3 2 －）3 2 3 4 3 （2 1 2 5 3 －）6 5
（仓） 望 罢 家 乡 （顷 － 仓） 忙 回

5（八拉）6 5 5 5 3 6 3 5 3. 5 6 6 5. 3 5 －
北 海，

（仓 七 0 | 仓 七 0嘟 | 接【纽丝】（苏武先走，李陵在后下台，向右绕一小圆场，李陵站“小边”苏武站“大边”）

（1. 1 2 3 3 2 －）2 4 3 5 5 3 2 1. 2 3 5 2. 1 6
要 相 逢 除 非 是（喏）

3 2 3 5 （八大 0）6 1 1 1 1. 2 3 6 5 3 3 3 2 －‖
梦 里 再 来。

〔【回头】接【大锣原场】苏武“下场门”下，李陵“上场门”下。

第十三场

〔中场桌，“大座”。

〔〔西皮小开门〕四太监“站门”上，壶衍鞮随上，“九龙口”抖动，整冠，理髯，走至台口。

壶衍鞮 （引子）朔风摇动，统匈奴，

サ 1 2 3 2 2 6 7 7 6 －‖
世 代 为 （呀） 尊。

〔壶衍鞮右转身向里走入座，四小太监随往里归。李陵、卫律、胡克丹、三朝臣从“上、下场门”分上，卫律等三朝臣从“上场门”上，六位朝臣一排向里。

众 臣 臣等见驾，狼主千岁！

壶衍鞮 平身。

众 臣 千千岁！（分开站两边，“小开门”停）

壶衍鞮 （诗）沙漠三万里，
长城一带天，
礼仪从圣教，
何日取中原。【小锣二击】

孤，【小锣一击】壶衍鞮。（扎）执掌沙漠数万里土地。国富民强。只因老王驾崩，孤新登大宝。众卿！

众　臣　臣。

壶衍鞮　有何富国强民，褒忠贬奸的好事，奏上几件，孤好行事。

李　陵　臣启狼主，老王在世之时，汉朝中郎将苏武前来出使我国。老王爱惜其才，劝他归降，他执意不肯。老王大怒，将他打在北海牧羊十有余年，请主定夺。

壶衍鞮（大大大大乙台）苏武？

李　陵　正是。

壶衍鞮　不错有的。此人现在北海牧羊，卿家提他做甚？

李　陵　我主新登大宝，就该择一公卿之女，赐他为妻。若能将他犟心打动，也未可知。

壶衍鞮　卿家此计甚好，只是我国大臣谁肯将自己亲生女儿许配外邦之人？

胡克丹　臣启狼主，臣有一女，名唤阿云，愿配苏武为妻。

壶衍鞮　噢，卿家既肯俯就，孤何难乐从。但不知你的女儿相貌如何，倘若丑陋，岂不被苏武耻笑。也罢，宣上殿来待孤一观，然后行事。

胡克丹　领旨。

〔西皮摇板〕

【纽丝】（过门同前）2 1 2 3 3 2 2ᵛ 2
女 长 大 成 婚 配 古

2 1 1 3 ³2 － ┆【闪锤】（向壶衍鞮躬身出门至“下场门”处）
礼 所 讲，

（过同门前）3 1 2 3 ³2 2ᵛ 2 2 1 6̣ 1̇ － ‖【闪锤】（“下场门”下）
就 是 那 南 朝 人 又 待 何 妨？

〔西皮散板〕

壶衍鞮　サ 3 2 5 3 3 4 ⁵3ᵛ 6̣ 5 1 2 3 ³3 （4 3 2
胡 克 丹 爱 忠 良 倒 也 豪 爽，（仓）

1 2 3 ）3 2 5 3 1 3 3 ³2 1 2 5 3
但 不 知 这 女（呀）子 貌 可

3 2 1 1̇ － ‖【冲头】（巴达赫持手本“上场门”上至台口面向里）
端 庄。

巴达赫　巴达赫见驾，狼主千岁！

壶衍鞮　平身。

巴达赫　千千岁。【大锣住头】（归“大边”）

壶衍鞮　不在边关镇守，回朝做甚？

巴达赫　今有汉朝打来本章，我主龙目御览哪。（上前递手本）

壶衍鞮　呈上来。【大锣五击】（接过手本观看）【撕边大锣一击】呜呼呼呀！原来汉朝要讨苏武还朝。可见苏武是个忠臣了。李、卫二卿。

李　陵
卫　律　臣。

壶衍鞮　你二人不及苏武多矣！**【撕边大锣一击】**（李陵、卫律用水袖挡面，表示惭愧）巴达赫听旨！

巴达赫　在。

壶衍鞮　回去对汉将言讲，就说苏武已死多年。镇守边关去吧！

巴达赫　领旨。

〔**【冲头】**巴达赫出殿“下场门”下，胡克丹从“上场门”上，至台中向里。

胡克丹　臣女宣到。

壶衍鞮　宣上殿来。

胡克丹　遵旨。（转身向外）胡阿云上殿。

〔胡阿云内：“领旨。”**【散长锤】**胡阿云上，至“九龙口”处亮相。锣鼓停顿一下，再起，胡阿云走至台前靠“小边”。

〔西皮散板〕

胡阿云

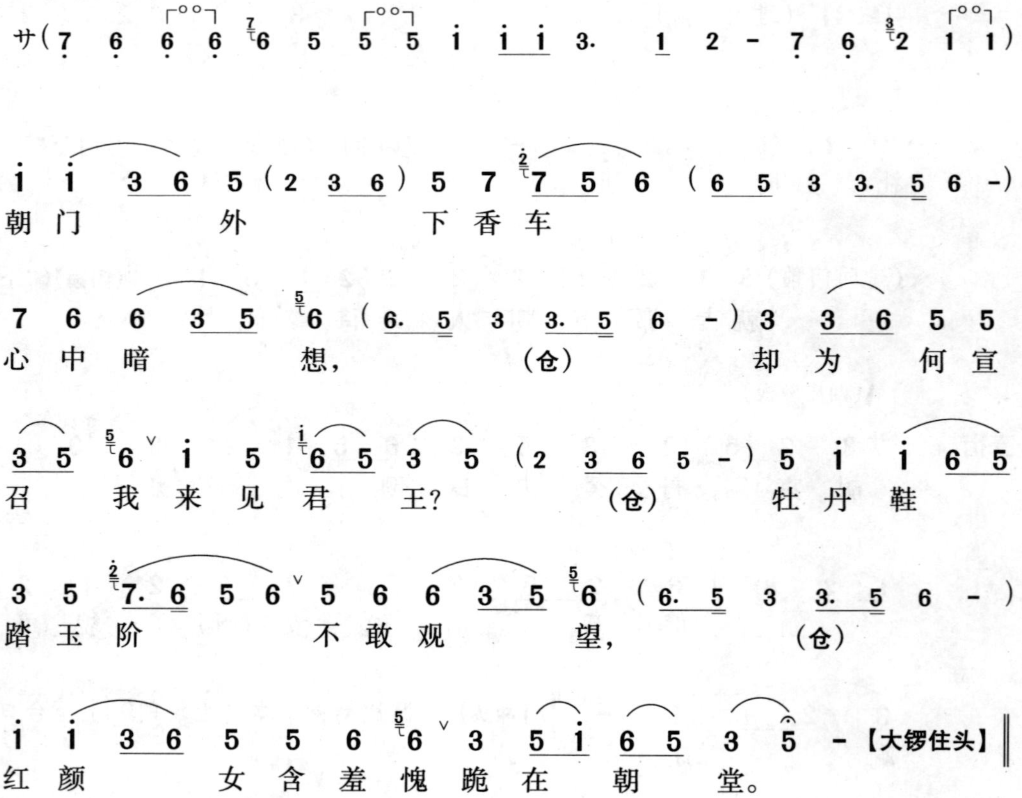

（边唱边走进殿，至台中面向里）

胡阿云　臣女胡阿云见驾，愿狼主千岁！

壶衍鞮　平身。

胡阿云　千千岁！**【大锣住头】**（站起归“小边”，头略低）

壶衍鞮　抬起头来。

胡阿云　是。（抬起头，面略向壶衍鞮方向）

〔（八大仓）壶衍鞮看，一惊，转身打背供。胡阿云转过脸，手持手绢挡面。

壶衍鞮 【撕边大锣一击】呀！

〔西皮散板〕

【大锣凤点头】（过门同前）3 4 3 ^{5}3 2 3 1. 3 4 ^{5}3（6 1 2 3 –）

见此女好一似牡丹开放，（仓）

^{3}2 1 2 3 2 3 ^{3}2 1 2 ^{5}3 2 1（7 6 2 1）3 2

又好似巫山女来会襄王。（仓）孤将

^{5}3 2 1 ^{5}3 2（6. 1 2 –）1 3 2 ^{3}2 1 6 1 ^{3}2 –

她收贵妃在（呀）我手掌，

李　陵 且慢！（阻拦）

〔西皮摇板〕

【大锣凤点头】（过门同前）i 3 6 5 5 6 6 3 6 5 6 ^{7}6 ^{6}5 –【大锣住头】

殷纣王宠妲己败坏朝纲。

臣启狼主，此女生得貌美，就该赐配苏武才是。

壶衍鞮 卿家哪里知道，孤后宫所有的嫔妃，未有此女如此的美貌，孤收她做为贵妃，卿家休得阻谏！

〔【撕边大锣一击】李陵无奈。胡阿云一想，上前一步。

胡阿云 哎，慢着，慢着！我说狼主，我自知道，叫我爹爹回府宣我进宫，我当是考才女哪，闹了半天，为的是选嫔妃呀！回狼主的话，这件事情，我实在是不能从命。

壶衍鞮 啊！【撕边大锣一击】孤欲收你以为贵妃，乃是一桩喜事，你为何不愿意呢？

胡阿云 哎，我说狼主，您虽是北番的王子，可也不至于这么糊涂哇。哎哟，八成儿您许没念过书吧？

壶衍鞮 呃！【大锣一击】孤身为一国之主，何书不读。

胡阿云 噢，既是念过书，这话可就好说得多啦。

壶衍鞮 讲。

胡阿云 如今狼主新登大宝，自当清心寡欲治国求贤才是正理，如今您哪，一点强国富民的事都没办，就先要纳大臣之女为贵妃，哎，可不是我说您哪，要是按照这样贪恋女色呀，哎哟，恐怕有点要自取灭亡吧！

壶衍鞮 啊——这个！

卫　律 （紧接着念）哎，有理呀有理。

壶衍鞮 呃！【撕边大锣一击】

胡阿云 话呀，我是说啦，总算是违背圣意，罪不容恕，只有两个字，求狼主发落吧！

壶衍鞮 哪两个字？

胡阿云 请斩！

壶衍鞮 呃！【撕边大锣一击】孤焉能擅杀好人。也罢，就将你赐配苏武。

胡阿云 哎，等等，等等。我说狼主，您把我赐配给哪个苏武了呢？

壶衍鞮 就是汉朝的中郎将。

胡阿云 噢，就是那个出使我国十有余年，持节不降的那个苏子卿吗?

壶衍鞮 正是。

胡阿云 好，他乃是个有血性的男子。我情愿嫁他就是啦。(有些羞媚的挡着面)

壶衍鞮 哎呀，可惜呀可惜!

胡阿云 哟，可惜什么呀?

壶衍鞮 可惜那苏武他的年岁忒大了哇!

胡阿云 咳! 只要他是个英雄，我倒不在乎岁数大小。

壶衍鞮 李、卫二卿，这有圣旨一道，(打开圣旨，拿笔书写)护送此女去至北海，与苏武成亲。领旨下殿。

李陵
卫律 领旨。

〔李陵接过圣旨捧在左手。

胡阿云 臣女多谢狼主!

〔胡阿云走至台中跪拜，起来转过身向外，李陵、卫律同时归外。

〔西皮散板〕

胡阿云 【凤点头】(过门同前)サ 5 i i i 6 5 3 3 6 5 7 6 5 5 3 5 6 5 6 7 2 7 i 6 7 6 -
谢君恩 不降 罪宽宏 大量，

〔【纽丝】李陵、卫律出殿“下场门”下，胡阿云出殿走至“下场门”，回身。

胡阿云 (过门同前)サ 5 i i i 2 i 6 5 5 3 3 5 5 6 (6. 5 3 3. 5
配奇人 又 何 妨

6 -) 3 5 5. 6 3. 5 5 6 5 6. i 5 6 5 5 - 【纽丝】(下)
海 上 牧 羊。

壶衍鞮 (过门同前)3 4 3 3 2 4 5 3 4 5 3 1 2 1. 2 3 (6 1 2
好 一 个 胡 阿 云 颇 有 志 (喏)量，(仓)

3 -) 1 3 2 3 1 2 3 2 1 2 5 3 2 1 (7 6 2 1 -)
做 嫔 妃 又 何 如 忠 臣 妻 房。(仓)

3 2 5 3 3 2 1 2 3 3 2 (6. 1 2 -) 5 3 2 1 6 1 3 2 -
这 也 是 胡 克 丹 平 日 里 教(啊)养，

〔【纽丝】太监两边分下，朝臣双出两边下，壶衍鞮至台中。

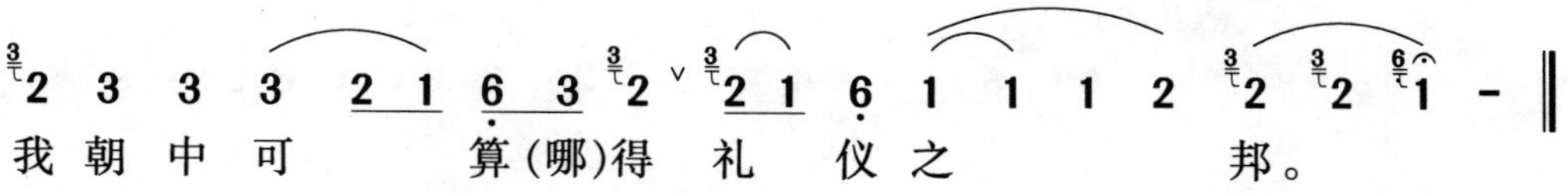

〔【回头】打下。

第十四场

〔台上摆设同十二场。
〔苏武内白：“唉！汉主啊！”
〔【铙钹夺头】起〔二黄慢板〕，苏武随着“过门”出场，慢步走至台中。

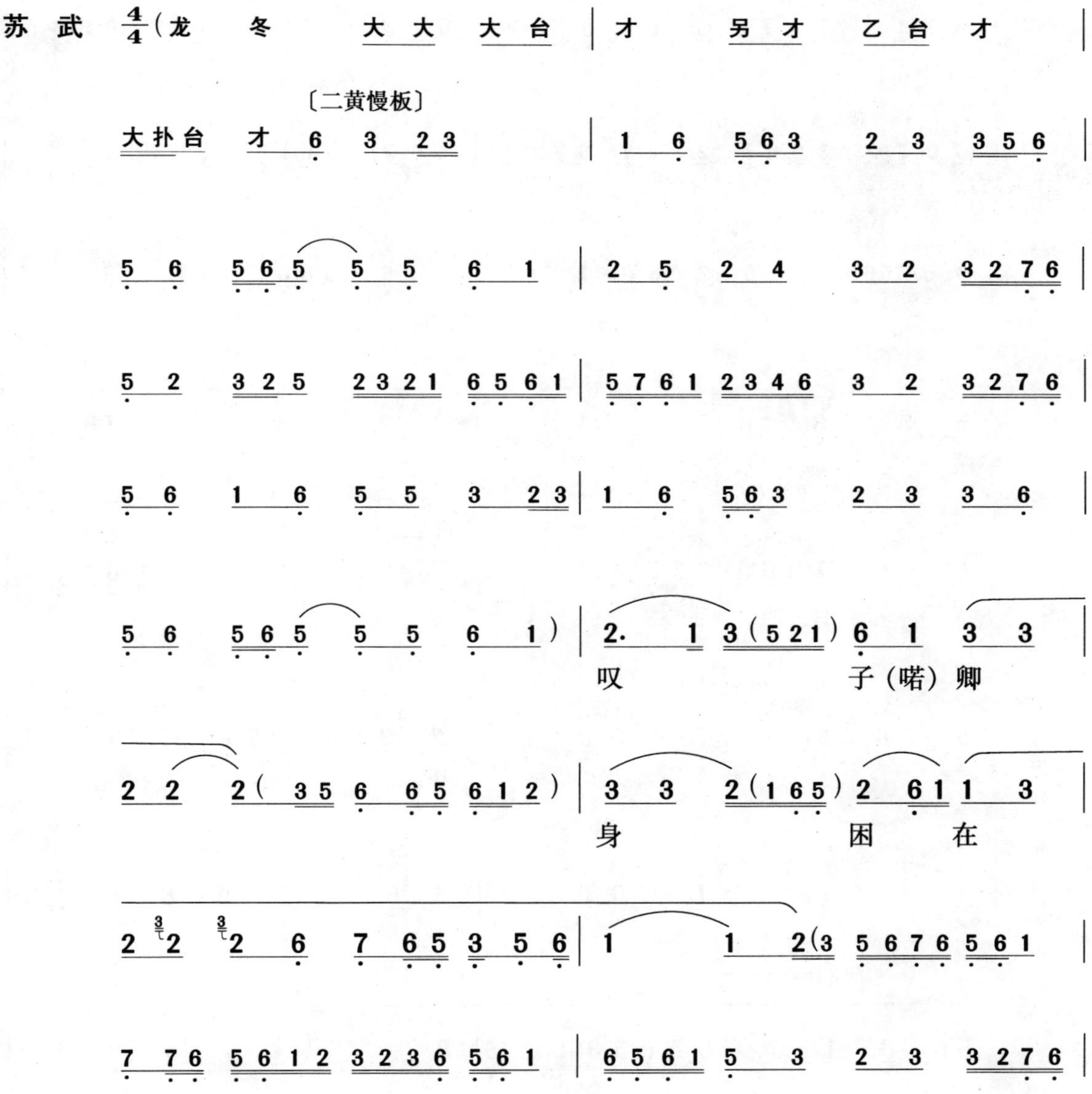

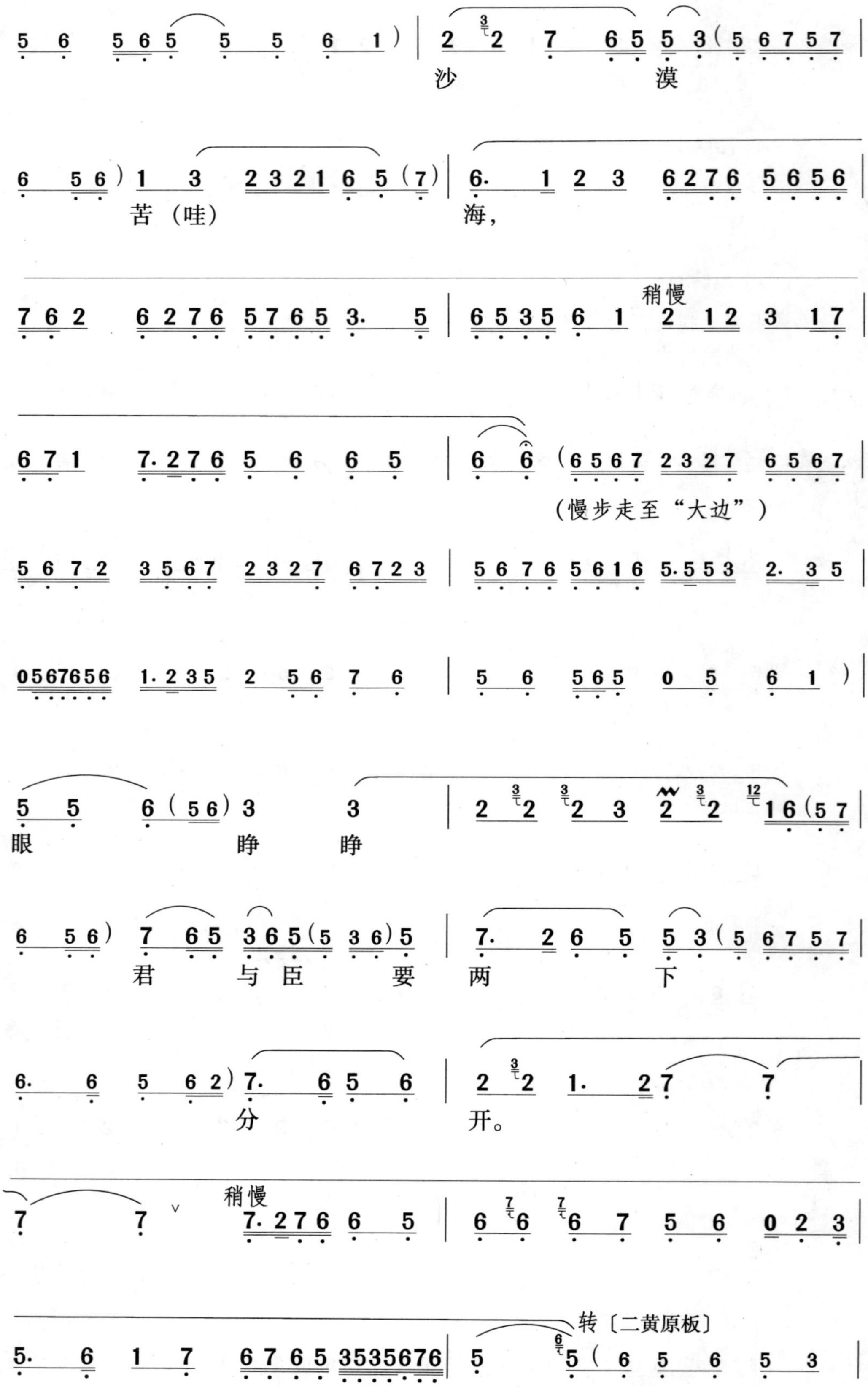
沙 漠
苦（哇） 海，
稍慢
（慢步走至“大边”）
眼 睁 睁
君 与 臣 要 两 下
分 开。
稍慢
转〔二黄原板〕

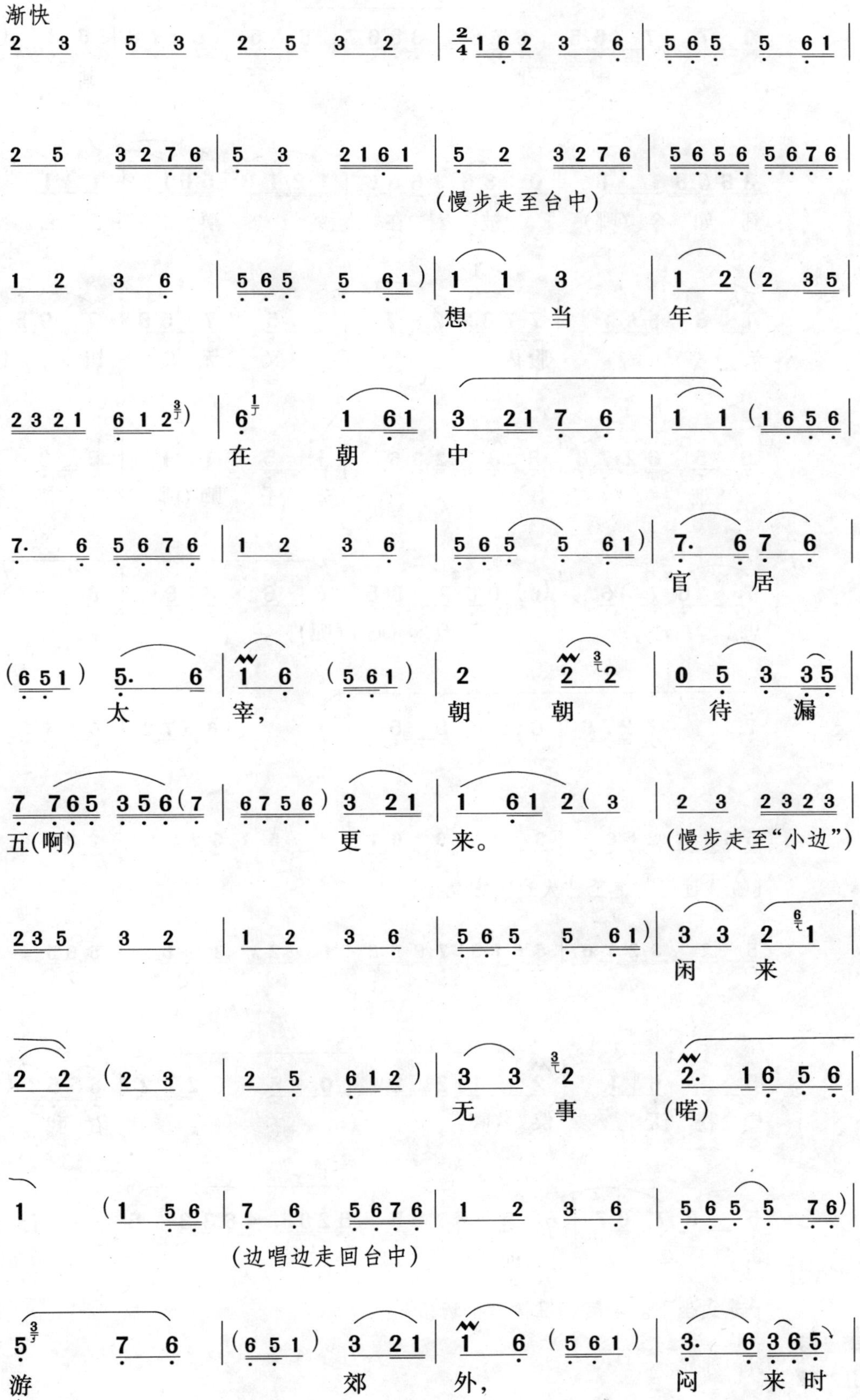
渐快
(慢步走至台中)
想 当 年
在 朝 中
官 居
太 宰，
朝 朝 待 漏
五(啊) 更 来。
(慢步走至“小边”)
闲 来
无 事 (喏)
(边唱边走回台中)
游 郊 外，
闷 来时

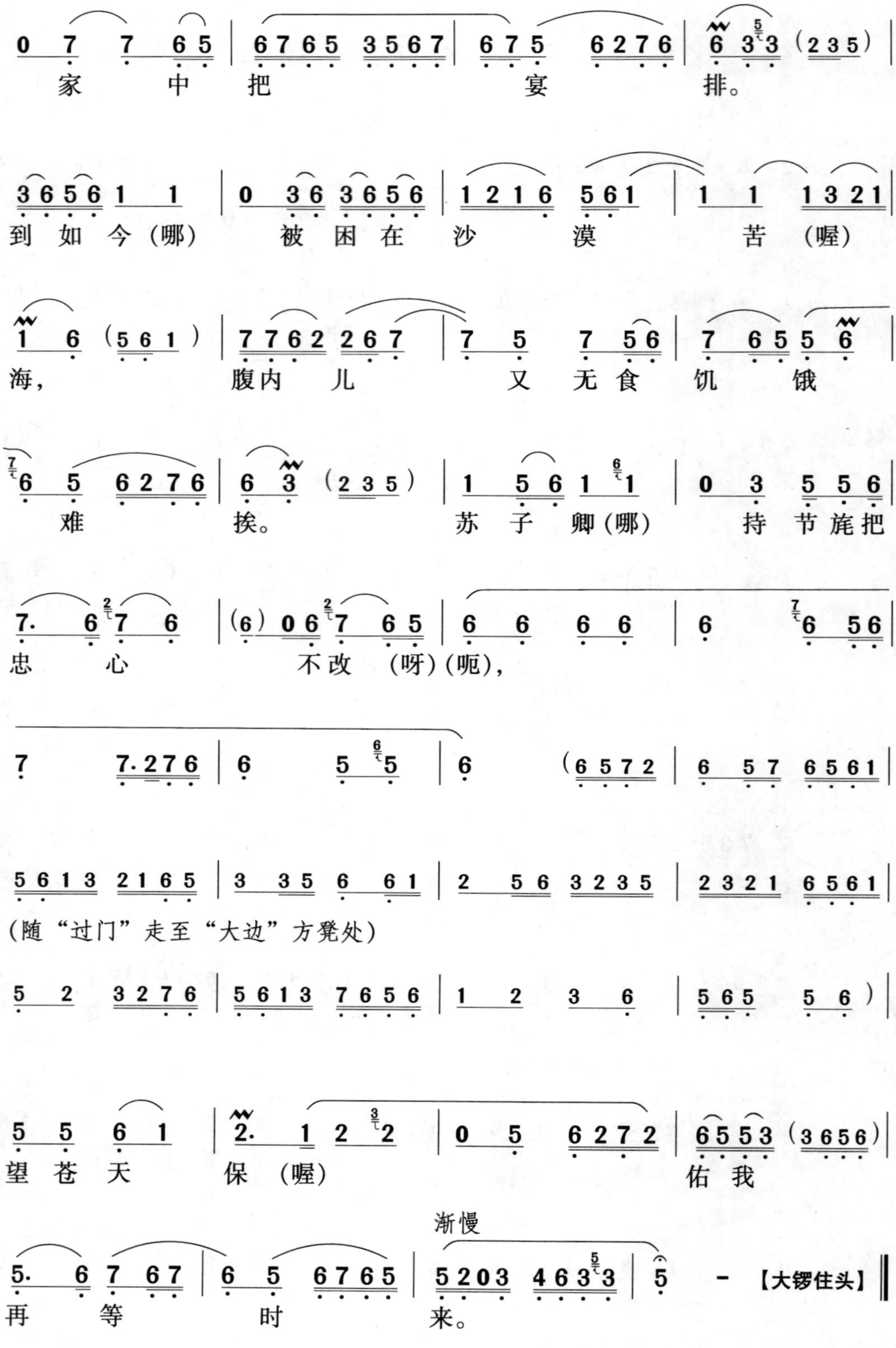

〔苏武坐下。李陵、卫律“上场门”上。

李陵
卫律 啊，苏兄。

苏　武　噢，二位贤弟到此做甚？

李　陵
卫　律　恭喜仁兄，贺喜仁兄。

苏　武　噢，莫非放我回国么？

李　陵　不是的，这里来。

苏　武　（站起）何事呀？

李　陵　（走至台中）圣旨下，苏武跪听……。

〔**【大锣一击】**苏武怒甩水袖。

苏　武　呃！俺乃汉朝臣子，不遵你这外国的旨意，有话快说！

〔苏武转过身去，不看李、卫二人。李陵打开圣旨。

李　陵　李陵奏道，苏武海上牧羊，受尽风霜之苦，今将大都督胡克丹之女胡阿云赐配为妻。旨意读罢，望诏谢恩。

苏　武　放屁！（**八仓**）（右手抢过圣旨，摔在地上，卫律上前捡起圣旨）俺乃汉朝的臣子，岂能要你这外邦的胡女呀！万难办到哇！万难办到哇！（往外走，躲）

卫　律　哎，来来来，快快快！（上前拉苏武）

〔唢呐奏<小傍妆台>车夫、二番女与胡阿云上，番女搀胡阿云下车走向台中。李陵强按苏武跪下，与胡阿云拜。卫律拿过符节，高高举起。苏武口喊着“快快走去！快快走去！”被按下跪。拜罢，胡阿云坐“小边”方凳，苏武起身拿过符节。李陵、卫律在“大边”台口，向苏武招呼。曲牌停。

李　陵
卫　律　改日贺喜。请了，请了！

〔二人边说边退下。

苏　武　（着急的）回来！回来！回来！（无奈二人已走远，自言自语的）哼！怎么勒逼我成起亲来了？真真的岂有哇（**八大仓**）此理！**【撕边大锣一击】**（虚望胡阿云坐的方向，胡阿云遮面而坐，不动）噢噢噢，我明白了。**【大锣住头】**想番王屡次劝我不降，如今又用美人之计前来哄我。不错，是的。嗯，待我说破于她。（右手向胡阿云甩水袖）哎！**【大锣一击】**那一女子听者，休同你家狼主用这美人之计前来哄我，俺苏武乃是有血性的男儿，岂是美色哄得动的？哼哼！岂有哇（用劲手顿符节）岂有——（坐“大边”凳上）**【撕边】**

〔胡阿云站起，面向外，疑虑地。

胡阿云　呀！

〔西皮散板〕

【大锣凤点头】(过门同前)サ 3 3 6 5 5 5 7 5 6 (6. 5 3 3. 5
见 此 情 不 由 我

6 6) 7. 6 6 3 5 6 (6. 5 3 3. 5 6) i i 3 6 5
心 中 纳 闷， (仓) 苏 子 卿

5 3 5 6 (6. 5 3 3. 5 6) 3 5 i 6 5 3 5 –
因 何 故 这 般 无 情？

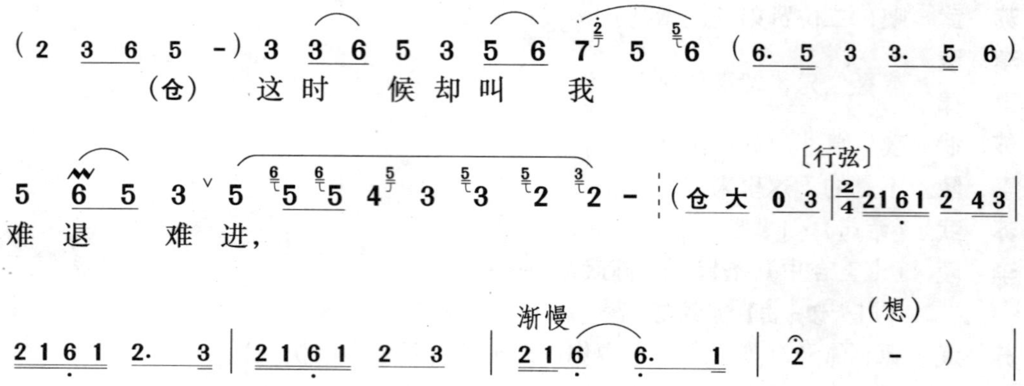

白：“嗯，有啦。”

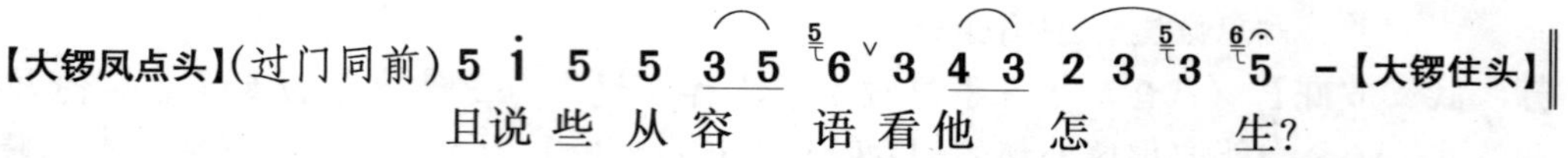

(大大大大大大乙台) (看苏武，想) 哎呀慢着。原是狼主在金殿亲口传的旨意，把我赐配苏武啦，刚才他怎么说我们是用美人计来哄他的呀？这么说，倒把我给闹糊涂啦。(看苏武) 他怎么也不说话呀？哎哟，我可真憋不住了！(一想) 不能不先跟他说话去了。(慢步走近苏武) 哦……我叫他什么呀？哎，我说这位相公……(苏武向外转脸，不理睬，并将右腿搭在左腿上，半闭目而坐) 我本来呀，要给你请个安，见个礼儿，因为我知道你不会还安，得啦，我们这儿行个汉礼吧！我给您拜拜啦！(手抚腹躬身)

苏　武　不消！(甩水袖，仍坐而不动) **【大锣一击】**

胡阿云　嗬！真横啊！我说你不还礼就不还礼，你倒是让我坐下呀！

苏　武　(不看胡阿云) 哼！你自己不会坐吗！

胡阿云　是呀，这有的是座儿，我自己不会坐下吗，这不是成心找钉子碰吗！好，坐下咱们就坐下。(走回原座，坐下) 他怎么还不说话呀？我说相公，论礼呀，我这新来乍到的是不应该先跟你说话，无奈有件事情我不明白，我要跟您请教请教。

苏　武　(回身，但不看胡阿云) 啊，你请教什么？请教什么？嘿嘿，你是 (眼斜视胡阿云) 装糊涂哇！(仍坐着不动)

胡阿云　噢，他说我是装糊涂。我问问你，你说我们是用美人计来哄你，可是哄你个什么劲儿？你倒是说呀！

苏　武　哼，劝我归降北国。

胡阿云　哎哟，得了吧！又劝你归降了又！我们狼主他有这个心，我是一点也不知道。你要是说我跟他通同作弊呀，那你是算屈透了我的心了！这么大岁数，一点也想不开！

苏　武　(站起朝着胡阿云，胡阿云半遮面) 啊！我怎么想不开？我怎么想不开？我又想不开了我又——！

〔欲靠近胡阿云，又不敢看她，右手挡脸走回原座坐下，并将左腿搭在右腿上。

胡阿云　你瞧，你又不是个大姑娘，说话连头都不敢回。哼！不是我说你呀，你们南方人哪，一点也不大方！

苏　武　哈哈！(站起) 你这个人岂有哇此理！

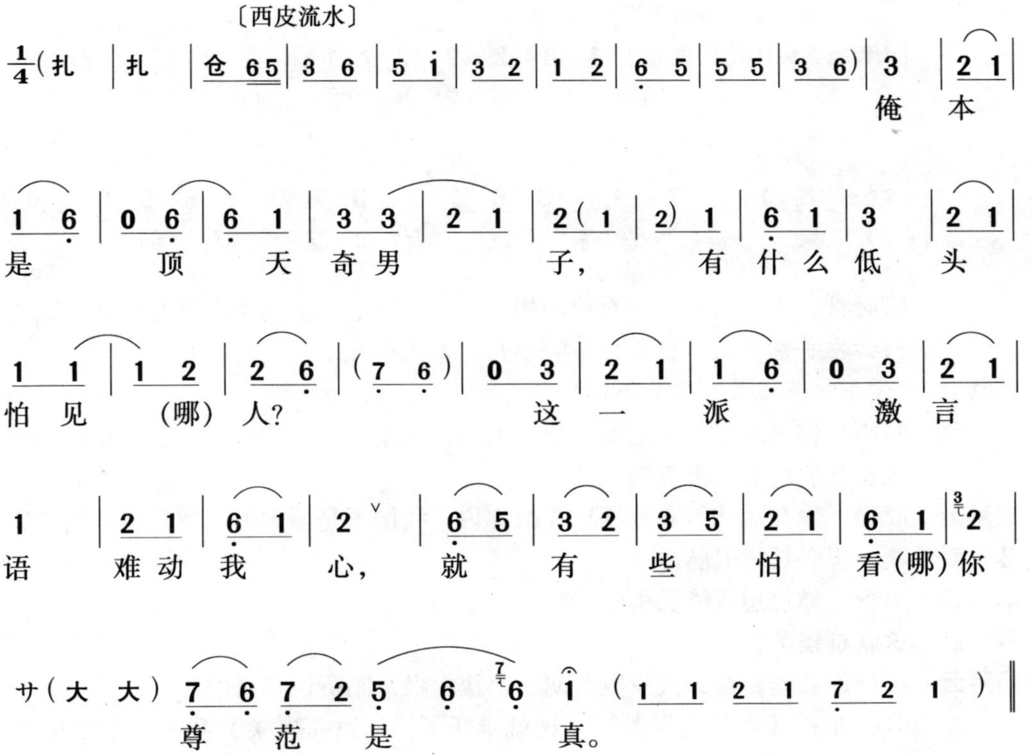

〔回原座，坐下。

胡阿云 噢，闹了半天哪，人家不是不大方，他是怕瞧我。怕瞧我——，噢，他是怕我长得不好看。（一笑）哎，我说咱们商量商量，你上这么一回当，看看我成不成啊？

苏　武 哼，谁来看你呀！

胡阿云 哎，你听我跟你说，自古人生天地之间，须要知权达变才是英雄。想你在我国被困海上十有余年，家中的妻子是存亡未卜，哎，不是我咒你，倘若是死了，你又鳏寡孤独，岂不绝了苏门的后嗣吗！难道这“不孝有三，无后为大”这两句话，相公你都不懂了吗？

苏　武 啊？我什么不懂？我什么不懂？我偌大年纪什么不懂？哼！我就是不能归顺番邦！

胡阿云 唉，你不归降呀，只管不归降。娶媳妇自管娶你的媳妇呀，这是万也闹不到一块的呀？倘若日后生下一男半女的，你苏门先绝不了后啦！就是狼主有日放你回国，我还说得上来不跟你走吗？哎，就是即便不放你回国，也省得你一个人在这儿孤栖冷淡，好赖我也算你个老伴不是呀！（羞）我说了这么半天，你想想对不对，再来回我的话。

苏　武 （抬眼一想）这个——

胡阿云 哎！反正啊，我不是冤你来了。刚才狼主一见了我，就要纳为贵妃，我都没答应，所以才把我赐配了你。我哪，知道你是个英雄，所以才堂堂正正的嫁你来了。我说了这么半天，嘴都快说干啦，你要是再不明白呀，哎哟，真透着我爱嫁你这个糟老头子喽！（笑）

苏　武 （站起，背供）呀！

〔西皮散板〕

【大锣凤点头】(过门同前)サ1 3 2 2 2 1 1 6 3 2 1 1 2 2(7 6. 1

一 番 言 说 得 我 心 怀 开 朗，

2 -) 6 1 6 2 1 1 6 6 1 2 5 6 2 7 6 5 6 1 0【大锣住头】‖

(仓) 果 若 是 窈 窕 女 琴 瑟 何 妨！

哎呀呀，气恼之中，未看他的相貌如何。有了，上前见个礼儿！（走近胡阿云，胡阿云左手拿手绢，挡着脸）啊小姐，卑人有礼了！（躬身）

胡阿云 （学刚才苏武的口气）不消！

苏　武 哈哈！你又不是小家之女，怎么无故害起羞来了？哎呀呀，看起来你们北方人哪，无有我们南方人大方啊！

胡阿云 哎哟，他在这儿等着我哪！我跟你说，我倒不是不大方，就是有点怕人家瞧。

苏　武 噢，想必长得丑陋。

胡阿云 对呀，你想想我能长得好看吗？

苏　武 这就难怪了。

胡阿云 哟，你瞧哇，这么大岁数，胡子都快白啦，刚听说自己的媳妇长得不好看，你听他这味儿：（学苏武语气）“这就难怪了。”（捂嘴笑）我说你把眼擦干净点儿，（站起）给你瞧！

〔胡阿云放下手，正身面对苏武，苏也直看胡阿云（**八大大仓**）（一望）（**八大大仓**）两望。苏武转过身。**【叫头】**

苏　武 哈哈！（**仓仓倾仓**）呵呵！**【大锣住头】**啊——哈哈哈哈！**【乱锤】**（苏武高兴的有点站立不住，胡阿云扶）

〔西皮散板〕

【大锣凤点头】(过门) 2 1 2 2 1 2 1 2 2 2 1 1 3 2 -

走 向 前 与 小 姐 来 把 话 讲，

〔苏武白：“啊小姐。”左手抚胡阿云肩，胡阿云用手扒下。

胡阿云 （念）嘿，初次见面，别这么动手动脚的！

苏　武 哈哈哈！

【大锣凤点头】(过门同前) 6 2 1 1 3 2 2 6 2 1 2 1 0 ‖

望 小 姐 休 嫌 我 两 鬓 苍 苍。

胡阿云 相公！

〔西皮散板〕

【大锣凤点头】(过门同前)5 i i i 3 3 3 6 5 5 6 6 3 5

你 忠 臣 我 义 女 志 气 一 (呀)

6 (6. 5 3 3. 5 6 -) i 3 6 5 5 3 5 6 i 5 6 5 6 5 (2 3 6

样， (仓) 说 什 么 红 颜 女 白 发 苍 苍。

5 －）5 $\dot{1}$ $\dot{1}$ 3 3 5 ^{2}7 5 ^{5}6 3 5 6 7 $\dot{2}$ 6 3 5 5 ^{7}6 －

（仓） 从今后 海岸边 妇随夫 唱，

苏　武　小姐呀！

〔【大锣凤点头】苏武由"大边"走至"小边"，胡阿云由"小边"走至"大边"。

（过同门前）2 1 3 2 1 3 ^{3}2 ^{1}2 $\dot{6}$ 2 1 ^{6}1 ^{3}2 ^{2}1 －【大锣住头】

连累 你在 此处 受 尽 风 霜。

请到里面。

胡阿云　（指着"下场门"的方向）噢，就住在这儿呀？

苏　武　正是。

胡阿云　得啦，（开玩笑地说）跟你认命啦！

苏　武　好好好。

〔【大锣原场】二人"下场门"同下。

第十五场

〔【小锣五击头】常惠"上场门"上，至台前。

常　惠　（诗）流落在北番，

已有十数年，

故土难回转，

一家不团圆。

我，常惠。跟随苏大人前来北国和番，苏大人不肯归顺北国，被打在北海牧羊。跟随他的人也都四处流落，只有我在此每日打柴度日。看天时不早，不免就此打柴去者。（内喊声）看那旁来了一伙兵役，高打汉字旗号，不免在此等候，去求那位长官带我回转南朝岂不是好，就此等候便了。（"下场门"下）

〔【快长锤】四龙套"上场门"上"站门"，傅介子骑马上，至"九龙口"，大纛旗随后。

〔西皮摇板〕

傅介子　（过门同前）3 3 1 2 2 3 ^{3}2 ^{3}2 －　【闪锤】（走至台前）

今 奉 王 命 出 朝 堂，

（过门同前）$\dot{6}$ 1 1 1 ^{3}2 1 2 3 ^{3}2 $\dot{6}$ 1（4 3 2 1 $\dot{6}$ 2 1 2）$\dot{6}$ 2 1 1 2 1 ^{3}2 3 ^{3}2 ^{1}2 －

为 救子卿到 番邦。 人 来与 爷 他国往，

〔【快长锤】龙套"插门"转圆场，"下场门""骨排队"，常惠"下场门"上，傅介子勒马。

〔亮弦〕

（4 3 1 ^{3}2 －）

傅介子 【大锣凤点头】(过门同前) 6 2 1 1 3 2 1 2 1 6 1 - 【大锣住头】
前 道 不(喔) 行 为 哪 桩。

前道为何不行?

四龙套 有人挡道。

傅介子 人役列开。

四龙套 啊!

〔【冲头】龙套分开,列站两边,常惠上前。

常　惠 常惠与大人叩头。

傅介子 罢了,听你讲话倒像南朝人氏。

常　惠 本是南朝人氏。十数年前跟随苏大人前来和番,流落此地。

傅介子 【撕边大锣一击】我来问你,苏大人还在吗?

常　惠 怎么不在呀!苏大人在海上牧羊十有余年不肯归降。番王把胡克丹之女赐苏大人,到现在一年多了,已然生下一子,苏大人都有了后啦!

傅介子 【撕边大锣一击】老夫奉了圣命,催讨苏大人还朝,不知番王可肯释放?

常　惠 哎不要紧的,小人倒有个主意。

傅介子 有何主意?

常　惠 少时您见了北国王子,您就说今有我主游逛御花园,偶遇宾鸿大雁足缠苏武的血书,前来催讨苏武还朝。想北国王子是最迷信哪,您拿这话跟他一说,哪怕他不信呢?

傅介子 好,你且随在马后,老夫公务完毕,带你回朝就是。

常　惠 多谢大人!

傅介子 开道!

〔【大锣圆场】众"插门"下,常惠、傅介子随下。

第十六场

〔正场桌,"大座"。

〔【快长锤】四小太监,一大太监上,壶衍鞮上至台中。

〔西皮摇板〕

壶衍鞮 (过门同前) 3 3 3 2 2 3 3 4 3 -
国 富 民 强 人 马 壮,

〔【大锣扫头】壶衍鞮入座。李陵上,进殿,站"大边"。

李　陵 汉朝使臣傅介子求见狼主。

壶衍鞮 宣他上殿。

李　陵 傅介子上殿!(走至"小边")

〔傅介子内白:"领旨。"【大锣五击】傅介子"上场门"上。

傅介子 (诗)来到他国地,
又是一洞天。【大锣住头】(走至台中,面向壶衍鞮)

汉朝使臣傅介子参见狼主!(拜)

壶衍鞮 平身，赐座。

傅介子 谢座！【大锣原场】（坐在“大边”）

壶衍鞮 汉天子安好？

傅介子 我主安泰，问候狼主金安。

壶衍鞮 李卿。

李　陵 臣。

壶衍鞮 馆驿备酒款待。

李　陵 领旨。【撕边大锣一击】

傅介子 且慢！【撕边大锣一击】请问狼主，前者我朝苏武来到贵国，至今未曾还朝，不知狼主差他哪处公干去了？

壶衍鞮 苏武？

傅介子 正是。【撕边】

壶衍鞮 唉！【大锣一击】说来可惜，老王在世之时，爱他才学，劝他归顺，他执意不肯，打在北海牧羊。此人已死多年，提他做甚？

傅介子 哈哈哈…… 【撕边大锣一击】

壶衍鞮 啊，中郎将为何发笑？

傅介子 狼主乃是一国之尊，怎么说起谎言来了。

壶衍鞮 何出此言？

傅介子 前者我主游逛御花园，见一宾鸿足缠血书，取下观看，原来是苏武求主讨他还朝。今日狼主言道他已死多年，岂不是谎言了。

壶衍鞮 哎呀，这倒是一桩奇事呀！李卿。

李　陵 臣。

壶衍鞮 可知苏武他还在么？（向李陵使眼色，用手示意苏武已不在）

李　陵 苏武现在海上牧羊，还在人世。

壶衍鞮 嗯——。【撕边大锣一击】（对李陵回答不悦）既然未死，何不早奏。

李　陵 此事未关重要，故尔未曾回奏。

壶衍鞮 好。替孤传旨，放苏武还朝。他的妻子乃我国之人，不许同行，领旨下殿。

李　陵 领旨。【一锤锣】（下）

壶衍鞮 中郎将，请至馆驿安歇。

傅介子 多谢狼主！【大锣五击】（出殿）哈哈哈哈…… （笑）【冲头】（下）

壶衍鞮 内侍过来！（写圣旨，拿宝剑）

大太监 奴卑在。

壶衍鞮 这有圣旨一道，宝剑一口，孤放苏武还朝，他的妻子乃是我国之人，不许同行。她若执意同行，将她首级留下。接旨下殿。退班！

大太监 领旨。

〔【大锣原场】大太监出门下，壶衍鞮抽场下，小太监两边分下。

第十七场

〔【撤锣】正场桌，桌前放二个方凳。

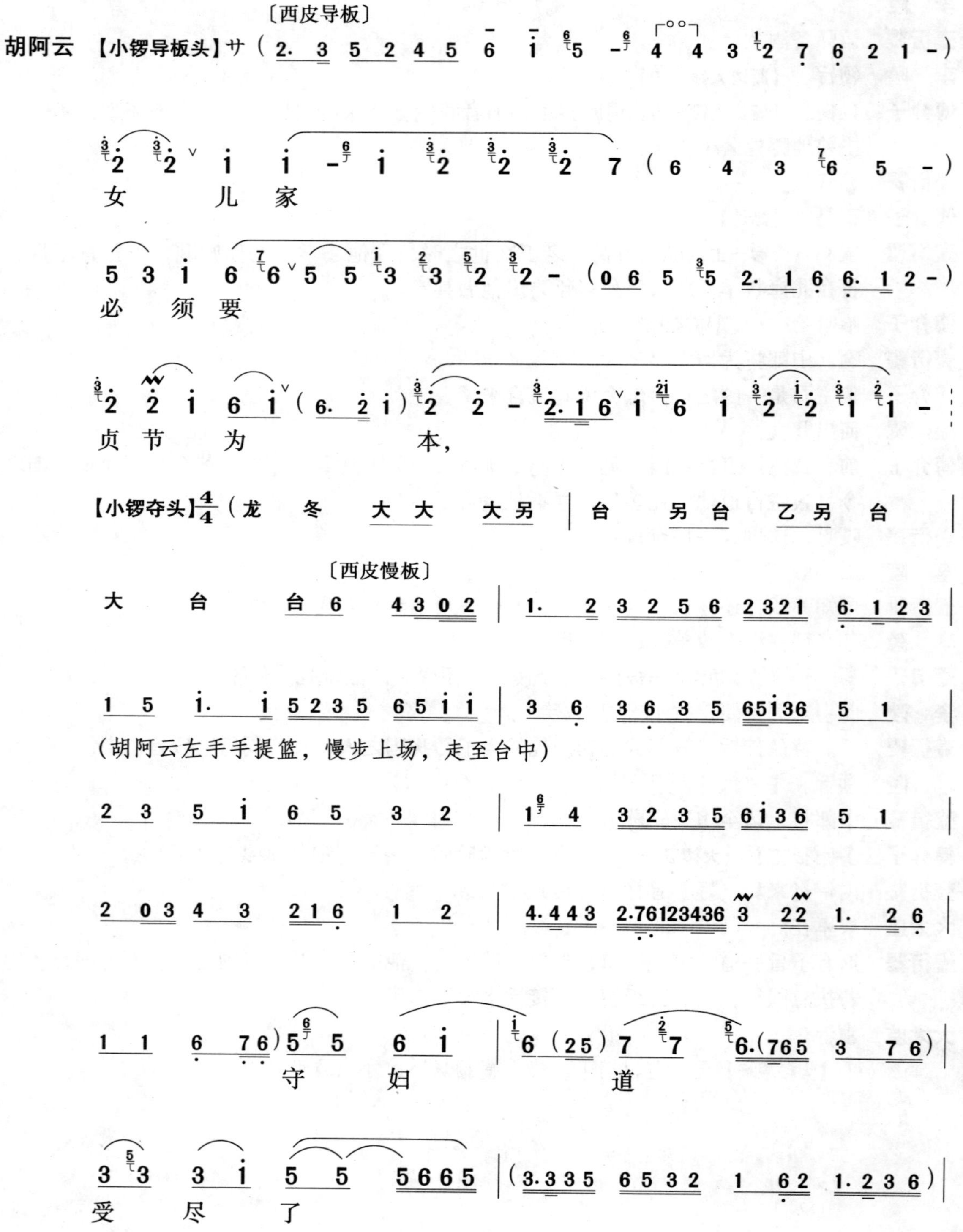

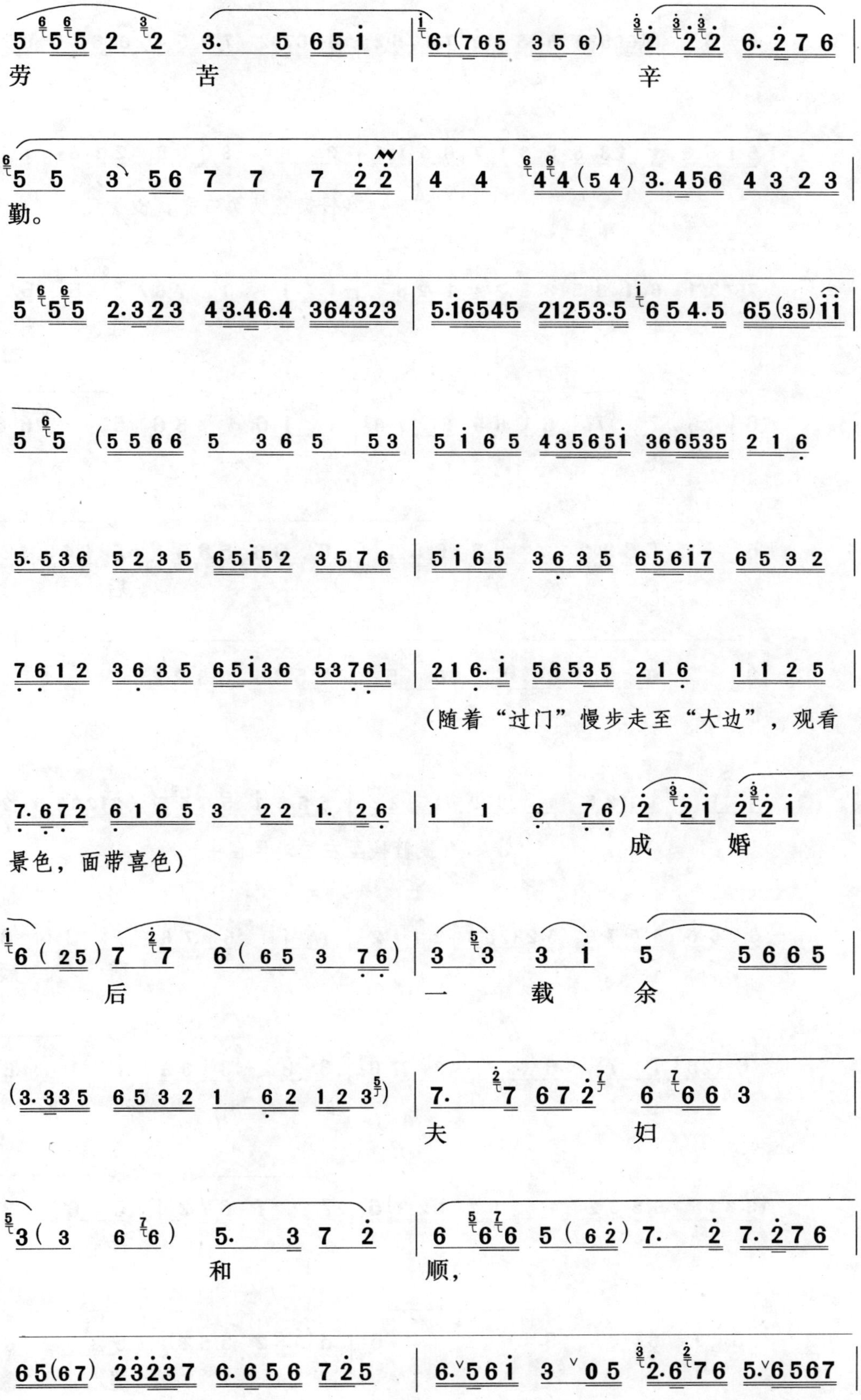
劳 苦 辛
勤。
（随着“过门”慢步走至“大边”，观看
景色，面带喜色）
成 婚
后
一 载 余
夫 妇
和
顺，

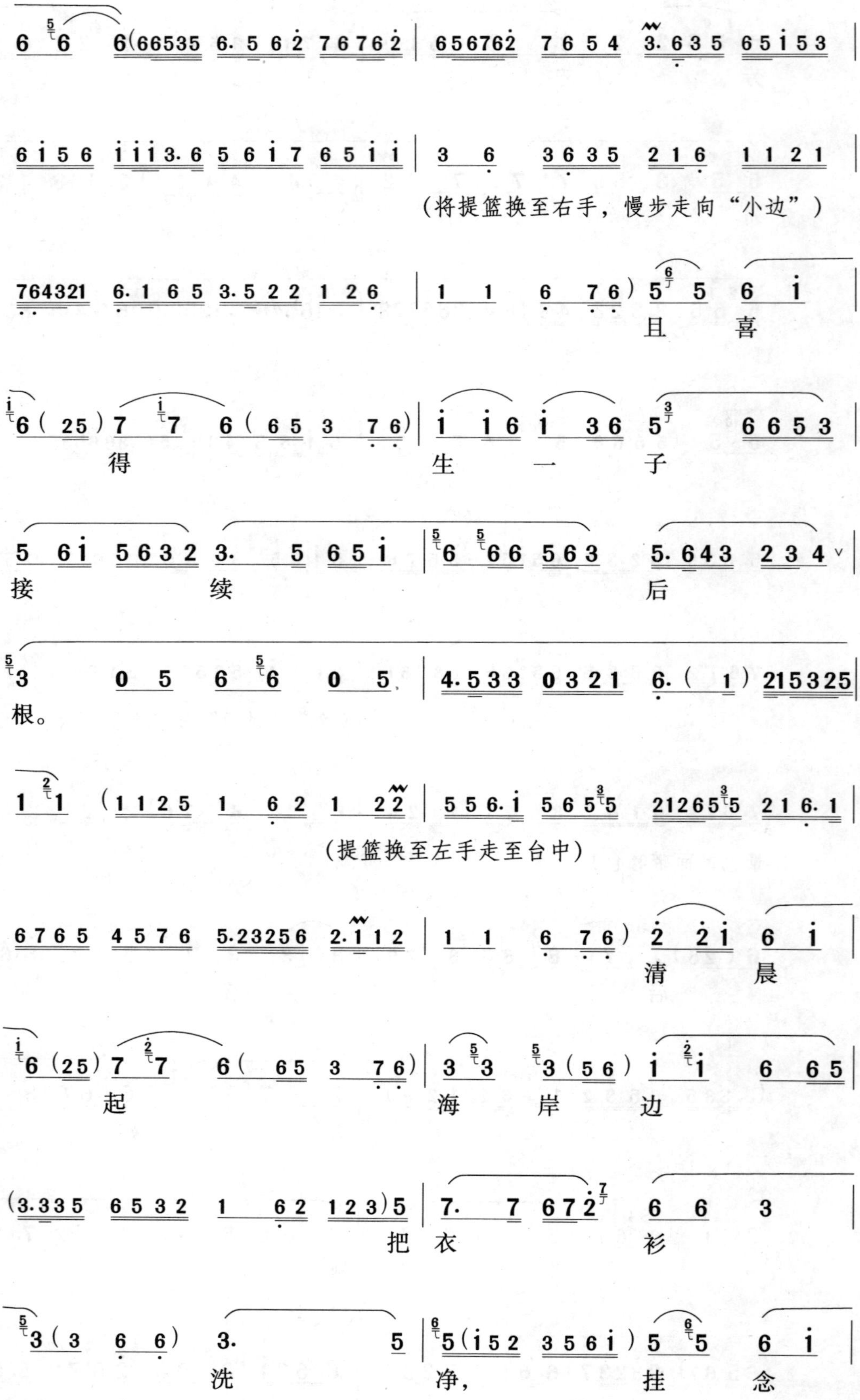
（将提篮换至右手，慢步走向“小边”）
且喜
得
生一子
接续后
根。
（提篮换至左手走至台中）
清晨
起
海岸边
把衣衫
洗净，挂念

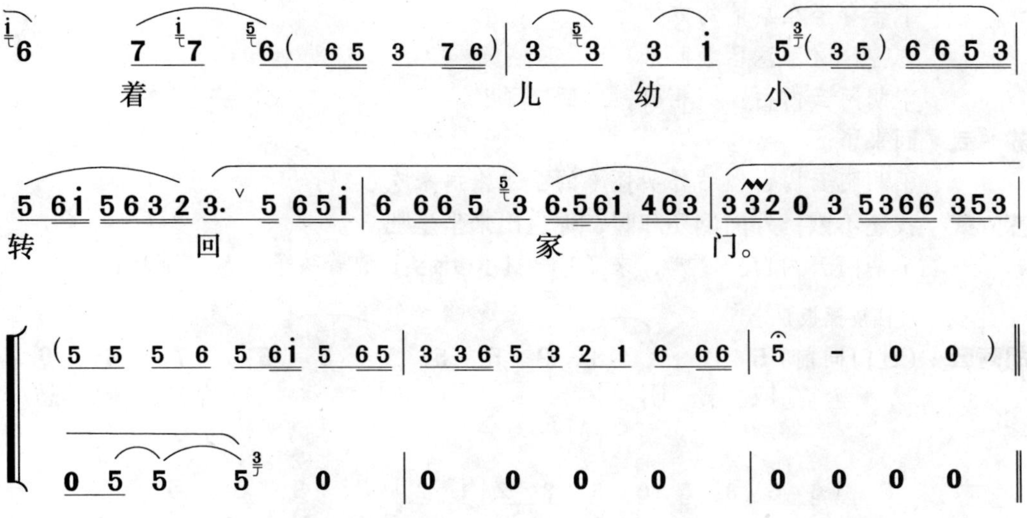

我，胡阿云。自从与苏武婚配一载有余，夫妇倒也和美。且喜生下一子，取名通国。今儿个早起，相公牧羊去了。是我趁着孩子没醒，拿了几件衣裳到海边上洗了洗，挂念娇儿回家便了。（娃啼声）哟，这么会儿孩子醒了。（转身向着“下场门”的方向）通国呀，你别哭，为娘就来哄你！

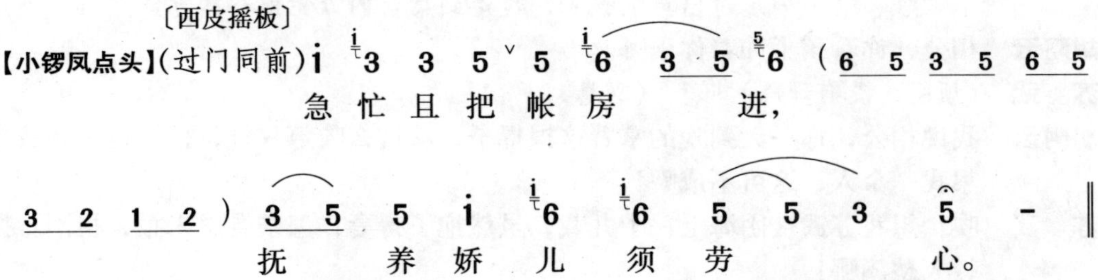

〔【纽丝】胡阿云“下场门”下。二羊形过场，苏武身背倒缨盔，肩扛节杆，“上场门”上至台中。

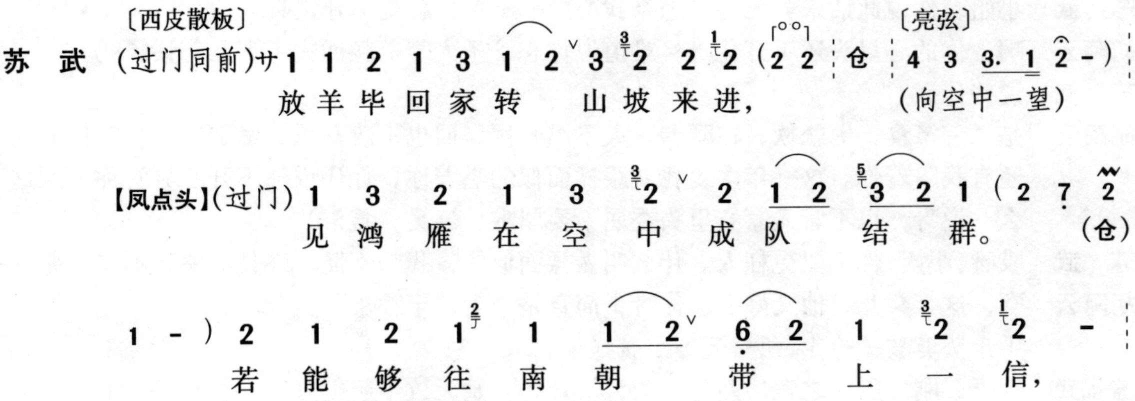

〔【纽丝】转身解下盔放在正场桌上，再转回身。

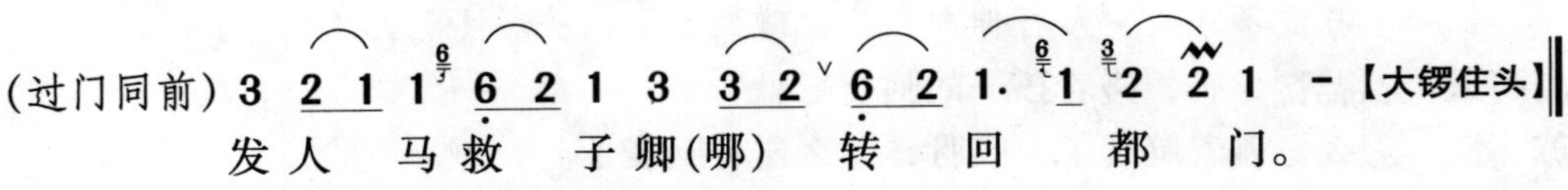

〔转身坐在桌前的方凳上。

嗯哼！（示意已经回来）

〔胡阿云内白：“相公，你回来了？”

苏　武　回来了。

〔胡阿云内白：“外头怪冷的，进帐篷来吃饭吧。”

苏　武　我还不饿，外面倒还和暖，你也出来坐坐吧。

〔胡阿云内白：“噢，来了！”**【小锣抽头】**抱着孩子，从“下场门”上。

〔西皮摇板〕

胡阿云　（过门同前）5 i i 3 35 5 7 5 6 7 6 6 35
叹光阴去不归　无限愁

6 （65 35 65 32 12）3 35 5 5 6 6
恨，　抱幼子上前去

i 5 65 6 6 5 5 -（55 36 5 -）‖
陪伴夫君。

〔“唔、唔……”边出声哄孩子，边走到桌前的方凳前，和苏武并排坐下。

胡阿云　相公，你看孩子冲着你乐哪。

苏　武　（烦闷，没有理睬）咳！（叹息）

胡阿云　我说相公，你一天到晚的拿着这根棍子，就这么唉声叹气，孩子也不替我抱抱，尽累我一个人，这可不成啊！

苏　武　唉！想我苏武被困海上一十九载，虽然抱子得妻，怎奈君恩未报，祖国难抛，怎不教人愁闷哪！

胡阿云　你守义持节，谁不知道你是汉朝的大忠臣哪，何必这么天天装模作样，哼哼唧唧，这么文文绉绉地，简直的你呀，都把我牙给酸倒啦！

苏　武　小姐，你说此话未尝无理，怎奈我心中——唉！总是不开化呀！

胡阿云　啊，你的心里头还不开化呀！难道说你忘了圣人赞美颜回夫子那几句话了吗？

苏　武　说些什么？

胡阿云　是“一箪食，一瓢饮，在陋巷，人不堪其忧，回也不改其乐，贤哉回也。”你何况还有我陪着你。这一年多，我就跟揉面似的哄着你，你还说你不开心哪？你只顾这么一说呀，也不管人家心里头委屈不委屈啦！（哭，揾泪）

苏　武　哎呀，小姐，你不要冤枉人。什么叫做揉面似的，我却不懂！终日啼哭，不祥之兆。

胡阿云　嘿，这么会儿，他又好了。你呀，简直是个老“半膘子”！

〔乐队奏孩子啼声，胡阿云给小孩把尿。

苏　武　哎呀，刚才所说之言，乃是笑谈，（站起）她无故生起气来了。到底是年岁少，不经打趣呀！

〔苏武不小心，节杆伸向左边，碰到孩子的头。**【撕边大锣一击】**

胡阿云　嘿嘿嘿，瞧，碰着孩子的脑袋啦！

苏　武　怎么，碰着脑袋了，哎呀，怎么碰着脑袋了。

「苏武随说随过去，表示谦意，无意中将节杆扔在地上。

胡阿云 （推开苏武）你呀，上那边去吧！这可怎么话儿说的呀！

「苏武躲开，转身看到地上的符节，惊慌地捡起，用水袖掸。

苏　武 哎呀，一时大意，符节抛在地上，大为不恭。（将符节顺在眼前，连拜）哎呀，吾皇万岁，万万岁！

胡阿云 哎哟，你瞧你够多寒碜哪，教我瞧都怪难受的啦！

苏　武 我做的事，你看见本来的难受，什么叫做寒碜我都不懂。

胡阿云 呵！你还说你不寒碜哪！

苏　武 （点头）哎！

胡阿云 嗯，今儿个我也没有什么事儿，我来学学你。

苏　武 好，我倒要看看你怎样学我。

「苏武接过孩子，将符节交给胡阿云，胡阿云在台中手持符节。

胡阿云 你瞧，你这一清早儿起来是，大人也不问，孩子也不管，这一下地呀，就把这棍子抄起来啦。

苏　武 哎，这是怎么讲话呀！

胡阿云 哎，你再瞧瞧你这两步走。嗯哼！（学苏武，走方步）哎呀，呆一会儿，什么天哪，地呀，汉王呀，我几时才能回到祖国呀——。是脸也不洗，口也不漱，眼泪就随便这么一抹——！

「胡阿云学苏武抹眼泪，把右手扬起的动作，正巧李陵“上场门”上，至台中，胡阿云的手差点打在李陵的脸上。**【小锣一击】**李陵躲闪。

李　陵 哎呀！（突然惊动了苏武，一望）

苏　武 哎呀，李贤弟来了？（二人相让）

胡阿云 李叔叔来啦，把孩子抱给我吧。

「苏武拿过符节，将孩子交给胡阿云。李陵走到“大边”，苏武在中，李陵在“大边”，胡阿云抱子在“小边”。

苏　武 贤弟到此做甚？

李　陵 恭喜仁兄，贺喜仁兄！

苏　武 怎么，又要娶媳妇么？

胡阿云 嘿嘿，没那么便宜的事。

李　陵 今有傅大人，奉了圣上旨意，前来讨取仁兄还朝。且喜狼主应允，不久就要启程了。

苏　武 怎么！番王放我回国？

李　陵 正是。

苏　武 当真？

李　陵 当真。

苏　武 果然？

李　陵 果然。

苏　武 哎呀呀，待我来谢天谢地！

李　陵 当谢天地。

胡阿云 好哇！我也要到南朝瞧瞧去喽！

苏　武 是呀！

李　陵　啊仁嫂，小弟有句言语，仁嫂可不要悲痛！

胡阿云　（不解的）放我夫妻回国，乃是大喜的事情，有什么可悲的哪？

苏　武　是呀。

李　陵　方才狼主金殿传旨，道仁嫂乃是北国人氏，不能与仁兄同回南朝。（八大大仓）（苏武和胡阿云同惊）

胡阿云　啊！怎么着，狼主不许我母子同行吗？

李　陵　正是。

「**【长撕边】**胡阿云昏倒，坐在凳上。

苏　武　哎呀！**【快冲头】**（苏武走向胡阿云，将符节靠在桌边）阿云醒来！

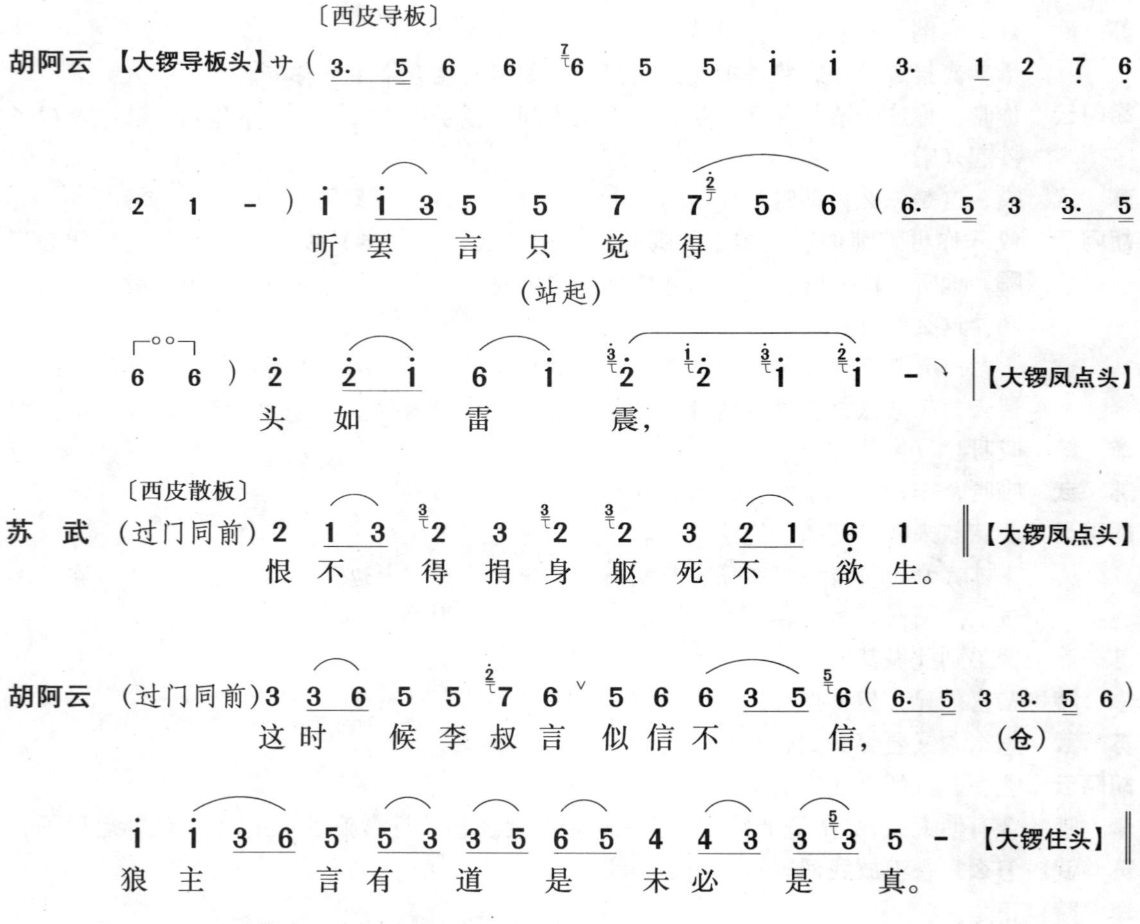

李叔叔，你是不是冤着我们玩儿哪？

李　陵　少时圣旨到来你就明白了。（胡阿云哭）

「大太监内白：“圣旨下呀！”**【冲头】**大太监急上，走至台中，苏武、胡阿云站在“小边儿”李陵站在“大边”。

大太监　圣旨下，李陵、胡阿云跪听啊！

李　陵　千千岁！（跪）

胡阿云　（与苏武同站，不跪）说你的吧！

大太监　今有大汉使臣讨取苏武还朝。朕念他在此牧羊一十九载，苦处受尽，今命同傅介子回国；胡阿云与其子乃本国人氏，不许随同前往，如胡阿云执意同行，这有宝剑一口交于李陵看守，将其首级斩来献朕。旨意读罢，望诏谢恩哪！

李　陵　千千岁！

胡阿云　拿过你的圣旨来吧！（抢过圣旨扔在地上）喂呀！（哭）**【撕边】**

大太监　宝剑在此，**【大锣一击】**（将剑交给李陵）咱家告辞啦！**【冲头】**（急下）

苏　武　（走至台中）**【叫头】**哎呀妻呀！**【大锣五击】**番王放我回国，不教你同行，事已至此，教我也难以挽回了！

李　陵　**【叫头】**哎呀仁嫂哇！**【大锣五击】**仁兄走后，凡事俱有小弟照看，你夫妻快快分别了吧！

苏　武　**【叫头】**哎呀妻呀！**【大锣五击】**李贤弟不是外人，有什么言语你快些地讲来！

胡阿云　**【叫头】**相公！**【大锣五击】**到了这个时候，我还有什么话可说的哪？前者那昏王见了我，就要纳为贵妃，如今他不放我同行，一定是其心未死。你走之后，我无非一死而已。你让我说**【撕边大锣一击】**什么哇——！**【撕边大锣一击】**（哭）

苏　武　这——**【叫头】**哎呀妻呀！**【大锣五击】**番王放我回国，不教你同行，今一旦生生拆散，活活地分离，怎不教我肝肠寸断，心似箭穿，也罢！**【大锣五击】**（向李陵）我走之后，将她母子托在你的身上，倘若此子长大成人，接续我苏氏门中的香烟，话已讲完，贤弟请上，受我夫妻（八 大 顷 仓）（苏武右手翻水袖，靠近胡阿云）一拜呀！**【撕边】**（同跪，同拜，再站起）

〔西皮散板〕

苏　武　**【快纽丝】**（过门同前）サ 2 1 2 3 1 2 3 2 1 1 3 2（2 1 6. 1 2）
我 走 后 她 母 子 托 你 照（喔）应，（仓）

胡阿云　3 3 6 5 i 5 6 3 6 5 6 5 3 5 - ‖
好 一 似 失 群 雁 各 自 飞 腾。

〔**【快长锤】**四龙套上，“一条鞭”，傅介子骑马上。

〔西皮摇板〕

傅介子　（过门同前）1 3 2 1 2 1 3 2（2 1 6 1 2）6 6 2 1 1 3 2 1 2 1 6 1 - ‖**【住头】**
来 在北海下能 行， 可叹 你受 苦十 九 春。
（下马） （至“大边”）

迎接仁兄还朝。

苏　武　有劳贤弟跋涉而来，当面拜谢！

傅介子　岂敢。

胡阿云　相公你真舍下我母子要走吗？

傅介子　这是何人？

李　陵　这是仁嫂。

傅介子　仁兄，快快分别了吧！

胡阿云　你就舍得你孩子一走哇？

苏　武　这——！

傅介子　（走近苏武）哎呀仁兄啊！**【五击头】**日已当午，匈奴官员在山下等候送行，再若迟延，恐生他变，就走不成了——！

李　陵　哎呀仁嫂哇！【大锣五击】仁兄走后，你母子有我担待！【撕边大锣一击】

胡阿云　哎——！【大锣五击】我哭会子也是无济于事。相公！（仓仓倾仓）（同上步）

苏　武　（应）哎！

胡阿云　我与你已是两载的夫妻，相亲相爱。此番你别我而去，回到祖国也是心系两地。不如我死在你的面前，一来免你挂念，二来遮掩山下众人的耳目。（苏武转脸揾泪，胡阿云转向傅介子）我说这个傅大人。【大锣五击】

傅介子　仁嫂。

胡阿云　我死之后，千万想个法子，使此子与他父一同回国，我死在九泉也感你的大恩！（转脸凝视手中抱着的孩子）【叫头】通国呀！【叫头】我的儿呀！【大锣五击】为娘要与你——【长撕边】永别了哇！（脸贴近孩子亲昵）

〔西皮散板〕

【大锣凤点头】(过门同前) サ i　i 3　3 6　5 ˇ5　6 5　3 6　5 5　6 －‖【扫头】

娇儿付与相公抱定。

〔【乱锤】胡阿云向苏武交子，苏武不接，向里走，再交，苏武仍不接，胡阿云无奈，将子放至地上，苏武甩髯蹉步向前，抱起孩子。此时李陵的宝剑被胡阿云抓住，（八大八仓仓顷仓）一夺，（八大八仓仓顷仓）二夺，【大锣三击】胡阿云拔剑自刎，倒在“上场门”处。

苏　武　【快纽丝】（跪在胡阿云身边）

〔西皮散板〕

(过门同前) サ 6 2　1　3　2　2　2 1　1　2　3　1 2　1 －

一见姣妻命丧（啊）

(1　1　1 1　7 2　1 －) 1　2　7 6　5 ˇ　5 6　7　7 6　6　5　0 |

【大锣哭头】了，我的妻呀！

傅介子　【大锣凤点头】(过门同前) 6 2　1　3　2　1　2　1 －‖

再与贤弟说根苗。

〔【大锣住头】李陵站“小边”，苏武站中，傅介子在“大边”。

傅介子　如今仁嫂已死，可将此子藏在车内，番王若问，就说仁嫂自刎之前，将此子丢在涧下身亡了。

李　陵　此事包在小弟身上。

苏　武　好哇！

〔西皮散板〕

【大锣凤点头】(过门) 2　1 3　2　1　3　2　3　2　2　2 ┆【九锤半】转【纽丝】

我这里将娇儿车中藏定，

「苏武转身向里藏孩子，戴盔头，披斗篷上车。四套龙向“下场门”走，“末家”带马下，傅介子上马下。苏武走车至“下场门”，回身。

【大锣凤点头】(过门)1 3 ^{3}2 2 ^{3}2 1 1 2 ^{3}2 ˅ 1 ^{5}3 2 1 1 2 ^{3}2 ^{1}2 ^{12}1 - ‖

暂 时 别 容 后 会 再 叙 平 生(哪)。

「奏唢呐曲牌<尾声>后半段，苏武坐车“下场门”下，李陵“上场门”下。

—— 剧 终

安云武 整理　　胡希和 记谱

白蟒台

马连良授课本

《白蟒台》一剧取材于《东汉演义》。剧写新朝帝王莽，命邳彤坚守郧阳关。他自知大势已去，往城郊地穴“白蟒台”处避难。邳彤败，降刘秀，供出王莽藏身之地。刘秀率众在“白蟒台”擒获王莽，绑至云台观，祭拜后斩之。

马连良先生1924年整理演出《白蟒台》，1933年又将旧本《云台观》增益首尾，为全部《白蟒台》。先后与郝寿臣、刘连荣、袁世海、叶盛兰等合作演出此剧。《白蟒台》成为马派早期代表剧目之一。并在1928年、1929年和20世纪50年代分别录制了剧中主要唱段，制成唱片，广为流传。1963年，时任北京市戏剧本科学校校长的马连良先生，特恭请侯喜瑞先生一起为学生们亲授了全部《白蟒台》。我是学生之一，并有幸为周恩来、邓小平演出此剧。1988年，北京京剧院四团为我复排此剧，迟金声先生执排，樊效臣先生（郝寿臣先生大弟子）按郝派演法亲传孟宪达。此剧本系据1988年我与孟宪达主演的全部《白蟒台》录音、录像记录整理，个别处略有修正。

马连良先生的表演艺术一向以唱、念、做、舞并重而著称。此剧就是他早期唱、念并重的代表剧目之一。剧中王莽第一次出场的〔西皮流水〕“想当年设酒宴松棚会上，用药酒毒死了平帝老王……”，就展现了马派特有的行腔流利、用字精巧的唱腔艺术，这一段最后一句的最后一个字的尾腔，用变音虚字托腔、收腔，尽显俏丽风采，以达先声夺人之势。而“蟒台”一场的二黄〔原板〕、〔碰板〕、〔散板〕、〔快原板〕、〔四平调〕等系列唱段，是源于王莽与不同人物的不同关系、不同情感而设置的相应板式和唱腔。例如对邓禹：虽有怨情，但情绪和缓，唱〔原板〕节奏平稳，唱腔大方；对岑彭这个昔日爱将的背主求荣的行径充满怒气，予以训斥，故唱〔碰板〕节奏较快、情绪激动，唱腔也高亢有力；而当得知苏献阵亡时，王莽的悲痛之情已不仅仅是个人之间的君臣之情，而是对新朝崩溃的绝望，故此这段〔散板〕的演唱幅度更大，感情宣泄程度也更强烈。其中〔快原板〕是这场戏的重点唱段，先有〔散板〕铺垫，后有大段斥责众叛臣旧将的贯口念白为引领，在铿锵有力的【长锤】、【夺头】锣鼓后，乐队用强烈、快速的技法，奏出〔原板〕前奏过门，唱出“在阵前死了（哇）大元帅”，这“了（哇）”就是一个上行式行腔，反复起跌的“楼上楼”式的大腔，展现了王莽此时此刻痛失爱将、激动悲伤的心态。随后，以较快的节奏用数字的方法，完成叙事的任务，最后在跺句跺板中收腔，在尾腔处用了一个向低音处婉转、迂回的大腔，充分地宣泄了王莽悲中有哀、哀而无望的情感。而在面对自己曾经心仪的儒将姚期时，王莽心中更是十分惋惜与百般的感慨，此处〔四平调〕唱腔，虽与传统唱腔无异，但马先生却在节奏上、强弱对比上、演唱情绪上精心处理，唱出了新的意境。这几段唱腔，总体布局合理，板式设置准确，唱腔设计精彩，每一小段，均精雕细琢，堪称精品。由此可见，从故曲中出新，首先要对传统艺术的精华与内涵有认知、感悟和继承，一切按艺术规律去思去想，一切从人物的情感需要去演去唱，才能够正确地出新（而不是为出新而出新），才能使“老戏新演，老戏新唱”，唱出优秀传统剧目存在与发展的生命力。在“蟒台”一场，演员要盘腿坐姿完成五段唱腔和五段念白，念完了即开唱，唱毕后又接着念，这就要求演员不但要有高超的演唱技巧，同时要有很好的体力、气力、功力来保证完成这场戏中繁重的唱、念任务。最后一场戏“云台观”斩王莽，又以西皮〔导板〕、〔回龙〕、〔原板〕、〔流水〕、〔快板〕的高亢、激劲以及难度很大的成套唱腔，塑造了一位在历史上锐意改革，因违背封建正统观念引起争议的政治家视死如归的形象。〔西皮导板〕“八月十五把寿拜”是马先生年轻时代嗓音极佳的典型唱法。唱腔完全在高音区域运行，“八月十五”是一口气连唱，“五（哇）”的“双翻高”是马派独特唱法，“把寿拜（呀）”是一气呵成的翻高尾音。一个大〔导板〕，只中间一个气口，虽然难度增大了，但要求合情合理。首先是合乎唱腔奔放、高亢、激情的气势，再是合乎语法的要求——“八月十五，把寿拜——”，接下来〔回龙〕“满朝中文和武拜寿在金阶”，其中的“武”字又是翻高唱法，马连良先生在此用了个以气带声，以假声领真声的方法，使这个高音高而不拙，游刃有余。下面接受祭拜的唱，或〔流水〕或〔快板〕，均是根据人物之间的关系不同，分门别类，或惜，或怨，或恨，或叹，唱出王莽情感的多个侧面。最后当刘秀命令“将王莽押下开刀”后，随着【八大仓】接【回头】锣鼓点，王莽双手托髯环视周周，毅然叼袖、转身，昂首大步下场，向观众昭示了“莫以成败论英雄”的气概。

《白蟒台》可单演，也可和《取洛阳》连演。郝寿臣、侯喜瑞二位架子花宗师，均擅长此剧中的马武，“郝派”勾绿色碎脸，“侯派”勾蓝色碎脸。《取洛阳》一剧郝派的传人有樊效臣、袁世海及孟宪达等。侯派传人有袁国林、尚长荣等。

全剧大小角色众多，对行当水平、伴奏能力要求甚高，非一般剧团所能胜任。此剧从《取洛阳》至《白蟒台》，共十七场戏，这就要求各个行当的大小角色、伴奏乐队、舞台工作全体演职员，统一认识，保证全剧紧凑、完整，并使其繁简有方，疏密得当。

安云武

人物行当

王　莽	生	吴　公	丑
邳　彤	生	王　洪	丑
苏　献	净	王　元	丑
马　武	净	三偏将	杂
岑　彭	小生或武生	牢子手	杂
姚　期	净	二道童	杂
吴　汉	生	报　子	丑
邓　禹	生	四太监	杂
刘　秀	小生	八军士	杂
杜　茂	生	四军士	杂

服装扮相

王　莽　俊扮（老年淡妆）。白满、先平天冠（或王帽）后白篷头、金道冠、道箍，先黄蟒、玉带，后绣龙浅驼色紫大领褶子，系绦子或湘色绣边小腰裙，先厚底靴，后云头履、白大袜。

邳　彤　俊扮。黑三、扎巾盔，蓝软靠、红靠绸、蓝绦子，斜蓝蟒、苫肩、玉带，红彩裤，厚底靴。

苏　献　勾脸。黪满、黪鬓发、黄绸条、侯帽，黄硬靠、红靠绸，扎黄绦，先斜紫蟒、玉带，红彩裤，厚底靴。

马　武　勾脸。红扎、红耳毛子、红软扎巾、镶珠茨菰叶，先扎红硬靠、红靠绸、黄绦子，中红龙箭衣，系红靠下甲、扎黄大带、红苫肩、红开氅，后蓝绣龙团马褂、苫肩，红彩裤、厚底靴。

岑　彭　俊扮。白软扎巾、黑素茨菰叶，先扎硬白靠、蓝绦子、红靠绸，中换白绣花箭衣、系下甲、扎蓝大带、苫肩，后白色绣团开氅，红彩裤，厚底靴。

姚　期　勾脸。黑满、黑软扎巾、镶珠茨菰叶，先扎硬黑靠、黄绦子、红靠绸，中换黑色绣龙箭衣、系下甲、扎黄大带、苫肩，后加黑色绣龙马褂，红彩裤，厚底靴。

吴　汉　俊扮。黑三、绿软扎巾、黄绒球面牌，先扎硬绿靠、黄绦子、红靠绸，后换绿色绣龙箭衣、系下甲、扎黄大带、苫肩，红彩裤，厚底靴。

邓　禹　俊扮。黑三、忠纱，绿蟒、玉带，红彩裤，厚底靴。

刘　秀　俊扮。太子盔，黄色团龙披，胶月色彩裤，厚底靴。

杜　茂　俊扮。白软扎巾，箭衣大带，红彩裤，靴子。

吴　公	勾小花脸。黑八字、蓝毡帽、草帽圈，蓝布茶衣、小白腰包、系蓝腰巾、黑彩裤，白大袜、方口皂。
王　洪	勾小花脸。大太监帽、后换黑素软罗帽，蓝色大太监衣、系黄绦子，后换青道袍、系黄绦子，红彩裤，朝方靴。
王　元	勾小花脸。虎头盔、蓝箭衣、系蓝大带、绿马褂、苫肩，黑彩裤，朝方靴。
三偏将	俊扮。黑大板巾加小额子，紫箭衣、紫大带、黑绣龙团马褂、苫肩，黑彩裤，黑薄底靴。
牢子手	揉脸。红蓁椒帽外系小蓝绸条侧面打结、蓝布箭衣、黄大带、红卒坎，红彩裤，黑薄底靴。
二道童	俊扮。孩子发，宝蓝色素短跳（小褶子）、黄绦子，黑彩裤，白大袜、福字履。
报　子	勾小花脸。哨子帽、蓝布箭衣、黄大带、红卒坎，黑彩裤，薄底靴。
四太监	俊扮。小太监帽，斜领太监衣、黄绦子，红彩裤，黑薄底靴。
八军士	俊扮。蓝兵帽，蓝兵衣、裤，蓝扣板、薄底靴。
四军士	俊扮。紫兵帽，紫兵衣、裤，紫扣板、薄底靴。

道具

桌子	三张	**椅子**	四把
香炉	一个	**云帚**	四把
红大帐	一幅	**官印**	一个
手铐	一份	**法绳**	一条
醒木	一个	**军棍**	两根
斧子	一把	**水桶**	一个
托盘	一个	**酒壶**	一个
酒杯	一个	**城片**	一片
大刀	两把	**宝剑**	四把
大鞭	一根	**令旗**	一面
单刀	十六把	**报子旗**	一面
白杆枪	两把	**花杆枪**	三根
黄桌围	一条	**黄桌披**	一条
红桌围	一条	**红桌披**	一条
红椅披	三套	**红椅垫**	三个
黄椅披	四套	**椅垫（黄椅披包）**	五个
文房四宝	一份	**玉玺（黄绸带）**	一个
马鞭　（黄、红、白、蓝、黑）		五根	

第一场

〔堂桌，“大座”，香炉。【快长锤】四小太监“站门”，【撕边】王莽“上场门”上，至“九龙口”亮相，双抖袖。

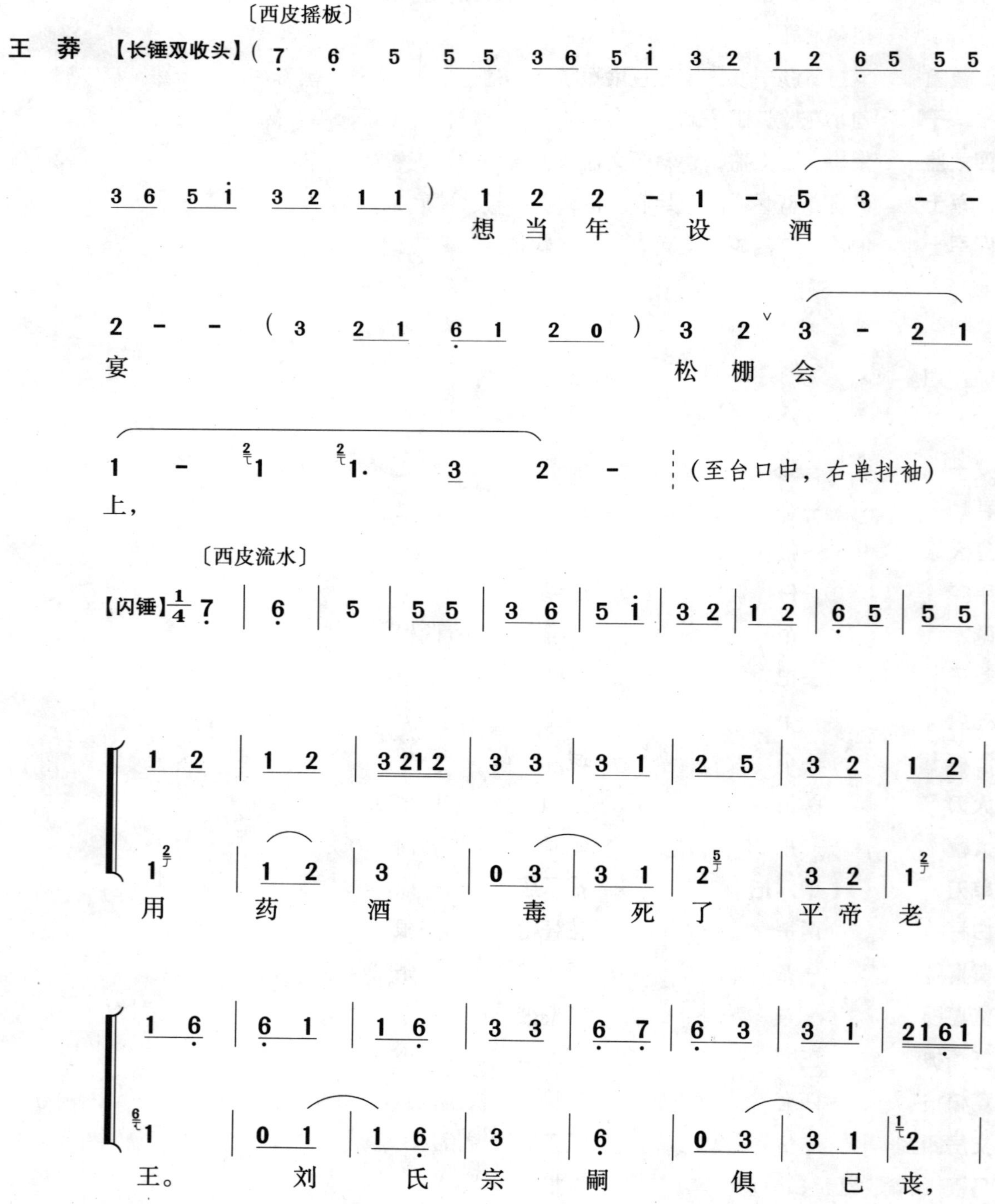

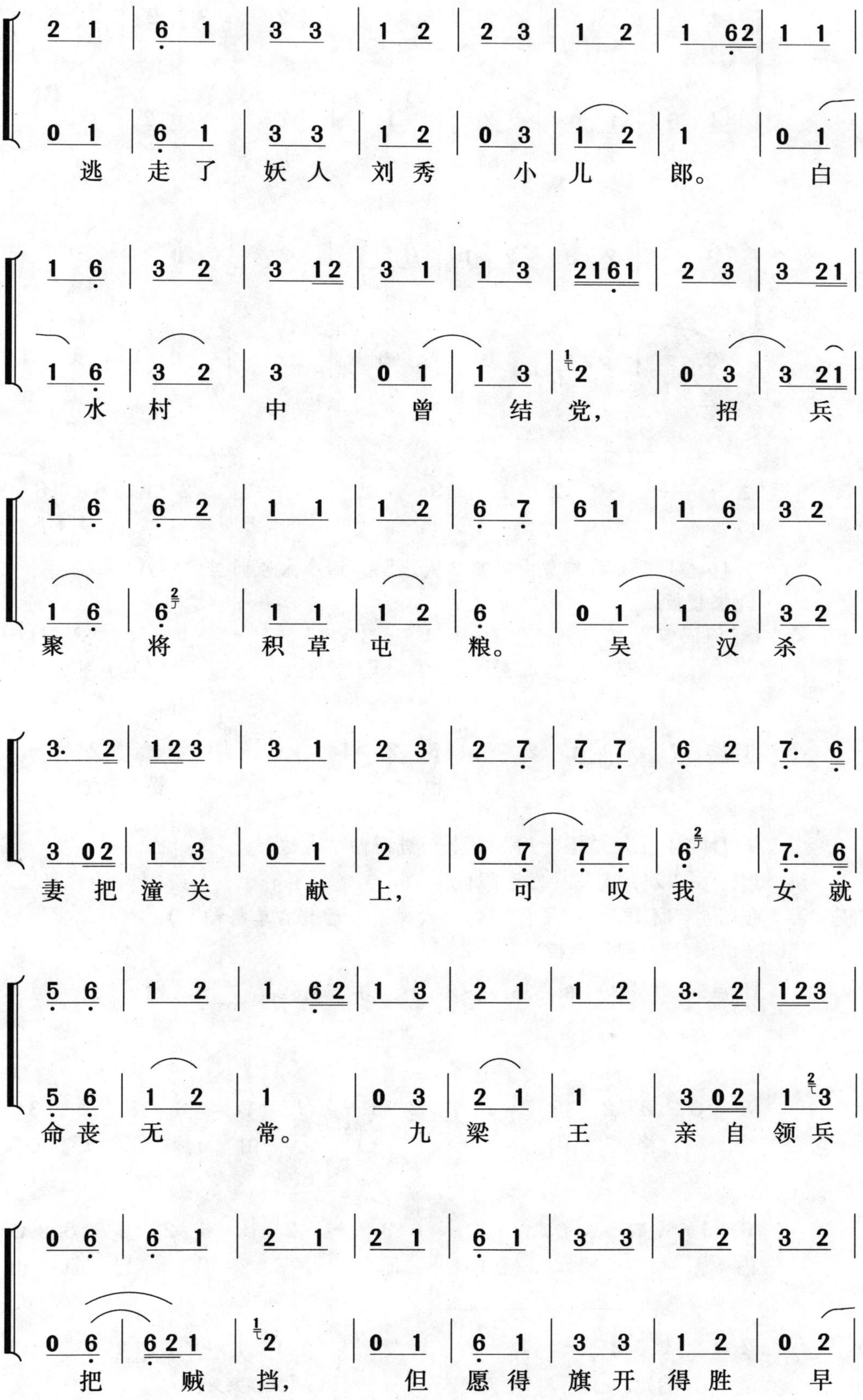
逃走了妖人刘秀小儿郎。白
水村中曾结党，招兵
聚将积草屯粮。吴汉杀
妻把潼关献上，可叹我女就
命丧无常。九梁王亲自领兵
把贼挡，但愿得旗开得胜早

〔【闪锤】王莽右转身向里归“大座”，四小太监归里“站八字”。

〔西皮摇板〕

王 莽

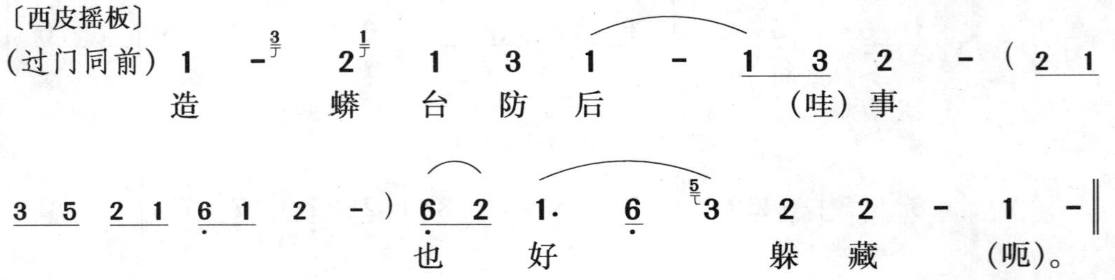

〔【冲头】王洪“上场门”报上，进门站“大边”。

王 洪 启万岁：刘秀人马兵发洛阳！

王 莽 哎呀！不不不ˇ不好了！（先“双撣手”后“右单抖袖”）

〔西皮散板〕

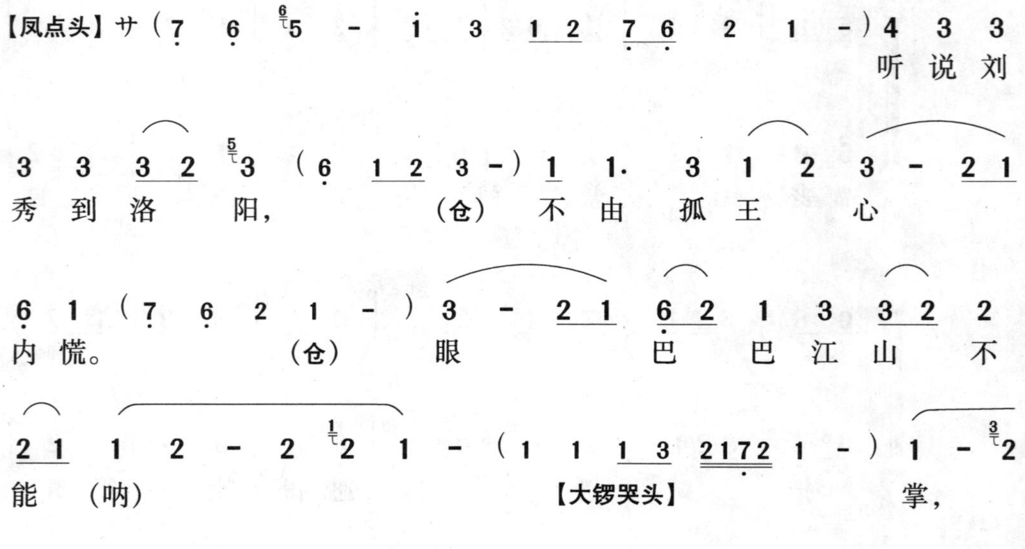

7· 6 5 6 7 7· 6 6 - 6 6 5 -（0 2 3 6 5 -）
（仓 匝 匝 匝）
（左手抚髯，转眼珠，左单抖袖）

（夹白）有了！

【凤点头】(过门同前) 6 1 1 3 2 1 2 2 1 -【大锣住头】
快 宣 邳 彤 做 商 量。

王 洪 遵旨！（站台口正中）万岁有旨，邳彤进见哪！（归“小边”）

〔邳彤内白：“领旨！”

〔【一锤锣】邳彤“上场门”上场，“叼左袖”，右手提蟒“亮相”，走至“小边”前台口。【大锣归位】抖左水袖。

邳 彤 （念）豪杰有奇能，扶保新始君。【住头】（“挖门”右转至中）臣邳彤见驾，吾皇万岁！（躬拜）

王 莽 平身，赐绣墩。

〔一小太监侧幕搬椅置“大边跨椅”。

邳 彤 谢座！【大锣五击】（坐跨椅）宣臣上殿，有何旨意？

王 莽 只因妖人刘秀，兵到洛阳，孤有意命卿家带领五千御林军前去镇守郧阳关，不知卿家意下如何？

邳 彤 臣食王爵禄，当报王恩，就请万岁降旨。

王 莽 好，如此就命卿家带领五千御林军，前去镇守郧阳关。哎呀卿家呀！【大锣五击】孤的江山社稷，全仗卿家了哇！【撕边一击】（右手提左水袖拭泪）

邳 彤 万岁但放宽心，此番镇守郧阳关，若不扫平刘秀，誓不为人！

王 莽 好，卿家真乃忠义之臣，速速领兵去吧！

邳 彤 领旨。正是：【住头】（躬拜，出门，站“大边”台口）金殿领圣命，镇守郧阳关。
【一锤锣】（“下场门”下）

王 莽 王洪！

王 洪 奴婢在。

王 莽 命卿家监造蟒台，可曾造齐？

王 洪 俱已齐备。

王 莽 好。命卿家带领五百御林军，去到蟒台里面，将一切工匠俱要斩尽杀绝，免得日后走漏消息。再命卿家去到蟒台里面安排按排，倘有不侧，你我君臣也好躲避呀！

王 洪 臣遵旨！【凤点头】（出门“上场门”下）

〔西皮散板〕

王 莽 【大锣凤点头】(过门同前) サ 1 3 3 2 1 2 1 2 -
见 王 洪 与 邳 彤

6 2 1 1 0 3 2 （仓 7 6 1 2 -）
下 殿 去 （呀） 了， 白：“有了。”

【大锣凤点头】(过门同前）3 3 2 1 1 2 - 6 1 2 2 1 - ‖【大锣叫头】
忽 然 一 计 上 心 梢。

且住！【大锣五击】我不免将传国玉玺带在身旁，那刘秀纵然得了天下，无有玉玺，管叫他难成大事也！【大锣纽丝】（出位至台中，四小太监外归“站门”）

〔西皮散板〕
（过门同前）サ 3 3 3 2 3 3 3 2 3 4 3. 2
这 时 候 休 怪 我 心 肠

1 2 3 0 2 3 （6 1 5 3 -）1 3 2 2
太 恨 （呐 呃)， （仓） 想 当 年 那

2 1 1 2 1 1 6 5 6 1 （7 6 2 1 -）2 1
平 帝 无 臣 无 君。 （仓） 叫 内

2 3 1 1 - 2 1 6 3 2. 1 6 1 2 2 -
侍 将 玉 玺 往 后 宫 （呃）搬 运，

〖【大锣纽丝】四小太监往“大边”扯成“斜门”，王莽至“小边”台口处右单抖袖。

王 莽 （过门同前）サ 1 3 2 2 1 3 2 - 2. 1
得 天 下 无 玉 玺 （呀）

6 （1 2 -）6 2 - - 7 6 5 3 5 -
大 功 难 （呐）成。

6 - - 6 6 - 1 - （1 1 2356 1 -）‖

〖【大锣抽头】众“下场门”“窝下”。

第 二 场

〖奏唢呐曲牌<小傍妆台>。场上一桌，小座，“大边跨椅”。四蓝兵士引邓禹、刘秀“上场门”上。“挖门”刘秀坐“小座”、邓禹“跨椅”。<吹打>止。岑彭、吴汉、姚期“上场门”上，【一锤锣】进帐站一字，“搭拱”。

岑 彭
吴 汉 （同）得了洛阳，请回马武将军，特来交令。
姚 期

邓　禹　有请马将军。

吴　汉　有请马将军。（吴汉、岑彭站“大边”，姚期站“小边”）

〔马武内白：“哼！”【大锣五击】“上场门”上，站台中，邓禹站迎。

邓　禹　恭喜马将军，贺喜马将军。得了洛阳，灭了苏献。备得有酒，与将军贺功。

马　武　元帅，你不是不用咱武马么？

邓　禹　我知将军忠义，故用此计。

马　武　元帅，你那四十军棍，打得我好苦哇！

邓　禹　不用此计，焉能成功。

马　武　哦这……。

邓　禹　啊——哈哈哈哈！

马　武　呼呼哈哈哈哈哈！【撕边一击】（站“大边”外首）

刘　秀　啊，众位皇兄！

众　将　主公！

刘　秀　且喜得了洛阳，实乃众将之功。啊，先生，前面乃是郧阳关，若能攻破，京城可得矣！

邓　禹　郧阳关乃王莽大将邳彤镇守，待臣略施小计，生擒邳彤，顺说于他，令他归降。

刘　秀　好，先生分派兵将。

邓　禹　遵旨。姚斯听令！

姚　期　在！【大锣一击】

邓　禹　命你带领三千人马攻取郧阳关，与邳彤交战，诈败而逃，引他追赶，不得有误。

姚　期　得令！【冲头】（“下场门”下）

邓　禹　岑彭、马武听令！

岑、马　在！

邓　禹　准备绊马索，生擒邳彤。

岑、马　得令！【冲头】（“下场门”下）

邓　禹　主公请至后帐，且候好音便了。

〔【一锤锣】刘秀率众“下场门”“窝下”。

第　三　场

〔西皮导板〕

邳　彤　【大锣导板头】サ（7 6 - 6 5 - i - 3 2 - 7

6 2 1 - ）3 6 5 6 5 - 6 5 4. 6 3 -

我　主 金 殿

（2 1 2 3 - ）5 2 - 3 - 3 3 5 - |

把 旨　降，

〔【急急风】四军士举刀经“大边”台口“斜一字”。邳彤举枪至“大边”台口，跨右腿，平枪亮“托月”相。【紧锤】右转身，至“小边”台中处。

邳　彤
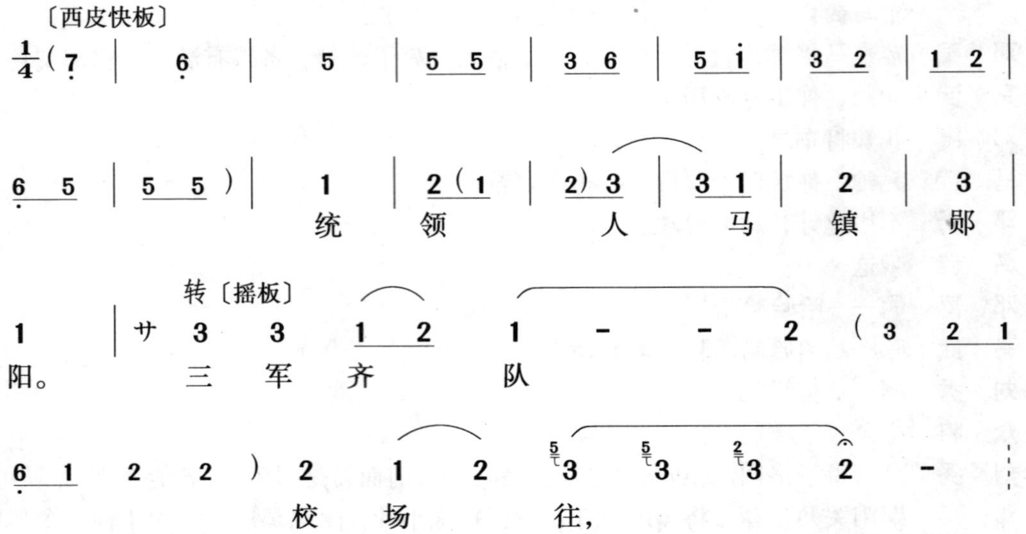

〔【快长锤】四军士领起来，左转身大“圆场”至台中，挖开“站门”，邳彤随众军士站台中。

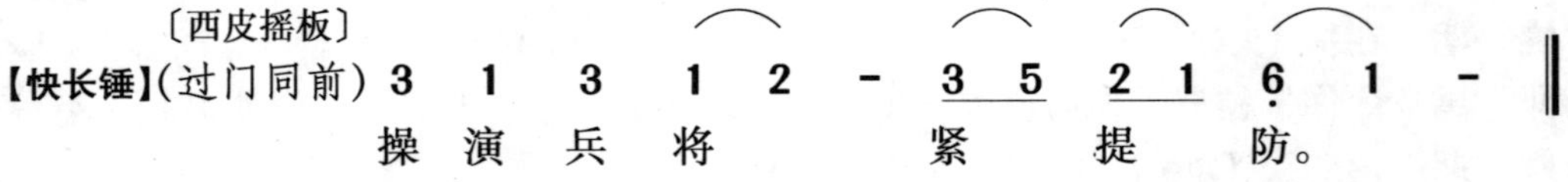

〔报子内白：“报！”【快冲头】“上场门”上，跪邳彤前。

报　子　刘秀人马前来讨战！

邳　彤　再探！

报　子　啊！【快冲头】（“上场门”下）

邳　彤　【叫头】且住！【大锣五击】俺正在操演兵将，刘秀人马前来攻打郧阳关，岂能容他猖狂，众将官！【大锣一击】

四兵士　有！

邳　彤　迎敌者！

四兵士　啊！

〔【急急风】四紫兵士“插门”领起，往“大边”，四蓝兵士“上场门”上，“二龙出水”会阵，分别站“大边”、“小边”。邳彤、姚期分别从“大边”、“小边”中后场冲至台口，架住。

邳　彤　来将通名！

姚　期　俺乃兴汉大将姚期是也！来将通名！

邳　彤　听了！【五击头】俺乃莽主驾前大将邳彤！【大锣一击】

姚　期　邳彤，想那王莽，要谋篡汉室，劝你归顺我主。你要三思！【大锣一击】

邳　彤　一派胡言，放马过来！

〔【急急风】邳彤、姚期“一合”、“两合”架住。四紫兵士、四蓝兵士分别从“大边”、“小边”处由里向外“钻烟筒”，分别从“下场门”、“上场门”下。邳彤、姚期用枪、鞭“对磕”，右转身起开打式，“一扯、两扯”，“一合、两合”。邳彤向里“一盖”姚期，打姚期“前封头”、“后封头”，再向里“一盖”，打“封头”。（**八大仓**）邳彤“小边”台口“亮相”，姚期“大边”亮败相，“下场门”下。

邳　彤　追！

〔【**急急风**】四紫兵士自“上场门”往“下场门”追下。邳彤要“提枪花小下场”，【**四击头**】亮相，起【**急急风**】“下场门”下。

第四场

〔【**大锣原场**】接【**水底鱼**】四蓝兵士“站门”，引岑彭、马武上。岑彭“大边”，马武“小边”。

岑　彭　马将军请了！

马　武　请了！

岑　彭　奉了元帅将令，擒拿邳彤。众将官！【**大锣一击**】

四兵士　有！

岑　彭　绊马索伺候！

四兵士　啊！

〔【**急急风**】四兵士与岑彭、马武原队形“扯斜胡同”，四军士做放绊马索动作。姚欺从“上场门”举鞭上至台口，邳彤从“上场门”举枪斜前方向与姚期“漫头过合”，“反转身”，“一磕”，二人走“正圆场”，邳彤勒马状，抬左腿“后蹉步”，用枪杆在【**三锣**】中“三加鞭”，面向“下场门”扔枪“抢背”，（**八大仓**）落马被擒。四军士举刀绑邳彤。

岑　彭
马　武　（同）绑回去！
姚　期

四军士　啊！

〔【**大锣原场**】四军士举刀押邳彤，岑彭、马武、姚期随后从“下场门”下。

第五场

〔台上正堂桌，“小座”，“大边跨椅”。【**快长锤**】四蓝兵士站门，邓禹引刘秀上场，直至台口中，刘季站中间，邓禹站“大边”。

〔西皮摇板〕

刘　秀　【**凤点头**】(过门同前) 1̇ 5 7 6 - 5 6 3 5 6 -（65 35
闻得邳彤　是好（哇）将，

65 32 12 6̣5 55 ）3 1 1 2 1 3 2 ⁶1 - ‖
（刘禹接唱）施展妙计劝他降。

〔【大锣长丝头】岑彭、姚期、马武“上场门”上，进帐站“一字”，姚期站中，岑彭“大边”、马武“小边”，面向刘秀，双手“搭拱”。刘秀坐“小座”，邓禹坐“大边跨椅”。

岑　彭
姚　期　（同）邳彤被擒！
马　武

邓　禹　押进帐来！

姚　期　押进帐来！（原地转身向外右手双指，与马武同归“小边”，岑彭站“大边”，邓禹外侧）

〔【快长锤】二蓝兵持刀“上场门”上，站“一条鞭”。邳彤戴手铐，上站“小边”前台口。

〔西皮小导板〕

邳　彤　【快长锤】(过门同前) 3 6　5 － 6　6 5　5 － 6.　5 4　3 －（4 6
豪　杰　失　势　（喏）

3 2　1 2　3　3）5　5 － 3. 5　6 － 5 － 5　5.　3 5 － |
被　贼　擒　（呐　呃），

〔西皮快板〕

【闪锤】(过门同前) 1/4　1 | 2（1 | 2）3 | 3 1 | 2 | 3 | 1 | 2 5 |
大　鹏　入　了　乌　鸦　群。怒

转〔摇板〕

3 | 3 | 1 | 2 |（3 5 | 2 1 | 6 1 | 2 | 2）
气　不　息

サ 2　1 2　3 5 － 3 － 3　3 － 2　（“挖进”站“小边”台口）
宝　帐　进，

〔西皮摇板〕

【快长锤】(过门同前) 1　3　2 1　1 2　2 － 2 － 6 2
看　他　把　我　怎

1.　2　3 5　2　2.　1　6　1 － ‖
样　行。

邓　禹　将军！【大锣凤点头】（站起向台中）

〔西皮摇板〕

(过门同前) 2　2　1　2　3　1　2 －（3 5　2 1　6 1
走　上　前　来　把　话　论，

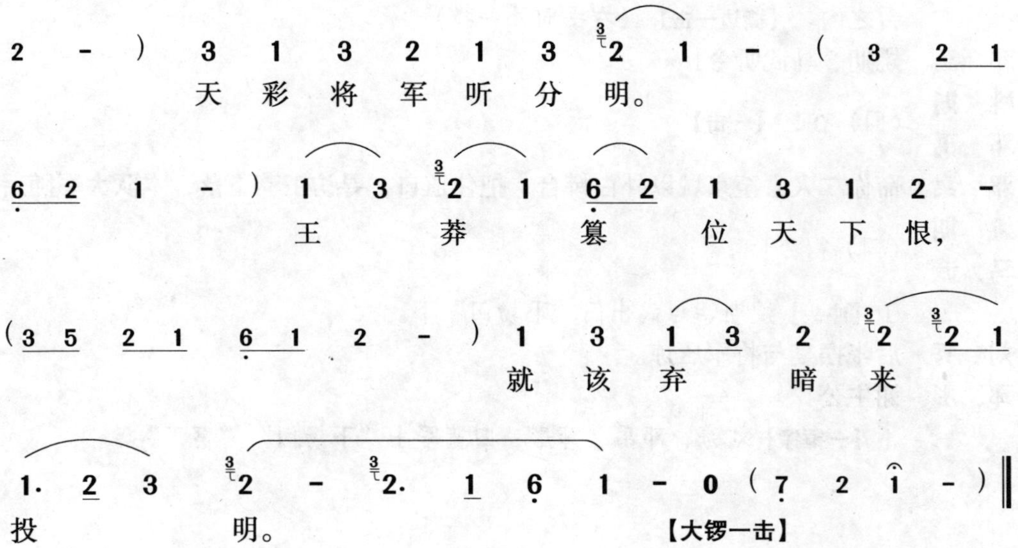

邳　彤　哦！

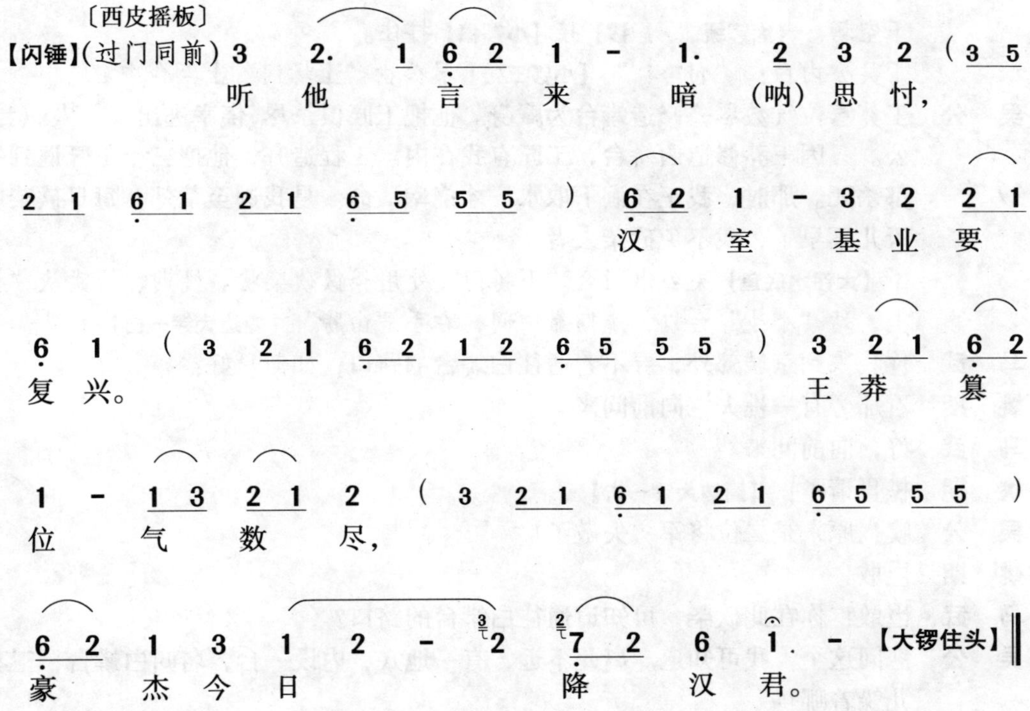

〔邳彤跪正中，邓禹卸下邳彤手铐。

邳　彤　邳彤归降来迟，死罪呀死罪！

刘　秀　将军少礼，请坐！（一蓝兵士搬椅置“大边”跨椅）

邳　彤　谢坐！**【大锣五击】**（起身坐“小边”跨椅）

刘　秀　将军归顺，乃汉室之幸也！

邳　彤　岂敢。

刘　秀　啊，将军，可知那王莽的下落？

邳　彤　那王莽在京城之外，洞穴之中，造下白蟒台一座，倘若京城失陷，他就躲在那白蟒

台之内。【撕边一击】（右手向外一指）

邓　禹　姚期、马武听令！

姚　期
邓　禹　（同）在！【一击】

邓　禹　命你二人去至京城以外白蟒台，把住道口，寻访王莽下落，本队大军随后即至。

姚　期
马　武　（同）得令！

〔【冲头】姚期、马武出门"下场门"下。

刘　秀　后帐摆宴与将军压惊。

邳　彤　谢主公！

〔【一锤锣】刘秀、邓禹、邳彤、四蓝军士"下场门""窝下"。

第　六　场

〔空场。【大锣缓锣·撤锣】接【小锣穗】打住。

〔吴公内白："啊哈！"【小锣五击】吴公由"上场门"上至台中。

吴　公　王莽篡位气数尽，修造蟒台为藏身。他把工匠俱杀尽，侥幸逃出我一人。(扎)我，吴公。只因王莽修造白蟒台，工匠有我在内。工程造齐，他把三千工匠诓到一处，俱都杀死。那时，我正在涧下取水，才侥幸活命。是我逃至荒郊，每日砍柴度日。看天儿不早了，我不免砍柴去者。

〔【大锣水底鱼】吴公出门至"下场门"处用斧做砍柴状。姚期、马武从"上场门"上，站"小边"台口，姚期靠中间，右手"山膀"【撕边大锣一击】一望。

马　武　你我来到京城郊外，寻不着通往白蟒台的路口，如何是好？

姚　期　看那旁有一樵夫，向前问来。

马　武　好，向前问来。

姚　期　樵哥请了！【撕边大锣一击】

吴　公　噢！原来是二位将军，失敬了！

姚　期　岂敢！

马　武　岂敢！你在此砍柴，可知道通往白蟒台的路口？

吴　公　您问这个，我可知道。离此不远，有一地穴，内设一台，名叫白蟒台，王莽就在那儿躲着哪！

马　武　不知此穴从何处进入？

吴　公　每天有人给他涧下取水，跟着此人，便可进入。

马　武　啊！你是怎么知道此事的呢？

吴　公　只因修造白蟒台的工匠有我在内，工程造齐，王莽将工匠俱都杀死，我是侥幸逃出来的一个。

马　武　不知取水之人何时到来？

吴　公　快了，八成这时候就要来了，您跟我来！

〔【大锣水底鱼】吴公领姚期、马武转"小圆场"，至"小边"台口。王洪同时从

"上场门"上，走至"大边"处右转身回首，与吴公等对望，**【撕边大锣一击】【冲头】**急"翻水袖"下。

吴　公　就是此人?

姚　期　大营领赏去吧。

吴　公　多谢将军!**【冲头】**（"下场门"下）

姚　期　你我跟定此人便了。

马　武　请!（八仓）

〔**【大锣原场】**姚期、马武"下场门"下。

第　七　场

〔台正中用两张桌拼成一台，围黄桌披，上摆黄椅披包裹的四至五个椅垫，平台两侧备一椅背朝外的黄披椅，"大边"、"小边"台口处各一黄色"门蹲儿"。王莽改装束[①]，盘腿坐在垫子上，两侧道童站立。**【大缓锣】**

〔幕启。**【大锣归位】**

<粉蝶儿>

王　莽　サ 2 - 6 7 5 4 3 - 2 3 2 - **【小锣二击】** 2
刘　氏　重　兴，　王

2 1 2 7 - 2 3 2 6 7 6 5 - **【小锣三击】** 6 7
氏　将　尽，　带　玉

6 5 5 7 6 5 3 2 3 2 - **【小锣二击】**
玺　离　了　都　城，

7 2 6 7 2 3 2 - （多 多）2 2 2
管　叫　他　无　处

1 2 7 - 2. 3 2 - 6 7 6 - 5 - ‖ **【大锣归位】**
找　寻。

（念）谋篡江山十八春，干戈滚滚不太平。**【小锣二击】**万里江山一旦尽，社稷犹如风前灯。**【大锣归位】**（右手用云帚前指，左抖袖）孤——**【撕边一击】**（右手托髯）新始君王莽，字巨君。**【大锣住头】**只因平帝无道，有慢皇亲，上大夫徐世英与苏献定

① 王莽此时隐居白蟒台，头戴白蓬头、金道箍、道冠，手拿云帚，身穿浅驼色绣龙斜紫大领褶子，系黄绦子，足穿云头履，脖子上系黄绸条，挂玉玺，盘腿坐在舞台正中的桌面上。这种扮相是马先生精心设计的。

计，设下松棚大会，用药酒毒死平帝老王。我得了江山，坐了十八载，内有九载干戈不息。只因妖人刘秀，在白水村起义，拜邓禹为帅，一路之上斩关夺寨，势如破竹。孤也曾命九梁王前去征讨，日前有边报进京，是屡建奇功。孤发饷银四十万，犒赏三军。近日，城内有童谣云："卯金刀，坐龙楼，主去头，万事休。"是孤请先生详解，先生言道："卯金刀，坐龙楼，刘氏当兴。主去头，万事休，是与孤不利呀！"因此孤离城四十余里刨下地穴，起造一台，名曰白蟒台。【大锣住头】（左手抖袖）每日，只有内侍王洪陪伴孤家，一来修修孤的来世，二来也好躲避刀兵之苦。也曾命王洪涧下取水，这般时候还未见到来。正（哪）是：【大锣住头】（左手抖袖）万般皆由命，这半点——不由人！（摇头、叹息）

〔【急急风】马武、姚期"上场门"上，进门，马武至"大边"，姚期至"小边"。【撕边一击】再【撕边一击】马武、姚期两番同望王莽，"撩髯"共起【叫头】。

马　武　姚皇兄！【大锣五击】几载未见，这个老儿他倒老了哇！

姚　期　老了哇！哈哈哈！

〔马武、姚期同张双臂大笑。（八大大仓）【大锣四击头】马武"大边"，撑右拳，跨右腿，出左掌、踢左腿，再跨右腿，右转身坐"大边"台口，"门蹲儿"亮相。姚期"小边"，撑左拳，跨左腿，出右掌，踢右腿，再跨左腿，左转身，坐"小边"台口，"门蹲儿"亮相。（这种左右对称的"双亮相"，又称为"合扇"）

〔【大锣冲头】邳彤引邓禹、岑彭"上场门"上，邓禹、邳彤站"大边"，岑彭站"小边"，同"拱揖"。

邓　禹
岑　彭　（同）莽主！【撕边一击】
邳　彤

王　莽　啊？！你们是甚等样人，怎么打进孤的蟒台来了？

邓　禹
岑　彭　（同）迎王接驾！
邳　彤

王　莽　哦，怎么，你们是前来迎王接驾的么？！

邓　禹
岑　彭　（同）正是。
邳　彤

王　莽　好，我来问你，你是何人？

邓　禹　臣邓禹。【撕边一击】

王　莽　哦，怎么，你就是邓禹？

邓　禹　正是。

王　莽　你到此作甚！

邓　禹　迎王接驾！【撕边一击】

王　莽　怎么，你是前来迎主接驾的吗？

邓　禹　正是。

王　莽　邓先生哪，邓中华！想当年，孤王得了江山之后，也曾封你的官职，你执意不受，一心要拜严子陵门下，习学道法。如今这道法学成，保定了刘秀，前来捉拿于我。

你纵然将我拿去，不过是千刀万剐，邓先生，你那心中岂不悲痛？岂不知：飞鸟尽，良弓藏；狡兔死、走狗烹；这敌国破——【大锣一击】哎！谋臣亡啊——！（哭）【长锤】

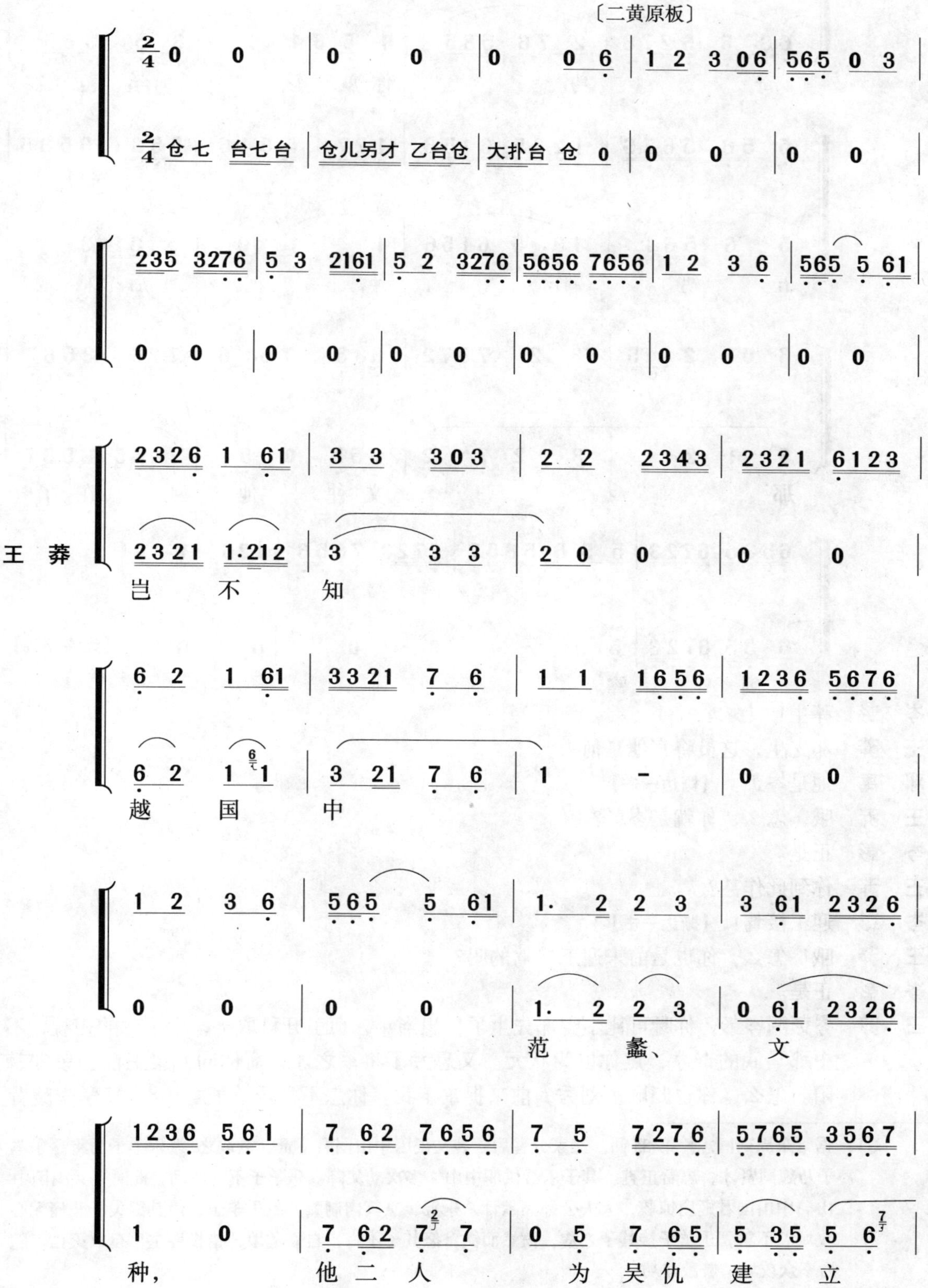

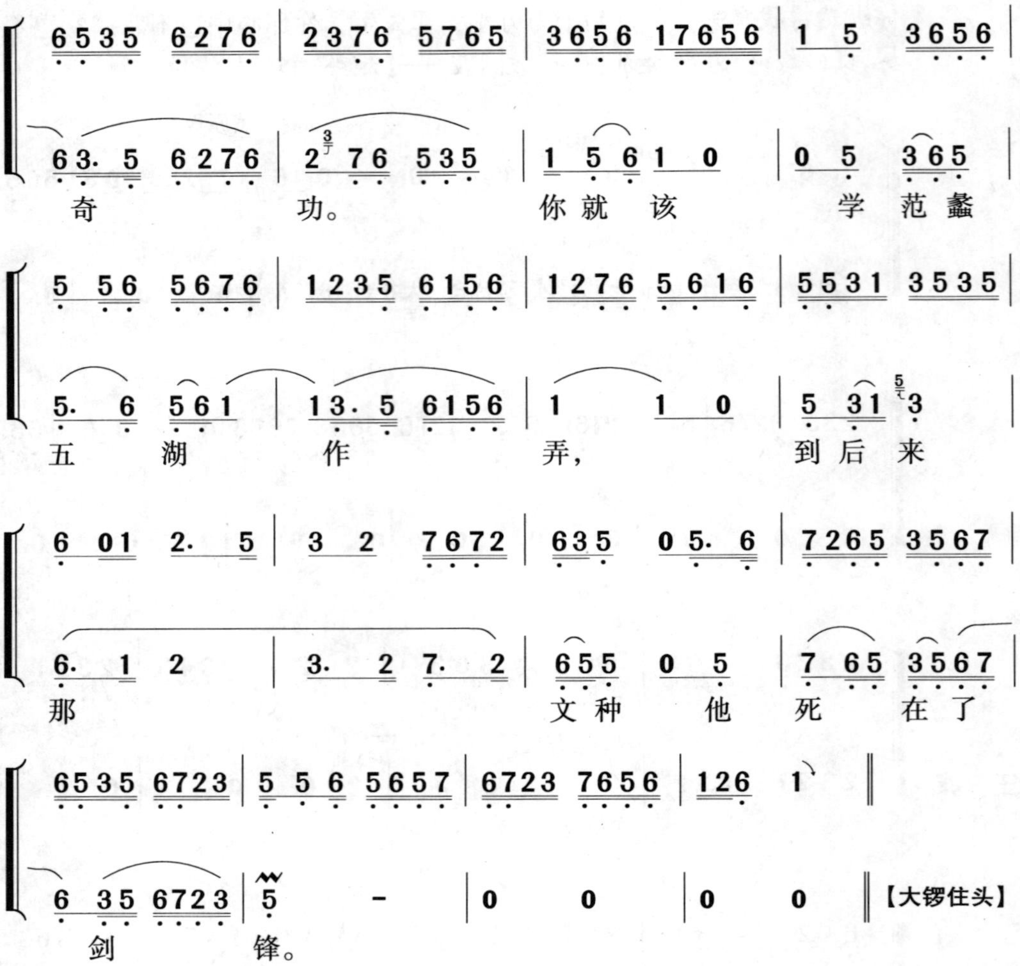

岑　彭　莽主！【撕边一击】

王　莽　邓先生，这员将官他是何人？

邓　禹　他是岑彭。【撕边一击】

王　莽　哦，怎么，你就是岑彭？

岑　彭　正是。

王　莽　你到此作甚？

岑　彭　迎王接驾！【撕边一击】

王　莽　哦！怎么，你也是前来迎王接驾的吗？

岑　彭　正是。

王　莽　岑彭啊岑彭，你呀可比不得邓先生了！想当年，孤王开科取士，中了你的相貌，不中那马武的奇才，点你以为状元。又恐亏了将军之才，命你同九梁王前去镇守棘阳。怎么，你也归顺了刘秀，前来捉拿于我。你怎不学乐羊子之故①，反学李陵背

① 据《东周列国志》第85回。三家分晋后，魏文侯因中山国君不贤，欲取之，派乐羊子为将。乐羊子乃魏国贤才，忠君正直。其子乐舒供职中山，多次劝父降。乐羊子不为所动，此时率兵围困中山。中山国君姬窟惊骇，大夫公孙焦献计杀乐舒，烹其肉制羹，献乐羊子，使其因失子悲痛无心攻城。不料，乐羊子接其子之羹，愤然而饮，怒其子不肖，自立危墙，错投昏主，自取灭亡。随后率众攻城，破敌建功。

汉。你食我王莽的俸禄，与那刘秀办事，报应昭彰，孤可容你，只恐天不容你！（右手用云帚指岑彭）

〔二黄碰板〕

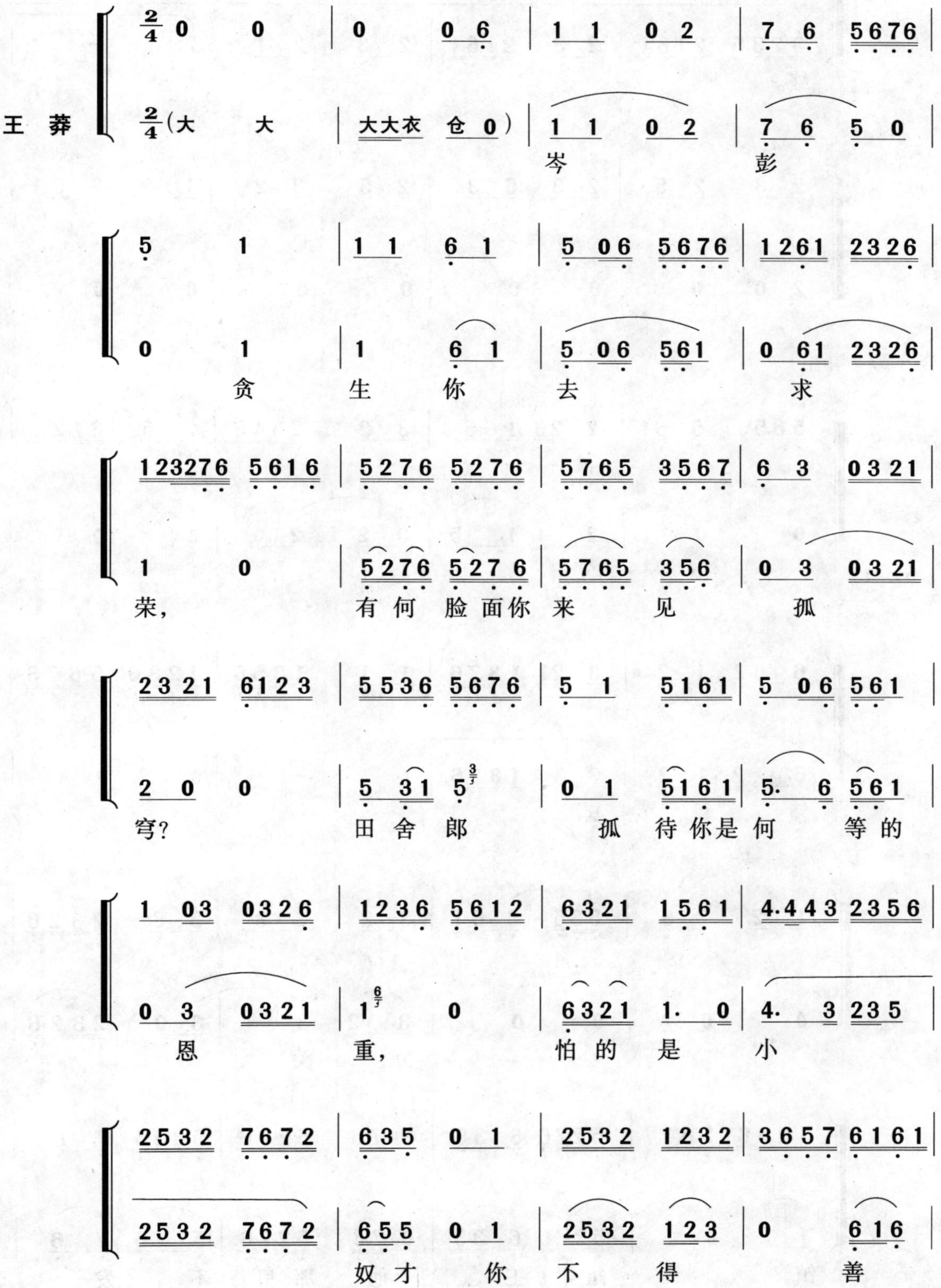

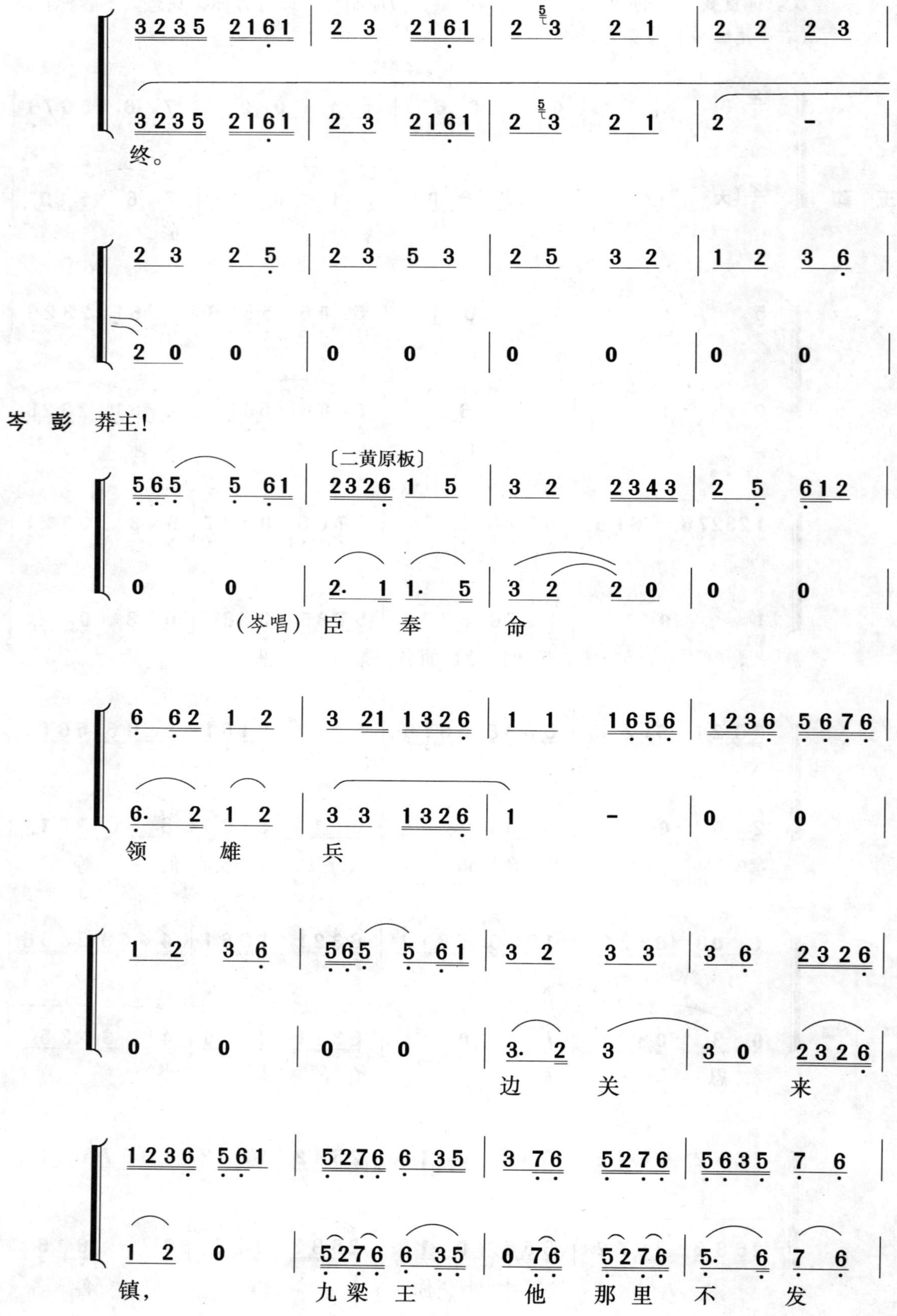

终。
岑　彭　莽主!
〔二黄原板〕
（岑唱）臣　奉　命
领　雄　兵
边　关　来
镇，　九梁王　他那里不发

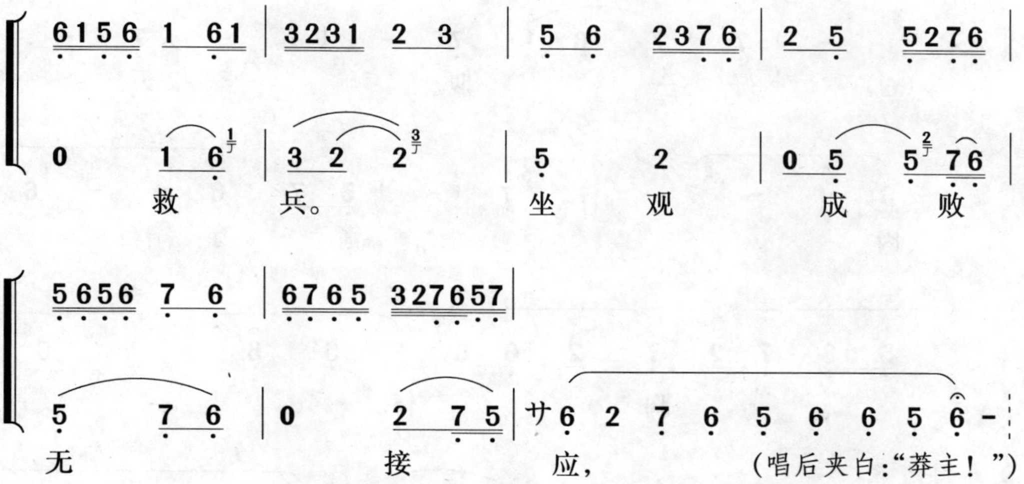

〔二黄散板〕

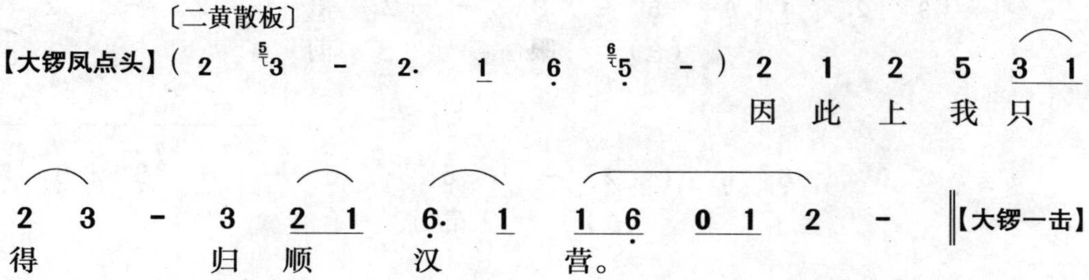

邳　彤　莽主！【撕边一击】

王　莽　邓先生，这员将官他是何人？

邓　禹　他是邳彤。【撕边一击】

王　莽　哦怎么，你就是邳彤？

邳　彤　正是。

王　莽　邳卿家，我来问你，你家大元帅呢？

邳　彤　战死沙场。

〔亮弦〕

王　莽　【撕边】サ（7 6 － 5 －）哎呀卿家呀！

〔二黄散板〕

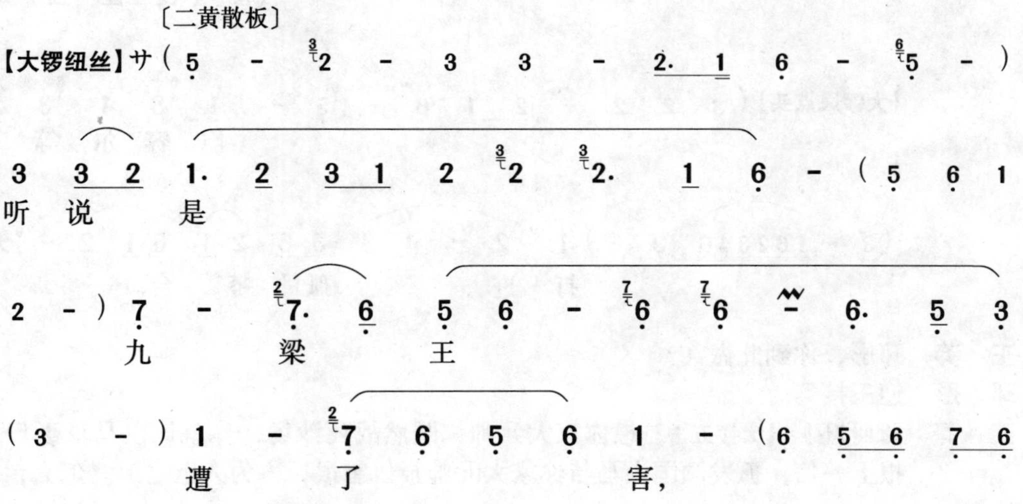

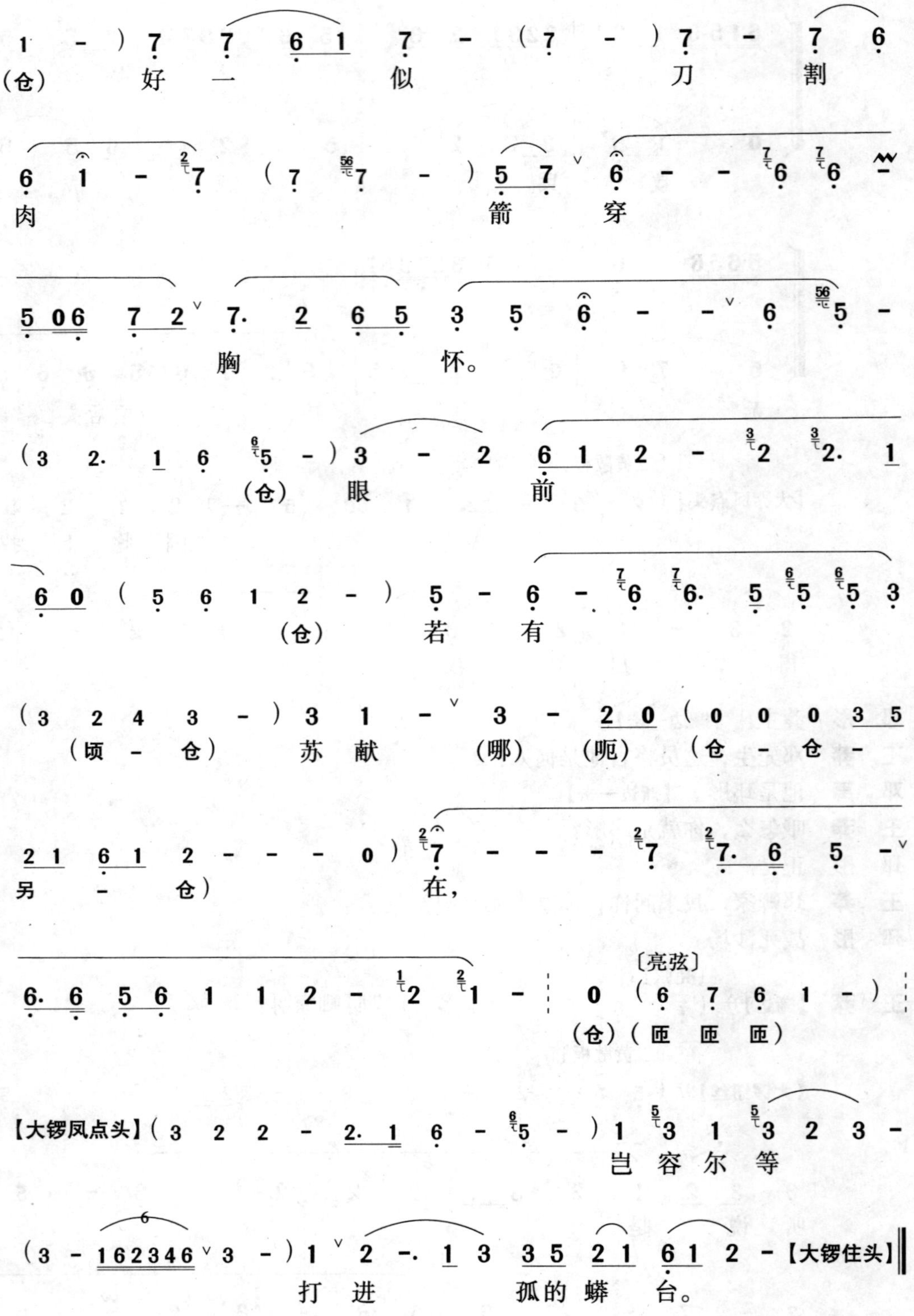

王　莽　邳彤，你到此做甚？

邳　彤　迎王接驾。

王　莽　呀呀呸！【大锣五击】想你家大元帅，既然战死沙场，你就该以马革裹尸还，进京报上一信，孤发倾国人马与你家大元帅报仇雪恨，方为人臣之道。怎么，你也归顺了刘秀，前来捉拿于我。你岂不知，豫让吞炭自漆身[①]，荆轲反刺秦庭，鲁夫痛辱尚且忘身[②]。况你身为大将，难道就不晓得忠义！枉生天地之间，我把你们这一班乱臣贼子，人人得而诛之啫！

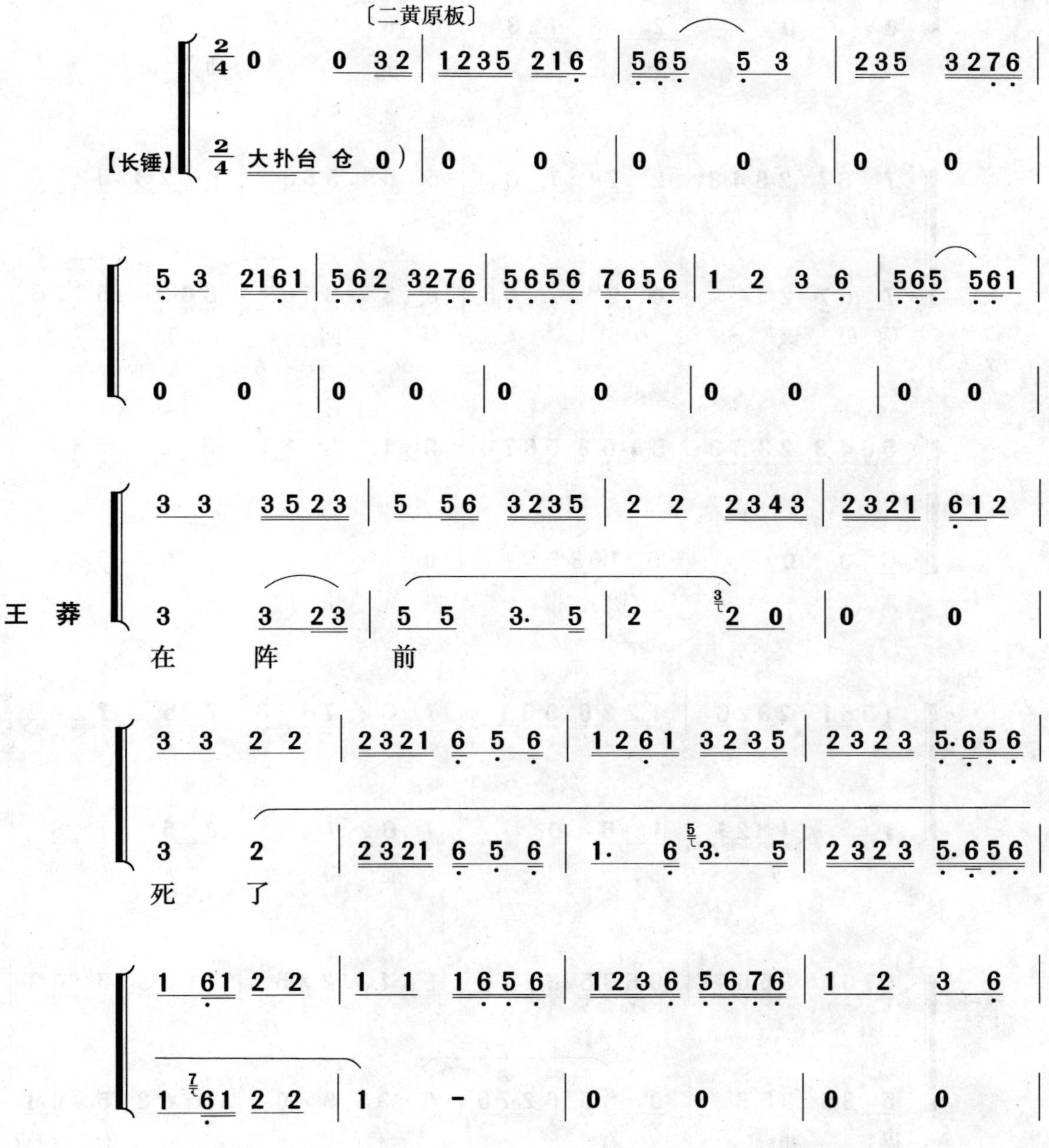

① 据《东周列国志》第84回。豫让乃智伯旧臣，智伯为赵襄子无卹所杀，豫让欲为主报仇，行刺无卹，事败。无卹怜其义，未杀而放其行。豫让为主报仇之心不改，割须去发，漆其身，吞炭毁喉，怀利刃，藏于桥下，再刺无卹，亦未遂。无卹怜其志，允豫让求击无卹锦袍三下以报智伯。豫让所斫之处，皆鲜血污渍。豫让自刎，无卹感叹之。

② 据《东周列国志》第18回。齐桓公伐鲁，鲁庄公惧，欲会盟修好，大将曹沫请从。庄公云：汝三败于齐，难道不惧齐人耻笑？曹沫答：正因耻于三败，才欲洗雪前辱。盟会上，曹沫手执利剑，目眦尽裂，执匕首劫齐公曰：君夺我国汶阳之田，今日请还。桓公恐，许之。鲁尽收失地。

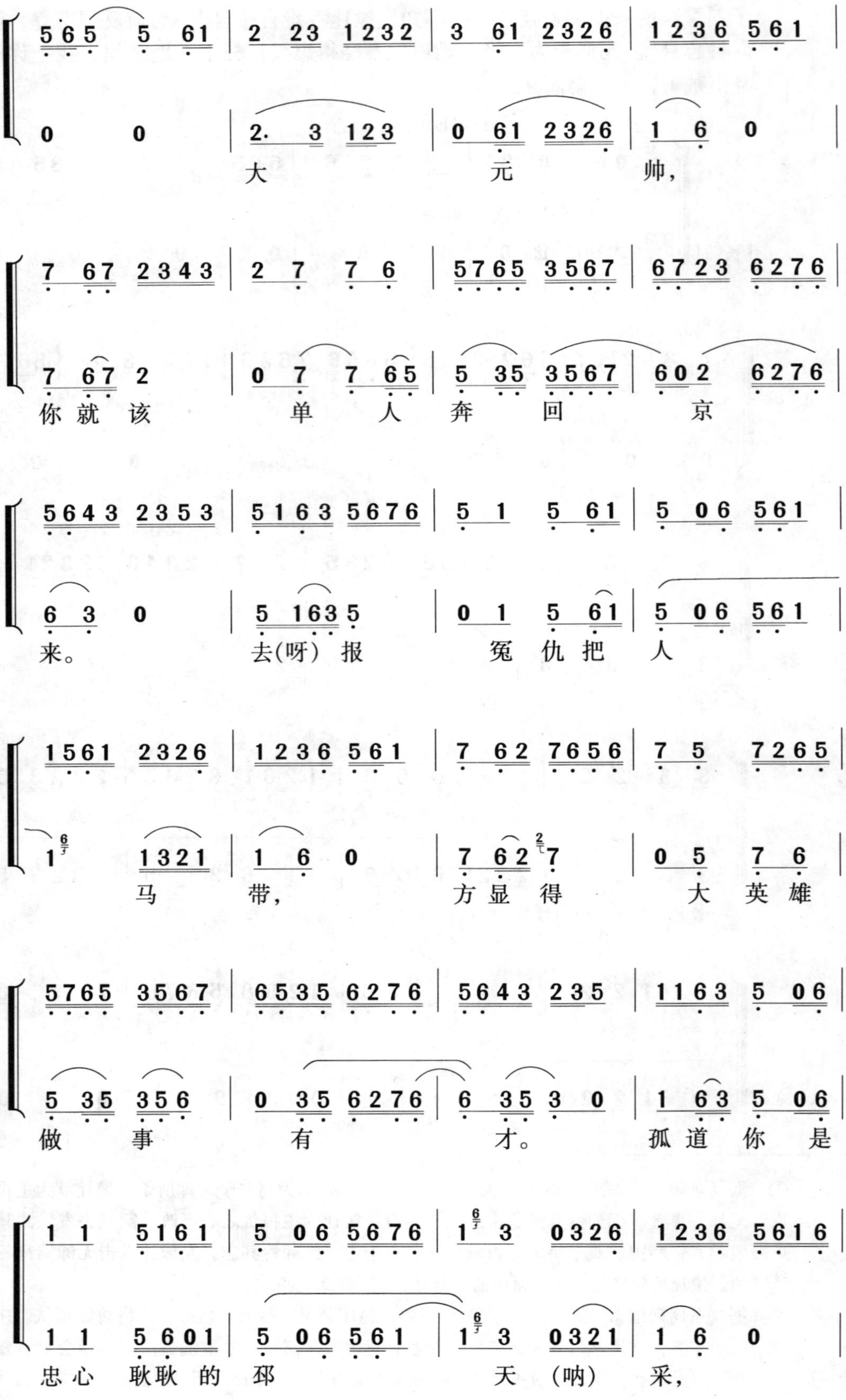

大元帅，
你就该单人奔回京
来。去(呀)报冤仇把人
马带，方显得大英雄
做事有才。孤道你是
忠心耿耿的邳天（呐）采，

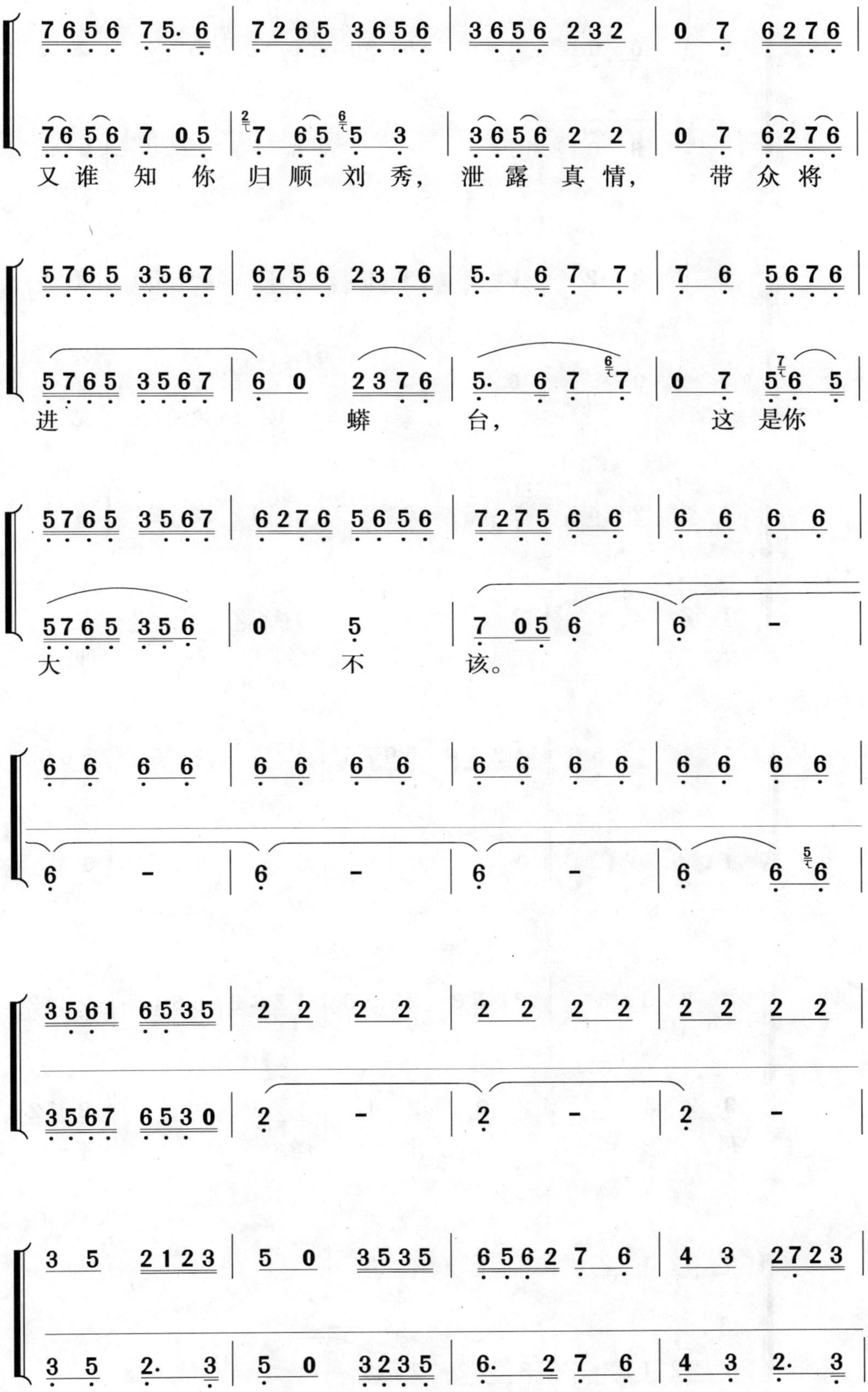
又谁知你归顺刘秀，泄露真情，带众将
进蟒台，这是你
大不该。

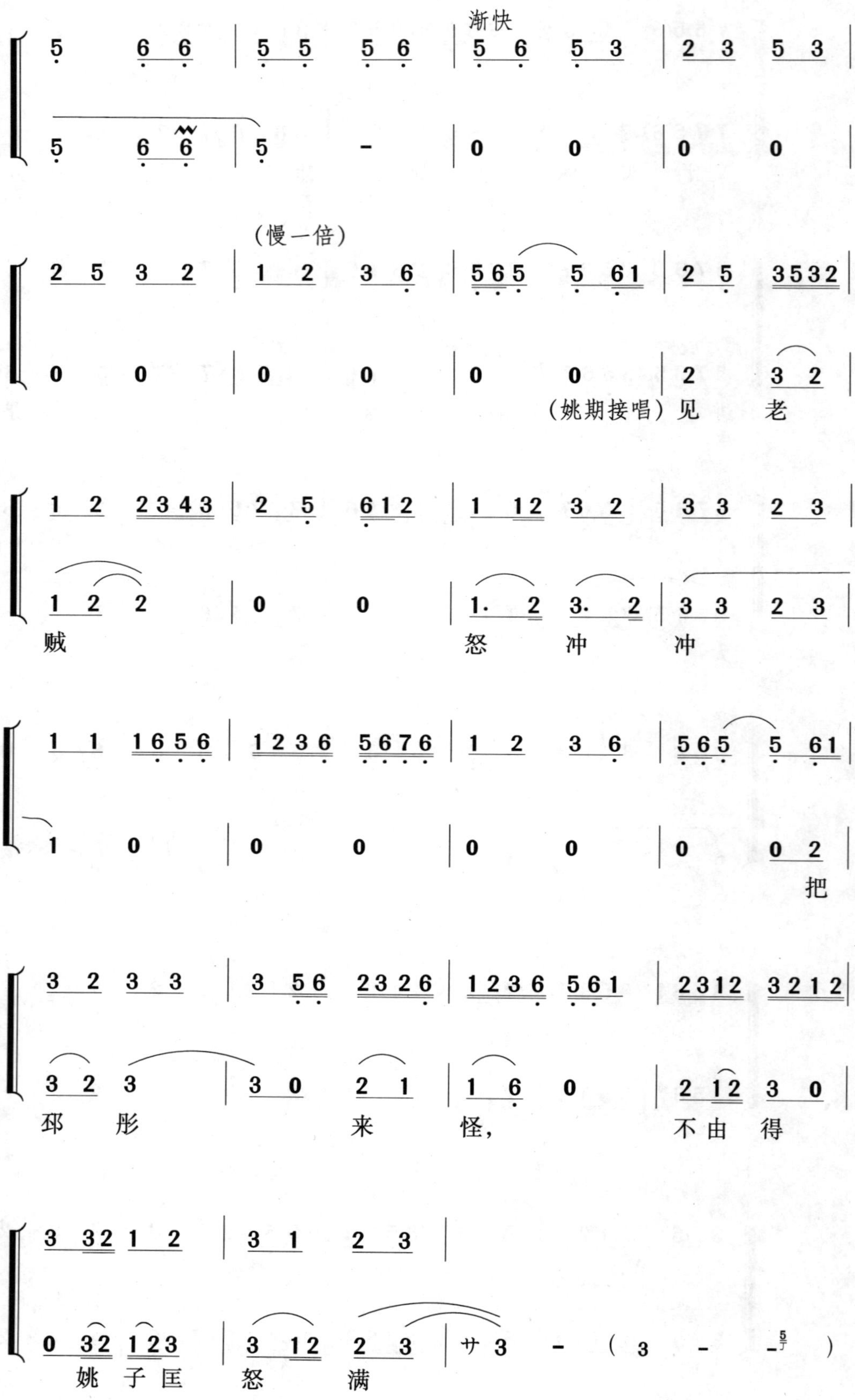
渐快
（慢一倍）
（姚期接唱）见 老
贼 怒 冲 冲
把
邳 彤 来 怪，不 由 得
姚 子 匡 怒 满

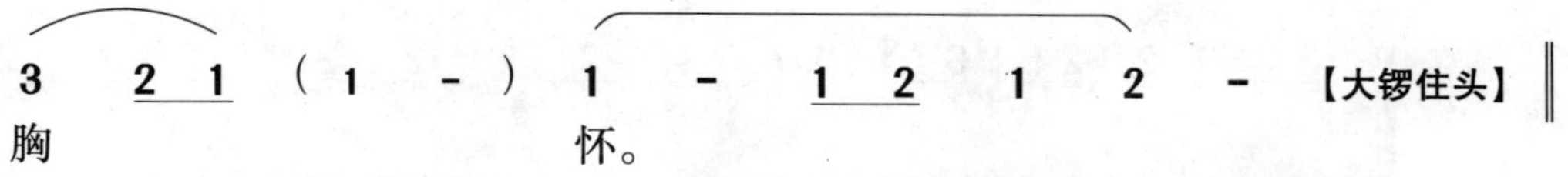

（朦胧中看不清姚期，故此王莽问邓禹）

王　莽　邓先生，这员将官絮絮叨叨，他是何人？

邓　禹　他是姚期！【撕边一击】

王　莽　哦，他就是姚期么？【撕边一击】

邓　禹　正是。

王　莽　哎，事到如今哪，孤又想起一桩公事来了。想当年，孤王得了江山之后，苏献一本奏道：河南郏县鬼神庄有一家英雄，名叫姚期，叫孤聘请前来，大小封他个官职。那时孤未把此事放在心上呃。到如今，归顺了刘秀，做了架海津梁。这是孤错在当初，悔在今日喏！（双手捭手）

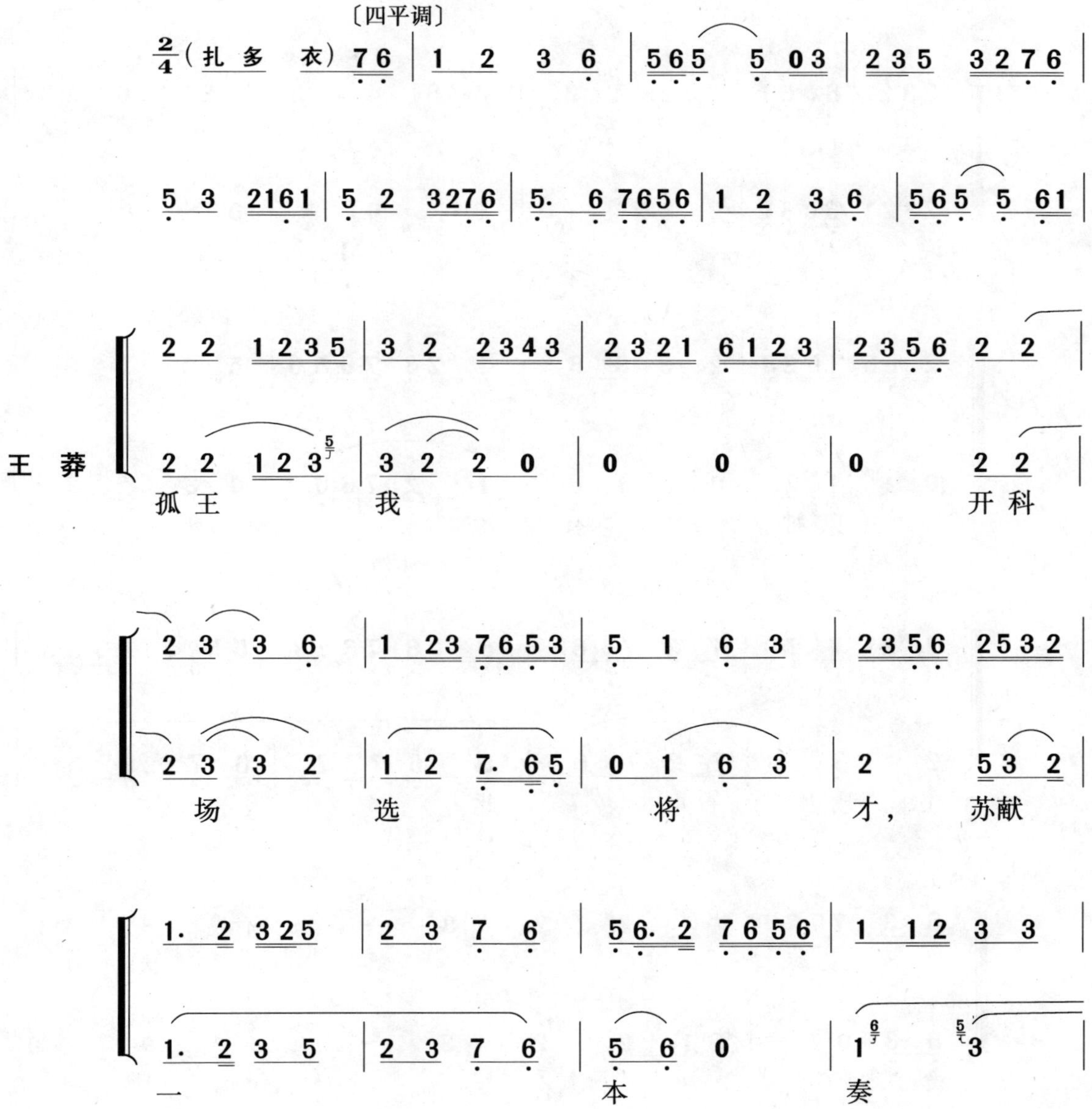

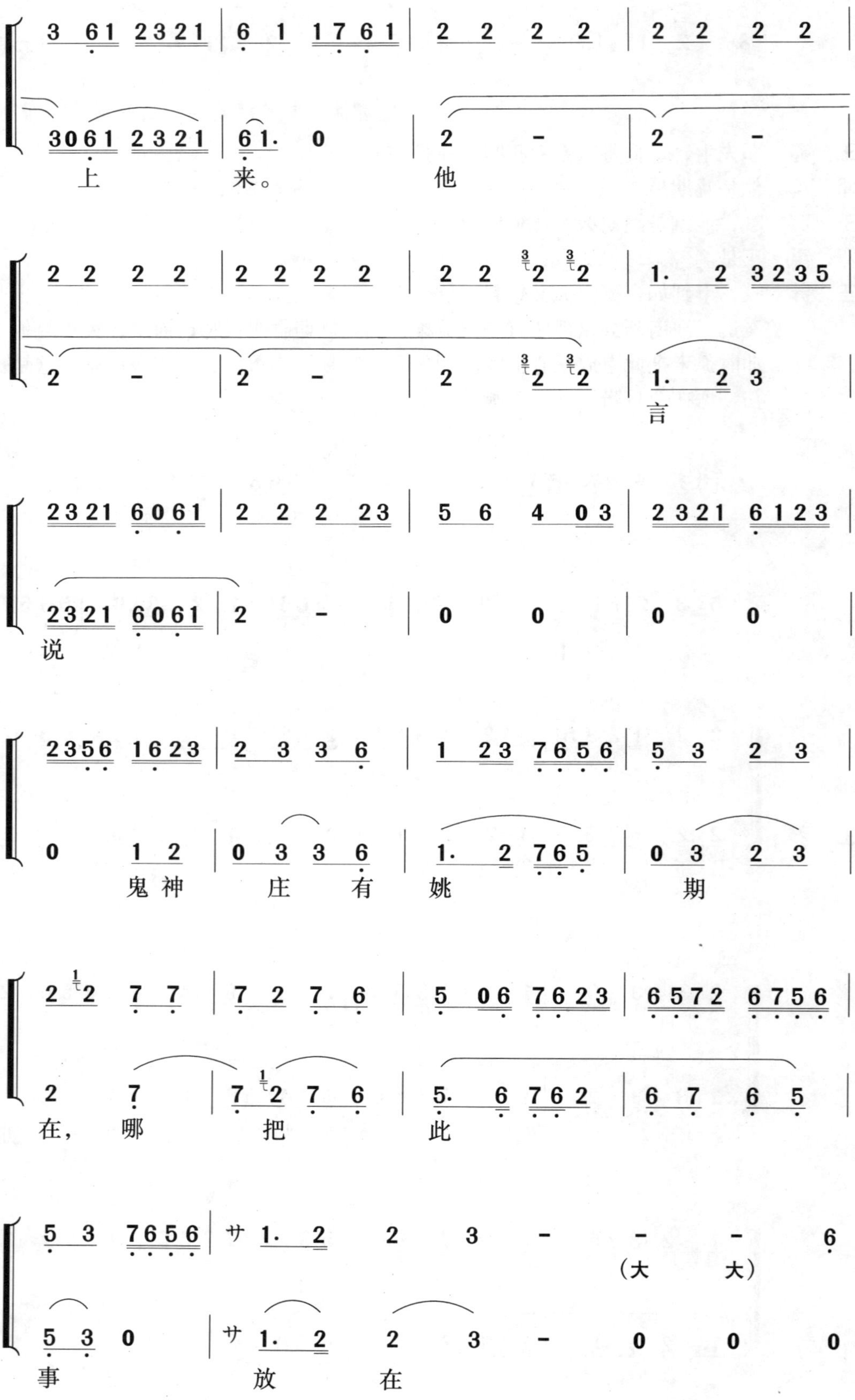
上 来。 他
言
说
鬼神 庄 有 姚 期
在，哪 把 此
（大 大）
事 放 在

3. 5 2317 6 1 - - 2 3 - 2 - 121 2 - -
3 20 6 1 - - 2 3 - 2 - 121 2 - 0
心 怀。（八 0 仓）

「马武撕扎作“虎食声”“嗯……！”

〔亮弦〕（5 6 1 2 -）

〔二黄散板〕

王 莽 【大锣凤点头】サ（3 2 - 2. 1 6 - 5 -）1 3 2 2 -
见 一 将

1 3 2 6 3 2. 1 1 2 1 ）0（
怒 冲 冲 坐 在 台 外，（白：“邓先生！”）

【大锣凤点头】（5 3 2 - 2. 1 6 5 -）2 1 2 3
这 员 将 他

1 1 2 3 - 6 3 2. 1 161 2 -
是 谁 对 孤 说 来。

邓 禹 他就是湖阳的马武！【撕边一击】

王 莽 哦！怎么，他就是湖阳的马武？【撕边一击】

马 武 嗳！俺不是湖阳马武，俺是五殿阎君，特来【一击】拿你！【撕边一击】

王 莽 哎呀不不……不好！（惊恐，抖左袖）

【扑灯蛾】听说马武到，叫孤心内焦。汉将俱在此，哀告把命饶。【叫头】列位将军哪！【大锣五击】今日有汉家臣子，也有我王莽的故交，我有一言，列位将军容我告（哇）禀：【大锣住头】当年，毒死平帝老王，实非我王莽之过，俱是那徐世英与苏献定的诡计。如今你等重整汉室，正合我意。望列位将军，开一线天高地厚之恩，放我一条生路，容我在这蟒台，看经念佛。话已讲完，不知列位将军意下如何？

「【撕边一击】王莽拭泪。

「邓禹“背供”：示意岑彭、邳彤。【冲头】邓禹、岑彭、邳彤出门，“下场门”下。王莽静观一切，顿时神气起来。【撕边一击】

王 莽 啊！我乃皇亲国戚，看你们谁敢拿我！

马 武 （捺髯口）【叫头】姚皇兄！他们俱受过老贼的俸禄，不肯下手，你我将老贼扯下蟒台！

姚 期 扯下蟒台！

「【急急风】马武扯王莽左手，姚期扯王莽右手，架下蟒台，出门，【夹馀馀】三人一排“顺风旗”同“蹉步”，“下场门”下。

第八场

〔场上一堂桌，“小座”。【快长锤】四军士上“站门”，刘秀上。

〔西皮摇板〕

刘秀 【凤点头】(过门同前) 3 6 5 5 7 6 - 6 5 6 7 - 6 6 -
将身且坐宝帐上，

【闪锤】(过门同前) 3 6 5 5 3 i 6 - 5 6 5 3 3 5 -
(进门入座) 等候众将问端详。

〔【大锣长尖】刘秀坐“小座”。邓禹、邳彤、岑彭“上场门”上，进门站“一字”。

邓禹 王莽押到。(邳彤站“大边”外，岑彭站“小边”里)

刘秀 押进帐来！(邓禹转身站台中，右手指右前方)

邓禹 押进帐来！

〔【快长锤】马武、姚期押王莽“上场门”上，马武站“大边”外首，姚期站“小边”，王莽手托玉玺上，站“小边”台口。

〔西皮摇板〕

王莽 (过门同前) 2 1 2 2 3 1 2 6 2 1 3 2 3
马子张与孤王仇如山海，皆

2 1 1 1 3 2 1 6 2 1 2 2 1 - 【大锣住头】
因是武科场他恼恨心(呐)怀。

〔王莽“挖门”站“大边”，一望刘秀，【撕边一击】“背供”。

呜呼呀！几载未见，他倒长成人了。哎呀御外甥哪！【大锣五击】这是你家传国玉玺，来、来、来！原物交还。(双手把玉玺递给刘秀) 你只当我是一条看户之犬，放我一条老命哪！【撕边一击】(拭泪)

〔刘秀拭泪，马武见刘秀状，急弹髯。

马武 【叫头】主公！【大锣五击】今日拿王莽，明日拿王莽，今日拿住了老贼，因何不杀？为何不斩？【大锣一击】

刘秀 小王与他乃是皇亲国戚呀！

马武 【叫头】主公！【大锣五击】想当年，松棚会上，药酒毒死平帝老王，杀了刘氏宗亲四百余口，他，怎么就不念皇亲国戚呢？【大锣一击】

刘秀 这个……啊先生，前面乃是什么所在？

邓禹 云台观。

刘秀 好，将王莽押往云台观典刑正法！

〔(八大仓) 王莽无奈双摊手。【回头】接【原场】马武、姚期押王莽“下场门”下。

邓禹
邳彤 (同) 臣等讨祭。
岑彭

刘 秀 那王莽乃是皇亲国戚，正法之前，小王也要祭他一祭。摆驾云台观去者！

〔【大锣原场】四蓝兵士“插门”引邳彤、岑彭、邓禹、刘秀出门，“下场门”下。

第九场

〔王莽内唱〔导板〕如下：

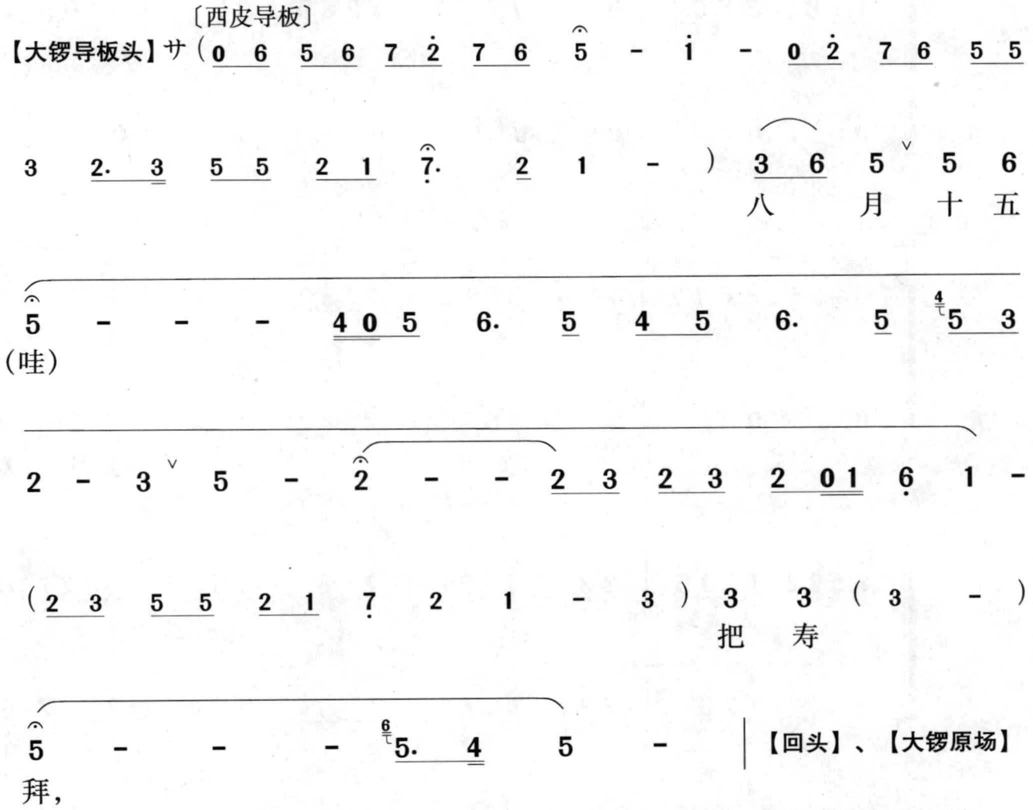

〔姚期、马武押王莽上，“小站门”。在“九龙口”马武、姚期“欺”向王莽。

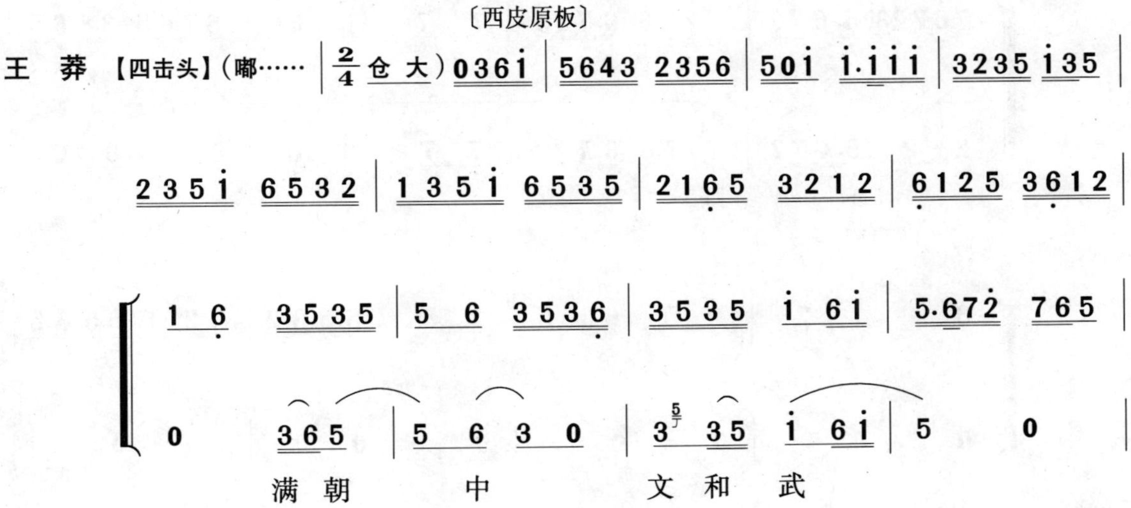

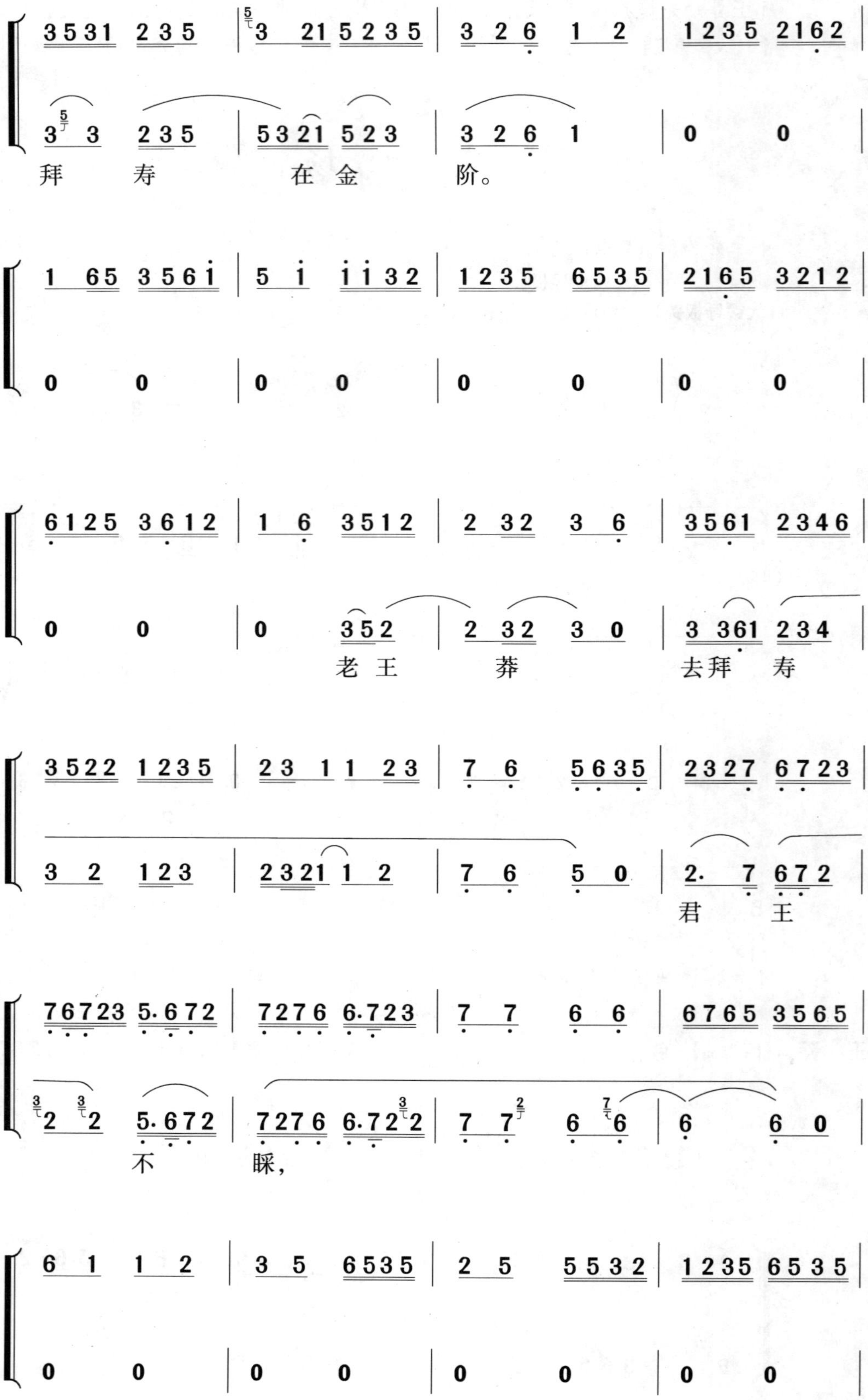
拜 寿 在金 阶。
老王 莽 去拜 寿
君 王
不 睬，

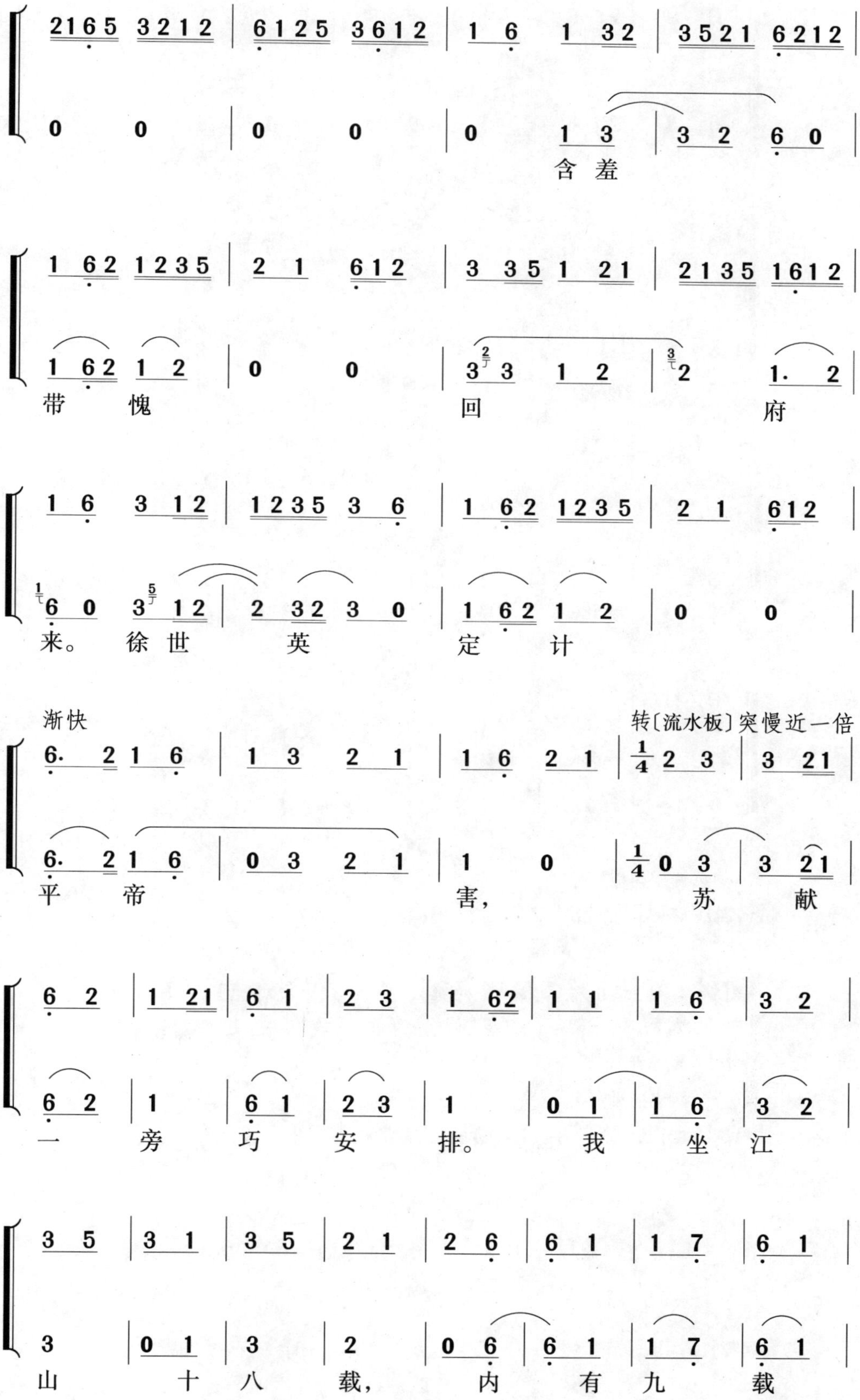
含羞
带愧回府
来。徐世英定计
渐快
转〔流水板〕突慢近一倍
平帝害，苏献
一旁巧安排。我坐江
山十八载，内有九载

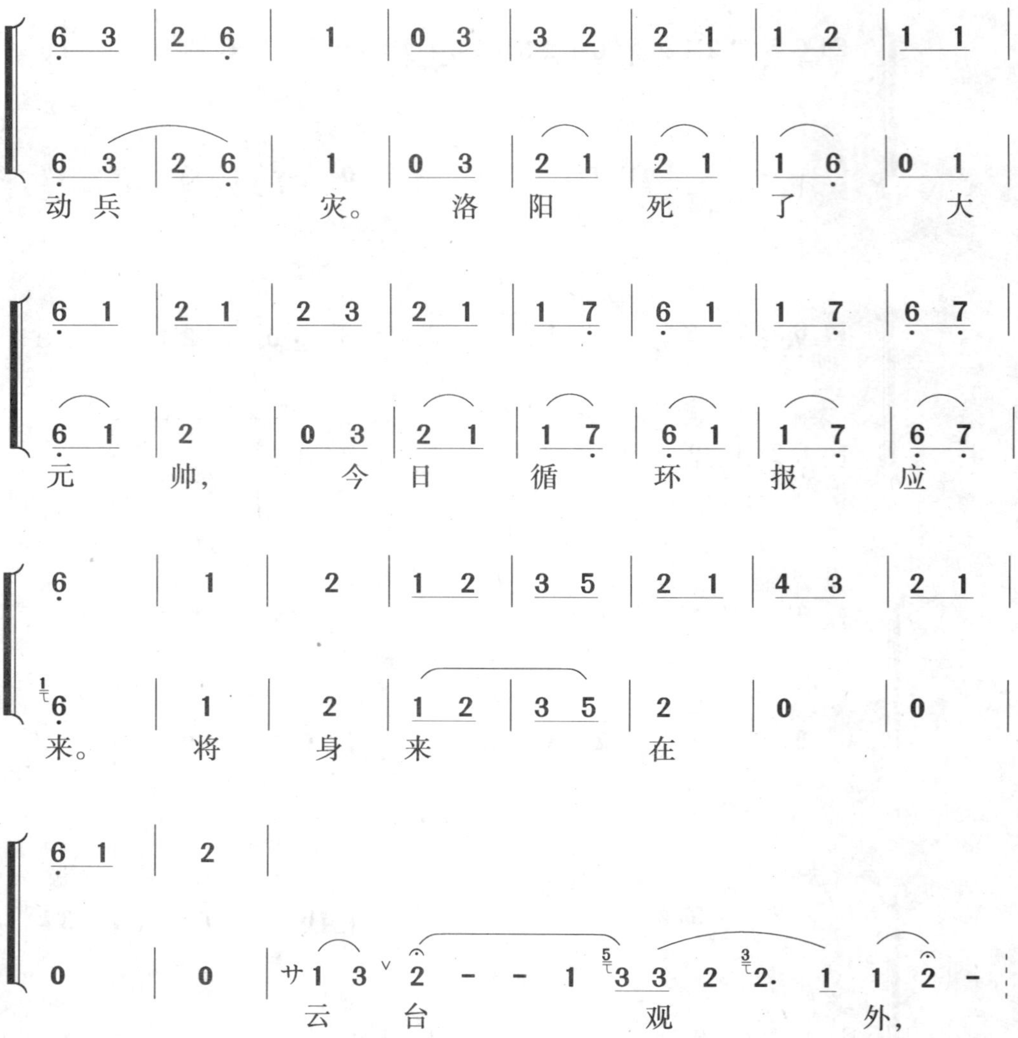

〔西皮摇板〕

【闪锤】(过门同前)3 2 1 1 3 2 2· 1 1 2 - 1 1 - 1 6 1 - ‖

这是我谋朝篡位的大不该。

〔**【快长锤】**王莽站“大边”台口，姚期、马武移至王莽身后站“小八字”。四军士托盘酒壶、酒杯站“一条鞭”，邓禹、岑彭、邳彤、刘秀上，站“小边”。锣住。

刘　秀　酒来！（一军士递酒杯）

〔西皮摇板〕

【闪锤】(过门同前) 3 6 5 7 6 7 6 6 3 5 6 -（6 5 | 3 5 |

将身来在云台观外，

6 5 | 3 2 | 1 1 ）3 6 5 5 3 1̇ 6 5 6 5 3 5 -

只见王莽绑法台。

【闪锤】(过门同前) 3 6 5 5 7 6 7 6 3 5 6（6 5 |

舅父饮（呐）了怀中酒，

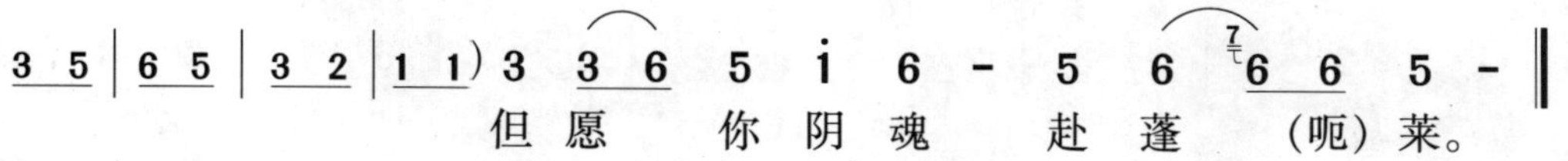

〔【闪锤】王莽接酒杯洒酒，一军士接杯。

〔西皮流水〕

王 莽 （过门同前）

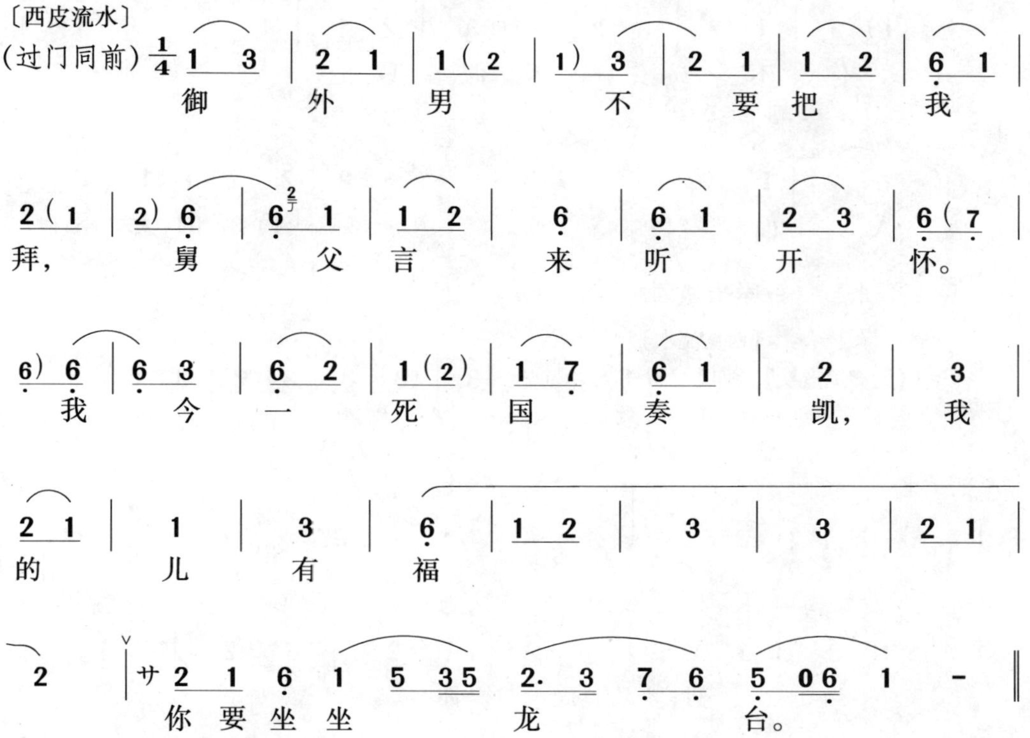

邓 禹 酒来！（一军士递酒杯）

〔西皮流水〕

【大锣凤点头】（过门同前）

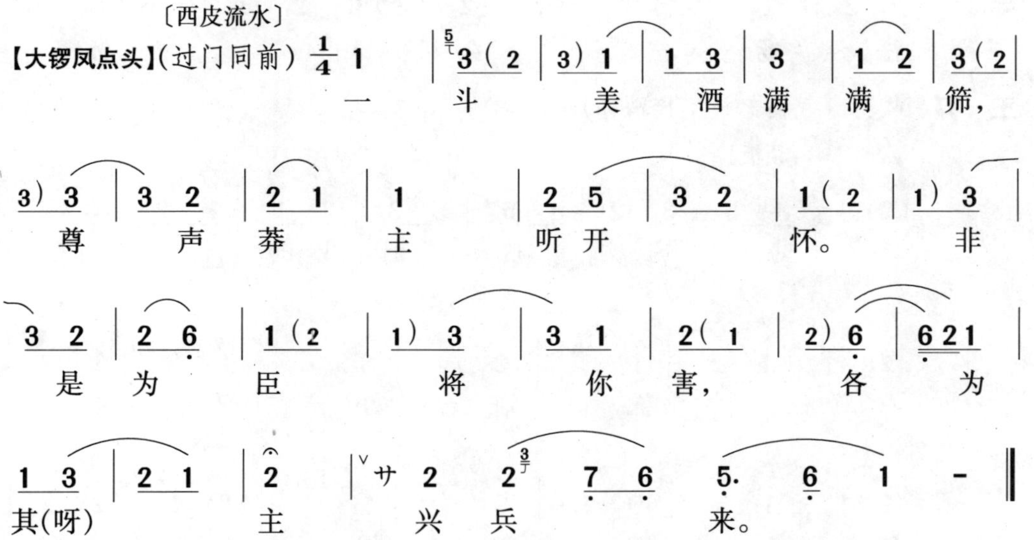

〔【闪锤】王莽接邓禹酒杯，洒酒递还一军士。

〔西皮流水〕

王 莽 （过门同前）

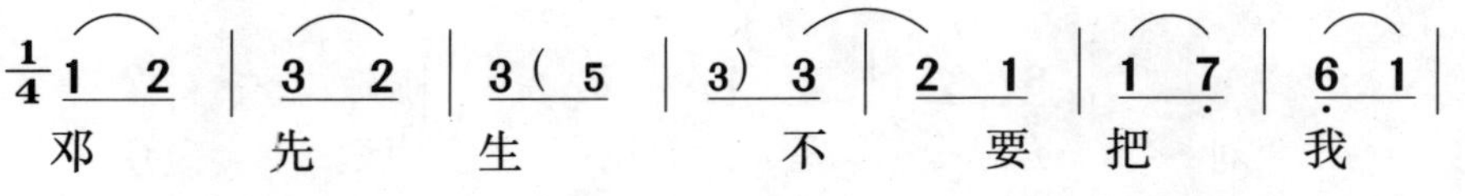

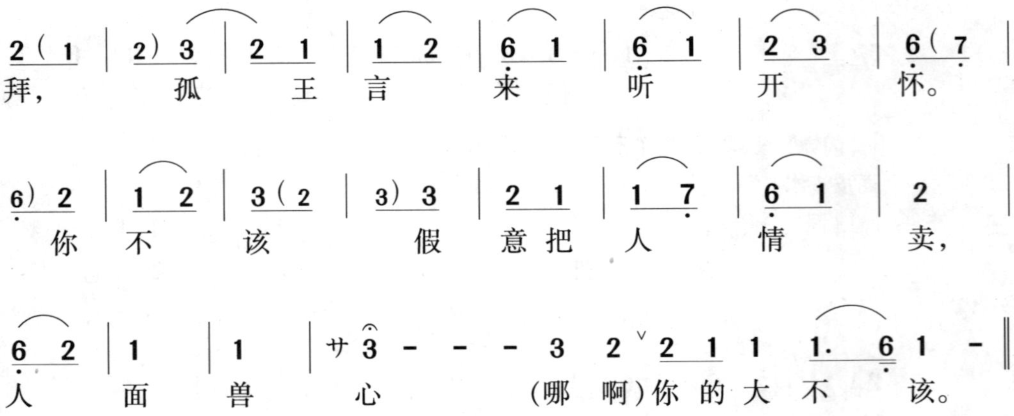

岑　彭　酒来！（一军士递酒杯）

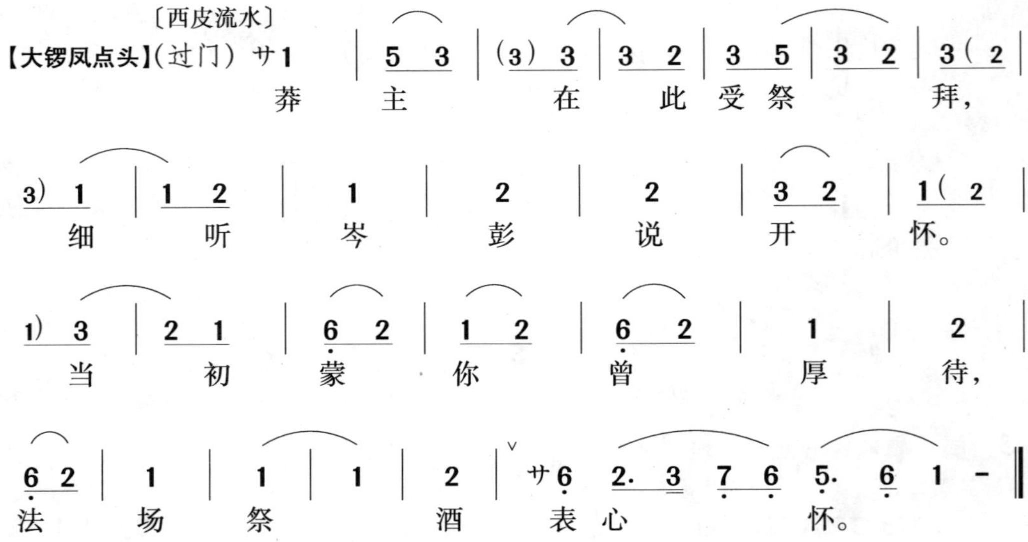

王　莽　唉！（气恼怒视不接酒杯）

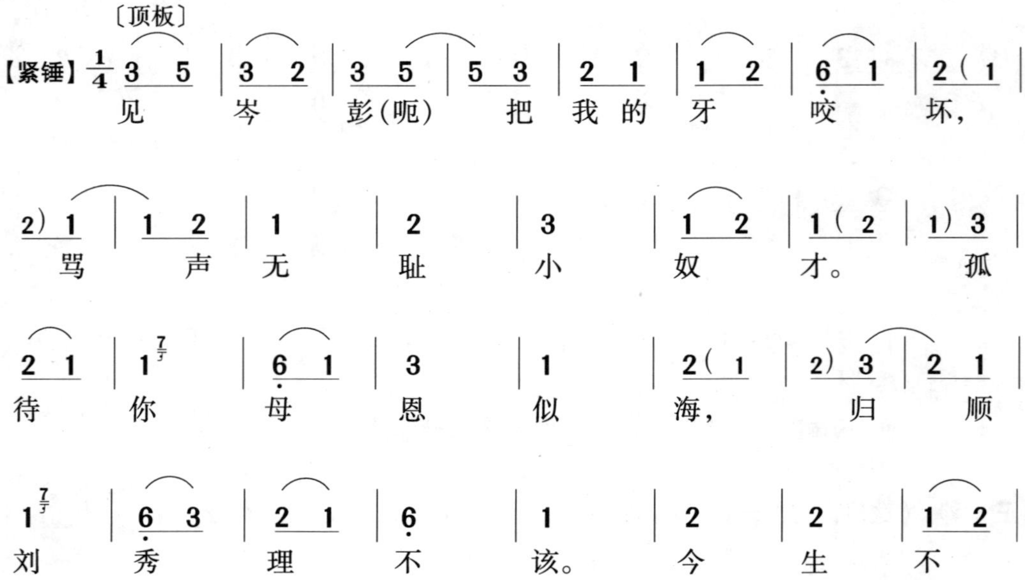

3 5 | 2 1 | 6 1 | 2 | 2 | 1 2 | 3 5 | 2 1 |
能够 把 仇 解， 只 恐 儿 小

6 1 | 2 | サ（大 大）4 353 0 2 1 - -. 2
畜 生 死无 处葬

（右手指岑彭）

3 5 3 2 - - - 2 2. 1 6 1 1 - - ‖
（呃）埋。

邳 彤 酒来！（一军士递杯）

〔西皮快板〕

【闪锤】（过门同前）6 1 | 6（7 | 6）6 | 6 1 | 3 | 1 | 2（1 |
人 来 将 酒 满 满 筛，

2）6 | 7 6 | 3 | 6 2 | 1 | 2 | 6（7 |
莽 主 听 我 说 开 怀。

6）6 | 3 2 | 2 1 | 6 2 | 1 2 | 3 | 2 |
为 臣 降 汉 你 休 怪，

1 2 | 3 | 3 | 2 1 | 2 | サ 2 1 2 1 - ‖
复 兴 汉 室 理 应 该。

［【闪锤】王莽接酒，洒酒，递杯。

〔西皮流水〕

王 莽 （过门同前）3 | 6（7 | 6）3 | 2 1 | 1 | 3 | 2（1 |
孤 王 一 见 邳 天 采，

2）1 | 6 | 3 | 2 1 | 6 1 | 2 3 | 6（7 | 6）3 |
不 由 心 痛 又 悲 哀。 洛

2 | 2 1 | 6（7 | 6）1 | 6 1 | 2（1 | 2）3 | 2 1 |
阳 死 了 大 元 帅， 你 就 该

1 2 | 2 3 | 1 2 | 6（7 | 6）6 | 6 3 | 6 1 | 6 |
进 京 报 信 来。 你 今 扶 保

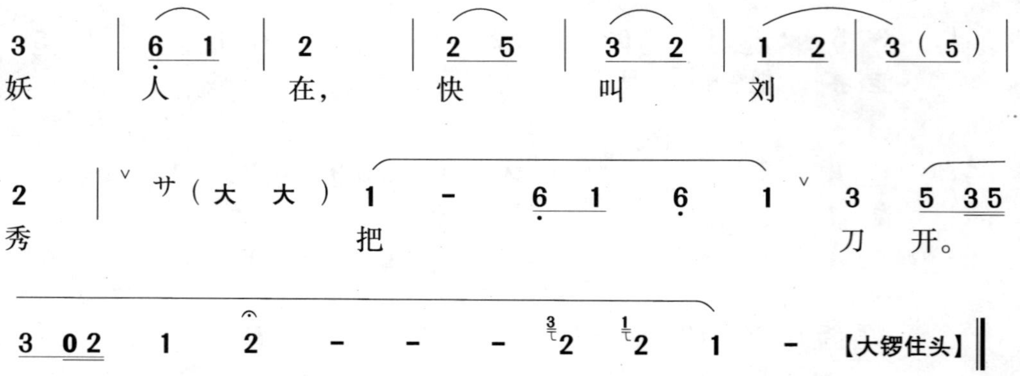

刘　秀　姚期、马武听令！

姚　期
马　武　（同）在！【大锣一击】

刘　秀　将王莽押下开刀！

〔（八大仓）王莽双垂袖，环视众人“叨袖”转身，向“下场门”，【大锣原场】姚期、马武押王莽下。原“上场门”“一条鞭”的四蓝军士的后二人与邓禹由“小边”调往“大边”，刘秀居中，岑彭、邳彤“小边”，形成“站门”。（冬冬仓、冬冬仓、冬仓）【大锣长尖】姚期、马武“下场门”举宝剑上，进门向刘秀。

姚　期
马　武　（同）斩首已毕！（归“小边”最外侧。宝剑入鞘）

刘　秀　宫中备酒，与众卿贺功！

〔唢呐吹奏<尾声>中全体扯斜成“斜胡同”队形，刘秀、邓禹、岑彭、邳彤并排，姚期、马武并排，四蓝军士两人一排，顺序从“下场门”下。

——剧　终

马崇仁 **口述** 常保全 **整理** 李祖铭 **记谱**

清官册

马连良 周和桐演出本

《清官册》故事出自《杨家将演义》。宋太宗时，大将杨继业的七子延嗣在擂台上将国丈潘洪之子潘豹打死，两家结仇。潘洪为报私仇，下书辽邦入侵宋土，自己讨下帅印，假意抗辽，单点杨继业为先行。潘令继业率六郎、七郎出兵交战，虽胜，却不准继业父子回营，因而被困在两狼山。七郎延嗣奉命去大营搬兵求救，潘洪趁机将其灌醉，用乱箭射死。在两狼山受困的宋军，内无粮草，外无救兵，人马冻饿，不能御敌，继业碰死在李陵碑下殉国。当其时，只有六郎延昭一人突围，回至东京告下御状，才将潘洪解至京城受审。八贤王翻查清官名册，选中了廉洁正直、不畏权贵的霞谷县县令寇准。寇准进京受命后，尚未开审，后宫潘娘娘就命太监送来厚礼，强令寇准收下，企图庇护其父。寇准携赃礼去南清宫八贤王府以明心志。八贤王敬其刚正，赠以御马，并亲自带马坠镫。寇准回衙后，开始审问潘洪，五刑用遍，潘洪始终不招。遂二去南清宫，建议将潘洪用酒灌醉，借南清宫假作阴曹地府，使其招供。果然，潘洪醉后，怀疑自己真到了阴间，为求还阳，供认了卖国求荣、陷害杨家的罪行。

《清官册》是从清乾隆年间王廷章编的大型宫廷戏《昭代箫韶》改编为京剧的，又名《审潘洪》、《霞谷县》、《升官图》。它以老生、花脸为主，唱念并重，流传广泛，很多流派艺人都经常演出，杨宝森、奚啸伯经常与《李陵碑》连演，总名《杨家将》；马连良则只单演《清官册》。

京剧中很多剧目都把表现人物的心理活动的唱念放在黑夜五个更次来表达，一般称为“叹五更”，形式多种多样。《文昭关》、《乌龙院》、《捉放宿店》、《断臂说书》以及《闹府》，都有不同表演手段和层次。《清官册》则是一人独唱五段来表述寇准的心情。寇准独坐馆驿内不是心神不定，而是猜疑：宦海沉浮，风云变幻，猜不透金牌调自己所为何来，但扪心自问，为官清正，也就坦然了。表达这种心情，各流派的唱词和板式的处理上都有不同。言派到五更上金殿见君时转唱〔摇板〕来表达寇准坦然处之的态度，这种表现方法难度大，没有流传下来。马、杨、奚都是〔原板〕到底。马连良早年唱〔三眼〕的第一句是“一更一点月正明”，不使长腔；晚年改唱“一轮明月照窗棂”，用大腔，在灵巧流畅中见出寇准的沉稳，仅把传统唱腔改动了一个音符，就形成马派圆润动听的特有旋律。“心问口口问心暗自思忖”一句走低腔，使人感到，此时此刻寇准心情相当沉重，琢磨不透金牌来调是怎么回事。随后想到自己到霞谷县兢兢业业，勤政爱民，情绪渐渐地稳定下来。到四更更衣后，让家院回衙报信。这段唱俏丽动听，干净利落，让人感到不是一般报平安的敷衍，而是很自信自己的为人。接着上朝，马派这段唱词改动较大，删去了朝官嘲笑的六句唱词，更加集中地表现出寇准的从容不迫的高大形象。老本有寇准见君的场面，皇帝幕后“搭架子”。马派、杨派都改为暗场处理，把最后一句〔散板〕删去，八贤王上，接唱下句。从文学角度也好，从戏曲角度也好，都显得更加精练。

《清官册》既是一出唱念并重的戏，就不能不提及这出戏的大段念白。京剧中老生以念白吃重的戏很多，像《十道本》、《断臂说书》、《审头刺汤》等都有大段的白口，但这些戏或在语言之间有其他角色的夹议，或在段落之间夹有其他角色的唱念。这样，就有了间歇喘息的机会。唯《清官册》的这段七百多字的念，要一气呵成。马连良这段念，真是举重若轻，流利畅快是其表，声情并茂是其本。念白中间又有锣鼓渲染着气氛，并且分出段落、层次。开始，语气平静缓和，道出潘杨两家矛盾的发展。随后，叙述潘洪挂帅后公报私仇，用简明的语言讲清了其对杨继业的刁难和除去杨家保官呼延老将军所用的计谋。这段念比前面稍快一些，在情绪上露出了寇准的愤愤不平。随后两节是这段白口的“核儿”，寇准以激昂的情绪说明了杨继业被迫害致死的过程。念白节奏疏密相间，语调错落有致，听来铿锵有力，宛如敲金嘎玉。最后一节道出寇准对潘洪审判的结论，“想你为臣不能尽忠……”一段贯口，念到“卖国的”戛然止住，给了一锣，再用拖腔念出“奸贼”两字，充分表达出人物悲壮严肃、辞严色厉的神态和慷慨激昂、义愤填膺的强烈情感。马派的这段念就是一段没有乐谱的唱段，真是字字珠玑，声声入耳，感人至深。

《清官册》虽然是一出老生安工戏，决不能忽略它的做表。有几处按剧情发展设计的身段可称神来之笔：八贤王亲自牵马时，寇准在下场门处转身袍襟一涮，双手提着袍襟，蹉步到台口跪在八贤王面前，受宠惊愕的神态表露无遗；离开八贤王府时一笑，后又被太监呵斥，寇准怀抱马鞭斜身抬右腿亮相，“哦！”一声，用手将嘴一捂，充分表现出一副既得意忘形，又自愧失态的神情；当马牌报潘洪气闭时，寇准出座，用趋步、双手抖髯、翻袖、搓手等身段组合在一起，生动地表现出寇准的惊骇。马派的这些做派自然、漂亮、舒展、大方，紧紧贴着人物思想感情发展，既感染了观众的情绪，又给观众以美的享受。

哈鸿儒

人物行当

寇　准	老生	春　香	旦
潘　洪	净	秋　香	旦
八贤王	老生	院　子	生
夫　人	青衣	丫　环	旦
马　牌	丑	大太监	生
张　洪	净	大太监	丑
驿丞官	丑	二班头	丑
禁　卒	丑	四青袍	杂

服装扮相

寇　准　俊扮。

1.纱帽、黑三，蓝官衣，香色彩裤，厚底靴。

2.黑高方巾，宝蓝褶子，紫色绦子。（第二场更衣换此扮相）

3.纱帽，红官衣。（第四场换此扮相）

潘　洪　勾白粉末脸。相巾、白满，古铜色褶子，大腰包，青彩裤，厚底靴。

八贤王　俊扮。金大镫、黑三，绿蟒，红彩裤，厚底靴。

夫　人　点翠头面，蓝帔，花边腰包，衬褶子，彩鞋。

马　牌　梢子帽，蓝布箭衣、大带，青彩裤，薄底鞋。

张　洪　元宝脸。大板巾、额子、黑扎、耳毛，紫花箭衣、黑马褂，红彩裤，黄大带，厚底靴。

驿丞官　勾小花脸。圆纱帽、丑三，青褶子，青彩裤，朝方。

禁　卒　蓝毡帽头，茶衣腰包，青彩裤，布袜子、方口皂鞋。

春　香、秋　香　大头，花褶子，素裙子，彩鞋。

院　子　黑硬罗帽、黑三，海青褶子、大带，青彩裤，厚底靴。

丫　环　大头，花裤子袄、小坎肩，彩鞋，拿手绢。

大太监　大太监帽，大太监衣，红彩裤，厚底靴。（生）

大太监　大太监帽，大太监衣，青彩裤，朝方。（丑）

二班头　皂吏帽，布箭衣、大带，黑彩裤，薄底鞋。

四青袍　红辣椒帽，青褶子，青彩裤，薄底鞋。

道具

茶碗	一个	状纸	两张
金牌	一面	云帚	二根
蜡灯	一盏	手杻	一副
包袱	一个	牙笏	一个
圣旨	一面	夹棍	一副
酒壶	一个	酒杯	一个
酒盘	一个	堂板	一副
杂色蓬头	七个	小鬼脸子	七个
阎王脸子	一个	文房四宝	一份
判官脸子	一个	普通马鞭	四根
桌、椅	若干		
高台架小帐子	一份		
手本	一个（代表礼单）		
签筒子	一个（内装签子数根）		
彩锏	一根（锏上系红绸，扎彩球）		
御马鞭	一根（马鞭上系黄绸子，扎彩球）		
红铁链	一副（单刀上挂链子，放在盘上用）		

第　一　场

「二幕外。

「张洪内白："马来！"【大锣水底鱼】"上场门"上至台口中。

张　洪　（念）人行千里路，

　　　　马过万重山。【大锣住头】

某，【大锣一击】金牌官张洪。【大锣住头】

奉了圣上旨意，去往霞谷县，提调寇准连日连夜进京，就此马上加鞭。

【大锣水底鱼】（"下场门"下）

第　二　场

「【撤锣】幕启：摆正场公案桌，"大座"。

「【小锣打上】四青袍站门。寇准上至台口正中。

寇　准　（念）〔引子〕

为登皇榜进，（多多）百里（扎）

サ 1. 2 3 2 2 ³2 ³2 6̣ 7̣ ²7̣ ²7̣ ⁷6̣ - ‖

教　子　民。

【小锣归位】（归里，入座）

（诗）读书人志广才高，

　　中进士青史名标，

　　三杯御酒加封号，

　　被权臣一本参掉。

「【小锣住头】四青袍归里，院子"下场门"上站"大边"桌旁。

寇　准　（念）下官【小锣一击】寇准。【小锣一击】乃陕西下邽人氏。自幼进京求名，得中二甲进士。官居吏部主事，后被潘仁美一本参掉。多蒙八千岁保奏，才得廉外为官，蒙圣恩，职守霞谷县正堂。自到任所以来，君乐民顺，今当放告之期，来！

院　子　有。

寇　准　放告牌抬出。

院　子　是。（幕内喊："金牌下！"）【大锣一击】启爷，金牌下。

寇　准　香案接旨。

院　子　香案接旨。

「【大锣水底鱼】寇准出案桌，出门至"大边"台口。张洪"上场门"上至台口。

张　洪　金牌下，跪！

寇　准　万岁！【大锣一击】（跪下）

张　洪　金牌诏曰：提调寇准连日连夜进京。金牌如火速。

寇　准　既刻便登程。【冲头】（张洪“上场门”下。寇准起身进门，站台中）转堂。

院　子　转堂。

〔【大锣原场】四青袍两边分下。寇准出门，向“大边”台口走一半圆场，进门站台中。同时，闭二幕，撤公案，改“八字”。拉开二幕。

寇　准　后堂传话，请夫人出堂。（转身面向里）

院　子　是。（走至台中）后堂传话，有请夫人出堂。

〔丫环内白：“有请夫人出堂。”

〔【小锣打上】丫环“上场门”先上，至台口，夫人随丫环上、至“上场门”台口。

夫　人　（念）夫受皇家爵，

妻沾雨露恩。（夫人，丫环进门，寇准回身）

啊，老爷。

寇　准　夫人。【大锣原场】

请坐。

夫　人　有坐。

〔二人入座，寇准坐“大边”，夫人坐“小边”，院子“大边”，丫环“小边”。

夫　人　啊老爷。

寇　准　夫人。

夫　人　适才金牌到此，不知何故？

寇　准　调我连日连夜进京，不知为了何事？

夫　人　想是老爷为官清正，加官进爵。

寇　准　但愿如此啊！

夫　人　老爷何日启程？

寇　准　君命紧急，即刻启行。

夫　人　老爷请至后面更衣。

寇　准　（起身吩咐院子）看衣更换。【大锣五击头】（“下场门”下）

夫　人　家院过来。

院　子　有。

夫　人　你家老爷此番进京，命你跟随前去，一路之上须要小心。吩咐马牌备马伺候。

院　子　是（出门）马牌进见。

〔马牌内白：“啊哈！”【小锣五击头】“上场门”上。

马　牌　（念）忽听唤马牌，

急忙就前来。

二爷，什么事？

院　子　老爷进京，命你备马伺候。

马　牌　是啦！命我备马，误不了，我备马去。【小锣住头】（“上场门”下。院子进门归“大边”外站）

夫　人　丫环。

丫　环　有。

夫　人　看酒。

丫　环　是。

〔【长锤】丫环"上场门"下，拿酒再上。寇准换好宝蓝褶子，高方巾"下场门"上，仍站"大边"。

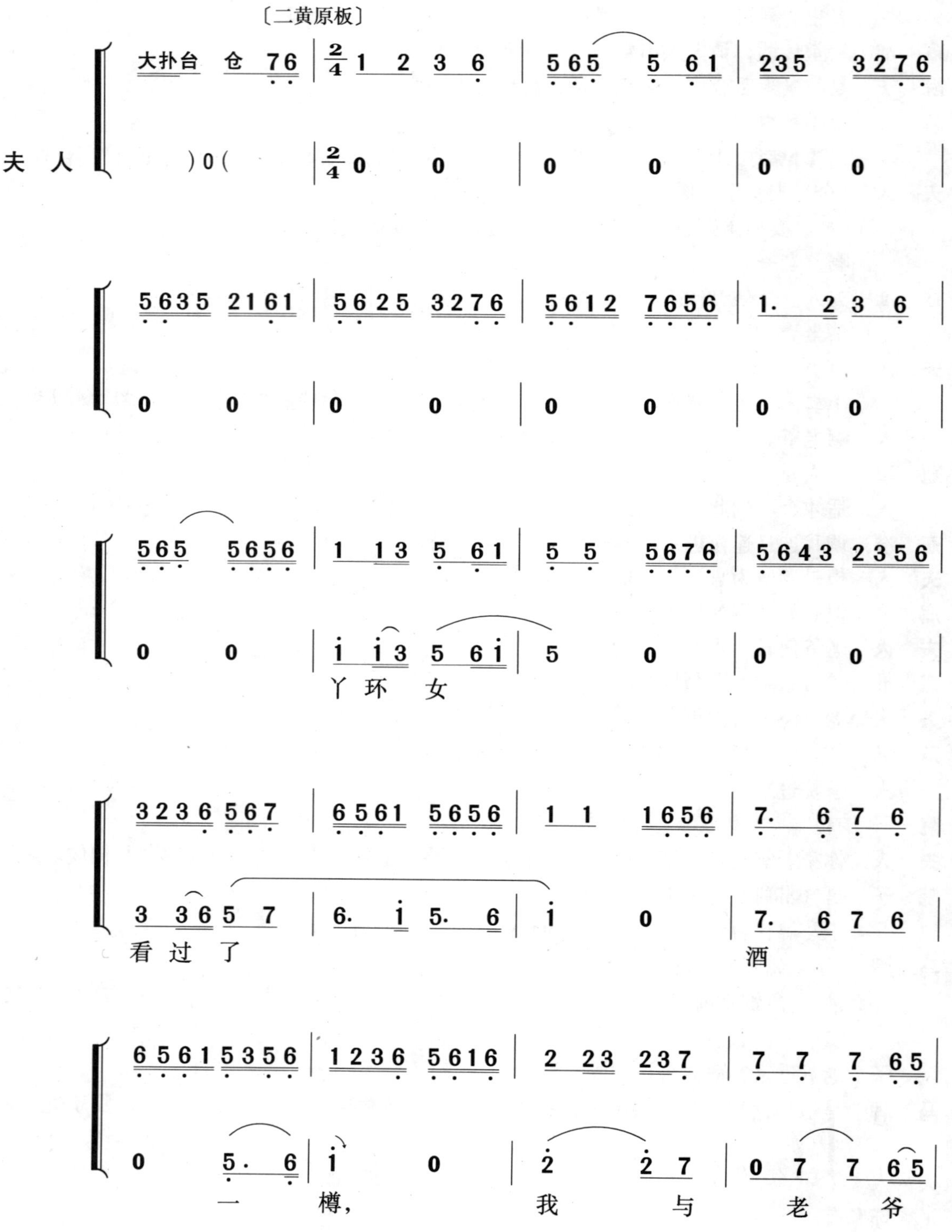

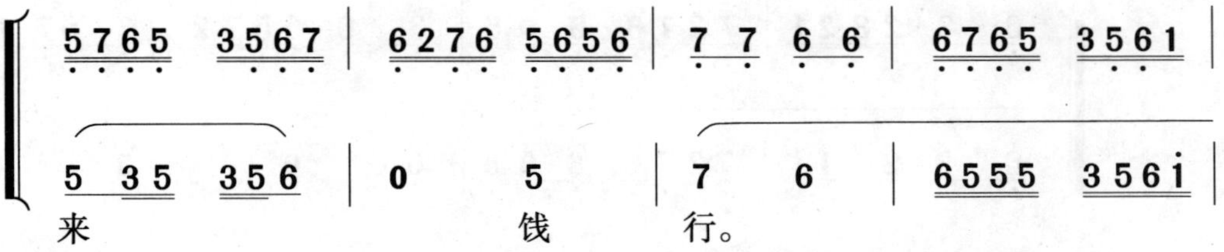

（寇准双手接酒杯）

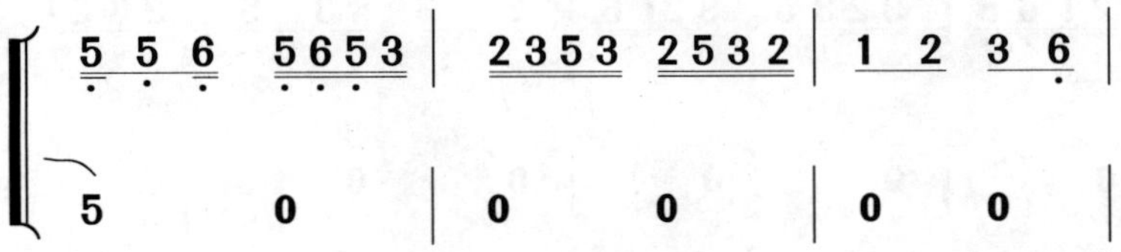

寇 准 有劳夫人了。

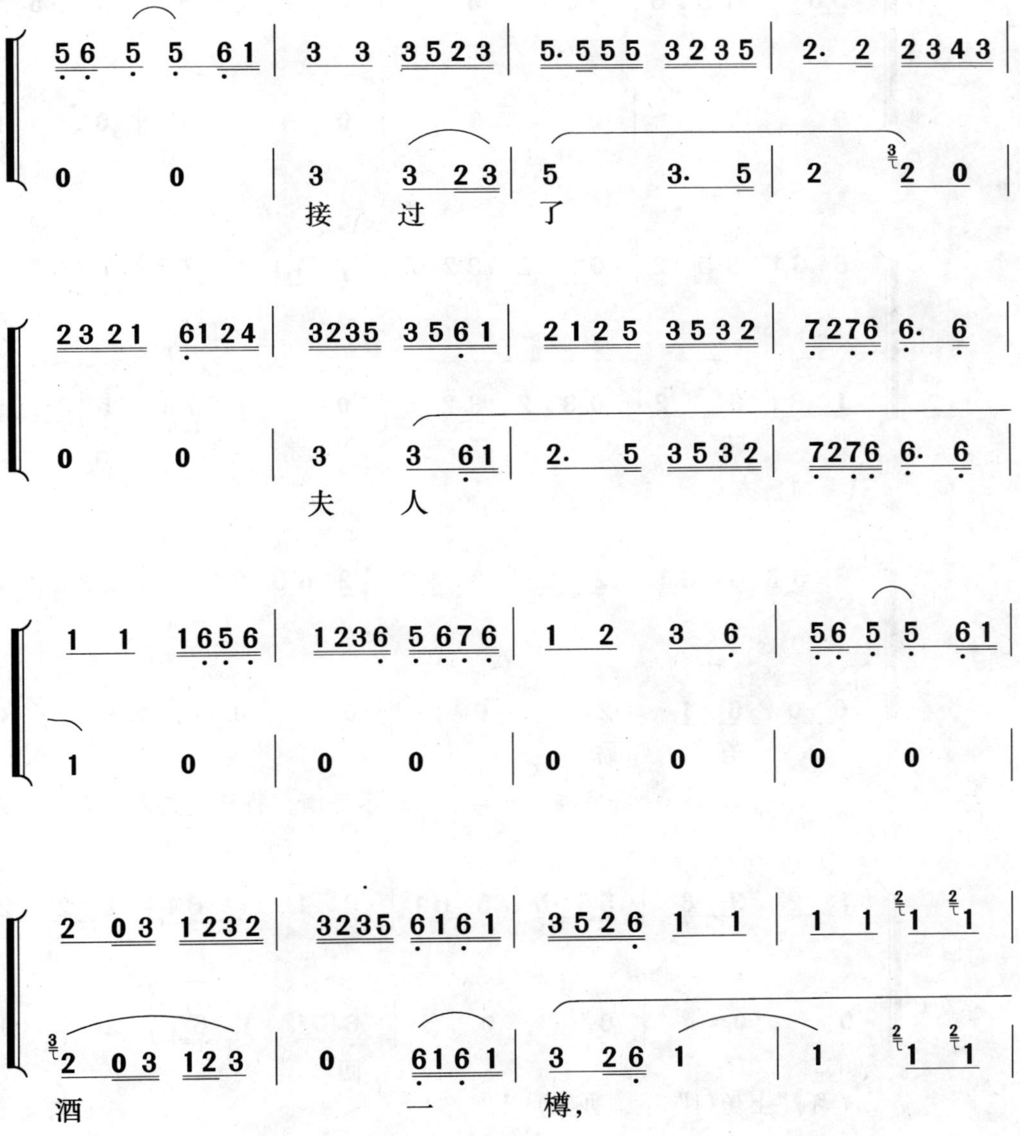

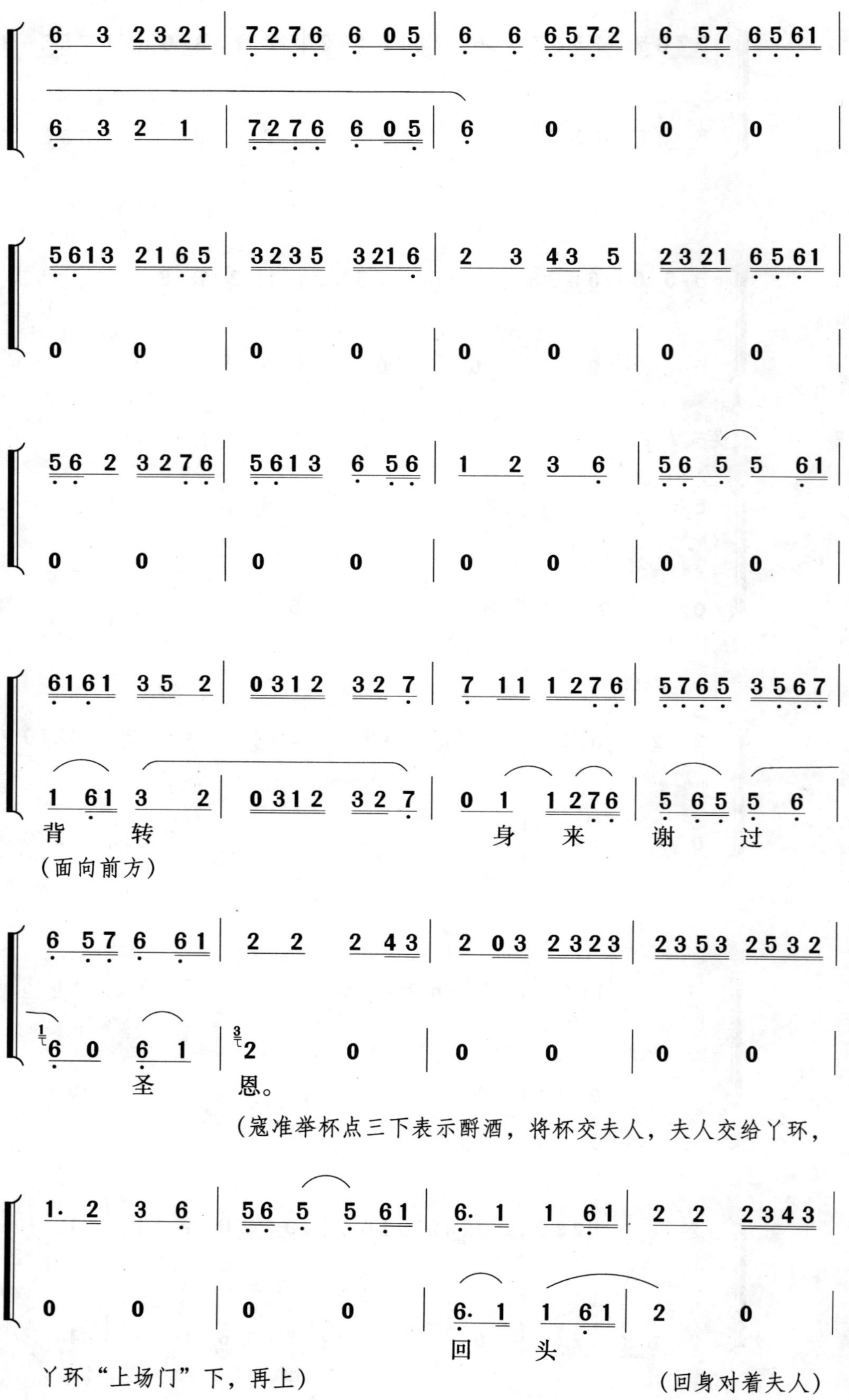
背 转
（面向前方）
身 来 谢 过
圣 恩。
（寇准举杯点三下表示酹酒，将杯交夫人，夫人交给丫环，
丫环“上场门”下，再上）
回 头
（回身对着夫人）

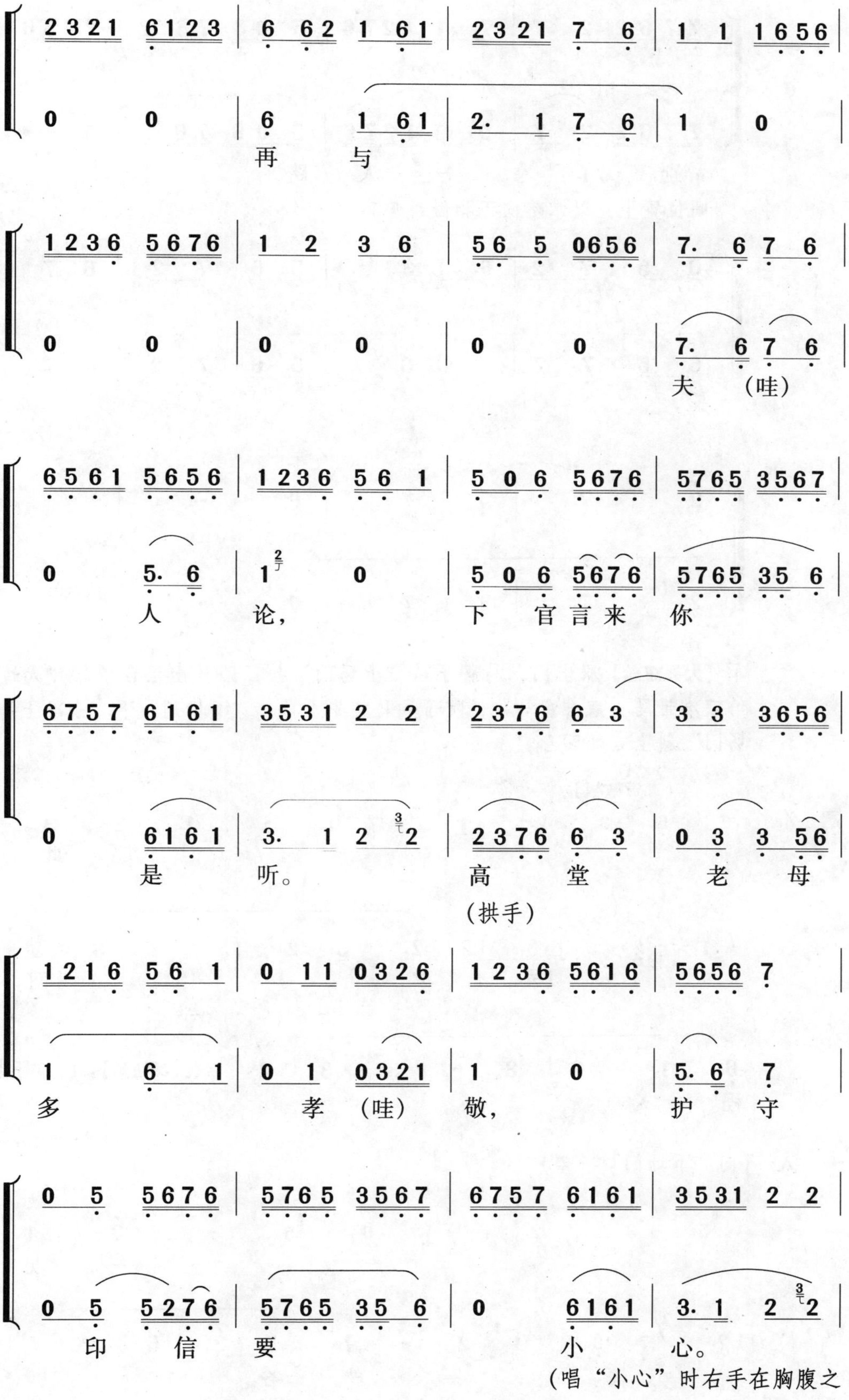
再 与
夫 (哇)
人 论，下 官言来 你
是 听。高 堂 老 母
(拱手)
多 孝 (哇) 敬，护 守
印 信 要 小 心。
(唱“小心”时右手在胸腹之

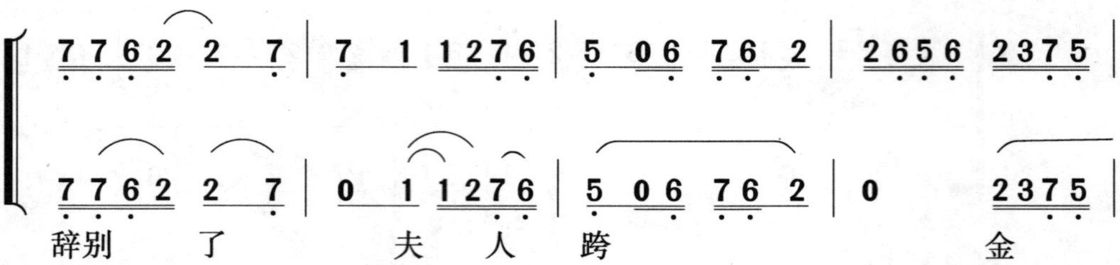

间位置上，以掌略向下扣做手势）

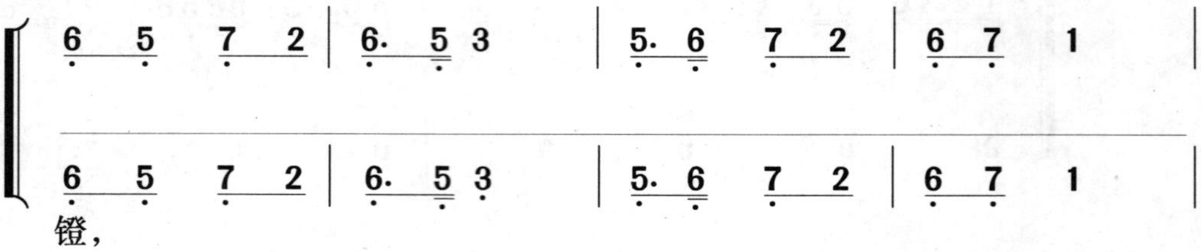

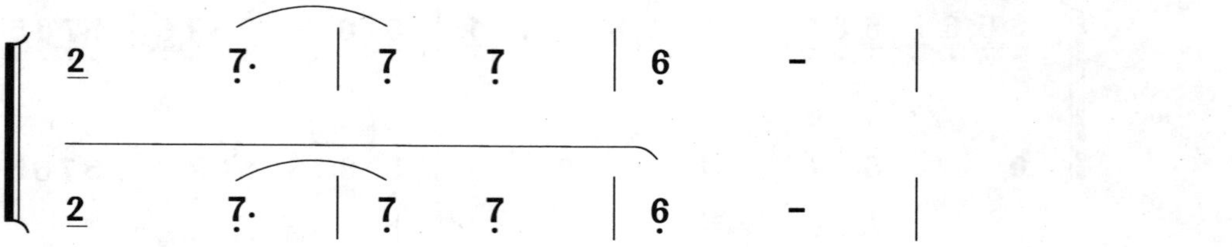

〔【大锣纽丝】双出门，马牌子从"上场门"拉三匹马上至台中靠"大边"一点，给寇准带马，寇准拿马鞭，院子和马牌先上马，"下场门"下。寇准上马走至"下场门"斜上方处回身。

寇　准

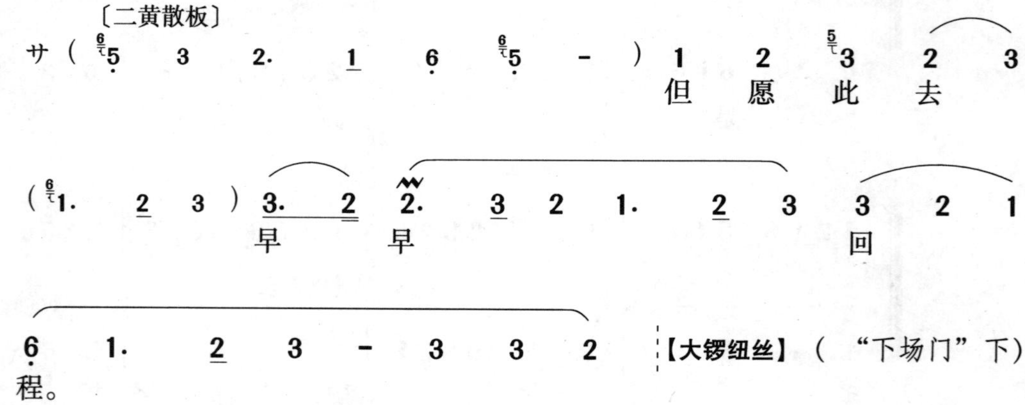

夫　人（向"下场门"一望）

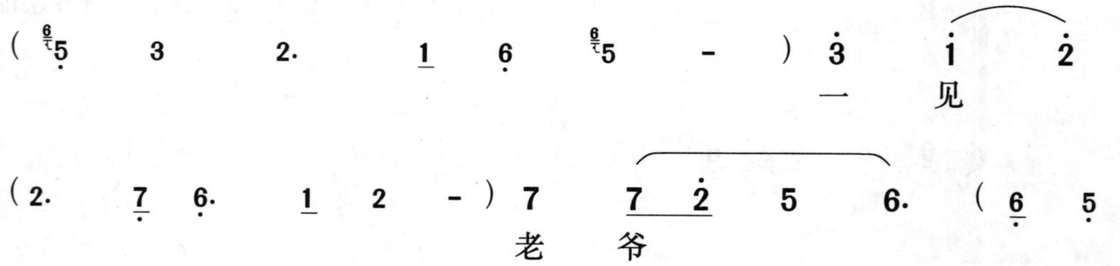

7 6 - ）i i. 2 5 6 i 6. i 2 2 i -
京都进，

【大锣纽丝】（5 3 2. 1 6 5 - ）5 5 6 7 7
（进门） 且在家中

（7. 6 5 6 7 - ）6. 5 3 7. 6 5
等信音。

6 - 6 5 - ‖【一锤锣】（“下场门”下，丫环随下，闭二幕）

第三场

〔幕启：正场“骑马”桌、“八字”椅。

〔【大锣纽丝】马牌、院子、寇准骑马“上场门”上，至台前绕小圆场，边走边唱。

〔二黄散板〕

寇准 （2 2 3 2. 1 6 5 - ）3 2 -
一路上

3 2 1 6 3 2 1 2 1 （6 7 6 1 - ）
观不尽遍处野景，

6 6 2 1 1 1 2 3 （1. 2 3 - ）
不觉得日坠西

6. 2 1 6 1 2 - ‖
来到帝京。

〔驿丞随寇准唱的末句“下场门”上，出门。

驿丞 迎接老爷！（【大锣原场】三人下马）老爷请进。

〔马牌接马下。寇准、院子、驿丞进门。寇准掸尘归“大边”入坐，院子站“小边”，驿丞站“大边”，马牌再上站“上场门”台口处。

驿丞 参见老爷。

寇　准　罢了。
驿　丞　老爷用些什么？
寇　准　前途用过。明灯一盏，吩咐人役，勤打更鼓。
驿　丞　是。（出门向“下场门”边走边念）
人役们！（幕内应：“有。”）明灯一盏，勤打更鼓。（幕内应：“啊。”【小锣住头】驿丞“下场门”下，拿灯再上进门，将灯放置桌上，站“大边”靠外）
马　牌　唉，这怎么没人管啦。哎，有人没有？出来一个。
驿　丞　是谁这么说话呢？我出门瞧瞧去。（出门）我说你是干什么的？
马　牌　干什么的？你不知道我是干什么的？
驿　丞　不知道。
马　牌　我说说，你听听。
驿　丞　你说说。
马　牌　太爷是四进士出身，翰林院的编修，上书房行走，协理国政，现任霞谷县正堂的这么一个……
驿　丞　什么呀？
马　牌　唉，马牌子！
驿　丞　噢，闹了半天，你是一个马牌子呀！
马　牌　对喽。
驿　丞　你也不打听打听我是谁？
马　牌　吆，你是谁呀？
驿　丞　我是这儿的驿丞官，专管你们这马牌子。
马　牌　谁说不是呢！
驿　丞　来呀！拿张纸，把他给我捏出去！
马　牌　得啦，我不知道哇？
驿　丞　混帐！
马　牌　老爷。
驿　丞　杂种！
马　牌　老爷。
驿　丞　不是东西！
马　牌　老爷。
驿　丞　谁是你爸爸？
马　牌　我不知道谁是你爸爸！（边念边退“上场门”下）
〔驿丞从“下场门”下。
寇　准　家院。
院　子　有。
寇　准　四更时分，看你老爷官带伺候。
院　子　是。
〔院子出门“上场门”下。起头更。
寇　准　（随着**大大大大大大乙台**左右两望）
咳！想我寇准，自为官以来，一不欺君，二不虐民，无故金牌调我，不知为了何事，今夜独坐馆驿，好不闷煞人也。

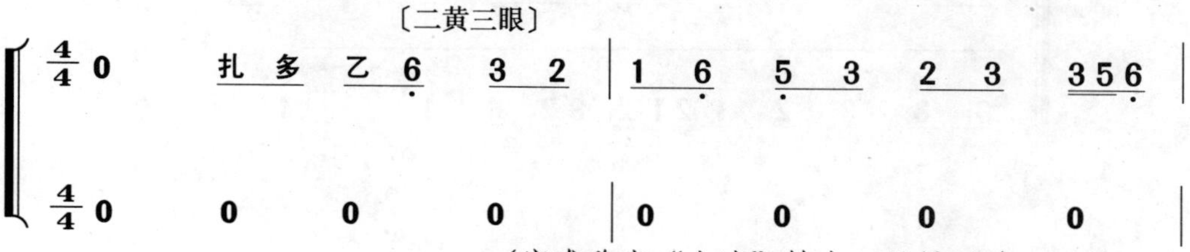

（寇准稳坐“大边”椅上，尽量不动，可理一下

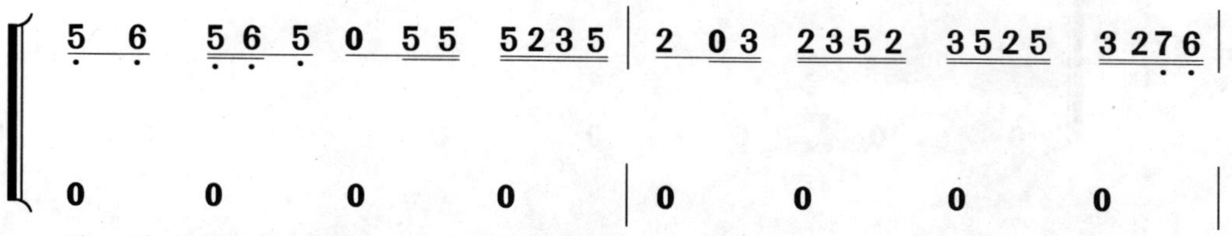

髯，抬头看一眼前上方，表示天色已晚）

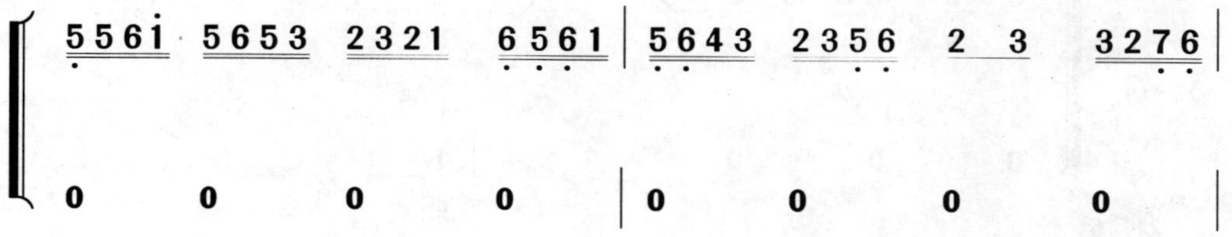

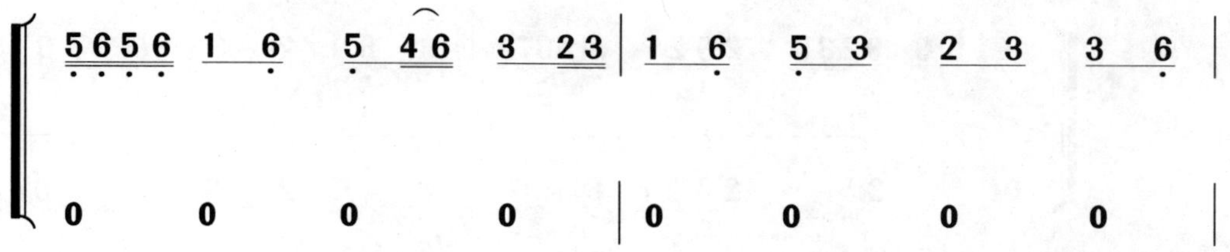

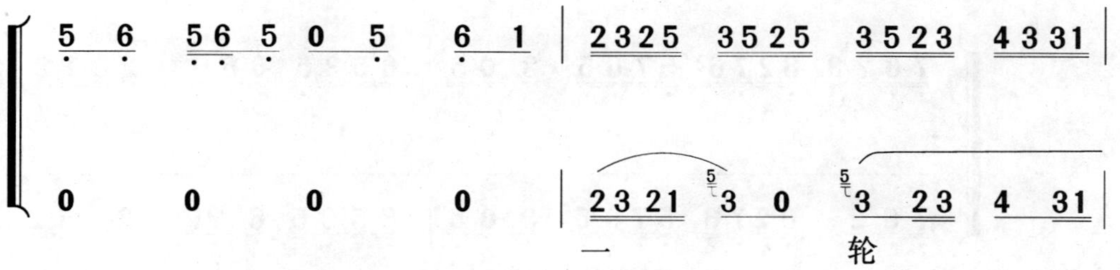

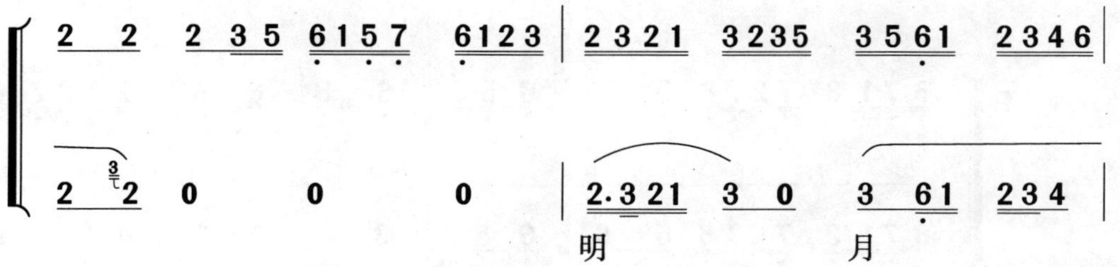

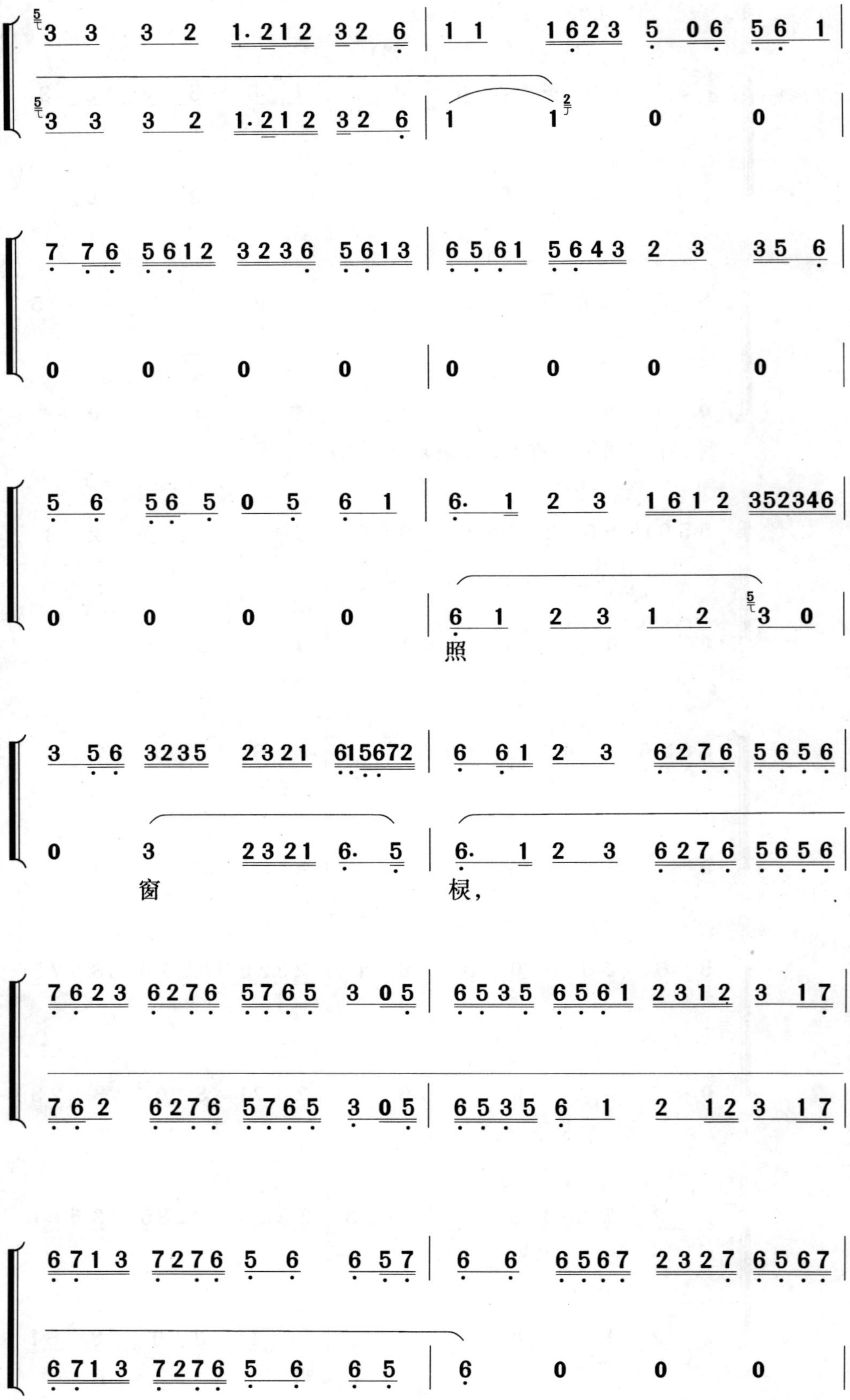
照
窗
棂，

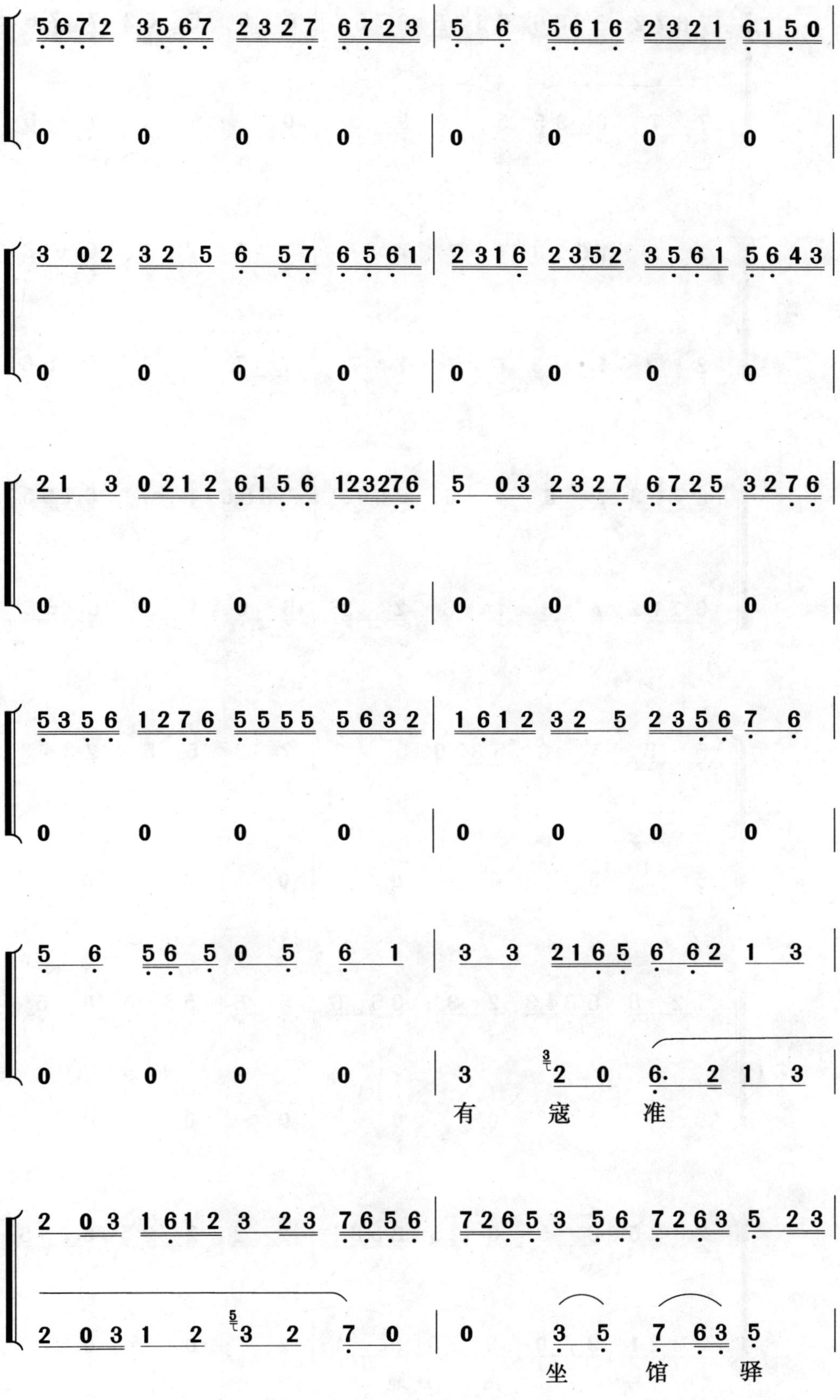
有 寇 准
坐 馆 驿

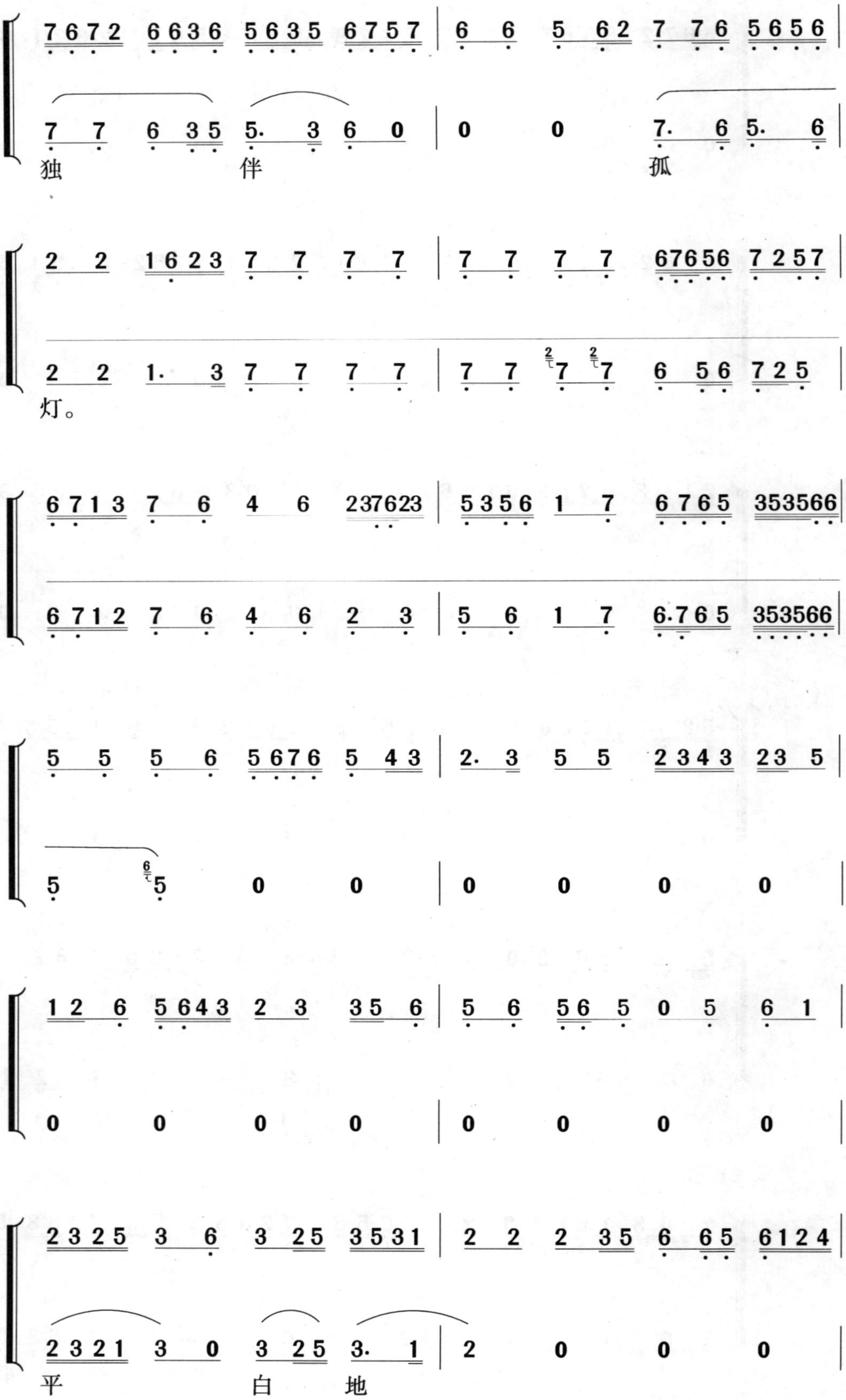
独 伴 孤
灯。
平 白 地

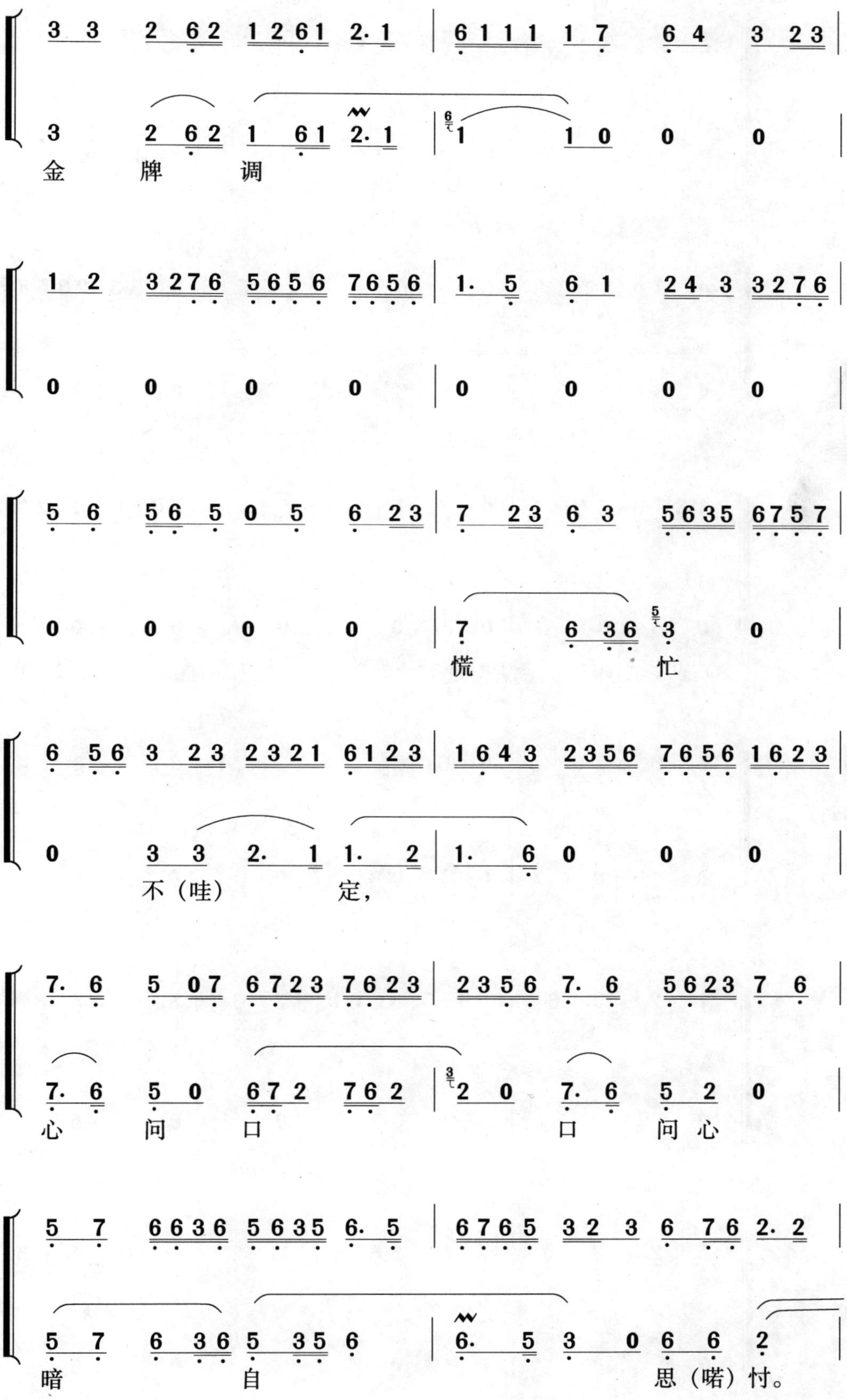
金 牌 调
慌 忙
不（哇） 定，
心 问 口 口 问 心
暗 自 思（喏）忖。

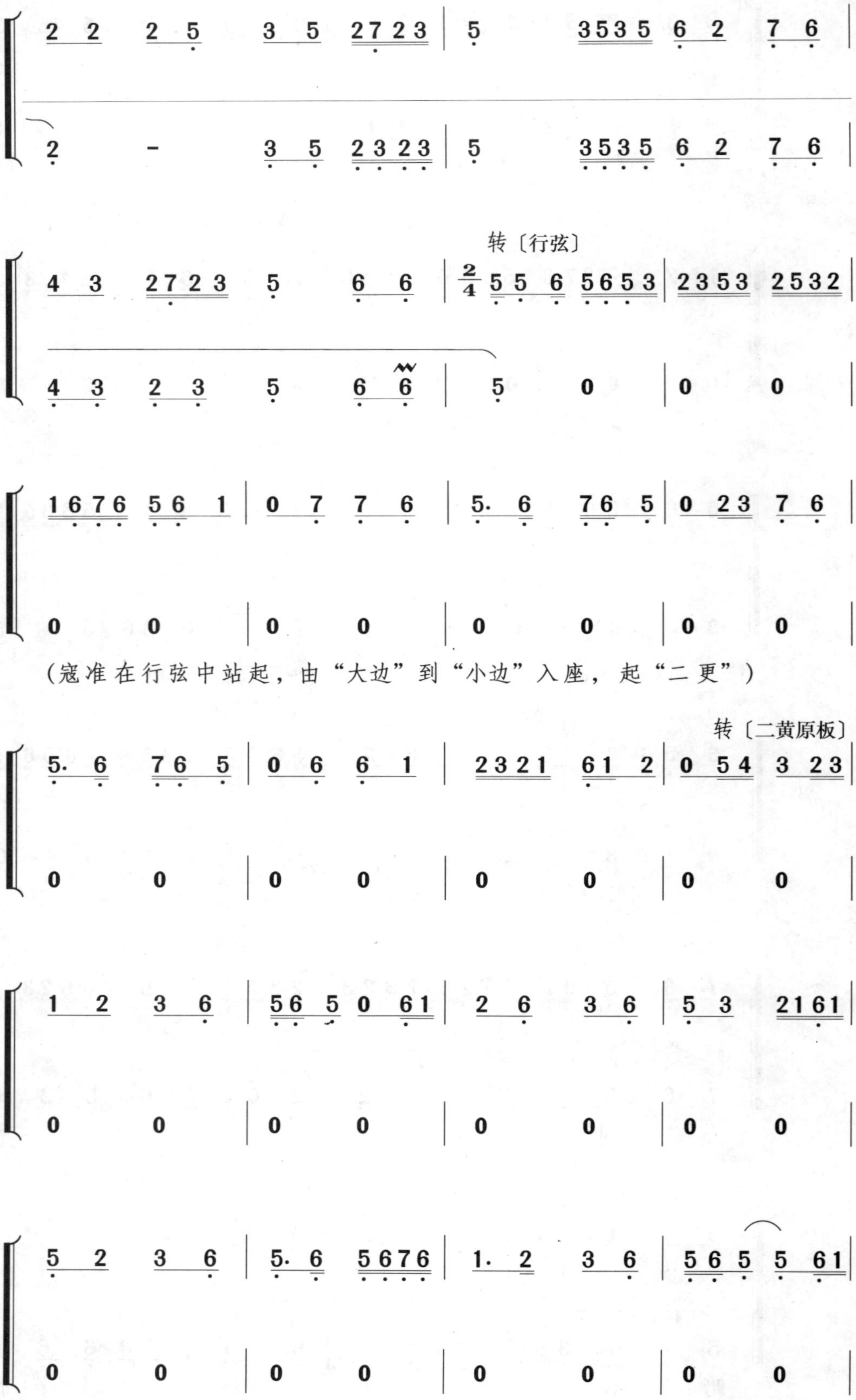
转〔行弦〕
（寇准在行弦中站起，由“大边”到“小边”入座，起“二更”）
转〔二黄原板〕

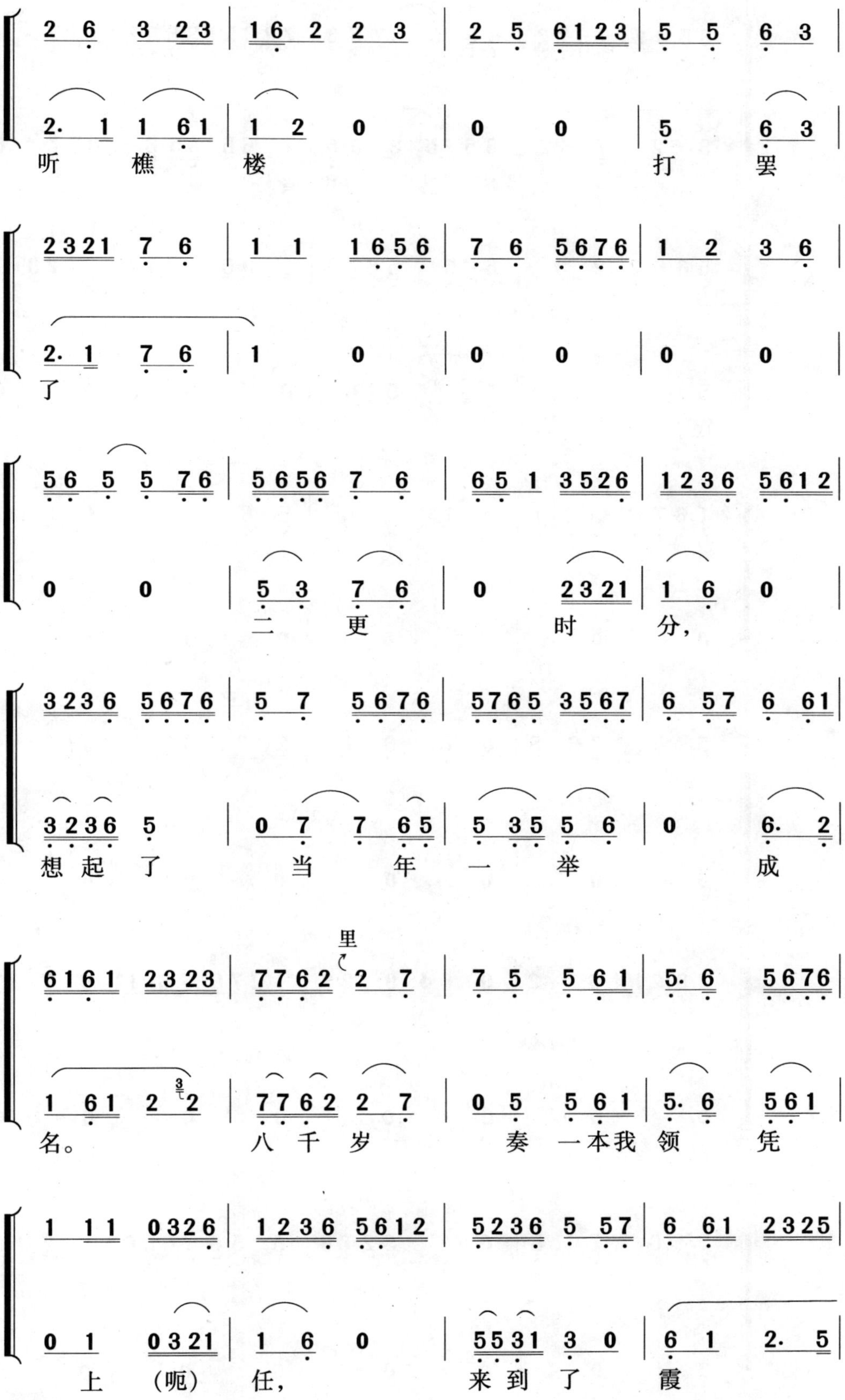
听 樵 楼 打 罢
了
二 更 时 分，
想 起 了 当 年 一 举 成
里
名。 八 千 岁 奏 一本我 领 凭
上 (呃) 任， 来 到 了 霞

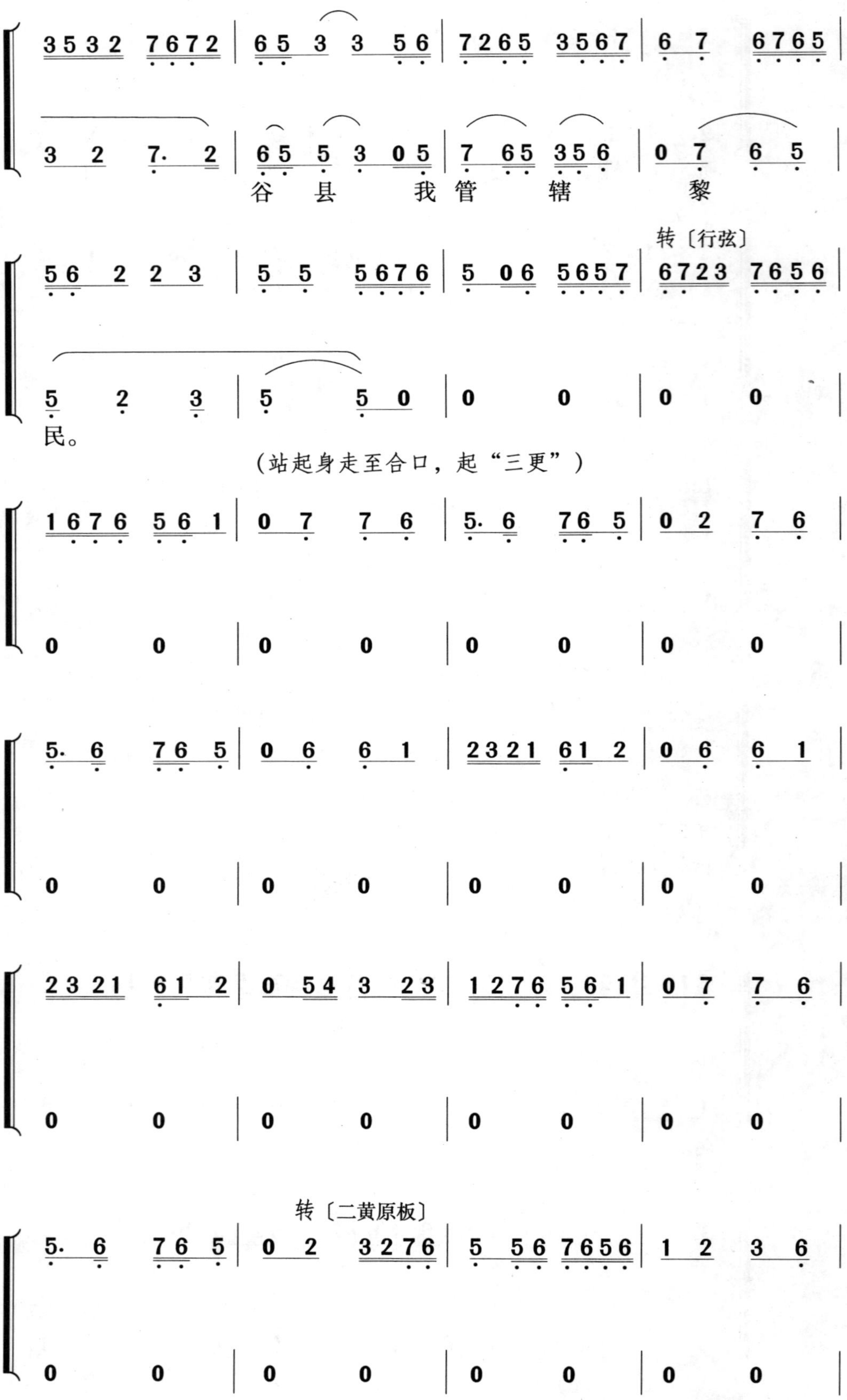
谷 县 我 管 辖 黎
转〔行弦〕
民。
（站起身走至合口，起“三更”）
转〔二黄原板〕

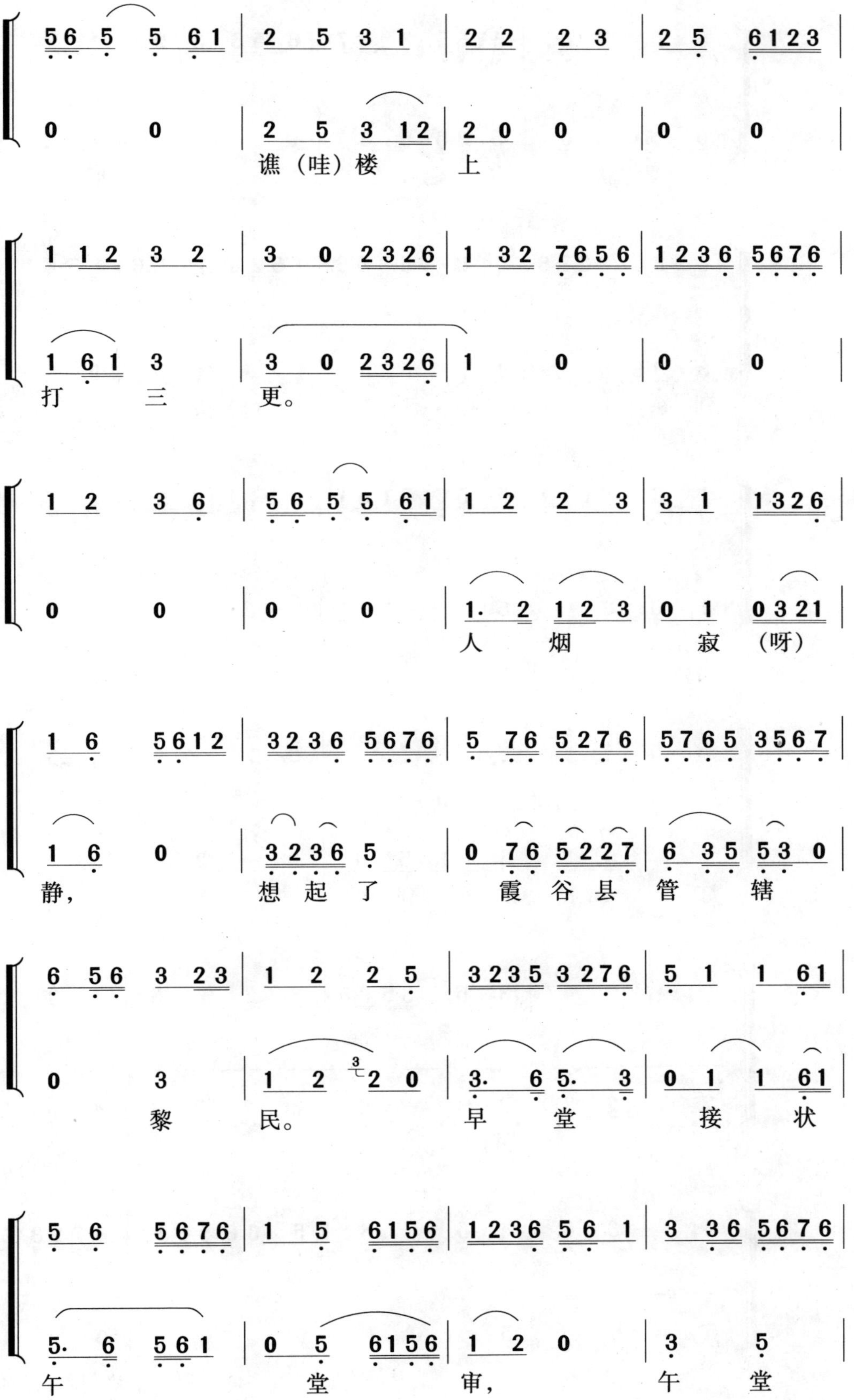
谁（哇）楼 上
打 三 更。
人 烟 寂（呀）
静， 想 起 了 霞 谷 县 管 辖
黎 民。 早 堂 接 状
午 堂 审， 午 堂

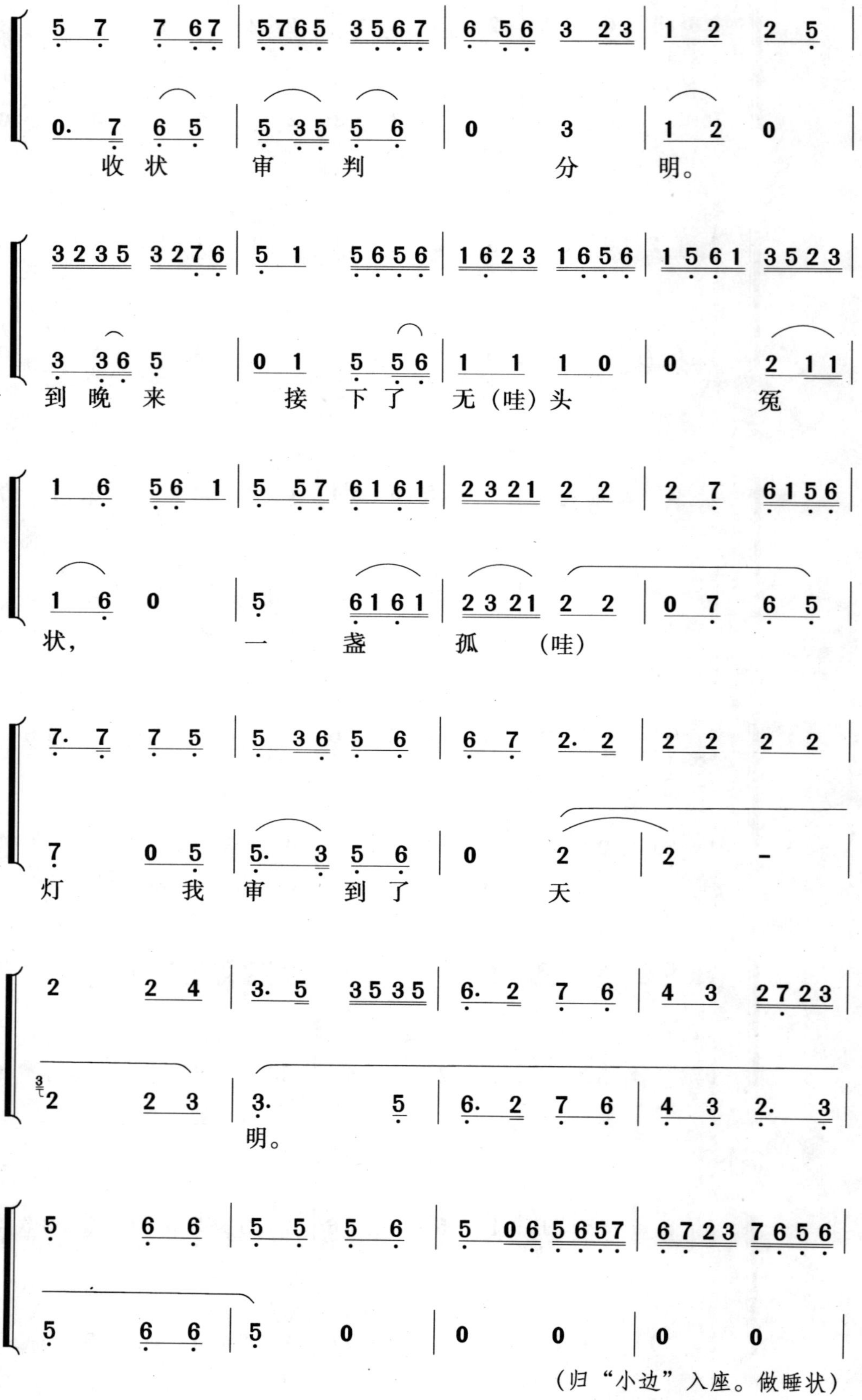
收 状 审 判 分 明。
到 晚 来 接 下 了 无（哇）头 冤
状， 一 盏 孤 （哇）
灯 我 审 到 了 天
明。
（归“小边”入座。做睡状）

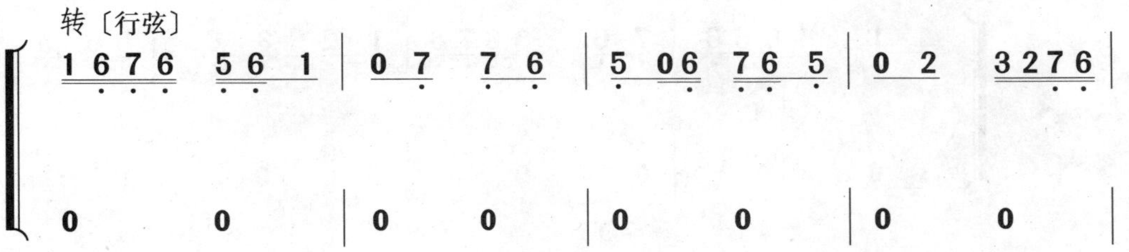

（院子托茶盘“上场门”上，进门站“大边”）

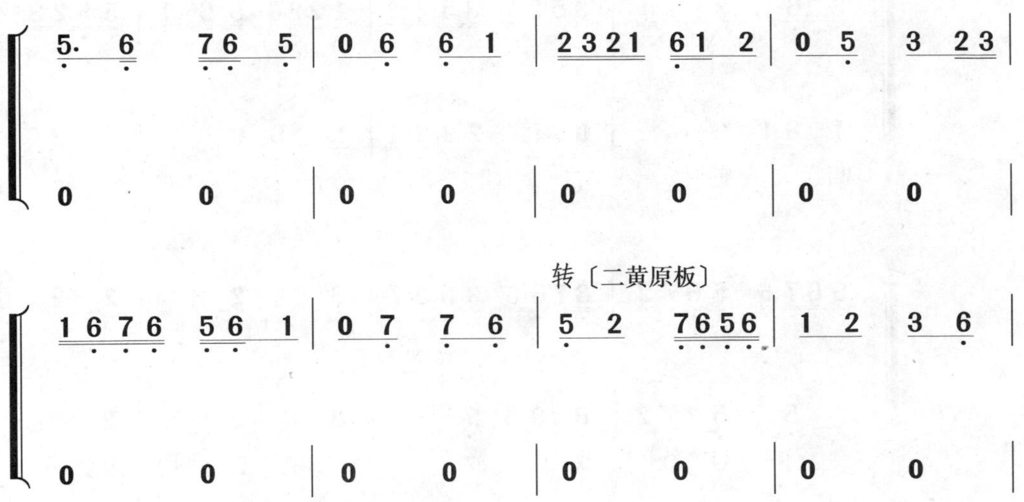

院　子　老爷请茶……老爷请茶。

「寇准醒介，饮茶，起“四更”。

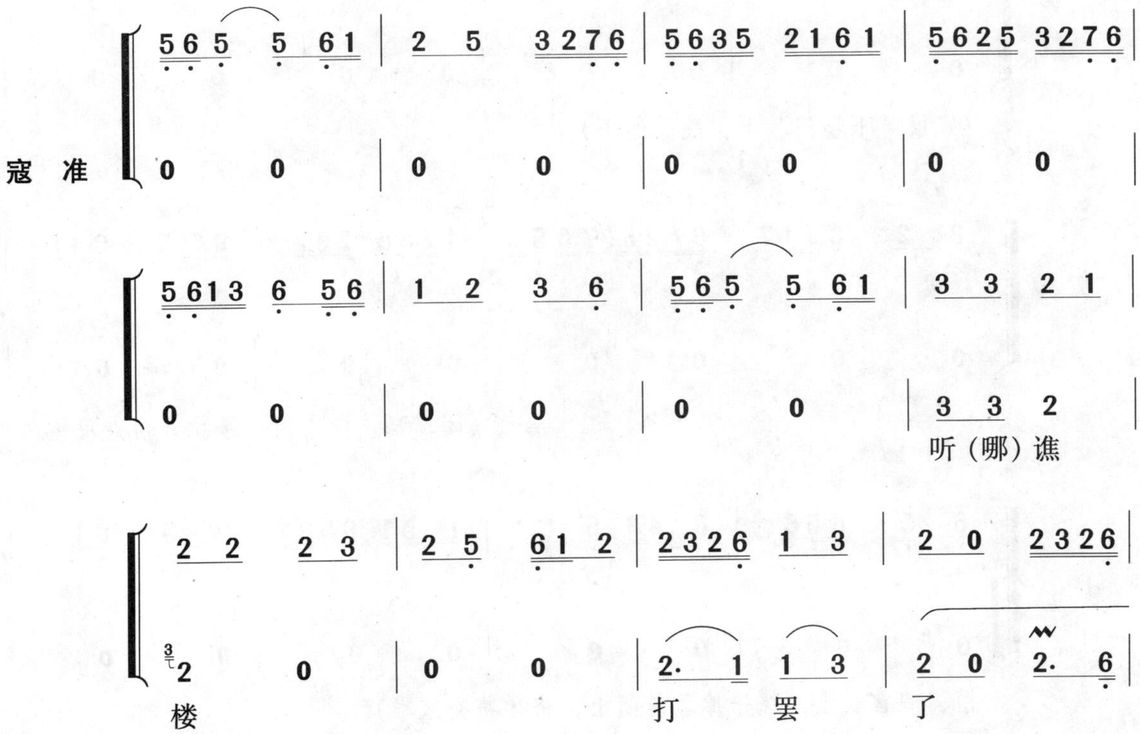

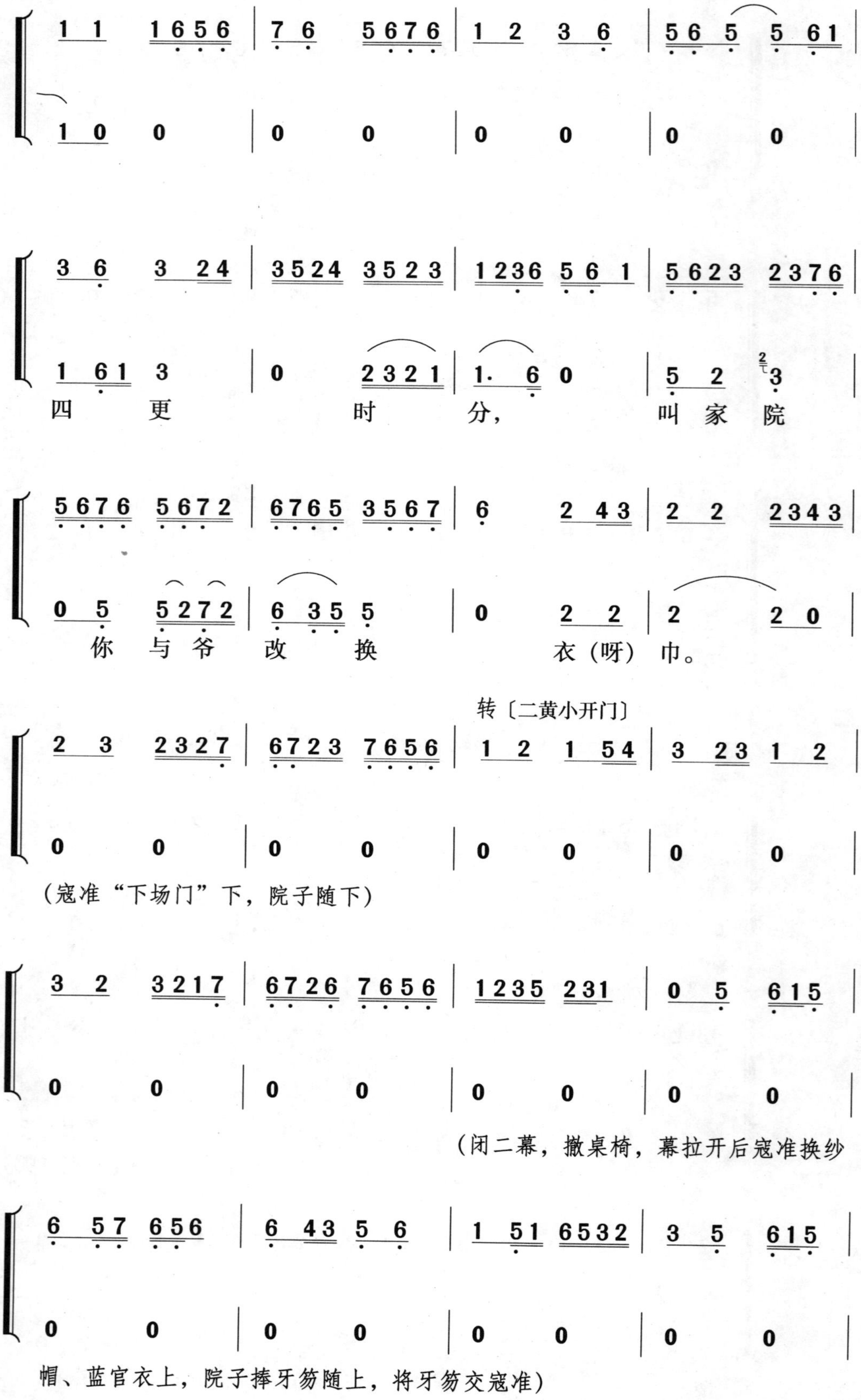
四 更 时 分，叫 家 院
你 与 爷 改 换 衣（呀）巾。
转〔二黄小开门〕
（寇准“下场门”下，院子随下）
（闭二幕，撤桌椅，幕拉开后寇准换纱
帽、蓝官衣上，院子捧牙笏随上，将牙笏交寇准）

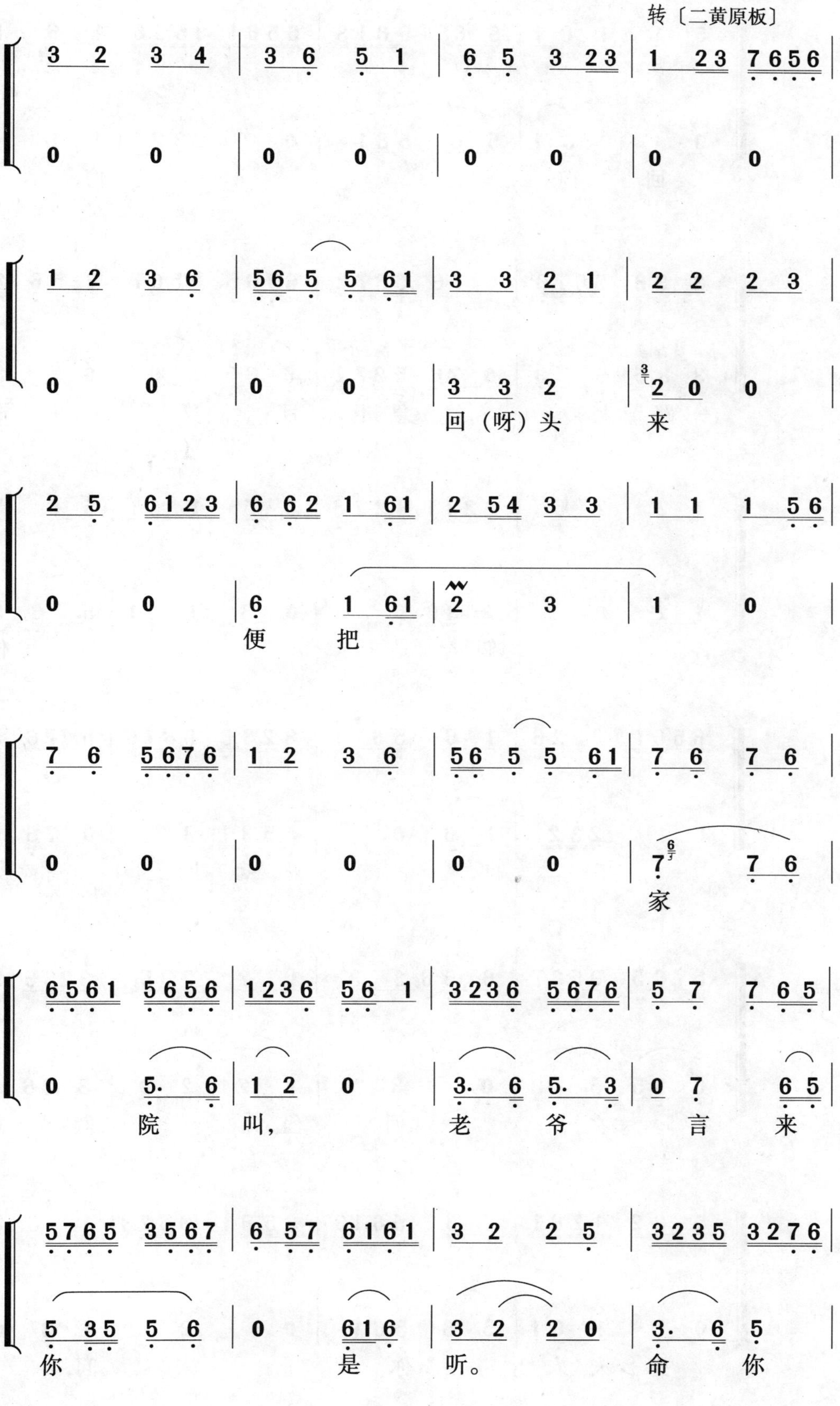
转〔二黄原板〕
回（呀）头 来
便 把
家
院 叫，老 爷 言 来
你 是 听。命 你

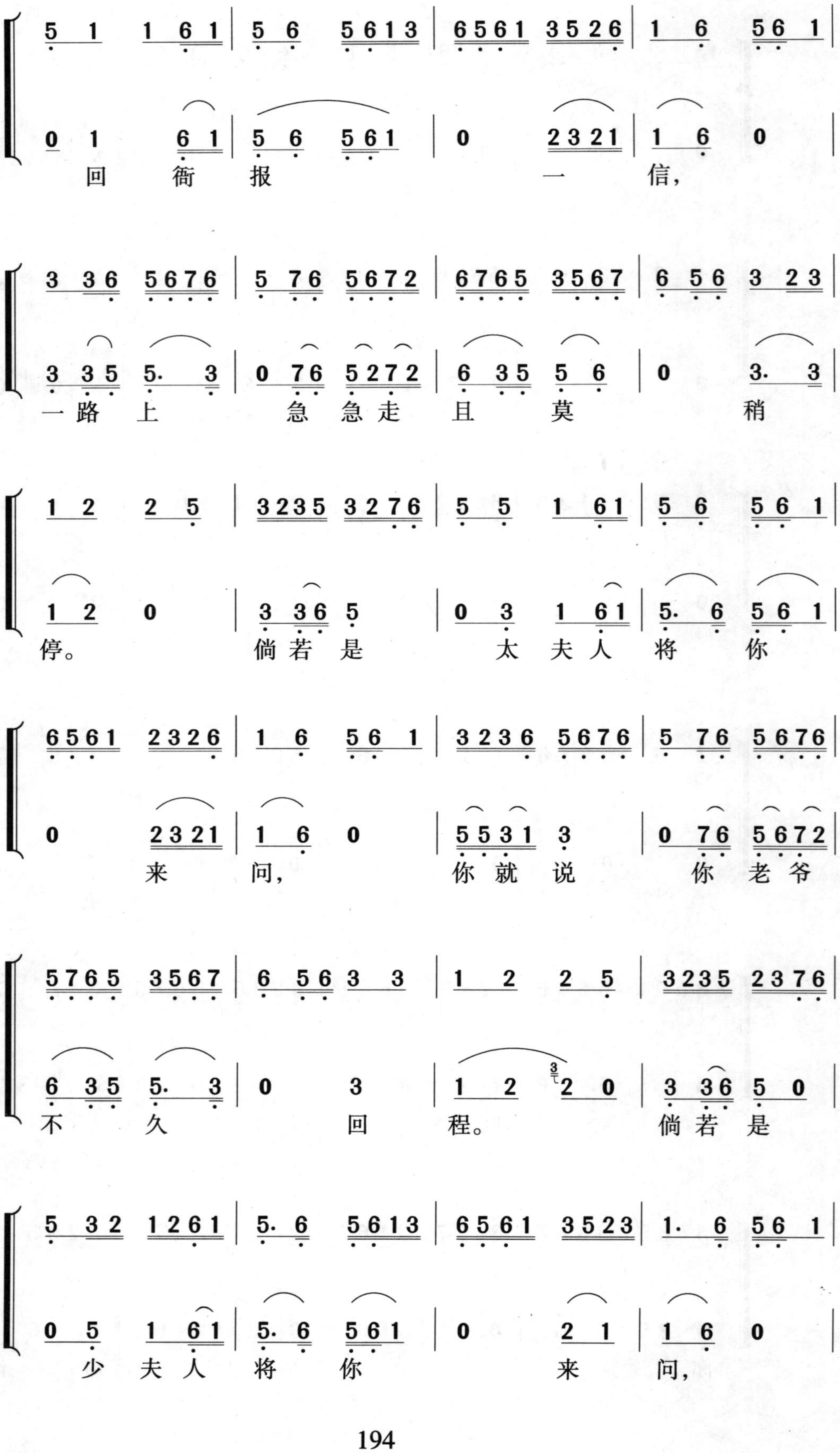

回 衔 报 一 信，
一路上 急急走 且 莫 稍
停。 倘若是 太夫人将 你
来 问， 你就说 你老爷
不 久 回 程。 倘若是
少夫人将 你 来 问，

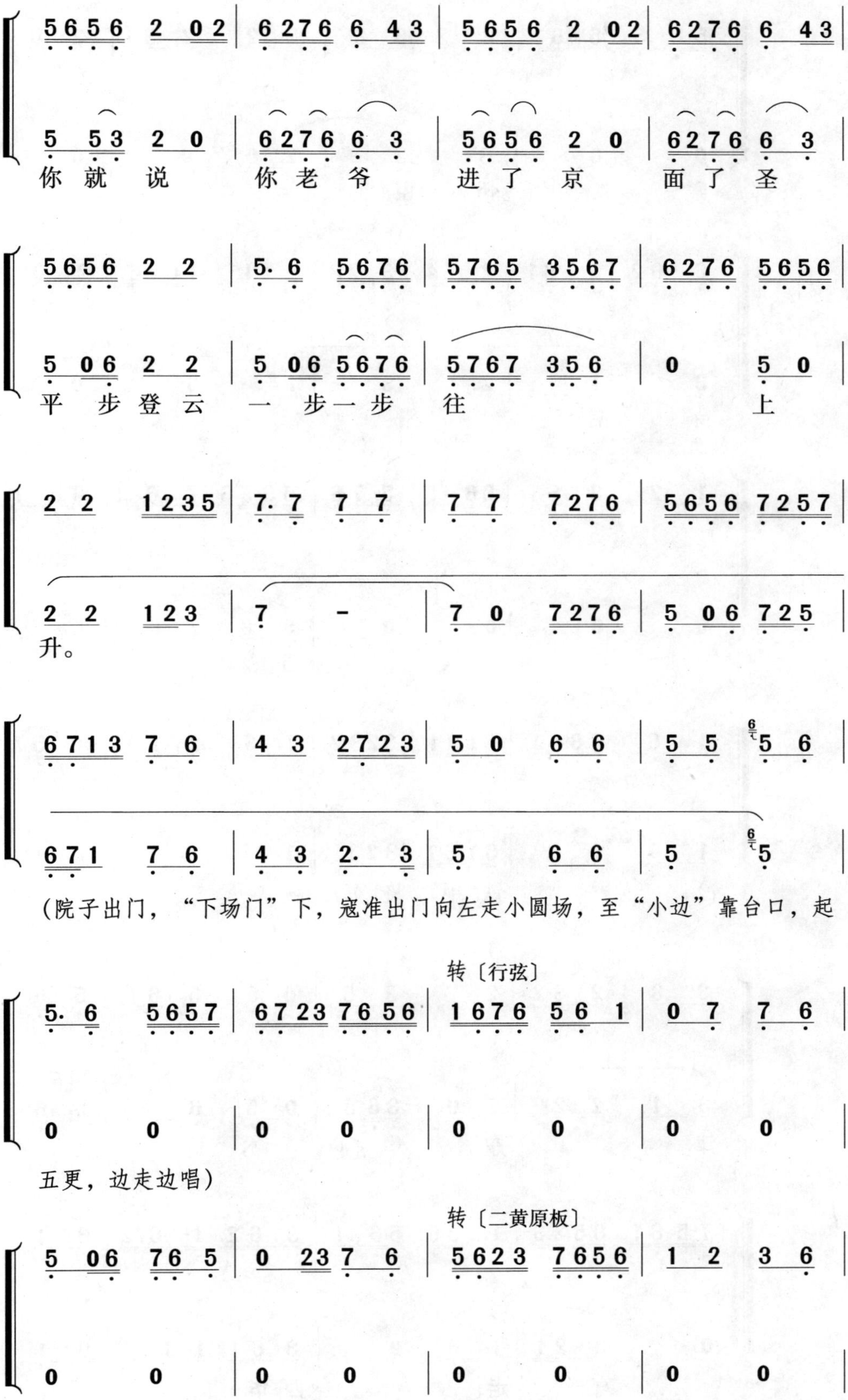
你就说 你老爷 进了京 面了圣
平步登云 一步一步 往 上
升。
(院子出门，“下场门”下，寇准出门向左走小圆场，至“小边”靠台口，起
转〔行弦〕
五更，边走边唱)
转〔二黄原板〕

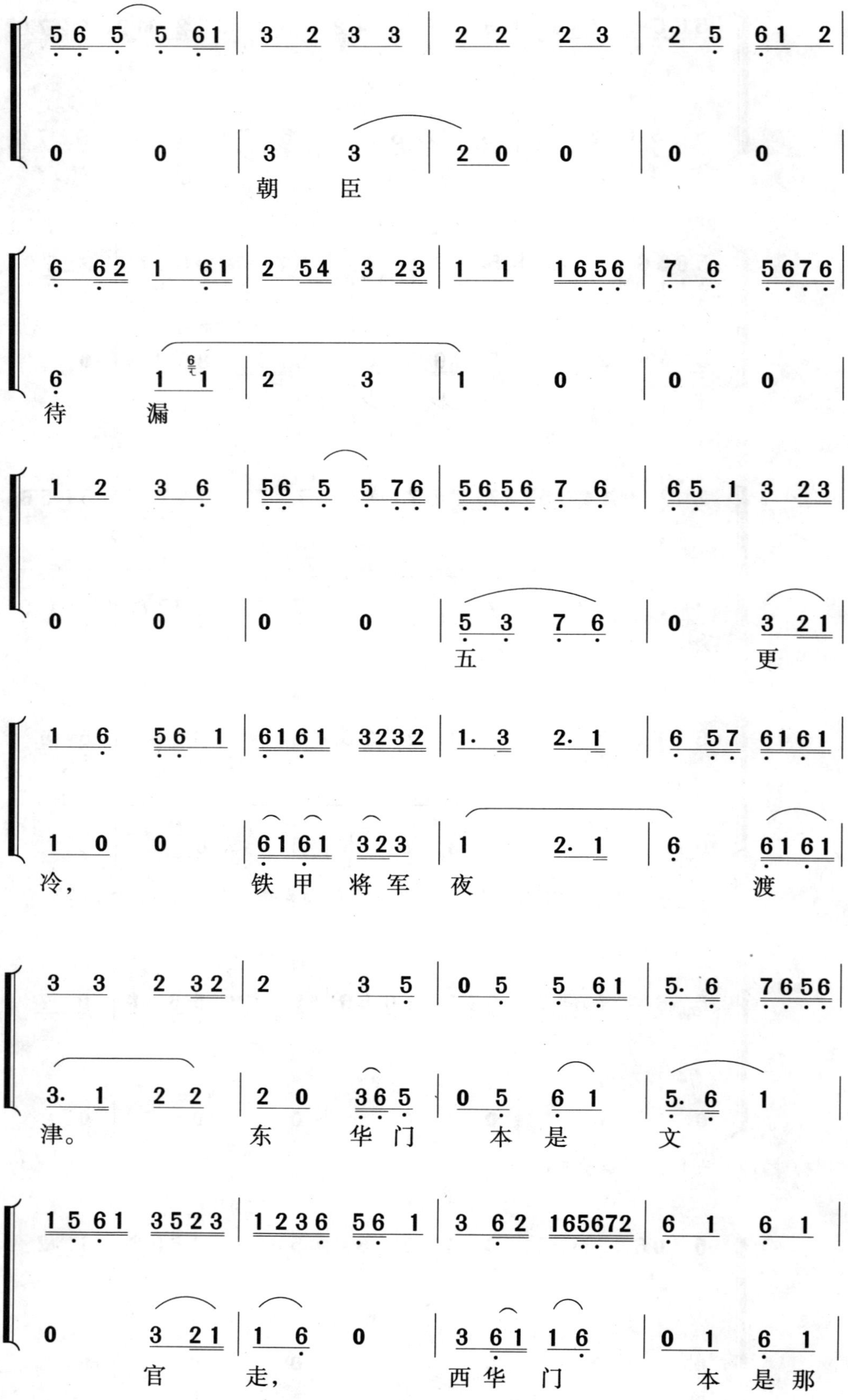
朝 臣
待 漏
五 更
冷，铁甲将军夜 渡
津。东 华门 本是 文
官 走，西华 门 本 是那

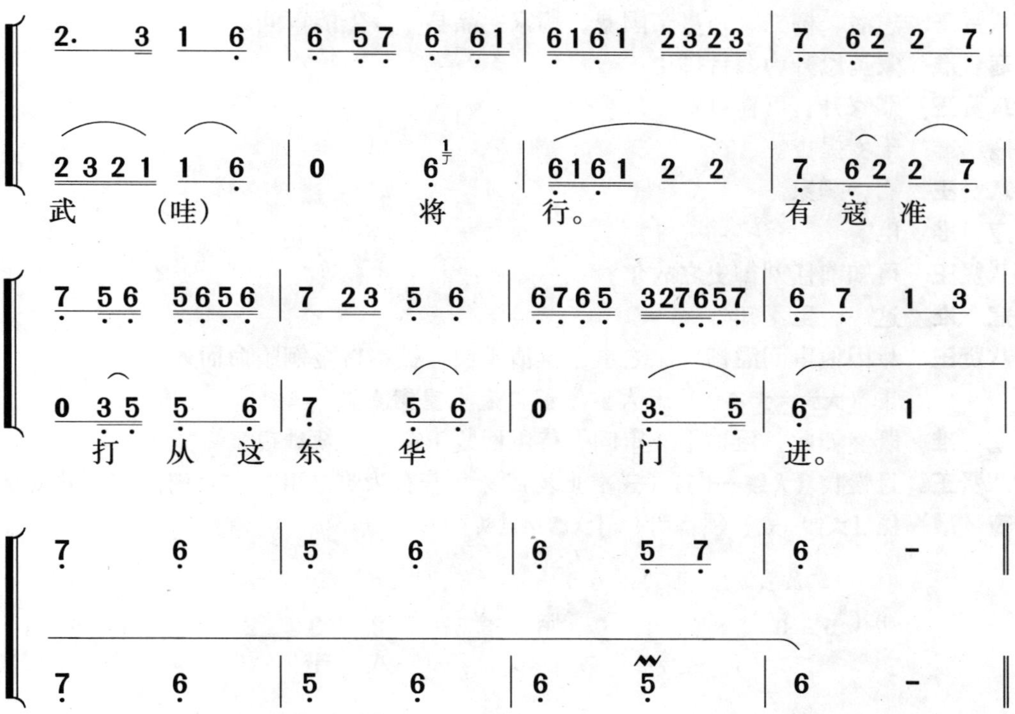

「【大锣抽头】寇准由“下场门”后幕条下。同时大太监抱彩铜，拿云帚引八贤王从“下场门”二幕外上至“大边”台口。

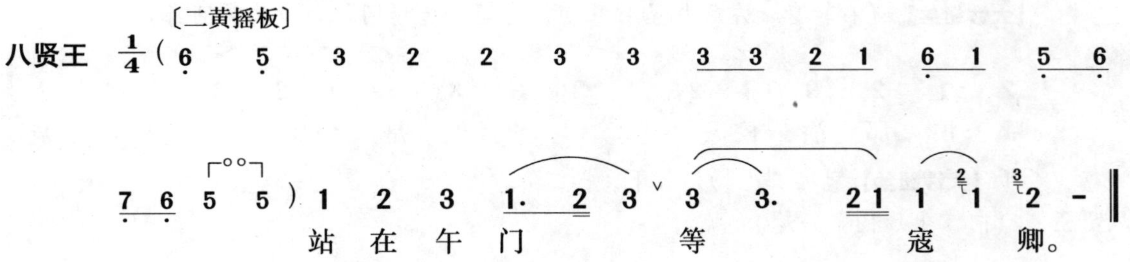

「寇准随【大锣五击头】手捧牙笏，牙笏上放圣旨，从“下场门”后幕条上，走至正场台口。

寇　准　(念)九龙口内尊王命。(出门向右转身欲走)

大太监　啧!【大锣一击】贤爷在此呀!

「寇准随【软撕边大锣一击】回身。

寇　准　(念)唔呼呼……呀!转面又见八贤君。【大锣住头】臣寇准有王命在身，不能全礼、贤爷恕罪。

八贤王　卿家免礼。啊卿家。

寇　准　臣。

八贤王　进京来了。

寇　准　臣进京来了。

八贤王　我叔王调卿进京为了何事?

寇　准　审问潘杨二家之事。

八贤王 想潘、杨二家乃皇亲国戚，卿家七品县令，怎能审问？
寇　准 蒙圣恩升为西台御史。
八贤王 卿家升官可喜可贺。
寇　准 千岁提拔。
八贤王 啊，卿家。
寇　准 臣。
八贤王 可知前任刘御史之故尔？
寇　准 这……臣不知。
八贤王 只因他审问潘杨二家之事，不清不白，被本御金锏堕命而死！
〔（**大大大大乙仓**）大太监举锏，寇准望锏。
寇　准 既然如此，臣也不敢审问，待臣回复王命。（欲进门）
八贤王 且慢！**【大锣一击】**（寇准止步回身）若有为难之事，去至南清宫领教就是。
寇　准 臣**【大锣一击】**领旨呀！**【大锣凤点头】**

〔二黄散板〕
サ（5 3 2· 1 6 6 5 －）3 3 2 －（5 6 1 2 －）
八千岁

6 3 2 1 6 6 3 2 2 1 6 1 2 3 1 －
做了主大胆审问，

【大锣纽丝】（右转身，左手托圣旨牙笏，走至“上场门”台口处转回身）

2 1 2 3 1 2 1 2 3 3 2 1 2 3 2 1 2
哪怕那潘仁美他是皇亲。

〔**【大锣纽丝】**寇准“上场门”下，闭二幕。
八贤王 （向“上场门”一望）

（过门同前）2 4 3 2 5 3 3 3 2 4 3 －（6 1 2 3）3 1
一见寇准出午（哇）门，（仓）七品

2 5 3 3· 2 1 1 3· 3 2·（5 6 1
县令审皇亲（呐）。

2 －）1 3 2 2 1 1· 6 6·（6 5
内侍摆驾

7 6 －）6 2 1 2 1 1 2 3 1 －
南清宫进，

【大锣纽丝】（走至下场门回身）

〔二黄散板〕

6 3 1 2 3 3 3. 21 1 2 - ‖【一锤锣】

且 在 宫 中 等 信 音。

（下场门下）

第四场

〔幕启：正场公案桌、放签筒，后小高台，椅上绑小帐子。【大锣慢纽丝】四青袍、二班头"上场门"上"挖门"，寇准换红官衣，手捧牙笏圣旨上，至台口。马牌"下场门"迎上，寇准进门至台中。

〔二黄散板〕

寇　准　サ（5 3. 21 6 5 - ）2 1 3 2 1

我 只 说 到

3 2 6 2 1 2 1. （6 7 6 1 - ）

京 城 恐 有 不 幸， （仓）

2 1 2 3 2 1 1 6 5 6 1 6 1 2【大锣住头】‖

七 品 官 升 御 史 感 谢 皇 恩。

（念）香案供奉。

〔奏唢呐曲牌<小傍妆台>寇准将牙笏、圣旨交马牌，马牌将圣旨、牙笏放至高台椅子上，寇准跪拜，起身。曲牌止。内喊："公公到！"

马　牌　公公到。

寇　准　噢，公公到……（大大大大乙台）

马　牌　是。

寇　准　有请。

马　牌　有请啊！

大太监　（丑）（内咳嗽）咳！【小锣五击头】（手托礼单"上场门"上至台口）（念）手捧千金礼，来见智谋人。（边进门，边念）寇老西儿在哪儿哪！寇老西儿……（归"大边"）

寇　准　（归"小边"）公公。

大太监　恭喜寇老西儿，贺喜寇老西儿，七品郎官，升为西台御史，可喜可贺呀！

寇　准　公公提拔。

大太监　咱家提拔不到。请问寇老西儿，潘杨两家的官司，可是在贵衙审问哪？

寇　准　正在鄙衙审问。

大太监 这就是啦，后宫潘娘娘有个礼单，拿去看看客！

寇 准 哦哦哦，（接过礼单）（**大大大大乙台**）（看礼单介）哎呀，好重的一份礼物！（一想）公公。

大太监 寇老西儿。

寇 准 这做何意？（将礼单交与太监）

大太监 （接过礼单）太师爷年迈了，你要谅情一二呀！

寇 准 这……啊公公。

大太监 寇老西儿。

寇 准 下官奉圣命，按律条而断，潘娘娘的恩赐不敢收。

大太监 唉，收下的好哇！

寇 准 有道是无功不受禄哇！

大太监 受禄必要功啊。后宫娘娘有道密旨："只要太师在，不要太师坏。"你要动他一根汗毛，哥儿呀，哥儿呀！你这纱帽可就戴不牢了。

寇 准 （冷笑）哼哼哼……**【撕边大锣一击】**不敢收！

大太监 收下的好。

寇 准 不敢收。

大太监 啧！**【大锣一击】**（将礼单抛于地上）暂离西台地。（边念，边出门，"下场门"下）

寇 准 这王法**【大锣一击】**不循情。（闭二幕，**【冲头】**马牌拾起礼单）**【大锣叫头】**且住呀！我正要升堂审问老贼的口供，不料后宫娘娘有份礼单到来，此事叫我怎样裁处，这（**仓**）这（**仓**）这……**【乱锤】**（左转身走小圆场。闭二幕）**【大锣叫头】**哦呵有了。**【大锣五锤】**临下殿之时，偶遇八千岁言道：若有为难之事到南清宫领教，我不免去至南清宫领教便了。

〔**【大锣纽丝】**从马牌手中接过礼单，放起。

〔二黄散板〕

(过门同前)サ 1 2 1 2 3 2 2 1 1 2 1

未 曾 升 堂 把 贼 问，

（白）南清宫去者！

【大锣纽丝】（四青袍"插门""下场门"下，二班头、马牌子"抽场"下。寇准随后走至"下场门"处回身）

(过门同前)1 3 1 2 1 2 3 6 3 2 1 6 1 2 - ‖

后 宫 娘 娘 讲 人 情。

〔**【一锤锣】**寇准"下场门"下。

第五场

〔幕启：正场桌“小座”，“大边”跨椅。

〔【大锣纽丝】大太监引八贤王“上场门”上，至台前。

〔二黄散板〕

八贤王 （过门同前）サ 1 2 1 2 2 3 2 2 1 2 1（6̣ 7̣

但 愿 潘 洪 早 招 认，

6̣ 1 – ） 1 2 1 1 2 1 2 3 3 21 1 2 – ‖

（仓） 免 得 本 御 挂 在 心。

〔【大锣纽丝】八贤王入座，寇准“上场门”上，至台口。

寇　准 （过门同前） 3 1 1 2 1 3 2 2 21 1 2 1（6̣ 7̣ 6̣ 1 – ）

潘 娘 娘 讲(呃)人 情 我 不 敢 准，（仓）

5̣ 1 1 1 2 3 3 6 2 1 2 2̂【大锣住头】‖

进 宫 来 见 贤 爷 细 说 分 明。

来此已是南清宫，待我叩环。（右手表示叩环）

大太监 （出门）何人叩环？

寇　准 寇准求见。

大太监 候着。（进门）启贤爷，寇准求见。

八贤王 宣他进宫。

大太监 寇准进宫啊！

寇　准 哦。**【大锣五击头】**

〔寇准进门归“大边”，右手“背供”，从下偷看八贤王一眼，然后走向正场，面向里。

寇　准 寇准见驾，贤爷千岁。（躬身）

八贤王 卿家平身。

寇　准 千千岁。（起身）

八贤王 内侍。

大太监 有。

八贤王 赐座。

大太监 是。（把“大边”跨椅搬出，归“小边”）

寇　准 谢坐。**【大锣住头】**（入座）

八贤王 卿家，审问潘、杨两家之事怎么样了？

寇　准 臣正要升堂审问，不料后宫潘娘娘有份礼物到来，贤爷请看。（交礼单）

八贤王 （接过礼单）待本御看来。**【撕边大锣一击】**（看介）

哎呀呀，好一份厚礼呀！卿家可曾收下？

寇　准　臣不敢收。

八贤王　卿家只管大胆收下，有本御作主。

寇　准　哎……（一想）如此暂寄在南清宫。

八贤王　哎……好，暂寄南清宫，暂寄南清宫。（将礼单交给大太监）（**大大大大大乙台**）（一看寇准）哎呀惭愧。

寇　准　贤爷此话从何而起？

八贤王　卿家你想啊，后宫潘娘娘为了潘洪，有这份厚礼，送于卿家。想本御与那杨郡马乃是一门内亲，无有礼物送于卿家，岂不是惭愧呀！

寇　准　哎呀，罪煞为臣了。【**撕边大锣一击**】（起座跪下）

八贤王　卿家平身，赐坐。

寇　准　（起）谢坐。【**大锣住头**】（坐原位）

八贤王　卿家。

寇　准　臣。

八贤王　乘骑而来，坐轿而来？

寇　准　步行而来。

八贤王　这……也罢，我叔王赐与本御穿朝御马赐与卿家乘骑。

寇　准　多谢千岁！

八贤王　内侍。

大太监　有。

八贤王　带马。

大太监　领旨。

〔乐队起【**拉子**】，大太监将云帚插入脖内，走至“上场门”处拿马鞭，向台中边吆喝边走。寇准同时起身将椅子搬至桌旁，出门挡住大太监。

寇　准　贤爷在此，不能乘骑，有劳公公将马往下带。

大太监　哦，是是！（吆喝着往回拉）

八贤王　将马往上带！

大太监　是。（又往台中拉）寇大人，您就上马吧。

寇　准　呃。贤爷在此，我不能乘骑，有劳公公将马往下带。

大太监　哦。是（又往回拉，寇准左转身，向“下场门”方向走去）

八贤王　（起身出门）嗯！

〔二黄散板〕

【**大锣凤点头**】（过门同前）サ 2 5　3　2　1　2　2 3　4　3（6̣ 1 2

内　侍　带马不　中用，

3）2　2　3　2　6̣ 3　2 1　6̣ 1 2 ‖

（仓）本　御　亲　自　带　走　龙。

（八贤王从大太监手中接马）

寇 准 （回身）哎呀！（八大仓）【撕边】【大锣凤点头】（向台口中蹉步，跪下）

〔二黄散导板〕

（2. 5 3. 5 2. 1 6 5） 2 4 3 –
自（喏）

2 3 1 2 3 – 3 3 2. 1 1 6.
盘 古（哇）

（3 2. 1 6 –） 3 3 2 1 1 6
哪 有 这

2 1 2 3 2. 1 6 5 5 6 5 6 1 2 2 1
君 与 臣（哪） 带 马（呀），

八贤王 卿家。

〔二黄散板〕

【大锣凤点头】（过门同前）1 2 1 2 1 2 3 3. 21 1 2
本 御 带 马 表 寸 心。

【大锣纽丝】（把马交大太监，搀起寇准，双向里转身进门）

寇 准 2 2 5 3 3 4 3 4 3 3 2 1 3 –
臣 大 胆 谢 千 岁 足 踏 金 镫，

八贤王 上马去吧！

〔【大锣纽丝】寇准向八贤王一拜，出门，左转身，向太监一拱手，将官衣搭在带上，上马，将官衣再放下来。走至“下场门”处回身。

寇 准 2 1 2 3 1 2 3 3 2 1 2 3 2 1 2
站 立 在 宫 门 发 笑 声。

哈哈哈……

大太监 （给寇准带马后归“小边”）

啧！（向寇准）什么地方大惊小怪的！

〔（八大仓）寇准将马鞭搭在肘上，斜身向外抬右腿亮相。

寇 准 哦！（【大锣纽丝】手挡口，然后右转身出马鞭“下场门”下，闭二幕）

〔随【大锣纽丝】大太监进门归“小边”，八贤王起身。

〔二黄散板〕

八贤王 （过门同前） 1 2 1 2 2 1 2 2 1 2 1 （6 7

寇 准 可 算 忠 良 臣，

6 1 – ） 2 1 2 3 3 3. 2 1 1 2

（仓） 一 片 丹 心 保 圣 君。

〔**【一锤锣】**八贤王“下场门”下，大太监随下。

第 六 场

〔幕启：与第四场相同——公案桌，小高台，椅子上绑小帐子放圣旨**【大锣纽丝】**四青袍“上场门”“一条鞭”，马牌与二班头“下场门”迎上。寇准骑马上至“上场门”台口。

〔二黄散板〕

寇 准 （过门同前）サ 1 2 1 2 2 3 2 2 2 1 2 2 2 1

御 史 衙 前 离 鞍 镫，

【纽丝】（下马，先进门，站中央，四青袍“挖门”进去分两边，二班头一边一个，马牌边“大边”。**【纽丝】**停住，众齐喊堂威：“哦！”）

（1. 2 3 5 2. 1 6 6 5 – ）

（匝 匝 匝）**【大锣凤点头】**

3. 2 1 2 3 3 2 2 6 1 3. 3 2. （7

两 旁 的 衙 役 呐 喊 声 （呐）。

6 1 2 ） 3 2 2 1 1 2 2 2 1 1 6

（仓） 吩 咐 忙 打 这 升 堂 的 鼓 （哇），

（冬冬仓）（众齐喊堂威：“哦！”**【纽丝】**归“大座”）

6 2 1 1 2 3 3 1 2 2 2 **【大锣住头】**

老 贼 到 此 问 分 （呐） 明。

（白）来。

马 牌 有。

寇 准 五刑可曾齐备？

马 牌 俱已齐备。

寇 准 老贼到此，叫他报门而进！

马　牌　喳！（出门）

「潘洪内白：“嗯哼！”【小锣打上】“上场门”上至台口。

潘　洪　（念）先前做事错，

　　　　　如今后悔迟。

「众堂威：“哦！”（大大大大大乙台）潘洪望介。

马　牌　（故意大声的）哦……！

潘　洪　唔呼呼呀！小小的御史衙门，倒有些个威风煞气。

马　牌　哎，衙门小不是，有点派头儿。

潘　洪　来。

马　牌　叫谁呢？

潘　洪　过来。

马　牌　这是叫谁呢？

潘　洪　滚了过来！

马　牌　叫我哪。（靠近潘洪）过来啦，什么事呀您哪？

潘　洪　与你太师爷报门。

马　牌　报门？怎么报门都是我们的事啦？好啦，好啦！谁叫您来到我们这儿哪，听着点儿。报——犯官告进。

潘　洪　什么东西。【小锣一击】

马　牌　怎么啦这是？

潘　洪　要叫太师爷。

马　牌　太师爷？

潘　洪　嗯——。

马　牌　哈哈哈……我早就知道你是太师爷，当初你在雁门关，执掌兵权大印的时候，那会似乎我这样的，叫你一声太师爷，你还真懒的理我，你可知王子犯法与庶民同罪呀？将就点吧，犯官！

潘　洪　太师。

马　牌　犯官！

潘　洪　太师！

马　牌　犯官定了！

潘　洪　呸，我打你这个奴才！

马　牌　哎，你别生气呀，太师爷就太师爷。

潘　洪　反不了你们。

马　牌　哎，您听着啊。报——，太师爷……

潘　洪　嗯。

马　牌　犯官潘洪告进。（急跳进门，归“大边”）

潘　洪　（无可奈何地）哼！势力的小人。

马　牌　嘿嘿，你知道什么呀，现官不如现管。

【小锣一击】接（扎扎扎扎扎扎衣台）

「众堂威：“哦！”潘洪由“上场门”台口走向“小边”台口向里一望。

潘　洪　唔呼呼呀！【小锣一击】我道是谁？原来是小寇儿。（轻蔑的拱拱手）请了，请了。

寇　准　（见潘洪）【撕边大锣一击】啊。潘洪，见了本御史，为何不跪？
潘　洪　啊！老夫见你，若是下跪，见了当今万岁，难道说爬上金阶不成？
寇　准　（冷笑）【撕边大锣一击】你是欺我官卑职小。左右！
众　应　有。
寇　准　请过圣命。
众　应　啊！

「奏唢呐曲牌<小傍妆台>寇准站起，二班头将桌搬至“下场门”成斜场，青袍搬椅，成“大座”，中场亮出高台圣旨。寇准坐斜场“大座”，潘洪归正场面向里，曲牌止。

潘　洪　臣【大锣一击】潘洪见驾，吾皇万岁。
马　牌　潘洪当堂有刑。
寇　准　松。
马　牌　是松……【冲头】（拿下潘洪脖上的锁链，“上场门”下，再上）
寇　准　潘洪，圣旨在此，本御史一旁问话：你在雁门怎样私通北国胡儿，苦害杨家，从实的讲。
潘　洪　是。臣启万岁，老臣镇守雁门关，白昼紧防胡儿，夜晚替主担忧，杨郡马私自进京，乃是诬告老臣。
寇　准　怎么讲？
潘　洪　诬告老臣。
寇　准　（愤怒地）潘洪[①]，（仓）我把你·这卖国的（八大顷仓）奸·（哪）贼！（“贼”字拖长）【大锣原场】（众喊“堂威”，马牌故意在潘洪耳边大声喊“哦”，潘怒而无奈地甩袖，然后转过身来，面朝外跪。马牌“上场门”下）【大锣原场·归位】
寇　准　（坐在原位置上，接念）

只因你子潘豹，在天齐庙ˇ摆下百日擂台。也是那杨老将军他·的家规不严，杨七将军私出府门上得擂去，三拳两·足将你·子打死。是你·这老贼ˇ一闻此言，与杨老将军ˇ抓袍捋带面见当今。好一位有道·的明君，念你两家，一家·是当朝太师；一家·是皇家的忠良·不忍加罪，在麒麟阁大摆筵宴，与你两·家解和，谁知你·这老贼怀恨在心，私通了北·国胡儿[②]，打来了连环战（哪）表[③]。【大锣五击头】你·这老贼在金殿讨下了帅印，命杨老将军以为前战先行，那杨老将军ˇ与·你有打子之仇，上殿连辞·了数本，万岁不准·，命呼延老将军，以为他杨家·的保官[④]。那杨老将军情急无奈·，命他子六郎孩儿回到ˇ瓦桥搬兵，天气炎热，在中途路上耽·误一时也是有·的，你·这老贼要将杨老将军推出斩首。想那呼延老将军，乃是他ˇ杨家的保·官[⑤]进帐讲情，你·这老贼将人[⑥]情

---

① 以下这段念白是重点戏，集中反映了马连良先生念白方面的特点，为此我们用一些音乐使用的时值号，标明在节奏上的变化。

② “北”字念向上平声，成上口“玻”音。

③ “⌢”表示音长一点，“ʍ”表示“抖音”“擅音”。“环”在这以示“抖”两下。“表”字不要念的高，略低一些并拖长。

④ 这里的“保”字向上扬，念“包”音。

⑤ “保”字同上。

⑥ “人”一般上韵念成“任”，马连良这里向上扬，仍然念“人”。

准·下，暗使小军报道：营中缺粮，命呼延老将军摧押粮草。想那呼延老将军乃是开国·的元勋，又是他杨家的保官[①]，岂肯与你·这老贼催粮，无奈ᵛ出得营去，就气恼身亡（呃）·了[②]。【大锣五击头】黄道日期你不发兵，黑道日期命他父子出马。想这黑道日期发兵，不是损兵哪，就是折将·（呃）[③]！偏偏他父子又得胜 而回·。你就该开关迎接，才是你做元帅·的道理。怎么？你命贺朝进带领五·百雁翎刀手，把住了雁门关，传下一令：命他父子，将胡儿斩尽杀绝方·可 开关。若是斩不尽杀不绝不能·开关。想那胡儿的人马，犹如潮水·的 一般，一时焉能斩得尽 杀得绝。杨老将军情急无奈，只得杀一阵，败一阵，杀一阵，败一阵，败至在·两·狼（八大顷仓）山下[④]。【大锣原场】那杨老将军在两狼山，内无有粮草，外无有救兵，命他七·郎孩儿回·朝搬兵。谁知你·这老贼ᵛ想起了打子之仇，将杨七将军诓下马来，用酒劝醉，绑在法标之上·，射了他 一·百单三箭（哪）[⑤]！【大锣五击头】杨老将军在两狼山，不见他七·子回营，又命他六郎孩儿回朝打探。可叹那杨老将 军ᵛ在两狼山，内无有粮草，外无有救兵，盼兵兵不到，盼子子不归，只得就碰死在那李·陵【大锣一击】咳[⑥]！碑下[⑦]。【大锣五击头】杨六将军回朝传下了御状，圣上命前任刘御史审问你·这老贼不清不明，死在八千岁金·锏之下，才提调本御史前来。想你ᵛ为臣不能·尽忠，为子不能·尽孝，似你这样：ᵛ不忠不孝，不仁不义卖国的【大锣一击】奸贼[⑧]。【大锣纽丝】（马牌"上场门"上，站在"小边"）

〔二黄散板〕

(过门同前)サ3. 3 3 2 1 3 2 2 1 2 1 (6 7
杨 七 郎 (呃) 打 死 潘 豹 子，

6 1) 2 1 2 3 3 6 3 2 1 2【大锣住头】‖
(仓) 官 报 私 仇 到 如 今。

来！

马　牌　有。

寇　准　与我打！

潘　洪　且慢！【大锣一击】你打我不得！

寇　准　怎么打你不得？

潘　洪　老夫乃是皇亲国戚。

寇　准　呸！【大锣凤点头】

---

① "保"字同上。

② "呃"字由下向上，"了"要走低音，拖长。

③ "呃"字半虚的扔着念。

④ "山"拖长，"下"字喷出来拖长，后音向上一挑。

⑤ "箭"字略长，"哪"字干扔出去。

⑥ "咳"字与"大锣一击"同时念。

⑦ "碑"字稍长，"下"字也稍长，最后向上一挑。

⑧ "奸贼"二字均拖长，要念的高昂，激愤。

〔二黄散板〕

（过门同前）サ 1 1 1 2 3 2 2 1 2 1
说 什 么 皇 亲 与 国 戚，

（6 7 6 1） 6 2 1 1 2 3 2 2 2
（仓） 王 子 犯（呐） 法 同 庶 民。

打！（八大仓）（抽出签子抛于地上）

马 牌 是。【阴锣】（对潘洪）趴下！（潘洪面向里趴下，马牌拿堂板打介）

一十！（仓）二十！（仓）三十！（仓）

四十打完【乱锤】（班头放回签子，马牌“上场门”下拿夹棍，再上）

潘 洪 （脸向里，单腿跪）

〔二黄导板〕

【大锣导板头】サ（5 3 2 3 2. 1 6 ⁶5 －）2 3 3 2 5 3 3 2
上 堂 来 责 打 我

3 1 6 2 1. 2 3 2. 1 6 3. 2 1 1 ²1 2
四 十 板 （呐）。（向外转身）

马 牌 大刑到哇！【撕边大锣一击】（将夹棍抛于潘面前）

潘 洪 这做什么？

马 牌 这个是伺候太师爷您的。

潘 洪 不用！

马 牌 呆一会儿不就得用吗？

潘 洪 你往下拿。

马 牌 我的脾气上来了，偏往上拿。（将夹棍再往潘面前踢）

潘 洪 敢是与老夫结扣？

马 牌 什么，不够？不够再着巴压饸饹哇！

潘 洪 咳！（无可奈何的）

马 牌 矮呀？你不会垫块砖。

潘 洪 罢了哇，罢了！

马 牌 什么？大啦？这还是小三号的那，说好的呗！相好的！（拍潘洪肩一下，赶紧往后撤，“上场门”下）

潘 洪 哼！（跪着）

〔二黄原板〕

2/4 扎多 乙 6 | 1 2 3 6 | 5 6 5 5 6 1 | 2 5 3 2 7 6 |

2/4 0 0 | 0 0 | 0 0 | 0 0 |

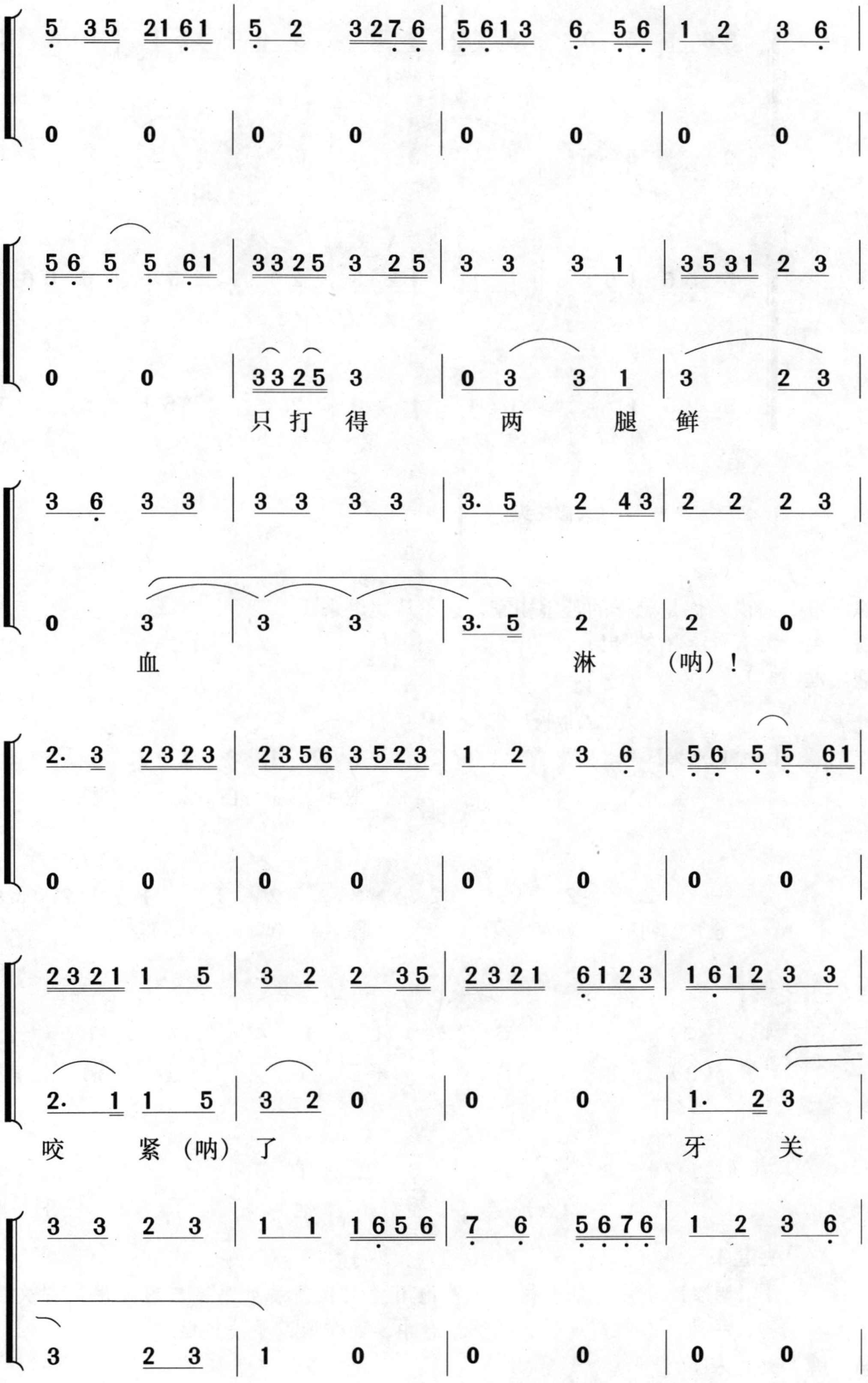
只打得 两 腿 鲜
血 淋 （呐）！
咬 紧（呐）了 牙 关

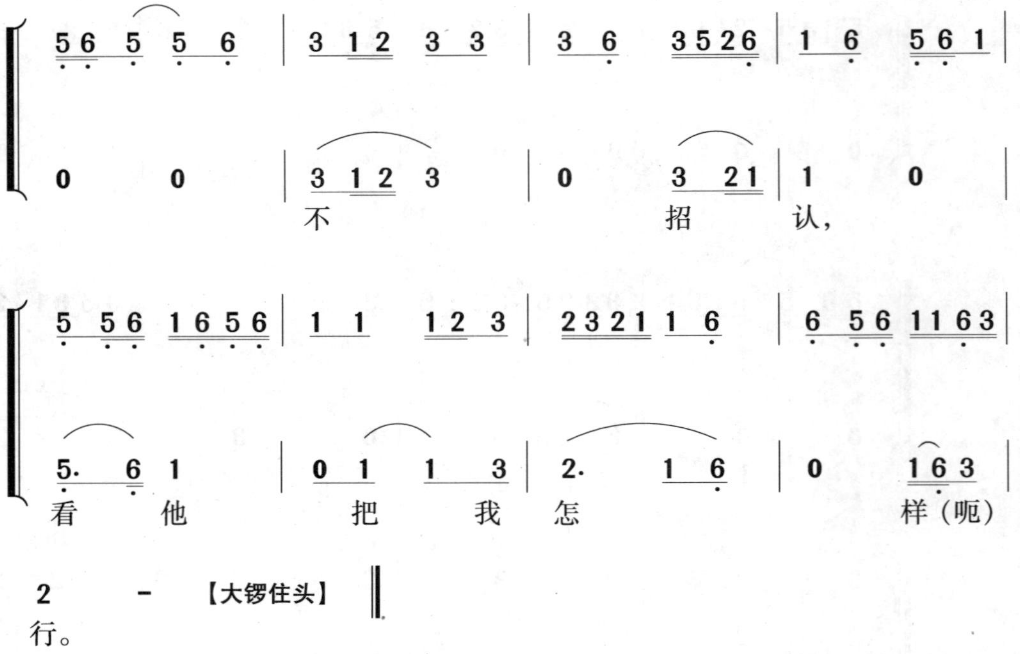

寇　准　潘洪，你是怎样的苦害杨家，还不从实讲来。
潘　洪　无有什么招的呀！
寇　准　呸！

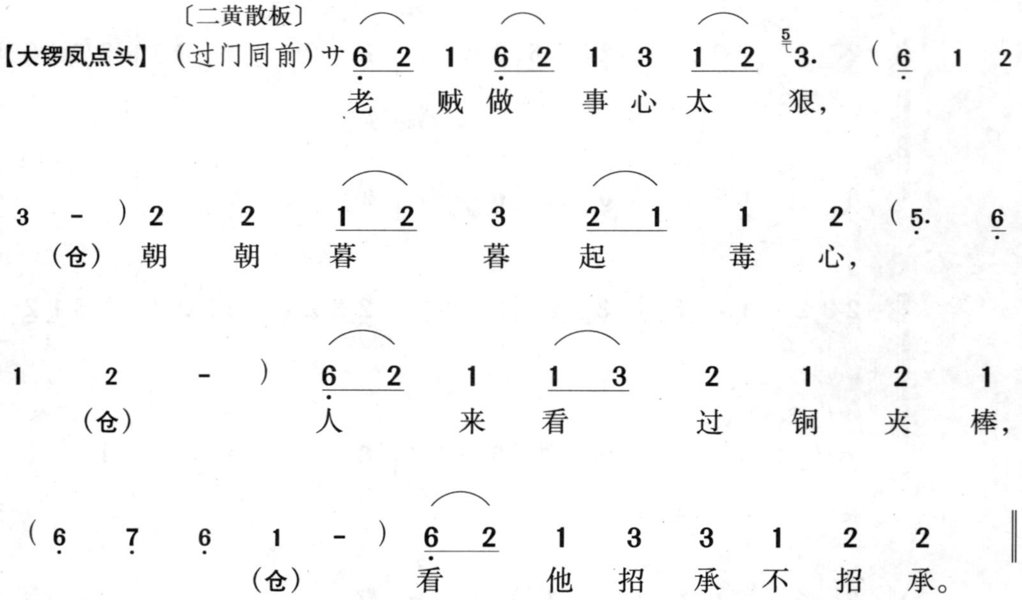

夹起来！

〔【阴锣】潘洪面向里跪，四青袍用堂板夹住潘洪手；二班头用夹棍夹住潘洪的脚，一边一个拉起绳子，马牌站台中，面向前，手扶夹棍。

马　牌　夹起来了。
寇　准　问他有招无招？

马　牌　有招无招

潘　洪　无有什么招的。

马　牌　没招！

寇　准　收！

马　牌　是，收！**【乱锤】**（拉紧绳子。潘做昏状）太师昏厥。

寇　准　松。

马　牌　松刑喽！

〔**【大锣原场】**撤掉刑具，各归原位，潘洪面朝外跪。

寇　准　潘洪，我来问你，谁人与你同谋快快讲来，免得皮肉受苦。

潘　洪　若问同谋之人，有你小寇儿在内**【大锣一击】**。

寇　准　怎么讲？

潘　洪　有你在内！

寇　准　（冷笑）

〔二黄散板〕

【大锣纽丝】（过门同前）サ 1　2　3　3　2　2　3（6 1 2 3 -）
口　似　沙　糖　舌　如　刀，　（仓）

2　3 2　1 2　5 3　2　3　1　2　（3. 5　2 1
心　如　狼　虎　未　长　毛。

6　1　2　-）6 2　1　1 3　2　1　2　1
（仓）　人　来　看　过　红　铁　链，

（6　5 6　7 6　1　-）6 2　1　6　3　1　1　2 ‖
（仓）　看　他　承　招　不　承　招。

马　牌　啊！

〔**【阴锣】**马牌"上场门"下拿红铁链再上，二班头架起潘洪，**【乱锤】**马牌用刑潘洪头向里直身躺下。

马　牌　我说你趁早说实话。（潘洪不回答，用手摸潘洪口，一惊）哟！没气啦！回老爷的话，太师爷他气闭啦！

寇　准　啊！**【乱锤】**（寇准由外出"大座"，青袍、班头将桌椅撤下，再上归两边。寇准在**【乱锤】**中边搓手，边趋步走向潘洪，**【撕边】**右手翻水袖，摸潘洪口，起身立于"大边"台口）**【叫头】**且住！我将刑具俱已用尽。老贼并无一点口供。倘有一差二错，圣上降罪如何是好！哎呀这……**【乱锤】**（搓手后双手垂于腹前，仍站在"大边"台口）

马　牌　老爷你别着急，这人不动心他死不了。

寇　准　不然便怎么样？

马　牌　一口凉水就得。
寇　准　好，快快取来。
马　牌　您等等。（“上场门”边幕拿茶碗）您瞧着（喷介）【锣边效果】
潘　洪　（呻吟）哦呵……！
马　牌　（对寇准）您听见了吧，太师爷您放了一个屁。
寇　准　呃，叹了一口气，下面领赏去吧。
马　牌　谢老爷！（“上场门”下）
寇　准　搀了起来。

「【长锤】二班头一边一个搀扶潘洪。

〔二黄原板〕

潘　洪

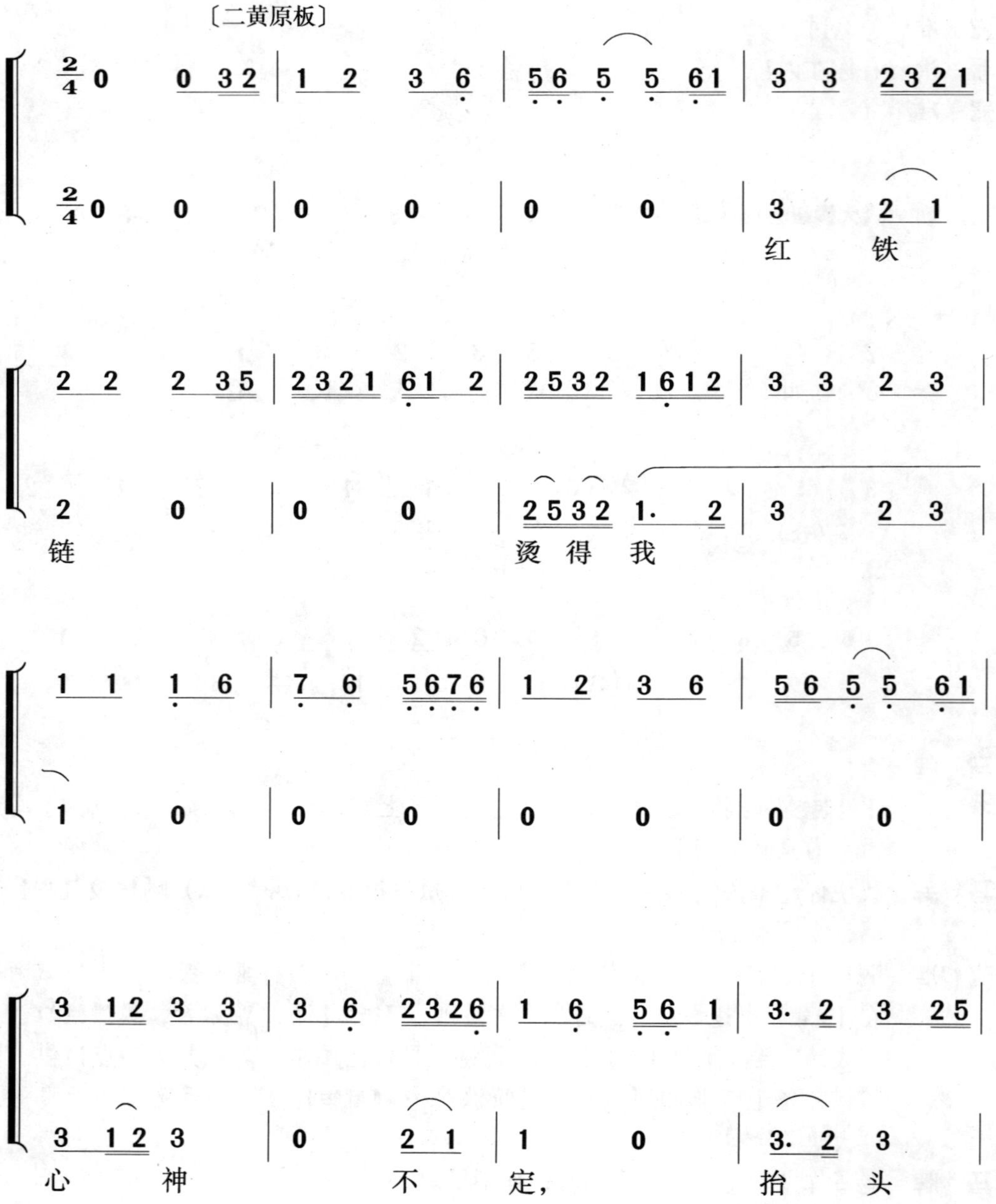

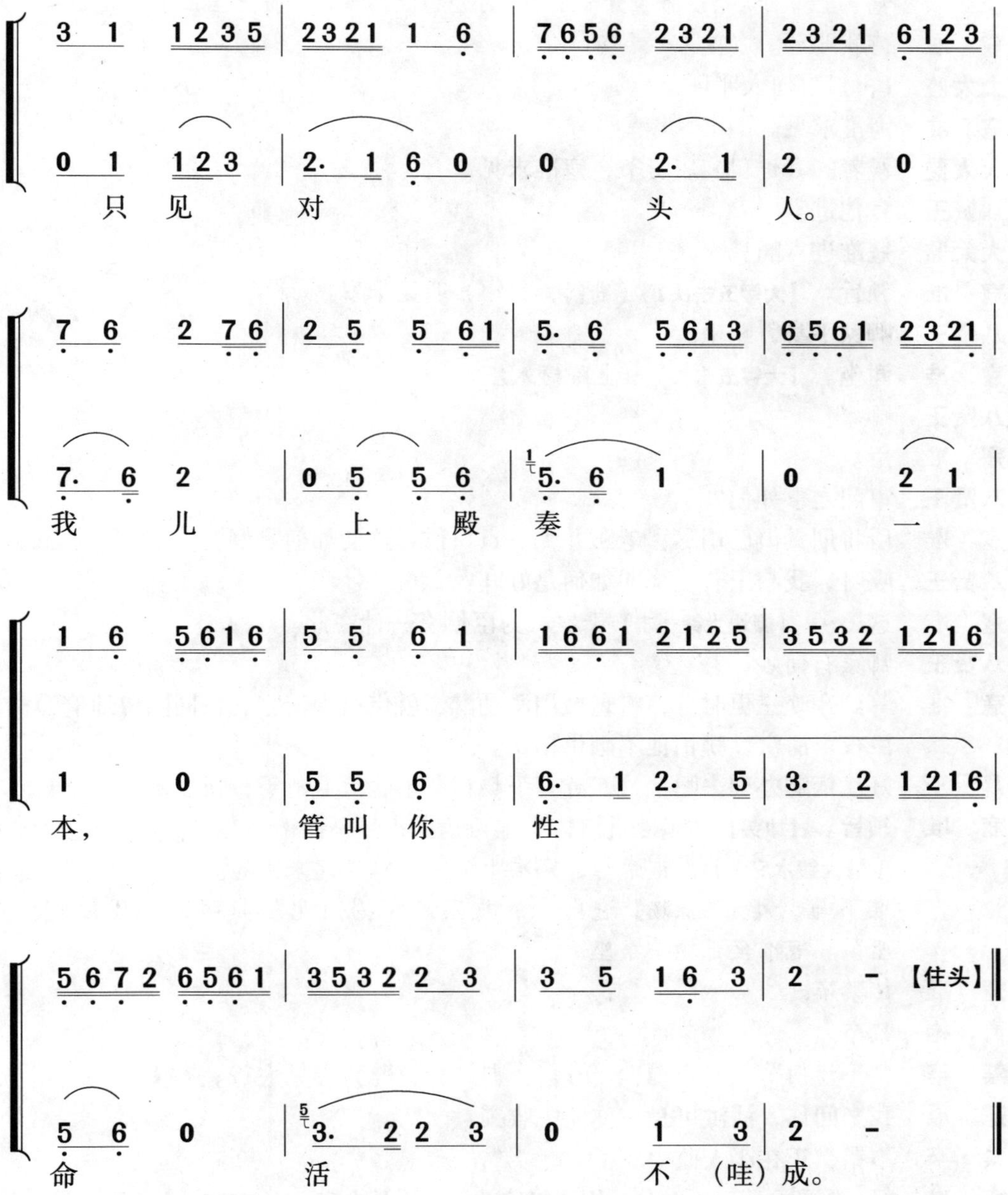

寇　准　太师爷不必动怒，待下官上殿奏道：将这场官司俱推在杨六郎的身上，保太师爷回雁门关就是。

潘、洪　但凭于你。

寇　准　搀了下去。

〔**【大锣原场】**二班头扶潘洪“上场门”下，闭二幕。场上只留四青袍和寇准。

寇　准　**【叫头】**且住！老贼并无一点口供，这便如何是好！**【撕边】【叫头】**有了。不免去至南清宫，面见贤爷，再做道理。衙役们。

四青袍　有。

寇　准　带马南清宫去者。

〔**【大锣水底鱼】**青袍给寇准带马，领圆场，至“上场门”“一条鞭”，寇准下马，青袍“上场门”下。幕拉开，正场“小座”上跨椅，八贤王坐正场，太监站在“大边”。

寇　准　待我叩环。（效果）

大太监　（出门）何人叩环？

寇　准　寇准求见。

大太监　候着。（进门）启贤爷，寇准求见。

八贤王　宣他进宫。

大太监　寇准进宫啊！

寇　准　领旨。**【大锣五击头】**（进门，正中）叩见千岁！

八贤王　卿家平身，赐坐。

寇　准　谢坐。**【大锣五击头】**（上跨椅入座）

八贤王　卿家。

寇　准　臣。

八贤王　审问之事如何？

寇　准　臣将刑具俱已用尽，老贼并无一点口供，这便如何是好？

八贤王　哎呀，我叔王若是降罪如何是好哇？

寇　准　这……**【撕边大锣一击】**千岁，为臣倒有一计在此。

八贤王　卿家有何妙计？

寇　准　等到今晚三更时分，将老贼用酒劝醉，就借这南清宫，扮同阴曹地府模样，你我君臣夜审潘洪，哪怕他不画供招认。

八贤王　好！依卿办理去吧！（起身“下场门”下，太监随下，闭二幕）

寇　准　领旨。**【冲头】**（起身出门，青袍两边上）带马回衙。

〔**【大锣水底鱼】**青袍带马，寇准上马，青袍领起来圆场。归上场门“一条鞭”，寇准下马，**【大锣原场】**进门，青袍跟着“挖门儿”归两边，幕拉开，正场“小座”。寇准坐正场“小座”。

寇　准　传禁卒。

青　袍　禁卒。

禁　卒　（“下场门”上）来啦！（进门，归“大边”）参见太爷。

寇　准　我来问你，潘洪可是在你监中收锁？

禁　卒　不错，正在小人监中。

寇　准　好，等到今晚三更时分，用酒将他劝醉，附耳上来，**（匝匝匝台）**（耳语介）小心去吧！

禁　卒　是。

〔**【大锣五击头】**青袍两边分下，寇准下场门下。闭二幕。禁卒出门，在台口。

禁　卒　太爷命我用酒将潘洪灌醉，三更时分带至南清宫，今晚要夜审老贼。哎，天不早啦，我不免监中走走。**【小锣水底鱼】**（幕拉开，正场桌“大座。”禁卒进门）我把老家伙给弄出来。（向“上场门”方向）有请太师爷。

〔**【大锣纽丝】**禁卒到“上场门”处搀潘洪上。

〔二黄散板〕

潘　洪　（过门同前）サ ^{3}2　3　3　2　$\underset{\cdot}{6}$3　2 1　1　$\underset{\cdot}{6}$3　2 1　2 1

我　心　中　只　把　那　寇　准　来　恨，

【大锣凤点头】2 3 3 ^{5}3 2 2 3 2 1 $\underset{\cdot}{6}$ 1 2 2【大锣住头】‖
有 一 日 回 雁 门 定 斩 仇 人。

〔潘洪入“大座”，禁卒站“小边”。

潘 洪 咳！【大锣一击】可恼！

禁 卒 我说太师爷，您恼的是什么？您又恨的是什么呢？

潘 洪 我恨寇准小儿，他不管老夫是皇亲国戚，擅动五刑，老夫若大年纪，怎能受得。岂不可恼。

禁 卒 嗯，是可恼，是可恨。别说您恨他，就是我们这衙门口儿，上上下下，里里外外没有一个不恨他的，（暗用手指潘洪）连我都恨他。

潘 洪 啊，禁卒，你恨他何来？

禁 卒 您听我说呀。打他上任以来，是有功不赏，有过就罚，还克扣我们的钱粮。您说他可恨不可恨。

潘 洪 嗯，该恼，该恨哪！

禁 卒 该恨吧？我想起来啦，哎，太师爷，我忘了给您道喜啦。

潘 洪 啊，事到如今，老夫我喜从何来？

禁 卒 不是，刚才我听人家说呀：后宫有位娘娘在万岁爷驾前给您保下本来了。

潘 洪 哦，想是我女儿在万岁驾前，将本保下来了。

禁 卒 对啦，刨了您啊，还有谁呢？

潘 洪 （得意的）嗯……

禁 卒 我说太师爷，我还想起一件事，那杨六儿呀，也拿进京城来啦。

潘 洪 哦，那杨六儿也拿进京来了。

禁 卒 对啦，拿进京来啦！

潘 洪 哎呀，这就好了。

禁 卒 唉，我们这坐儿上的，这官儿也做不长啦。

潘 洪 哼，赃官哪！（愤恨的）

禁 卒 可不是赃官嘛。

潘 洪 嗯——赃官哪！（随声叨念着）

禁 卒 哎，太师爷，我尽顾着跟您说话儿啦，我忘了一件事情，我早就给您预备好啦！

潘 洪 你预备下什么？

禁 卒 水酒哇！

潘 洪 哦，水酒你也预备下了？

禁 卒 是呀，这大喜的事儿，您总得喝点呀。

潘 洪 好好好，老夫我就扰你三杯。

禁 卒 好，我给您取酒去。

潘 洪 好。

禁 卒 （上场门取酒介）取来啦，取来啦。（放桌上酒杯、酒壶）太师爷，我给您满上，（倒酒介）得了，您喝吧。

潘 洪 好，好，（拿起酒杯，欲饮又止）咳！【小锣一击】寡酒难饮。

禁　卒　哪儿是寡酒难饮哪，想当初，您在雁门关执掌兵权大印的时候，您在中间喝酒，边儿上有多少人围着呀。到现在您一个人坐这儿喝酒，边儿上就剩下我啦。哎，太师爷，我又给您预备好啦。

潘　洪　你又预备下什么？

禁　卒　美女呀！

潘　洪　哦！美女你也预备下了。

禁　卒　是呀，早就预备下啦。

潘　洪　哎呀哈、哈、哈……（开怀大笑）好个会办事的娃娃！

禁　卒　是呀，在您这儿不会办事，在谁跟前儿会办事呀？

潘　洪　好，快快唤她们前来。

禁　卒　哎，我叫她们去。**【小锣住头】**（上场门处领春香、秋香上）来来来，见过太师爷。

春　香
秋　香　参见太师。

潘　洪　罢了起来，哎呀哈哈……（贪心地大笑）**【撕边小锣一击】**（春香、秋香分站潘洪两边，禁卒仍归“小边”外）你叫什么？（指“大边”站立的春香）

春　香　春香。（献媚地答应）

潘　洪　哦，春香哈哈……。你叫什么？（指“小边”秋香）

秋　香　秋香。（献媚地答应）

潘　洪　哦秋香哈哈……

禁　卒　哎，来来来，快给太师爷斟酒哇。

〔二女与潘洪斟酒并将酒杯递给潘洪，潘洪接杯，饮酒。

禁　卒　您喝着。

潘　洪　咳！有日老夫回转雁门，兵权在手，杀进京来，得了宋室天下，哼，我定报此仇！

禁　卒　（“背供”）呵，这老小子还安这个心哪啊！（马上唤二女）来来来，给太师跪下，跪下。（二女在原地跪下）

潘　洪　她二人跪下做甚哪？

禁　卒　有朝一日，您得了宋室天下，总得封封她们哪。

潘　洪　嗯，好！有朝一日，老夫得了宋室天下，我封你（指春香）是东宫。

禁　卒　快快谢过太师爷。

春　香　谢太师！（起来，站原地）

潘　洪　我封你（指秋香）是西宫。

禁　卒　快谢谢太师爷。

秋　香　谢太师！（起来，站原地）

禁　卒　太师，我也给您跪下啦。（原地跪下）

潘　洪　呃，你也跪在老夫面前做甚哪？

禁　卒　不是呀，您都封了她们啦，您也得封我呀！

潘　洪　嗯，好！好夫得了宋室天下，我封你是——（想介）

禁　卒　什么呀？

潘　洪　当朝的国舅哇。

禁　卒　这个——嘿，我弄一个舅爷。哎，来来来，给太师爷斟酒，让太师爷喝着。

［二女轮番斟酒，潘洪连饮。禁卒又斟一杯。

潘　洪　呃，我扰你一杯。（接连饮酒【软撕边】接【乱锤】潘洪醉，扶桌而坐）

禁　卒　太师爷。

潘　洪　（不醒的）嗯，——。

禁　卒　嗯，喝的差不多啦。

［禁卒示意春香、秋香“下场门”下。拍手，二班头拿三个面具“上场门”上。

二班头　怎么样啦？

禁　卒　灌醉了。

二班头　好，动起手来。

［【阴锣】三人带上面具，进门，二班头两边，禁卒在中，一拍桌子，潘洪醒：“啊！”禁卒给潘洪带上“手杻”，拉潘洪从桌左边出来，二班头在后，从下场门斜台口处出门，【急急风】向上场方向走“S”到台中，【大锣蹉锤】向下场门方向蹉步下，【急急风】闭幕。

第　七　场

［幕启：正中高台，八贤王戴阎君面具立于高台。“大边”斜场“大座”，桌上放文房四宝，两张状纸，寇准戴判官面具坐“大座”。四青袍均戴小鬼面具、蓬头，立于高台两侧。【急急风】转【冲头】

八贤王　大小二鬼。

四青袍　噢！（学鬼叫声应【大锣一击】）

八贤王　将潘洪押上殿来。

四青袍　噢！

［【急急风】二班头及禁卒均戴蓬头、面具押潘洪“上场门”上，【大锣原场】挖进门归台中，潘洪向里一望，向外甩髯，转身面向里跪，二班头卸手杻立两边。禁卒站“大边”。

八贤王　嘟！【大锣五锤】胆大潘洪，在阳间怎样苦害杨家。你若招了实口供，放你还阳，还有一朝人王帝主之分。如若不招，将你叉入油鼎。

［潘洪转身朝外跪，【撕边大锣一击】向左一望，众：“噢！”【撕边大锣一击】潘洪又向右一望，众：“噢！”【撕边大锣一击】潘一想。

潘　洪　唔呼呼呀！我道来在什么地方，原来是森罗宫殿。上面阎君对我言道：叫我将苦害杨家之事从实招来。我若招了实口供，放我还阳，还有一朝人王帝主之分；我若不招，叉入油鼎。【撕边大锣一击】哎呀，冤仇可解不可结，我招了吧！

众　招的好！

潘　洪　招了吧！

众　招的好！

潘　洪　我招了吧！

〔二黄导板〕

【大锣导板头】サ（ $\overset{6}{\frown}$5.　<u>4 3</u>　2　<u>1.　2</u>　3　2.　<u>1</u>　6　^{6}5　–　）

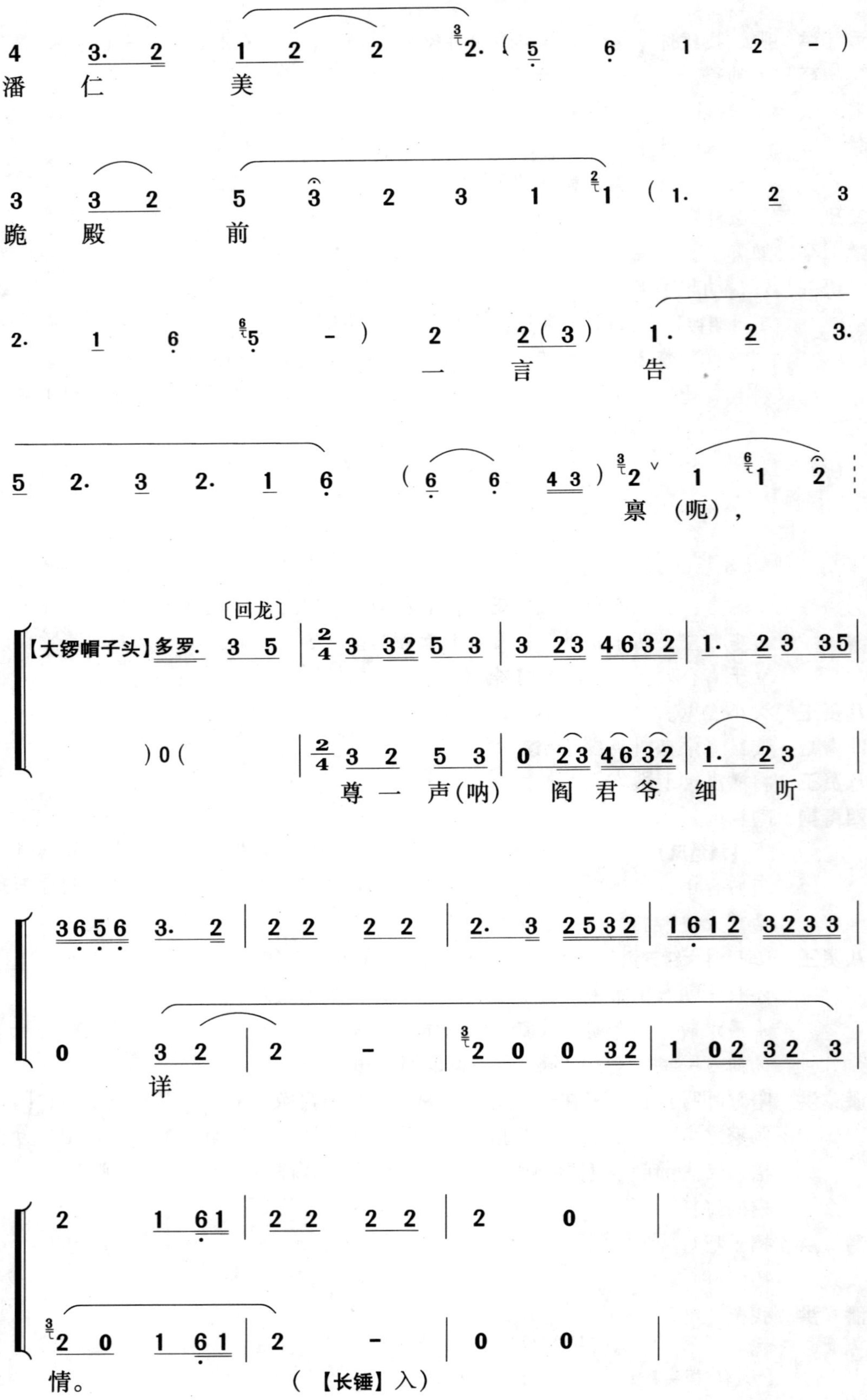
潘仁美
跪殿前
一言告
禀（呃），
〔回龙〕
【大锣帽子头】多罗.
尊一声(呐) 阎君爷细听
详
情。
（【长锤】入）

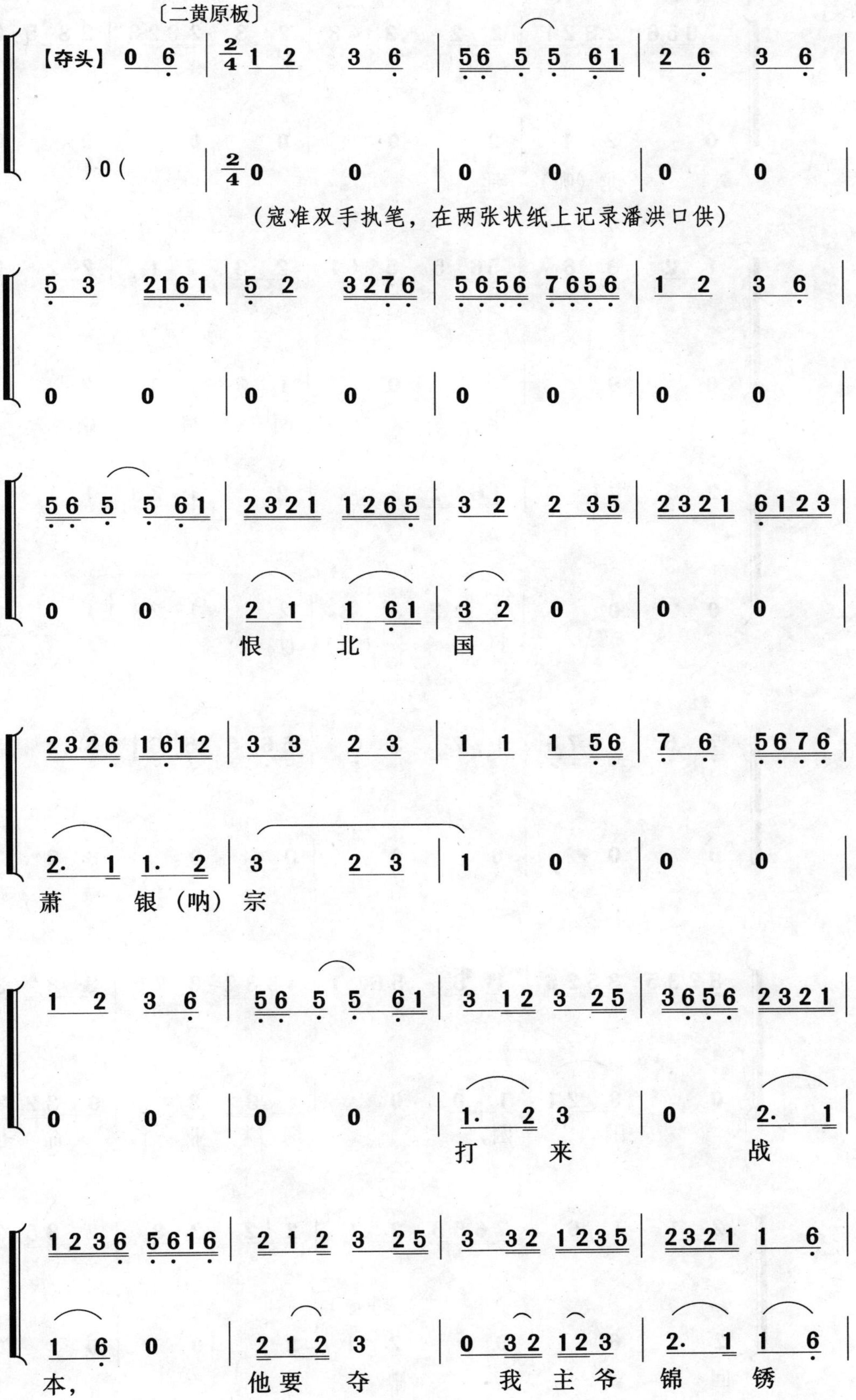
〔二黄原板〕
【夺头】
（寇准双手执笔，在两张状纸上记录潘洪口供）
恨北国
萧银（呐）宗
打来战
本，他要夺我主爷锦锈

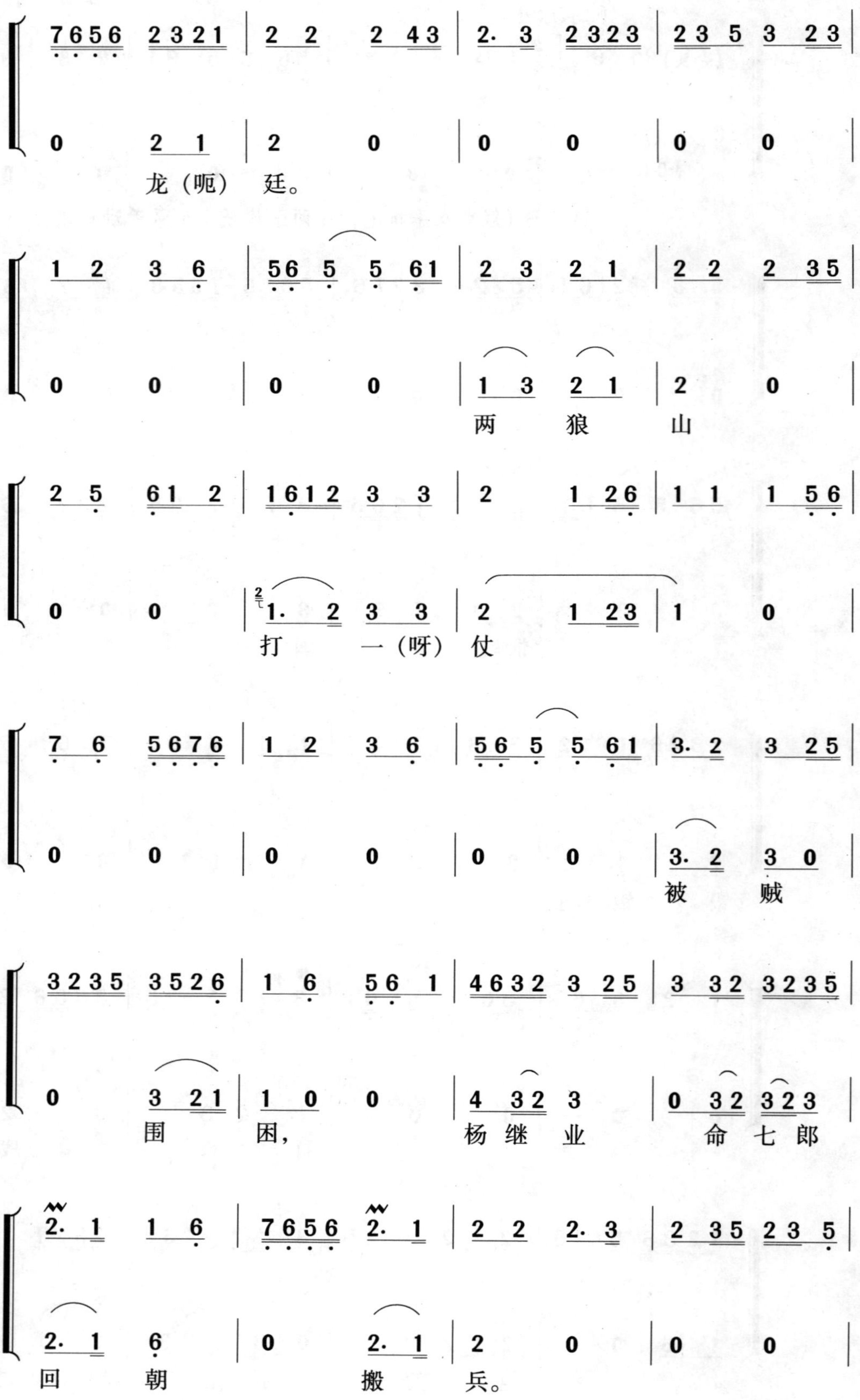
龙（呃） 廷。
两 狼 山
打 一（呀） 仗
被 贼
围 困，
杨 继 业 命 七 郎
回 朝 搬 兵。

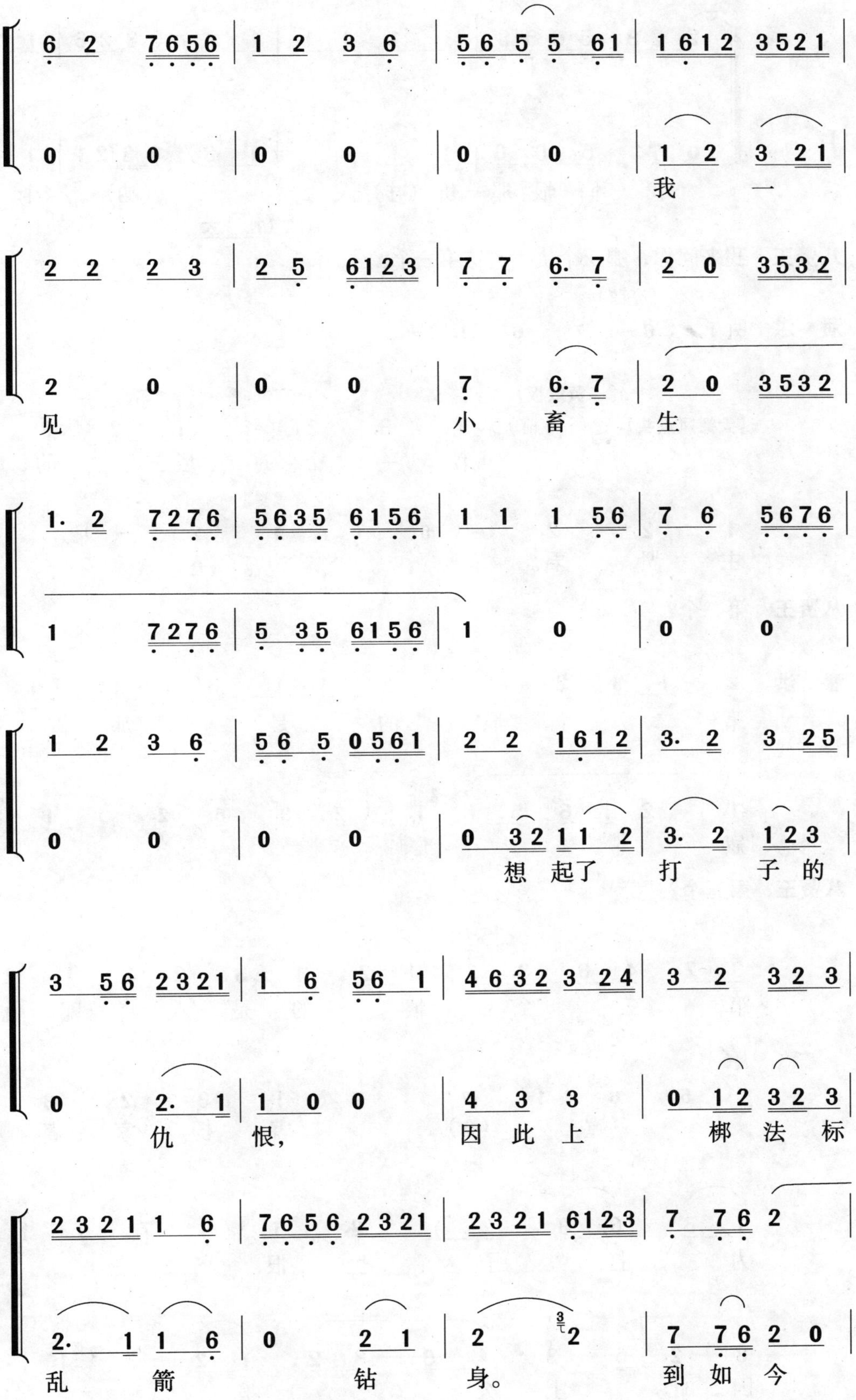
我 一
见 小 畜 生
想起了 打 子 的
仇 恨, 因 此 上 梆 法 标
乱 箭 钻 身。 到 如 今

2 23 5656 | 1 1 11 | 1 3 3326 | 1 0 |

0 7 5 5 6 | 1 1 1 | 1 3 0321 | 1 0 |
我 恼 恨 那 仇（哇）人 三 （呐） 个，
（扎 大 扎 仓）

八贤王 我来问你，哪三个仇人，这第一个？

〔亮弦〕
潘 洪 听了。（6 7 6 1 －）

〔二黄散板〕
【大锣凤点头】（过门同前）サ 4 3 2 1 1 2 3 3 3
第 一 个 恨 的 是 八

1 2 2. （5 6 1 2 －）
主 贤 君。 （仓）

八贤王 第二个？

潘 洪 2 13 2 13 2.1 1.6 6 32 163 23
第 二 个 恨 的 是 那 御 史

1. 2 1 6 5 6 1. （2 3. 5 2. 1 6 5 －）
寇 准， （仓）

八贤王 第三个？

32 46 3.2 12 3 3 2.1 1 2 2
第 三 个 恨 的 是 六 郎 仇 人。

（5 6 1 2 －） 1 3 2 3 21
（仓） 害 杨 家 都 只

16 63 21 2 1（6 7 6 1 －）
为 打 子 仇 恨， （仓）

3 2.5 3 4.6 32 12 3（1. 2 3）
因 此 上 公 报 私

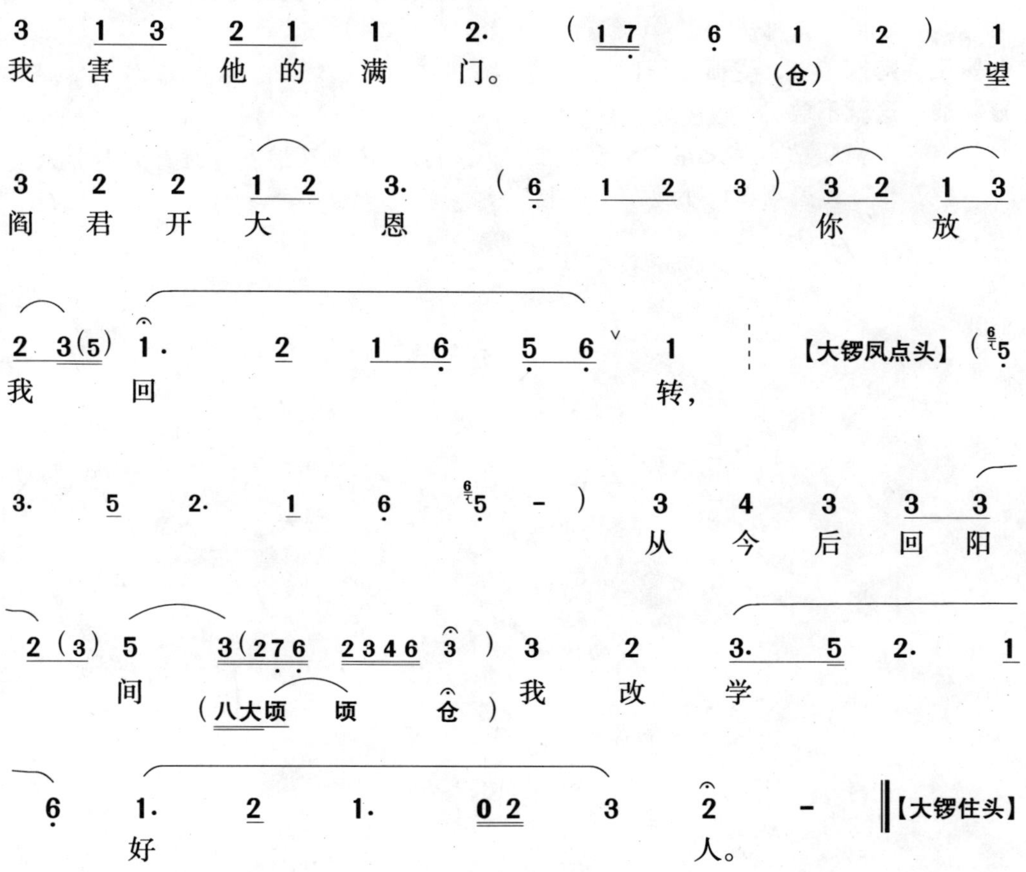

八贤王 可是实情？

潘　洪 句句实情。

八贤王 叫他画供。

〔班头拿纸笔给潘洪。

潘　洪 供招事实。**【撕边大锣一击】**（画供）

八贤王 收了威严者！

〔**【冲头】**台上所有人都摘下面具，青袍两边下。

寇　准 潘洪，你还有何话讲？

潘　洪 住了！**【大锣一击】**你等假设阴曹，诓审老夫，该当何罪？

寇　准 哼，现有你的供招在此，你还敢强辩？

潘　洪 拿来我看。

寇　准 叫他看来。

〔**【冲头】**班头从寇准手中接过状纸交给潘洪，潘洪接过。（**八仓、八仓、八仓**）将状纸扯碎。

八贤王 带了下去。

〔**【冲头】**二班头拉潘洪“上场门”下。八贤王下高台，寇准出座，八贤王在台中靠“小边”一点，寇准在“大边”。

八贤王 **【叫头】**哎呀卿家呀！供招被他扯碎如何是好哇？

寇　准　【叫头】千岁！千岁不必惊慌，他撕的乃是假的，真的现在这里，贤爷请看！（左手举纸）（**嘟仓**）

八贤王　卿家请上，受孤一拜！

寇　准　这就不敢。

「奏唢呐曲牌<尾声>后半段，八贤王与寇准双搭手“推磨儿”，八贤王归“大边”，寇准归“小边”，亮相。

——剧　终

迟金声 **整理** 常保全 **执笔** 杨凌云 **记谱**

清风亭

马连良演出本

京剧《清风亭》的剧情根据的是明代秦鸣雷的《合钗记》传奇。我所知道过去在京剧中，只上演《天雷报》(也称《清风亭》)一折。马连良先生在1928年排练上演全部《清风亭》一剧。其内容：由薛荣进京赴考，侧室周桂英产下一子。因大娘嫉妒，命老仆将婴儿抛弃。时逢元宵佳节，张元秀老夫妇前往观灯，在周梁桥拾得这个婴儿，抱回抚养，取名继保。十三年后，张继保下学归家，问老人要他的亲生父母，老人劝说不听，乃独自跑出家门，老人随后追赶。至清风亭，正遇周桂英私逃在此歇息，在解劝中得知继保是自己所弃之子。她不顾老人的伤心，携了继保匆匆离去。

在京剧传统戏的一折中是由张元秀失子之后，老夫妇思念成疾，沦为乞丐。一日邻里说张继保已得中状元，回原籍祭祖，要在清风亭小憩。他们老夫妇高兴地到亭中认子，不料改姓名为薛继保的状元拒不相认，只以“怜贫”之情赏了他们二百铜钱。二老人愤怒之下在清风亭中触柱双亡。过去只演这一折时张继保被雷殛毙，故此叫《天雷报》。

马先生后来演出把雷殛删去，按一出悲剧结局处理，这样做减去了迷信，并不影响全剧的效果。

关于这戏的故事来源，我看到了一些资料。清代焦循所著《剧说》(卷二)中曾写道：

今村中演剧，有《清风亭认子》，为张继保忘义父之恩，为雷殛。按此事本之《北梦琐言》：张裼尚书典晋州，外贮所爱营妓，生一子，其内子妒忌，不敢取归，乃与所善张处士为子，居江津间，常致书题问其存忘。及渐成长，教其读书。有人告以“非处士之子。尔父在朝官高”。因窃其父与处士缄札，不告而遁。归京国，名仁龟，有文，性好学修词，应进士举及第，历侍御史。因奉使江浙，于候馆自经而死，莫知所为。先是张处士怅恨而终，必有冥诉，罹此祸也。

焦循是江苏甘泉人，生于清代乾隆二十八年(1763)，卒于嘉庆二十五年(1820)。他在当时曾看过“花部”上演此剧，在《花部农谭》一书中，对这个戏的内容写得非常细致：

花部中演为《清风亭》剧，张处士仍姓张，仁龟则谬为薛氏子。其本末略同：处士夫妇以织扉磨豆为生。拾得此子，有血书乞人收养，处士力贫抚育，得存活。至十数岁，适其生母过此，乃窃血书逃去，登第，出使矣。张自此子出逃，其妇日诟，以思儿得疾，不复能磨豆。张日扶其病妇至清风亭望此儿归。盖年皆七十许矣。久之，愈衰老，困苦行乞，而食暇则仍延颈于清风亭。一日，传有贵官至，将憩于亭。坊甲洒扫见二老人，因曰：“吾昨见此官，殊与翁媪之逃子面相似。明日官憩此，翁媪其潜于近处。吾验视诚然，来为翁媪告也。”二老人喜甚。明日，坊甲验视不错，乃欣然招二老人。二老人欣然至，入亭视之，良是，往呼儿，其子怒曰：“是何乞儿，妄谬至此！”翁媪乃历述十数年养育事。仍不动，惟曰：“持据来！”据则已窃去，固无有也。于是二老人乃蒲伏叩头曰：“公贵人，我小民岂敢以抚育微劳冒认父子；但十数年相依，姑作一家仆乳婢，携我两人，生食之，死棺之，免饿毙于路，他无敢望矣。”其侍从奴仆感动，跪代为乞。此子曰：“此两乞丐，得二百钱足矣。”乃以钱二百给之，挥于亭外。媪让翁曰：“儿恨尔，尔素督责其读书过切；我则保持之，虽长，未尝一日离诸怀也。尔姑退，我独求之，伊当怜念我。”媪复入，此子怒詈益甚。媪大哭，以钱击其面，触亭而死。翁见媪久不返，往视，见媪死，亦大恸，以首触地死。此子转呵斥坊甲勾引，坊甲亦强项不服。此子竟挥驺从去。乃作天雷雨状，而此坊甲者冒雨至亭下，见有披发跪者，乃雷殛死人也。视之，则前之贵官，右手持钱二百，左手持血书。坊甲乃大声数其罪而责之。此即张处士郁恨而死，仁龟得阴谴之所演也。郁恨而死，淋漓演出，改自缢为雷殛，以悚惧观，真巨手也。

以上是《花部农谭》中的文字。另外我看到《远山堂明曲品》（明代祁彪佳著）一书中有这样简短一段：“《合钗》，秦鸣雷（著）。调不伤雅，而能入俗。《清风亭遇子》一出，宛然当年情景。弋优盛演之。后半稍浅略，为强弩之末。”

祁彪佳，浙江山阴人，生于明万历三十年（1602），卒于清初乙酉年（1645）。他看过这戏，并写到“弋优盛演之”。可见这戏是明代编写的，在当代就流传上演了。

《缀白裘》十一集卷二有《赶子》一折。其中所有的唱通写为“批子”，有些专家们对这“批子”唱的是什么？也有不同说法。

一个剧目明代开始演出，一直流传下来，这是很不容易的。从京剧来讲这出戏有它的艺术特点和独有的风格。因为它调动了戏曲中的一切表现手段，有一些形体动作已形成了对称、和谐、规范，达到舞蹈化的程度，但它又能使观众感到真实可信。这虽是戏曲表演应有的特点，但更重要的是前辈在这戏中做了一番精心的安排设计和创造。

这戏的后半出是传统戏《天雷报》，在唱、念、表演上都有独特风格，是京剧“衰派老生”的应工戏。我堂叔迟景荣（京剧音乐工作者，专工笛子）讲过：早年三庆班中周长山老先生擅演做工戏，如《一捧雪》、《九更天》、《天雷报》等，他五弟周长顺为他配演老旦，堪称一绝。谭鑫培先生演《天雷报》也由周长顺配演贺氏，长顺先生故世后由罗寿山、王长林先生配演贺氏。

马先生的全部《清风亭》，首演于1928年8月28日，在北京的中和园。贺氏由王长林先生扮演。在传统《天雷报》中王先生曾对马先生指导过谭派的动作和技巧。以后马先生与马富禄先生几十年合作演出，堪称珠联璧合。

马连良先生在一次戏曲艺术讲座中曾谈到做工老生的一些表演方法，其中着重谈到了《清风亭》的张元秀：

演戏就是表演人物，不同的人物，就要有不同的演法，不能千篇一律，尤其是“做工老生”更应该注意这一点。就以老生的脚步为例，《清风亭》的张元秀、《四进士》的宋士杰、《甘露寺》的乔玄，都带“白满”，都是白胡子老头，但是因为人物的身份不同、性格不同、穿戴不同、处境不同，所以他们出场时的脚步就不能完全一样。《清风亭》的张元秀是个打草鞋、磨豆腐的劳动人民，他出场时穿紫花老斗衣，出场的锣鼓是【小锣抽头】打上，走动时两腿要弓，腰要弯，有点驼背，因为他长年的劳动，生活又不好，所以才有这样走路的姿态，他的脚步要给观众一种健康、朴实的感觉。

他在前半出虽然拿着拐棍，因为他心情和身体还好，所以这枝拐棍对他来说就不起什么作用，走路的姿态就比较稳健。但是到了后半出他唯一的儿子叫人家认走了，他老婆又天天跟他吵闹要儿子，他自己因为思念张继保，忧郁成病，生活困苦，他的那枝拐棍就有了作用了。他要靠它走路，成了这个老头儿的第三条腿，走路时腿更弓了，腰更弯了，而且走起路来头部要有点微微摇摆，使观众感到这个老头儿是贫病交加，心神不好，走路有点走不动了。所以就是同一个人物，在同一出戏里也要根据他的处境、年龄、心情的变化，改变他走路的神态，人物才能演活。

马先生所谈的表演问题首要是分析人物，了解人物，根据这些再调动戏曲所能表现的一切手段去创作完成它。在《清风亭》一剧中的张元秀这个人物的变化起伏是较大的，其中包括年龄、环境、遭遇等方面。从年龄的增长，在“拾子”时，张元秀是六十岁吧，他把张继保抚养十三年后，在清风亭周桂英认子一场，她问张元秀的年龄，回答是七十三。后半出，张继保得中了状元，假设他是廿岁，即张元秀老夫妻便都是八十岁了。舞台的全剧演出仅有三小时左右，在表演上须掌握好人物年龄的增长这一点。过去只演《天雷报》一折时，这个问题是不存在的。马先生在这戏中几个阶段的人物变化，都是非常鲜明，把握了这个人物性格的基调。从一根“拐杖”来谈吧，它称之为舞台上的道具，但它也是表现人物、配合形体动作的组成部分。张元秀在全剧都拿拐杖，基本是用左手拿，老旦贺氏用右手拿。马先生对这个人物的拐杖运用也是精心设计的。拿拐杖的手和腕部，要往里扣，但角度不大，如果手腕往里扣的角度大，就形成折腕子了。肘部要轻抬，因为这不同于生活中的老人拿拐棍，怎么拿都可以。在前半出张元秀的身体和环境都较好时，站立时拿拐杖靠胸部要近些，坐时拐杖离胸部远些。到后半出张元秀的年龄增长，身体和环境都变恶劣时，拐杖的运用与上面正是相反，在站立时拐杖离胸部远些（把拐杖当成一条腿），在坐着时，手持杖靠近胸部、棍的上端已靠近肩头。有时右手过到左边，双手侧抱拐杖。这个造型鲜明地表现出当时贫病交加的虚弱老人形象。一根拐杖的运用是有着内容根据的。

马先生曾说过：“台上的道具要注意，要用得自如，要在戏里，观众看着也就舒服了。”马先生对舞台上使用道具非常注意，都做了细致的设计、反复的研究，无论是扇子、马鞭、宝剑、堂板等，都为人物所用，掌握自如。另外在每件小道具的制作上也精心设计，使之统一在一个风格之中。

京剧界中有句流传的话：千斤话白四两唱。清代李渔对念白曾写道：“善唱曲者，十中必有二三，工说白者，百中仅可一二。”

我体会在戏曲的表演艺术中唱、念、做、打是表现人物的手段，尽管有“行当”专工，有所侧重，但是对于表现手段之一的“念白”都应重视。马先生在1959年10月号《戏曲音乐》曾写过一篇文章，其中说道：“话白同样要有调门、尺寸、气口和腔调，同样要有轻重缓急、抑扬顿挫，使观众听了如同所唱的一样，感到情感充沛、悦耳动听。京剧老生有几出戏是以说白为主的……因为每出戏的人物性格不同、处境不同、说话的对象不同，念白的语气和语调就不能一样。所以念白的音乐性是根据不同的人物、不同的情景而产生的。”

《清风亭》这出戏是念白多，唱段少，剧中的情节进展基本都是由念白去完成的。

马先生的念白把握住了人物的年龄、性格和文化知识等方面。在“韵白”的基础上使语言生活化、口语化，在发音方面强调了苍老音色，吐字沉重浑厚，刻画出一个善良、忠厚、直爽的贫苦老人的声像来。

迟金声

人物行当

张元秀	老生	地 方	丑
贺 氏	老旦	薛 禄	丑
周桂英	青衣	薛 仁	生
薛 荣	老生	老 师	老生
张继保	（前）娃娃生	学生甲、乙、丙、丁	娃娃生
	（后）小生	门 官	生
李魁深	老生	门 子	生
丑举子	丑	四青袍	杂
周小哥	丑	四红文堂	杂

服装扮相

张元秀 俊扮。白毡帽、白二涛、蓝绸条，白褶子、黑绦子，黑彩裤（散腿），福字履。（后换）白褶子加补丁、双层腰裙、黑腰巾，灰罗帽、白发髻。

贺 氏 俊扮。茄皮紫褶子，白长腰裙、白腰巾、白发髻、紫裹头布、彩裤、福字履、白褶子、黑长腰裙、蓝裹头布。

周桂英 俊扮。梳大头、天蓝包头布，灰色褶子、绦子、紫帔、花腰包，彩裤，彩鞋。

薛 荣 俊扮。高方巾、黑三，宝蓝褶子，纱帽，紫帔，绦子，彩裤，厚底。

张继保 俊扮。（前）孩发，茶衣儿、腰巾子，黑彩裤（散腿），大袜，鞋。（后改）小生巾、纱帽插状元翅，花褶子、红官衣、玉带，彩裤，厚底。

李魁深 俊扮。文阳、白三，红蟒、玉带，彩裤，厚底。

丑举子 勾丑脸。武生巾，花褶子，彩裤，朝方。

周小哥 勾丑脸。蓝毡帽头儿，蓝布箭衣，小大带，黑彩裤，大袜，鞋。

地 方 勾丑脸。与周小哥相同，戴八字须。

薛 禄 勾丑脸。青罗帽，青褶子、大带，黑彩裤，大袜，鞋。

薛 仁 青罗帽，黪三，青褶子、大带，黑彩裤，厚底。

老 师 高方巾，黪三，古铜褶子、大坎肩，彩裤（散腿），福字履。

学生甲、乙、丙、丁 孩发，均是茶衣，颜色可以不同，腰巾子，彩裤，大袜，鞋。

门 官 黑三，大板巾、蓝素箭衣、黑马褂、大带，青彩裤，厚底。

门 子 罗 帽，青褶子，彩裤，厚底。

四青袍 红椒帽，青褶子，彩裤，薄底。

四红文堂 红大板巾，红龙套衣，彩裤，薄底。

道具

桌子	二张	**包袱**	二个
椅子	二把	**雨伞**	一把
方凳	二个	**马鞭**	二根
亭片	一套	**红门旗**	四面
桥片	一套	**铜线**	二串
拐杖	二根	**血书**	一张
惊堂木	一块	**书包**	五个
文房四宝	一份	**假婴裹布**	一个

桌椅披　香色，素灰色，红和紫平金，湖色，粉色各一套。

第 一 场

〔空场。

〔薛荣内白："走哇！"

〔【大锣纽丝】薛禄背包袱先上，薛荣骑马上至"九龙口"。

〔二黄散板〕

薛 荣 サ（5 5 - 3 2 2 - 1. 2 3 3 2 1 6 6 6 5 -）

1 3 2 2 1 3 2 1 2 1 - 【纽丝】（走至台口）

无 心 懒 观 路 旁（呃）景，

サ（3. 5 2 2 2. 1 6 6 5 -）2 2 1 2 1. 2 3 - 3 2 1 1 2 - 【大锣住头】

披 星 戴 月 奔 帝 京。

卑人薛荣。（仓台）乃瓜州人氏，家业小康。今当大比之年，进京求取功名。看天色已晚，不免寻一旅店。家院。

薛 禄 有。

薛 荣 前面打店。

薛 禄 是啦！

薛 荣 【大锣凤点头】（过门同前）1. 2 1 2 2 2. 1 1 2 2 2 1 -

眼 看 红 日 西 山（哪）隐，

〔【纽丝】薛禄"下场门"下，薛荣打马，走至"下场门"回身。

（过门）1 2 1 2 1. 2 3 - 3 2 1 1 1 2 -

寻 一 旅 店 暂 存 身。

〔【回头】接【一锤锣】"下场门"下。

第 二 场

〔正场桌，二方凳摆成"八字儿"。

〔张元秀内白："走哇！"

〔【小锣抽头】张元秀左手持拐杖"上场门"上，至台前。

〔二黄摇板〕

张元秀 （5 5 3 2 2 3 3 3 3 2 1 6 1 5 6 7 6 5 5）

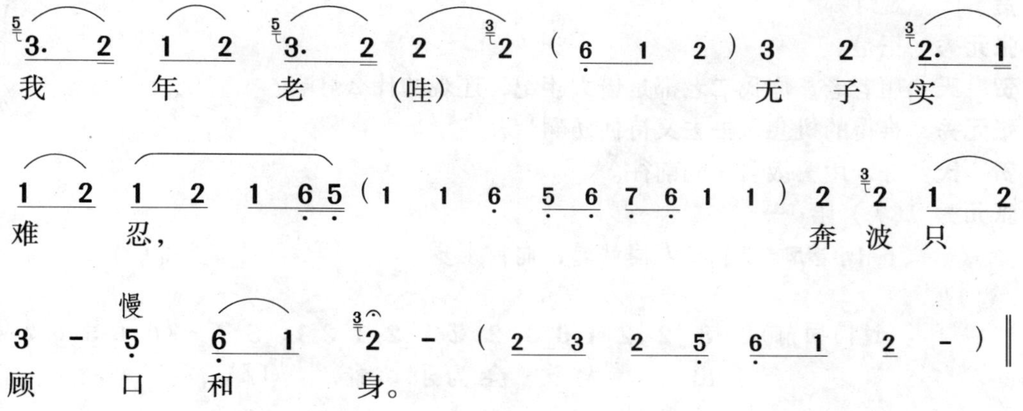

小老儿张元秀。（扎）配妻贺氏，夫妻二人年过花甲，膝下并无一男半女。是我二老每日打豆腐卖草鞋苦度光阴。这且不言。适才长街有人言道：今当元宵佳节，长街有个灯山大会，不免回去对妈妈说明，用罢饭食，前去观灯便了。

〔【小锣凤点头】抖袖，边唱边走小圆场至“小边儿”台前。

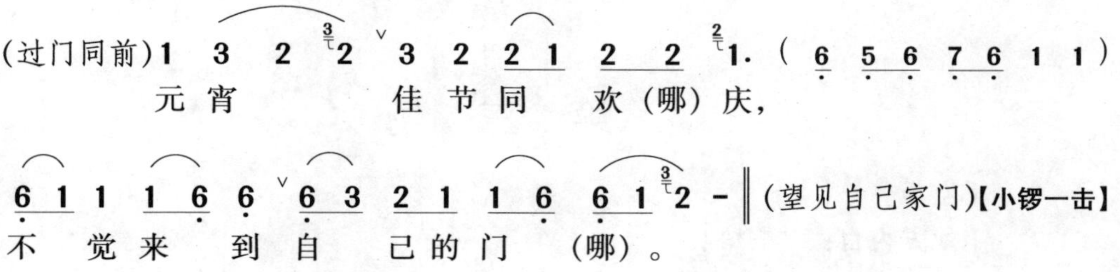

妈妈开门来！

〔贺氏内白：“来了”！【小锣抽头】右手持拐杖，“下场门”上。

〔二黄摇板〕

贺　氏

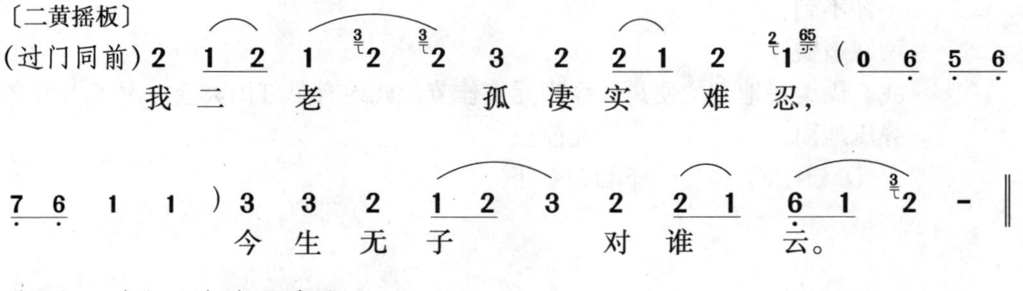

〔开门，出门，与张元秀见面。

老老回来了。

张元秀　回来了。

〔【小锣原场】二人同进门，张元秀挖至“大边”，贺氏归“小边”，同坐。

贺　氏　老老，草鞋卖的如何？

张元秀　俱已卖尽了。

贺　氏　哦，俱已卖尽了？

张元秀　正是。啊妈妈，适才长街有人言道：今当元宵佳节，长街之上有个灯山大会十分热闹，你我二老用罢饭食前去观灯，你看如何哇？

贺　氏　观灯哪？
张元秀　正是。
贺　氏　啊老老，你我二老都是偌大年纪，还观的什么灯啊？
张元秀　难得的机会，去去又待何妨啊！
贺　氏　好，用罢饭食一同前往。
张元秀　（笑）哈……

〔【小锣凤点头】二人同站起，向前上步。

（过门同前）3 3 2 2 1 6 3 2 2 1 2 1 2 1 · 6 1 －（0 6 5 6 7 6 1 1）
灯 山 大 会为乐 景 （哪），

贺　氏　3 2 1 2 1 2 3 － 2 1 6 1 2 －‖
人 活 一 世 草 一 春。

〔【小锣原场】二人"下场门"同下。

第　三　场

〔空场。
〔地方内白："啊哈！"
〔【小锣五击头】地方"上场门"上至台口。

地　方　地方地方，
差事难当。
一卯不到，
两腿遭殃。
我，周梁桥地方的便是。今当元宵佳节，此地有个灯山大会。奉了太爷之命，前去弹压地面，天不早了，就此前往。

〔【小锣打下】地方"下场门"下。

第　四　场

〔"下场门"处摆"桥片"。锣鼓奏【雨声】效果。
〔【大锣水底鱼】薛仁手抱婴儿，"上场门"急上，走至"桥片"处，回头观望，看四下无人，将婴儿放在桥洞内，急从"下场门"下。【撤锣】
〔张元秀内白："走哇！"【小锣抽头】张元秀，贺氏"上场门"同上，至台中。

〔二黄摇板〕
张元秀　（过门同前）1 2 3 2 0 2 3 3（3 2 6 1 2 3 3）1 2 3
正 在 观 灯 多 高 兴， 细 雨 纷

2 3 1 2 1 2 [3]2 (0 3 2 1 6 1 2 3 2 1 6 1 2) 3 2 1 1 3 [3]2
纷 降 埃 尘。 夫 妻 双双

2 [3]2 1 ∨ 1 - [6]1 2 [3]2 [3]2 1 7 6 1 2 [1]2 1· 6 1 -
往 前 奔，

〔【小锣抽头】张元秀与贺氏走半个小圆场，归台中靠“小边”处，听到婴儿啼哭声。二人同惊。

〔亮弦〕
【小锣一击】(6 7 6 i -)

张元秀 啊!

【小锣凤点头】(过门同前) [3]2 1 1 2 3 [2]3 3 1 [3]2 1 6 1 [3]2 - (2 2 5 6 1 2 -) ‖
哪 里 听得 有婴 孩 声?

贺　氏 啊老老，有了鬼了哇!

张元秀 嘘，哪里是鬼?

贺　氏 什么?

张元秀 是婴孩啼哭啊!

贺　氏 哦! 是婴孩啼哭?

张元秀 正是。

贺　氏 哪里来的婴孩啼哭? (婴儿哭声不断)

张元秀 待我寻找，寻找。【小锣一击】(扎扎扎)

〔张元秀随着婴儿哭声往桥的方向走去，用右手慢慢把婴孩儿拾起，【小锣一击】回身走向贺氏，二人站在台中。

张元秀 啊妈妈，果然是一婴孩。(大大大乙台)

贺　氏 怎么，果然是一婴孩? (从张元秀手中接过婴孩)

张元秀 是一婴孩。

贺　氏 啊老老，待我看看是一男孩，还是一女孩。啊老老，还是个男儿呢!

张元秀 怎么，是个男儿? 如此妈妈，恭喜你了!

贺　氏 啊，我喜从何来呀?

张元秀 想你我二老偌大年纪，膝下并无一男半女，今日拾得此子，接续我张氏门中香烟，岂不是一喜!

贺　氏 啊，果然是一喜啊! 啊，老老，他是你我的儿子，你必须与他取个名儿?

张元秀 总要与他取个名儿。哎呀! 他叫什么呢? 啊，有了，他叫张继保。

贺　氏 哦，叫张继保。(婴儿哭声) 老老，你看张继保，他答应了!

张元秀 嘘，这是啼哭啊!

贺　氏 哦，这是啼哭。啊老老，想我偌大年纪，无有乳食，怎样抚养于他呢?

张元秀 这也说得是啊! 无妨事，买些糕干，将养于他，也就是了。

贺　氏 哦! 不错，糕干将养，也就是了，我们回去吧。

张元秀 天时不早，我们回去了吧!

贺　氏　回去了吧！

张元秀　哈……！

〔二黄摇板〕

【凤点头】(过门同前) 3 3 2 2 1 3 2 2 1 2 1·6 1 – (6 5 6 7 6 1)

拾 得 此 子 我 多 侥 幸(哪)，

贺　氏　3 2 1 2 3 2 1 6 1 2 –

张 氏 门 中 有 后 根。

〡二人同笑，【小锣打下】"下场门"下。

第五场

〡正场桌，"小座"。

〡【小锣抽头】薛荣"上场门"上，至台前。

〔二黄摇板〕

薛　荣　(过门同前) 1 2 1 2 2 1 3 2 1 2 1 – 【小锣抽头】

虽 然 在 京 为 官 好，(转身入座)

(6 5) 3 1 2 3 3 – 1 2 2 2 – (2 5 6 1 2 –)

思 念 家 乡 挂 心 梢。

是我来到京都，得中二甲进士。又蒙恩师提拔在京为官。我离家日久，适才修得书信一封，不免命家院回转家乡，接夫人进京。家院哪里？

〡薛禄内白："来喽。"【小锣五击头】"上场门"上，进门，站在"大边"。

薛　禄　老爷，什么事呀？

薛　荣　(桌上拿信)这有书信一封，命你回转家乡，接夫人进京，不得有误，

〡薛荣转身"下场门"下。

薛　禄　(接信) 是啦！

〡【小锣打下】薛禄出门，"下场门"下。

第六场

〡正场桌，方凳小坐。

〡【小锣夺头】张元秀"上场门"上，至"九龙口"。

〔二黄原板〕

张元秀　2/4 (龙 冬 大大大大 | 台 另台 乙另台 | 大 台 台 2 | 1 2 3 6 |

5 6 5 5 6 1 | 2 5 3 2 7 6 | 5 3 2 1 6 1 | 5 2 3 2 7 6 |

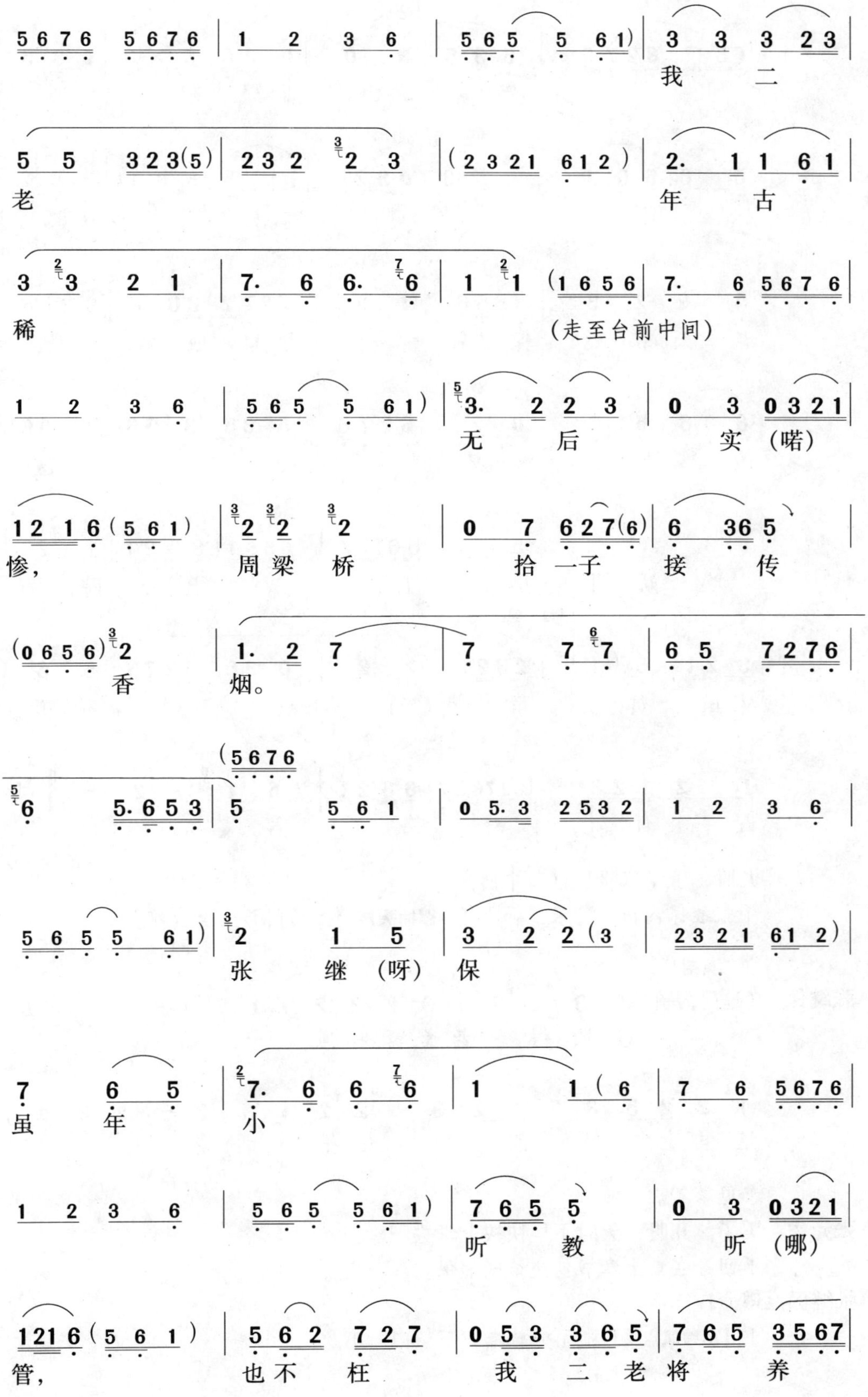
我 二
老 年 古
稀 （走至台前中间）
无 后 实（喏）
惨， 周梁 桥 拾一子 接 传
香 烟。
张 继（呀）保
虽 年 小
听 教 听（哪）
管， 也不 枉 我 二 老将 养

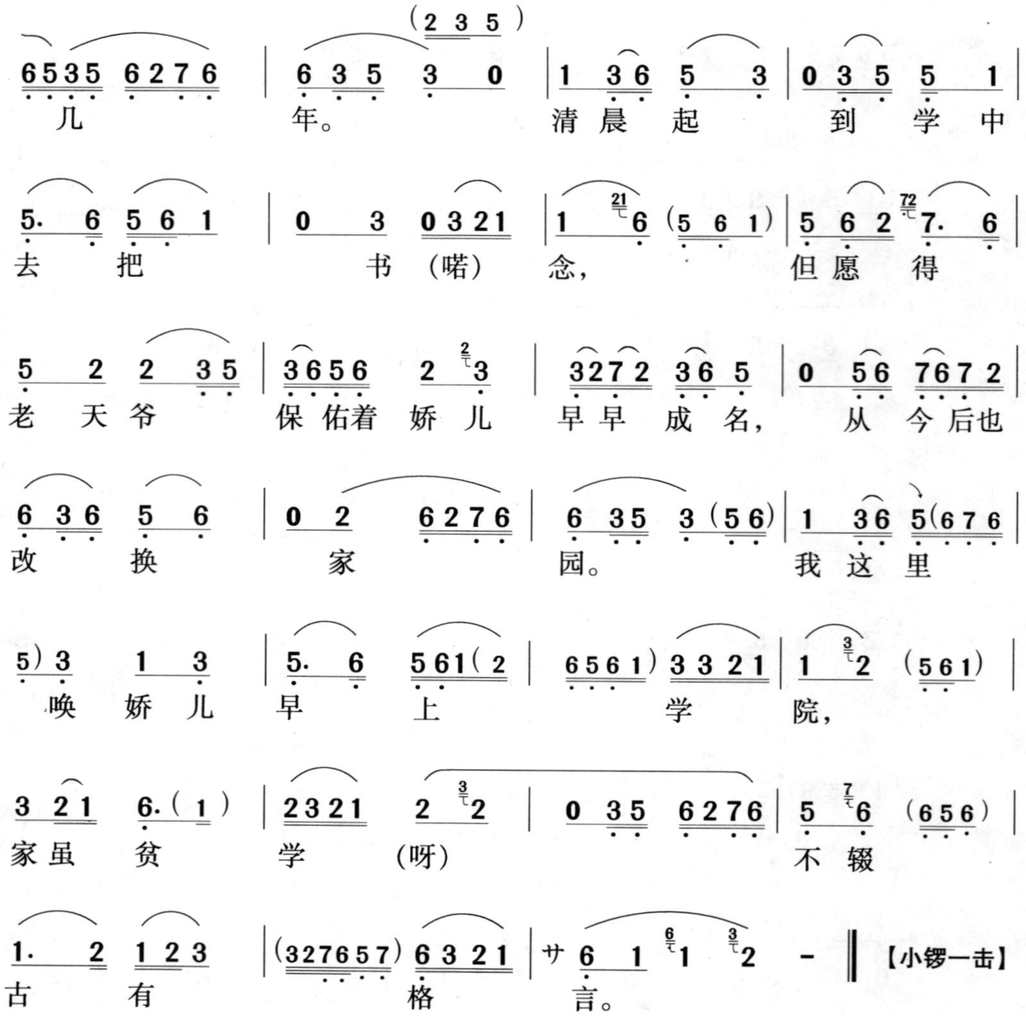

儿呀，上学来呀！（归中间坐）

〔张继保内白："来了。"【小锣抽头】"上场门"上至台前。

〔二黄摇板〕

张继保

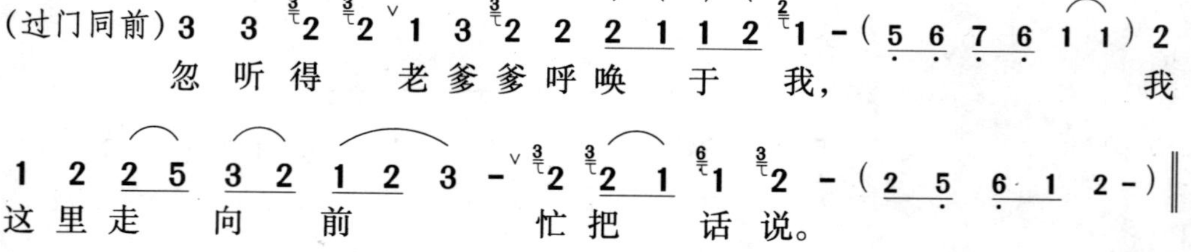

参见爹爹。

张元秀 罢了。儿呀，天时不早快快上学去吧。

〔回身在桌上拿书包交给张继保。

张继保 遵命！

〔【小锣凤点头】张元秀转身"下场门"下。

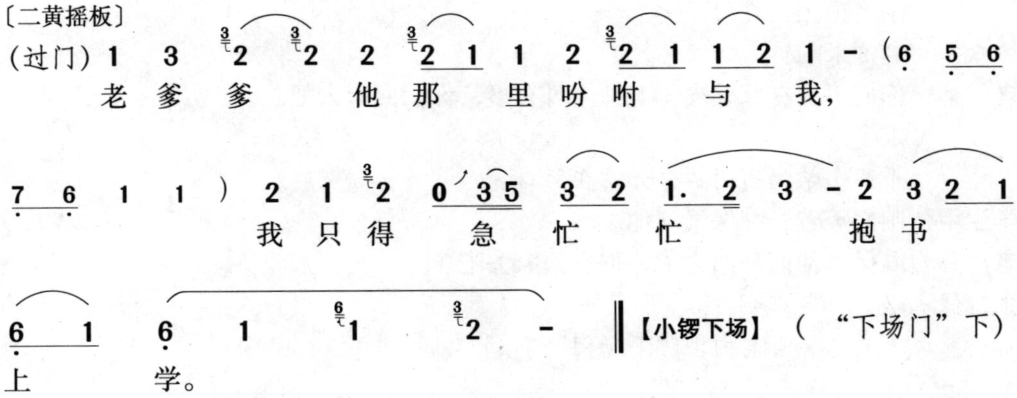

第七场

〔正场桌。

〔（大大大大大大乙台）学生甲、乙、丙、丁四人“上场门”上。

学生甲 走，上学去。

众 上学去。（同进门）

学生甲 老师没在，咱们玩吧！

众 咱们蒙老瞎玩！

学生甲 蒙谁呀？

学生乙 蒙你呀！

学生甲 这样吧，我出个主意，咱们来一个初一初二初三四，谁是八就蒙谁！

学生乙 好，我初一。

学生丙 我初二。

学生丁 我初三。

学生甲 我初四。

学生乙 我初五。

学生丙 我初六。

学生丁 我初七。

学生甲 我初八！

众 蒙你。

学生甲 蒙上，蒙上。

〔学生乙用包书包袱蒙学生甲眼睛。学生甲摸找着。张继保上，进门，被学生甲抱住。

学生甲 嗳，抓住啦，抓住啦！

张继保 抓住哪个？

学生甲 （取下蒙眼包袱）哟，这不是张继保吗？老师不在，咱们玩吧？

张继保 老师不在就该读书写字，这样顽皮，老师知道，定要责打！

学生甲 得啦吧，老师是我们花钱雇的，他就不敢打我！

张继保 就是老师不打，回得家去，父母也要责打。

〔老师上，进门。

众 老师来啦！

老　师 你们不要在此顽皮，老师今日有事，你们回家去吧。

众 走走走。

〔四个学生出门，分开站在门口。

学生甲 咱们等着张继保气气他。

老　师 继保，他们都回去了，你也回家去吧。

张继保 是。

〔老师转身向内由“下场门”下。

〔**【小锣一击】**张出门。

学生甲 张继保！你别以为你自己怎么样，你瞧你多大岁数，你爹妈多大岁数，那么大岁数能养得下来你吗？你呀不定怎么来的哪！甭理他，咱们走！

众 咱们走吧！

〔**【冲头】**四人同下。

张继保 **【叫头】**哎呀且住，听他们言道，张氏二老不是我亲生父母，我不免回家问个明白便了。（**八大仓**）

〔**【大锣原场】**“下场门”下。

第　八　场

〔正场桌，方凳“小座”。

〔**【小锣抽头】**张元秀“上场门”上至台前。

〔二黄摇板〕

张元秀 （过门同前）

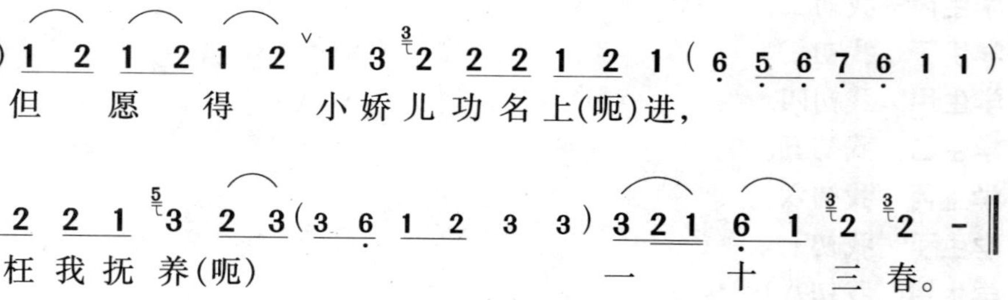

〔**【大锣水底鱼】**张元秀回身坐“小座”。张继保急上，进门把书包扔在桌上站“大边”。

张继保 喂呀！（哭）**【撕边大锣一击】**

张元秀 儿啊你为何啼哭啊？

张继保 你二老不是我亲生父母，我要我那亲爹，亲娘啊（哭）

张元秀 **【撕边大锣一击】**啊！此话是哪个对你讲的？

张继保 学友们对我讲的，还有什么假的不成？

张元秀 不要听他们胡言，快快用饭去吧。

张继保 我不要用饭，今日还了我的亲爹，亲娘便罢，如若不然我只求一死啊！（哭）

张元秀 **【撕边大锣一击】**（站起）

好奴才，哈哈！**【快纽丝】**（上前面对张继保）

〔二黄散板〕较快

サ（5 - 3 2 2 1 6 6 5 -）5 3 3 3 3 3 3（6 1

无 名 火 起 高 千 丈，

2 3 -）2 2 3 2 2 3 1 2（5 6 1 2 -）2 1 3 3

（仓） 大 骂 奴 才 丧 天 良。 （仓） 一 十 三(哪)

2 1 6 3 2 2 1 1 2 2 1 0 【大锣一击】接着起【乱锤】

岁 我 将(呃)你 抚 养，

〔在【乱锤】中张元秀双手举拐杖，右手在上，左手在下，“大刀把”拿法。右手用上端打张继保一下。再用左手下端一拐，同时向左转身，张继保出门跑下。此时贺氏从“上场门”急上，待张元秀再要打时，贺氏抓住张元秀的拐杖。

贺　氏　【双楗大锣凤点头】(过门同前）2 1 3 3 5 2 1 1 2 0 ‖【大锣叫头】

责 打 娇 儿 为 哪 桩？

张元秀　(扬起右手)哎呀妈妈！你有所不知,这个奴才下得学来,道你我二老不是他的亲爹亲娘,是我苦苦相劝,他执意不听，妈妈不必拦阻，待我去赶他回来！【撕边一击】

贺　氏　慢来，慢来，你若将他赶上，有人若问，他是你我的儿子，有何见证呢？

张元秀　依妈妈之见呢？

贺　氏　老老，你等着些，（急转身后面取来血书）这是他的血书，你带在身旁，若有人问，这血书就是他的见证。

张元秀　好好好，妈妈，等候了啊！

〔【快纽丝】接过血书，放入怀中。

〔二黄散板〕快

(过门同前）2 2 2 2 3 3 3（6 1 2 3 -）1 2 2 3 2 3

妈 妈 但 把 宽 心 放，（仓） 前 去 追 赶 小

1 2 1 2（2 2）3 2 2 1 1 3 3 2 1 1 2 2 1 ‖(贺氏下,张元秀出门)

儿 郎(呃)。(仓)出 得 门 来 四 下 望，

〔唱到“四”字时正好出门。“望”字唱完，面向“下场门”。【大锣一击】

张继保慢走，为父赶你来了！

〔念到“你”字时，右手抓水袖。“了”字念完往右甩髯，同时上右步，（**八大仓**）再往左甩髯，同时上左步（**八大仓**），再往右甩髯，上右步（**八大仓**）然后往后倒步，扬右水袖，【大锣扫头】再抓水袖，急步“下场门”下【大锣原场】。

第九场

〔正场桌，“大边”一倒椅。也可放亭子片，在两个亭柱处各方一个围椅披的方凳。

〔周桂英内白：“走哇！”【大锣纽丝】手持雨伞，伞上挂包袱，“上场门”上至“九龙口”，右手翻水袖望。锣切住。

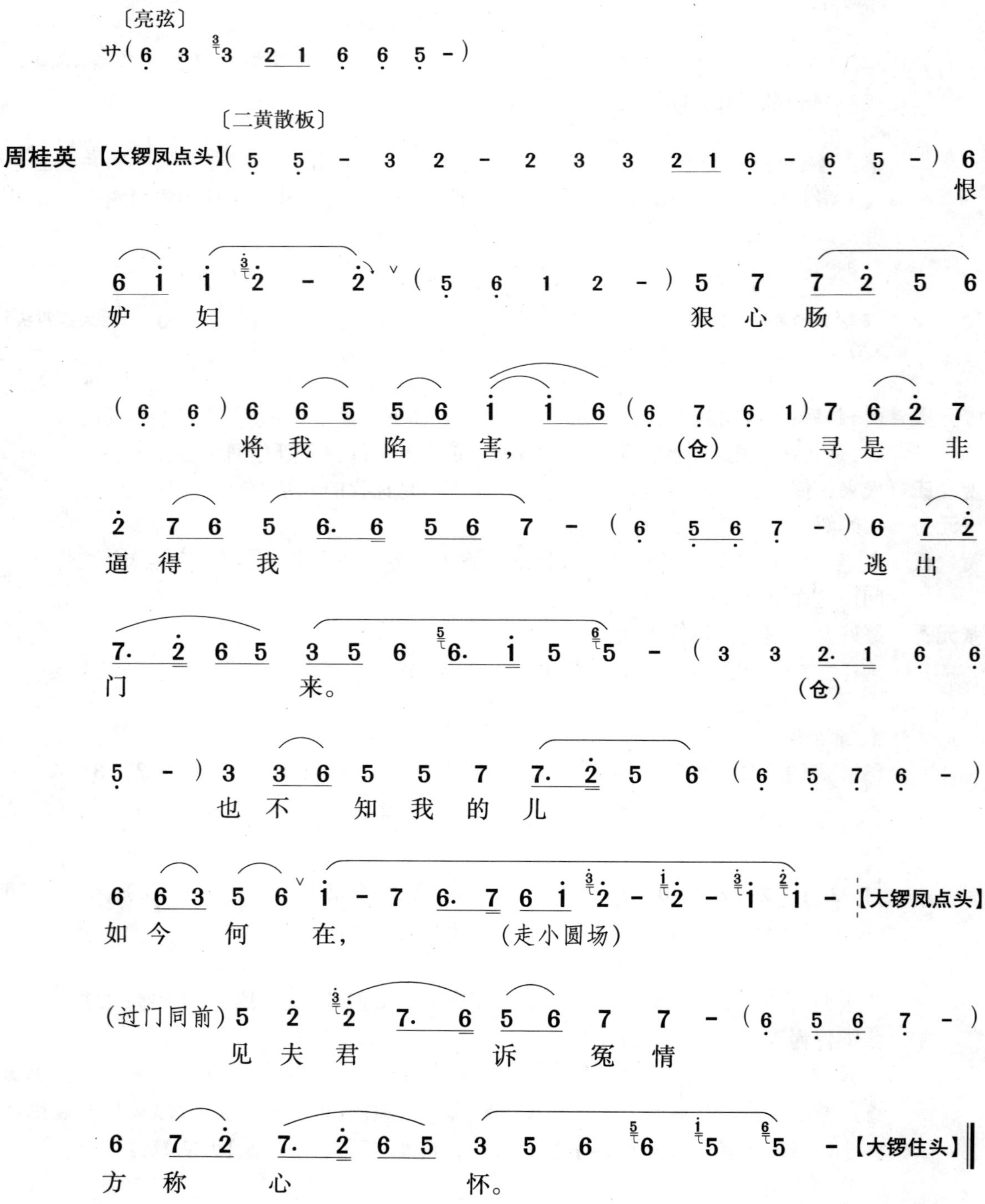

奴家周桂英，**【撕边大锣一击】**配夫薛荣，癸未年进京赴试。是他走后，我生下一子，可恨大娘嫉妒，硬将我儿抛在郊外，至今一十三载，不知生死存亡啊！（哭（**大 大 大 乙 台**））日前薛贵报道，老爷在京得中，做了高官，命人前来迎接于我。不想大娘又生毒计，要将我害死，是我私自逃出门来，去往京都寻我丈夫。一路行来，身体乏倦，这便如何是好？（**大大大乙台**）（往“小边”走）看那厢有座亭子，不免进内歇息片刻再行便了。

〔二黄散板〕

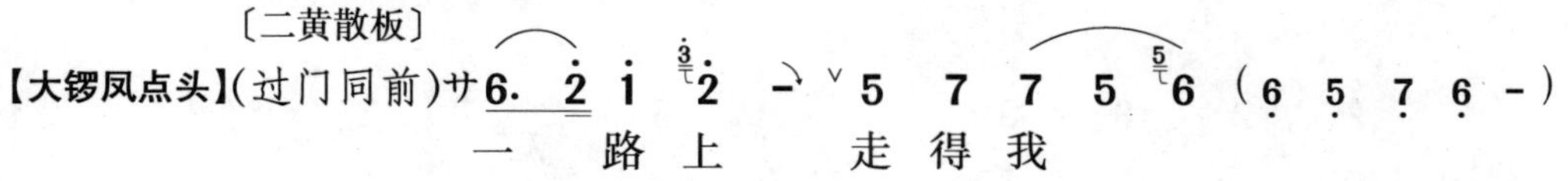

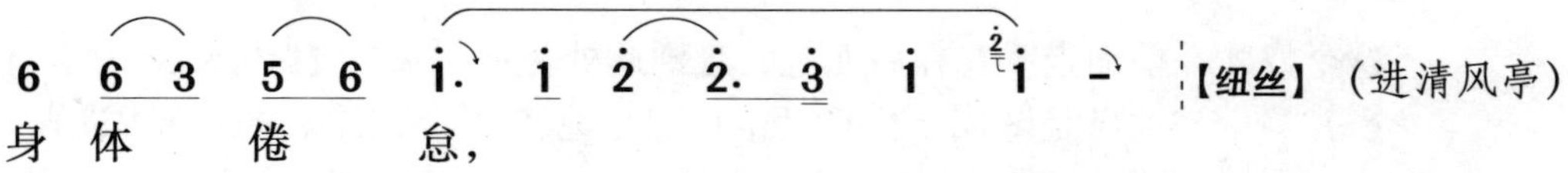

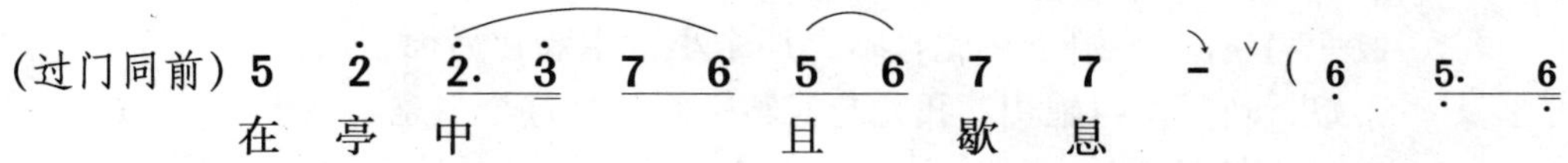

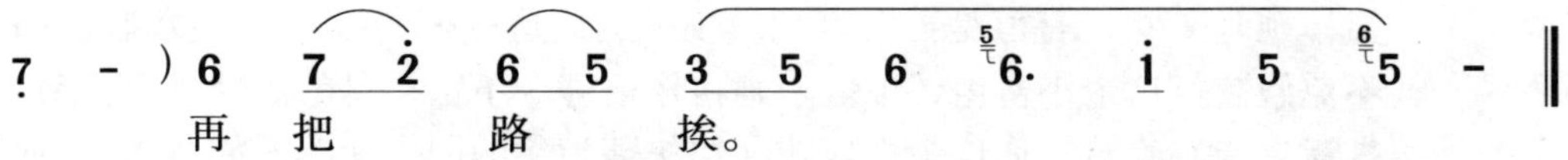

〔周桂英将伞、包袱放在桌上，坐在凳上打睡。

〔张继保内白：“走哇！”**【快纽丝】**（急上）

〔二黄散板〕

张继保

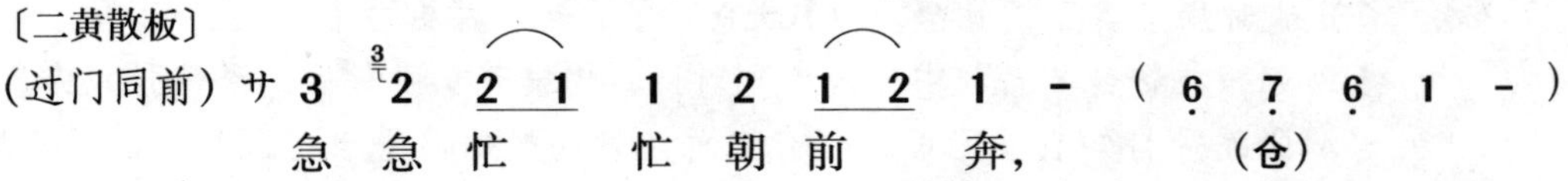

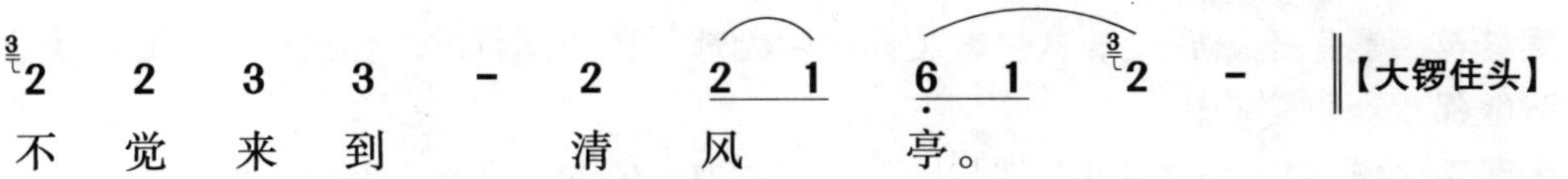

来此已是清风亭，待我进去躲避便了！

（**【撕边】**进亭，（**八大仓**）躲在周桂英身后）

〔张元秀内白：“张继保慢走！”（“张继保”三字声音要高扬，“慢”字略加拖长，“走”字提高音阶，延长声音。“走”字长音未终时，锣鼓即打出**【快纽丝】**，张元秀也是边念边往前走出场。出场后用远看的眼神，四下巡视。）

〔二黄散板〕

张元秀

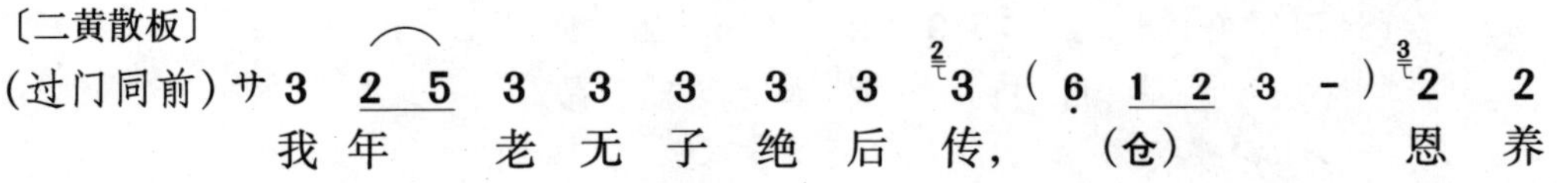

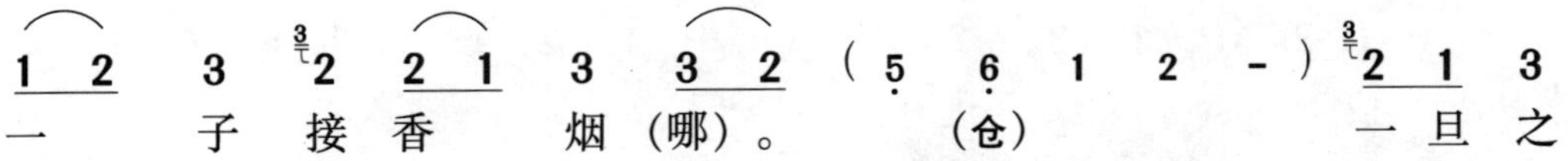

（边唱边走小圆场）

3　2　2　2 32　1　2　3　-　1　1　-　【大锣一击】
间　把　良　心　　变

（站定观望巡视）

〔亮弦〕
（6　7　6　1　-）【大锣凤点头】（5　5　3　2　2 1　6　6　5　-）

2　2　3　3　-　1 3　2 1　2　-　‖【大锣住头】
不　知　奴　才　　在　　哪　　边？

这个奴才在前面走，我在后面赶，赶到此处为何不见？**【撕边大锣一击】**（看见清风亭）啊！来此已是清风亭！哦是了！想是他在亭子里面躲避，待我进去寻找！**【小锣一击】**（进亭巡视，正好张继保在周桂英身后探头张望，被张元秀看见）**【撕边大锣一击】**有一小娘子在此打睡，那个小畜生躲在后面，（一想）有了，我不免将这小娘子唤醒，叫她相劝我儿与我转去。就是这个主意。哦小——（“哦小”提高声音，扬起右手，“小”字念出急忙收音，自觉不合适。）不好，不好，我是一男，她是一女，有道是男女有别。哎呀这这这……（思索）**【小锣一击】**有了，我不免假装打这个小畜生，惊醒于她再作道理。不错，是的。（自觉高明。下面故意提高声音）哈哈！你这个小奴才，快快随为父的回去便罢，如若不然，呸！我就打死你这个小奴才！

〔张元秀双手举拐杖，敲打亭子的建筑物（桌子），（**八大仓**）再打一下，（**八大仓**）这时周桂英已被惊醒。（**八大仓**）张元秀又举起拐杖，还未落下，周桂英从坐上站起，在锣鼓“仓”中二人目光对视，周桂英双手背后，逼视张元秀，并逼他后退。张元秀自知有些无理，心有愧意，拿拐杖的双手有些颤抖着。**【长撕边】**张继保在周桂英身后随着往前走至台中靠前，张元秀退到“小边”台前。

周桂英　啊！**【大锣一击】**这一老丈你好生无理，我在此打睡，你这样惊吵是何道理？

张继保　禀告婆婆！

张元秀　呀呸！**【大锣一击】**你与她人生面不熟，要的什么萝卜？

周桂英　他说的是禀告婆婆，不是要吃萝卜！

张元秀　哦，禀告婆婆，不是要吃萝卜！

周桂英　你且讲来！

张继保　婆婆容禀！**【大锣摇板凤点头】**（向前一步）

〔二黄摇板〕
（过门同前）3　2　1 3　2　2 1　2　1　（6　5 6　7 6　1　1）2　2
终　日　打　　骂　实　　难　忍，　　　　　　　　因　此

1 2　1 2　3　2　2 1　6 1　2　-　（2 5　6 1　2　-）‖
独　　自　　　逃　出　　门。

周桂英　你父母教训，理所当然，待我与你解劝，不打你也就是了。

张继保 是。

周桂英 啊老丈，看这小学生，身体软弱，怎能经得起你这般拷打，不如带回家去慢慢教训也就是了。

张元秀 啊好好好,既然如此,看在小娘子的分上,我绝不打他,你相劝于他,随我转去就是!

周桂英 好，待我与你相劝于他。啊小学生，你爹爹不打你了，快快随他回去吧！

张继保 我至死也不回去了！

周桂英 却是为何？

张继保 这里面有个缘故。

张元秀 呀呸！**【大锣一击】**有什么缘故？你若胡言乱语，呸！我就打死你这个奴才。（举拐杖欲打张继保，周桂英拦阻）**【撕边大锣一击】**又缘故了！

周桂英 只顾与小学生讲话，未曾请教老丈上姓？

张元秀 我姓张。

周桂英 大号？

张继保 他叫张元秀！

张元秀 哈哈！你这个奴才，叫起为父的名字来了！嗯！

周桂英 做何生理？

张继保 他呀！磨豆腐打草鞋！

张元秀 着哇，若不是为父打草鞋，焉能抚养儿十一三载呀？

张继保 哎呀婆婆啊！我天天吃的是豆腐渣呀！

张元秀 哈哈！你这个小畜生，丢为父的脸。小娘子不必拦阻，待我打死这个奴才！（欲打张继保，周桂英拦阻）**【撕边大锣一击】**气死我了！

周桂英 小学生，有道是，家丑不可外扬！

张继保 是。

周桂英 请问老丈你今年多大年纪？

张元秀 七十三岁。（顺口说出）

周桂英 家中可有婆婆？

张元秀 有啊。

周桂英 多大年纪？

张元秀 与老汉同庚。

周桂英 这小学生呢？

张元秀 七十三岁。

张继保 啊，我今年一十三岁。

张元秀 啊，不错，一十三岁，我被这个奴才气胡涂了，不错，一十三岁了。

周桂英 一十三岁了！（思索）

张元秀 啊不错，一十三岁了。**（大大大台）**

周桂英 啊老丈，依我看来这小学生他（小气口，略停顿）不是你生养的！

张元秀 啊！不是我养的,是你养的！**【大锣一击】**（不假思索，以讽刺的口吻来堵周桂英）

周桂英 嗳，不要胡言。有道是男子四十九，到老终须有；妇人四十，天癸已绝。哪有六十岁的妈妈还能生养啊？

张元秀 啊！**【撕边大锣一击】**有道是，枯竹林内生嫩笋，老牛还能产麒麟。要养我只管养，

你管我什么七十三，八十三，就是一百零三，（仓）嘿嘿，还由得我啊！**【撕边大锣一击】**

周桂英 说什么枯竹林内生嫩笋，老牛还会产麒麟。看你那拐杖，打得十分厉害，定不是你亲生之子。说了实话，我相劝于他，随你转去；如若不然，扯你到前村辩理，自有明理之人！

张元秀 **【小锣一击】**（背供）哎呀且住！这个小娘子言道，叫我说了实话，相劝我儿随我转去；如若不然，扯我到前村辩理。说了实话也无妨碍，待我与她说明。（转身面对周）啊小娘子，提起这个小畜生哪，里面有个原因。

周桂英 什么原因？

张元秀 只因那年，我们这里元宵佳节。

周桂英 天下皆有。

张元秀 哦，天下皆有。又有个灯山大会。

周桂英 处处皆同。

张元秀 怎么，处处皆同？嘿嘿，无有我们这里热闹哇！是我同定我那老妈妈前去观灯，忽然狂风一阵，微微下了一阵小雨。那些后生之辈，俱从小路而去。我同定我那老妈妈，打从大路而归，行来行去，行至在周梁桥！**【大锣一击】**

周桂英 （急问）周梁桥便怎样？

张元秀 听得桥边有婴孩啼哭，是我左一摸，右一摸。

周桂英 可曾摸着什么？

张元秀 嘿嘿，就摸着了这个小畜生哪！

周桂英 啊老丈，可有金钗一枝？

张元秀 无有金钗，有个铜簪簪。我那妈妈她换了糖吃了。

周桂英 可有血书一幅？

张元秀 血书？有哇！

周桂英 如此说来，是我的儿子。喂呀儿啊！

〔悲喜交加，情不自禁的扑向张继保。

张元秀 啊！**【撕边大锣一击】**世事颠倒颠，妇人反把男子骗哪。

周桂英 我骗你何来？

张元秀 老汉与你讲了几句话，我的儿子，就是你的儿子。再若讲上三言两语，连老汉也是你的老汉了！（气话）**【大锣一击】**

周桂英 嗳！不要胡说，本来是我的儿子。喂呀儿啊！（哭）

张元秀 啊！**【撕边大锣一击】**这一小娘子，我倒要盘你一盘？

周桂英 你盘我何来？

张元秀 我且问你，血书是何人写的？

周桂英 是我自己写的。

张元秀 你可记得？

周桂英 怎么不记得？

张元秀 好，我赶这小畜生的时候，我那老妈妈言道，中途路上，恐有人盘问，你将血书带在身旁，以作见证。你方才言道是你的儿子，也罢！我将血书取出，我在这里看，你在那里念，说得一字不差，娇儿叫你领去，我是决不反悔；若有半字虚假，嘿嘿！少不得我这拐杖也要拐你几拐呀！

〔举起拐杖示意。**【大锣一击】**

周桂英 好好好，如此我就念与你听。血书呢？

张元秀 在这里。

〔右手微微颤抖着从怀中取出血书，看着。

周桂英 苦啊！（哭）**【小锣一击】**

张元秀 啊！错了！错了！

周桂英 怎么错了？

张元秀 上面无有苦字呀？

周桂英 我说的是母子分别之苦，不在血书上。

张元秀 哦，这是你母子分别之苦，不在血书上，便怎么样？

周桂英 我那儿子乃是癸未年正月十五日酉时降生。再将我的家乡住处说与你听，你呀，你就明白了。

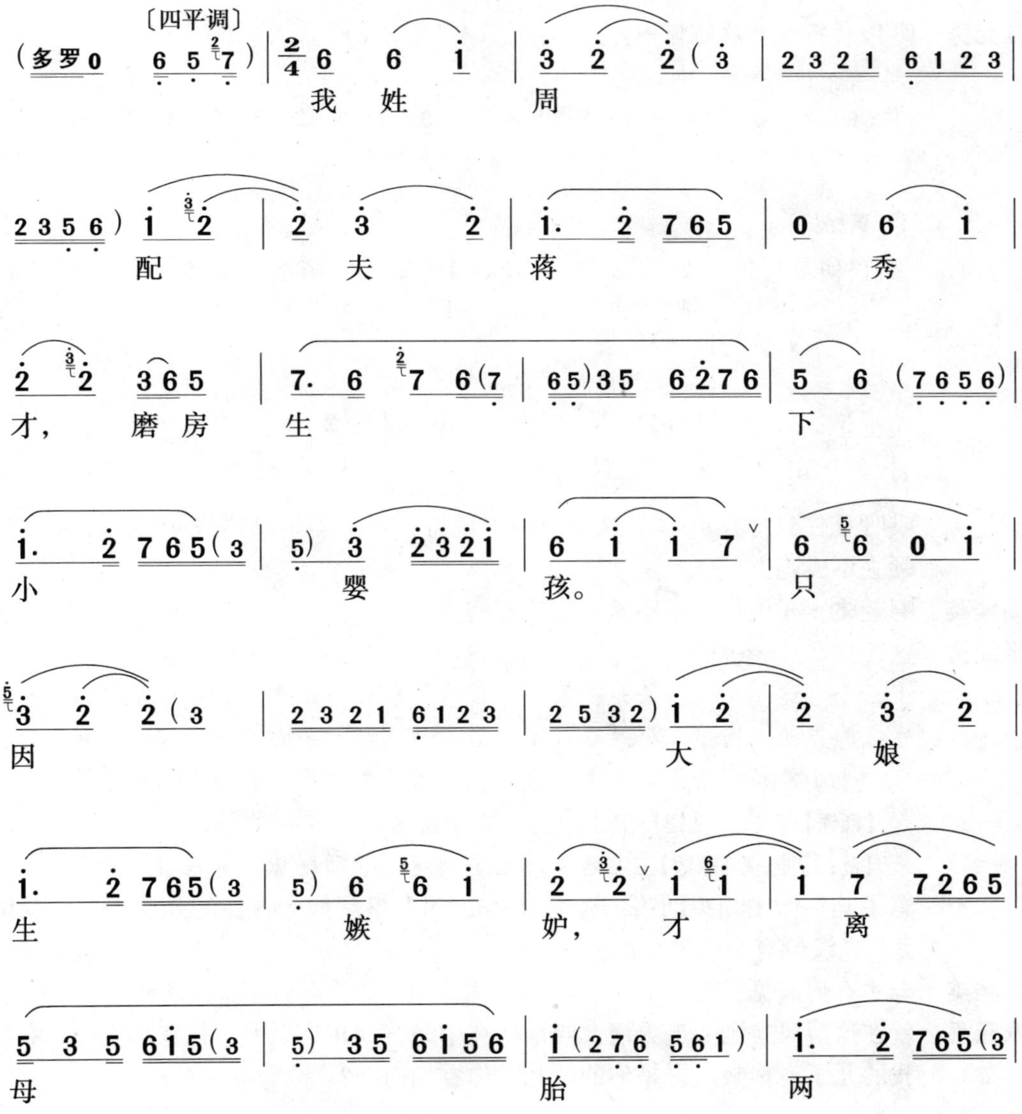

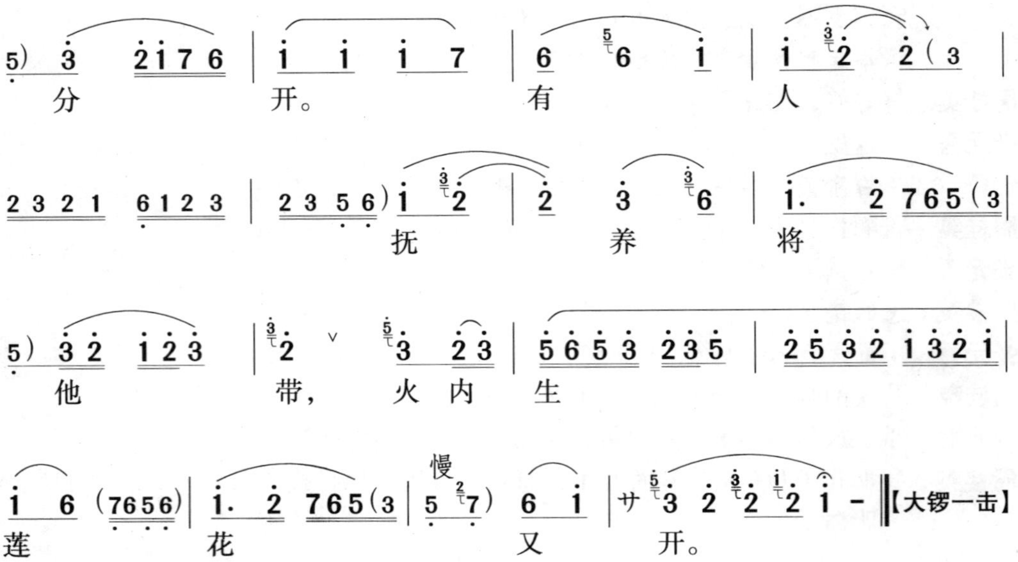

张元秀 呀！（将血书放回怀中）

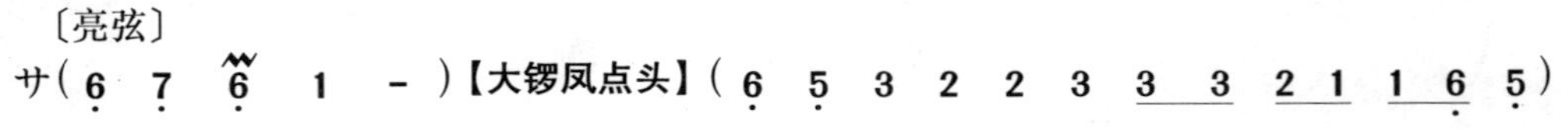

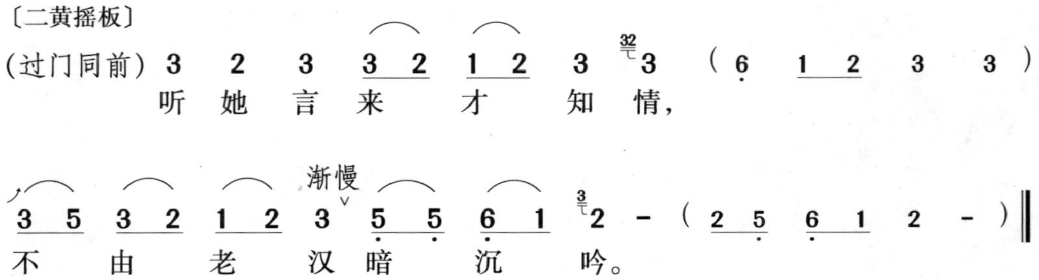

哎呀且住！【小锣一击】这个小娘子说得一字不差，难道说我的儿子就白白地让她领去不成吗？

周桂英 啊老丈，我说得一字不差，你还有何言？

张元秀 这，这，这………

［三个“这”字的念法是：第一个“这”声音高，急促收音，在停顿中不换气；以噎气的方法念出第二个“这”字，第二个“这”字比第一个“这”字声音低一些；再一个小停顿，接念第三个“这”字，第三个“这”字的声音更加短促，然后锣鼓起【乱锤】。在【乱锤】中，张元秀右手抚首思考，头低下，往右转，向里走，再回来，【乱锤】停，起【撕边】左右看，然后头部定住转动眼珠，停住，忽然想出办法。

有了哇！【大锣叫头】小娘子。【大锣五击头】事到如今，你的儿子也罢，我的儿子也罢，老汉倒有个拙见在此。

周桂英 老丈有何高见？

张元秀 就在这清风亭画一道界河，叫他站在中间，我在这里唤，你在那里叫，我叫过来是我的儿子，你唤过去是你的娇儿，你看如何哇？

周桂英 不知是哪个先叫?

张元秀 自然是我先叫!

周桂英 我先叫。

张元秀 我先叫!我先叫!我先叫!【撕边大锣一击】

周桂英 好,就让你先叫!

张元秀 什么让我先叫,本来是我先叫。待我画一道界河。(用拐杖在台中画一直线)你站在中间,(张继保走至台中间)我要叫了哇!【冲头,大锣叫头】儿啊!你那母亲,在家做熟了饭,快快随为父的回去吧!【撕边大锣一击】(张继保不理睬,反而把头转向周桂英那边)你为何不睬我?【撕边大锣一击】你为何不理我啊?【撕边大锣一击】

周桂英 好了,好了,你不用叫了,待我来叫吧。【叫头】儿啊!

张继保 母亲。

周桂英 他不是你的亲父,你爹爹在京中作了高官,随为娘前去,享荣华受富贵去吧!(拉着张继保欲走)

〔张元秀把拐杖交右手,急走几步用左手拉住张继保的右手。

张元秀 【快冲头,叫头】哎呀儿啊!他是个女拐子手,你若跟她前去,定然将你变卖,快快随为父的回去吧!(念完头向右转)

张继保 【叫头】哎呀义父啊!回去对我那义母言讲,就说孩儿在清风亭认着亲娘,去到京中寻找亲爹去了。孩儿就此拜别了!(双腿跪台中)(崩登仓)(张元秀回身看张继保,左手扬水袖)

张元秀 哦!【撕边大锣一击】怎么你当真要随她走?

张继保 当真要随她走。

张元秀 果然同她行?("同"字加重鼻腔共鸣,并略加拖长,"她"字加重)

张继保 果然同她行。

张元秀 【双叫头】张继保啊!小娇儿啊!【大锣五锤】你如今在清风亭认了你的亲娘,去到京中寻找你那亲爹。儿此番前去,你一家相逢,骨肉团圆;可怜你那义母,还在家中倚门悬望。哎呀儿呀!【大锣五击头】你此去倘若长大成名,必须要前来望一望我二老,倘我二老亡故,你可问问邻居,张老夫妻坟墓葬在何处,你可做一碗水饭、一把纸钱去到坟前,叫我二老一声,张元秀啊恩父!孩儿今日荣耀回来拿得一碗水饭、一把纸钱,你二老可以用些。哎呀我的亲儿啊!【大锣五击头】也不枉我二老抚养儿一场!【双叫头】张继保!(仓仓倾仓)小娇儿!(撕边 八大 空 匡)(哭介[①])

---

① 在1962年《马连良演出剧本选集》出版后,又准备出版第二集,把《清风亭》列入选目,由我结集这个剧本。在初稿写出后,我向老师校对台词。当我读到:在周桂英认子后,张元秀与张继保分别哭诉时的那段台词:【双叫头】张继保啊!小娇儿啊。你如今在清风亭认了你的亲娘,去到京中寻找你那亲爹。儿此番前去,你一家相逢,骨肉团圆;可怜你那义母还在家中倚门悬望。今一旦生生拆散,活活分离,你你你你来看!我二老年过古稀,倘有不测,你到我二老坟上奠酒一祭,也不枉我二老抚养儿一场。【叫头】张继保!小娇儿!儿啊!(哭)唱〔二黄散板〕……老师当时提出:"我们出版剧本不要按我现在演出的台词,要按照最早演出的台词。当时老师述,叫我记录下来。老师又说"出版剧本就这样吧。"后因多种原因,剧本未能出版。十几年之后我幸存这篇记录原稿,是老师口述的一件纪念品吧!现在的整理本用的就是最早的演出台词。

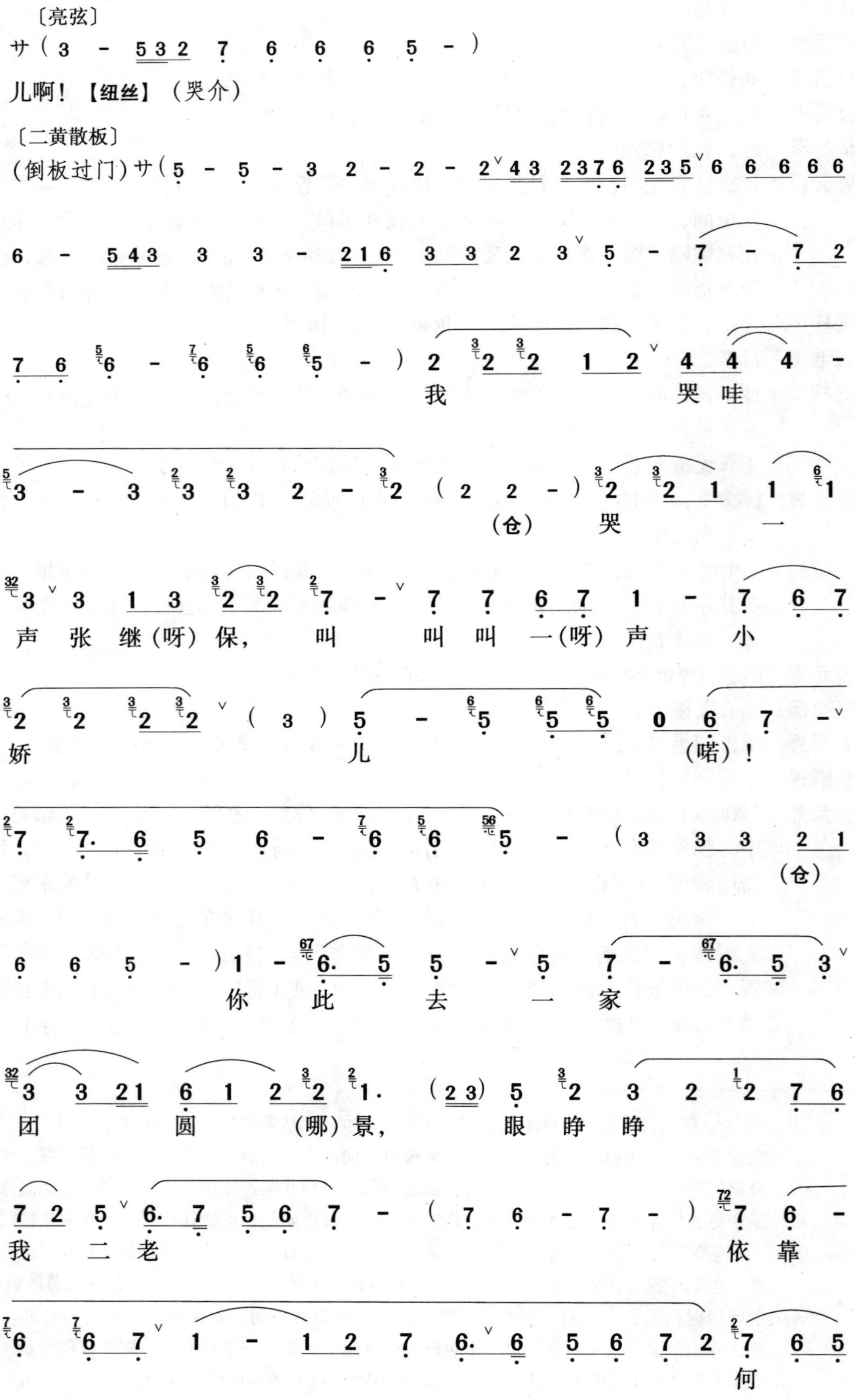
〔亮弦〕
儿啊！【纽丝】（哭介）
〔二黄散板〕
（倒板过门）
我 哭哇
（仓） 哭 一
声张继（呀）保，叫 叫叫一（呀）声 小
娇 儿 （喏）！
（仓）
你此去一家
团 圆 （哪）景，眼睁睁
我 二 老 依靠
何

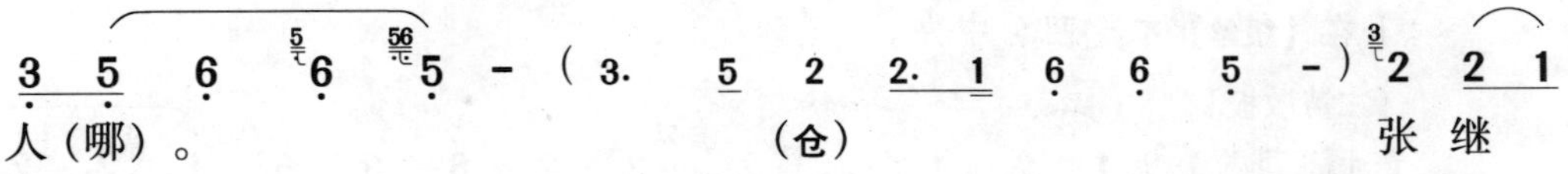

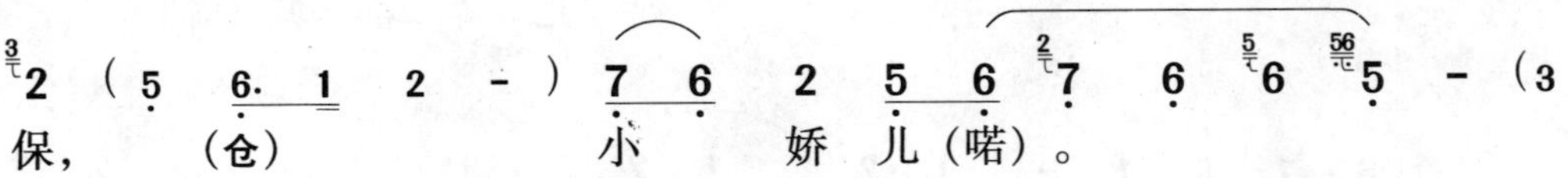

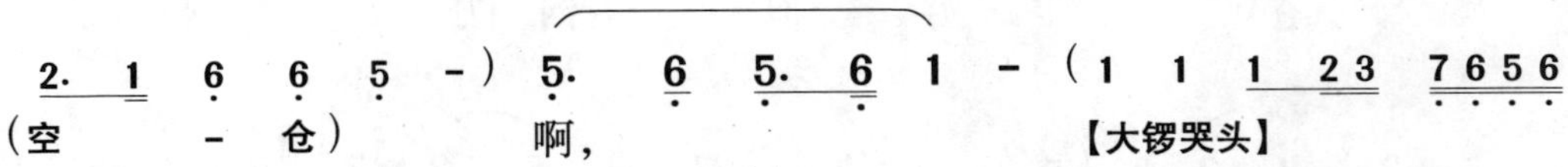

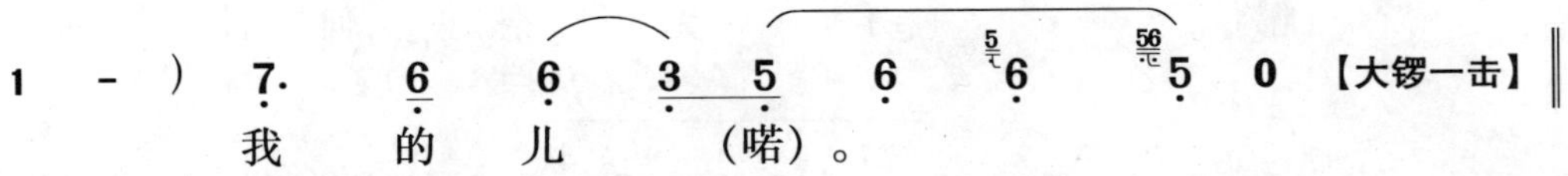

〔张继保站到周桂英身边，张元秀手摸空。

周桂英 啊老丈，看你哭得可怜，我倒有回转之意。

张元秀 什么回转之意？

周桂英 你把血书与我，娇儿叫你领去，你看如何？

张元秀 好好好，这倒使得。

周桂英 血书呢？

张元秀 在这里！（颤抖着右手从怀中取出血书）

周桂英 啊老丈，那旁是老妈妈来了！

张元秀 在哪里？（巡望）

周桂英 在那里！（指远处）

〔**【扫头】**趁张元秀回头巡视的时候，抢过张元秀手中的血书，示意让张继保先走，她拿了包袱和雨伞急忙下场。张元秀没有看到贺氏的踪迹，再回身时，正看见周桂英和张继保离去的身影，在锣鼓**【扫头】**中，急扑几步，跌倒地上。**【乱锤】**中颤抖着爬起。持杖甩髯，（**崩登仓**）颤抖，**【撕边】**接**【帽儿头】**起〔行弦〕。

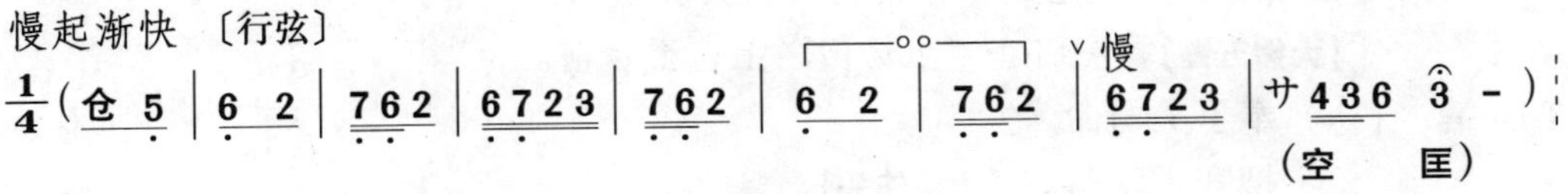

张元秀 （在〔行弦〕中面向远方呼喊）张继保！小娇儿！

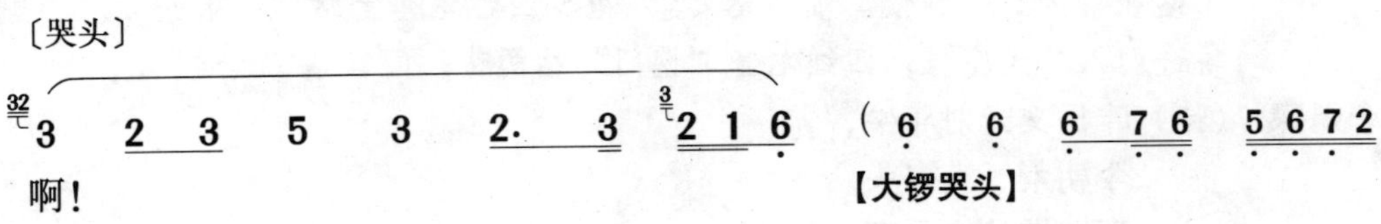

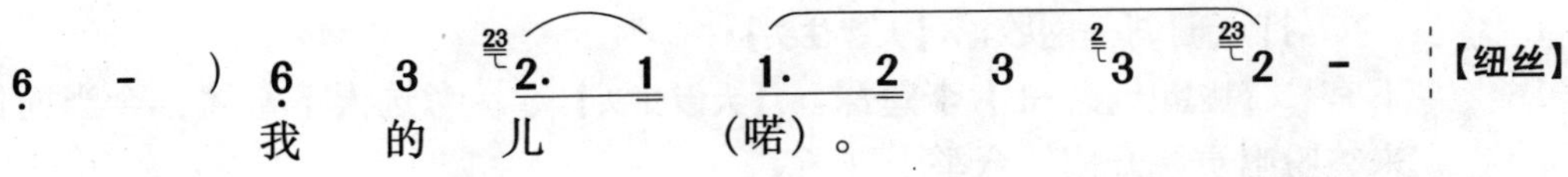

〔在【纽丝】中走回台中央。

〔二黄散板〕

（过门同前）サ 1 2 1 2 2 ∨ 3 2 6 3 6 1 2 2 1 －
一 见 娇儿奔都城（哪），

（6 7 6 1 －）1 2 2 1 2 3 3 ∨（2 －）2 2 2 6 1
（仓） 好 似 钢 刀 刺 我 的

3. ∨ 3 2 0（5 6 1 2 －）7 － 6 2 7 ∨ 6. 5 3. ∨（3 2 4
心（哪）。 （仓） 无 奈 何 且 回

3 －）5 ∨ 6 6 ∨ 5 6 1 － ∨ 1 2 － 2 － 1 － 【纽丝】（往“小边”走，至台中回身）
对 妈 妈 言 论，

【大锣凤点头】（过门同前）2 1 2 3 5 3 1. 2 3 0（6 1. 2
提 起 了 失 子 情（哪）

3 －）3 2 － 1 2 3 3 2 1 2 － ‖
她 也 伤 心。

〔【回头】欲走又回，站在台中，翘首远眺，然后往右转身，右手的水袖在“末锣”突然垂下，锣鼓改为【急撤锣】颤抖着身躯，步履艰难，挣扎着以“下场门”下场。

第十场

〔正场桌，“大座”，红桌椅披，文房四宝，堂木。

〔【大锣五锤】贡院门官“上场门”上，至台前。

门 官 （念）奉了上司命，

把守贡院门。【大锣住头】

在下，贡院门官便是，今当科考之日，奉命在此伺候，远远望见考官大人来也。

〔站在“大边”迎候。唢呐奏＜急三枪＞四红龙套上站“一条鞭”。李魁深上，下轿进门入“大座”，四红龙套“挖门”站两边，门官站“大边”。

李魁深 （诗）昨日文光射斗牛，

今朝紫气满鳌头。

不知谁是纶元客，

打点珊瑚一网收。【大锣住头】

下官，【撕边大锣一击】李魁深。【大锣住头】奉旨考选天下奇才，今当面试之期，来，吩咐贡院开门，众举子进场。

门　官　贡院开门，众举子排班而入！

「唢呐奏<小傍妆台>张继保“下场门”上，丑举子“上场门”上，同进门施礼，站两边。

李魁深　众举子，你等文章锦绣，字字珠玑，今当面试一对。天字号举子听对！

张继保　愿闻。

李魁深　高山古松，身如龙头望月。

张继保　对就：园中嫩笋，剥开凤尾朝天！

李魁深　好奇才也，龙虎日观榜。

张继保　是。**【小锣五锤】**

「出门，“下场门”下。

李魁深　地字号举子听对！

丑举子　奴家在！

李魁深　为何口称奴家？

丑举子　秀才不出门，可以称得是奴家。

李魁深　嘿！听对。

丑举子　请老大人马棚伸腿。

李魁深　此话怎讲？

丑举子　请来出蹄。

李魁深　嘿，老夫说的是题目之题。

丑举子　拧啦！我说得是蹄腿之蹄！

李魁深　听对：远望青山云雾。

丑举子　一剂药！

李魁深　啊！怎么是一剂药？

丑举子　远望青山云雾，云乃是雾，雾乃是气，此乃气闷不和，当用一剂药！

李魁深　嘿！听对：一树毛桃坠树枝！

丑举子　一剂药！

李魁深　怎么又是一剂药？

丑举子　一树毛桃坠树枝，此乃四肢而无力，当用一剂药。

李魁深　听对：二八佳人骑石滚？

丑举子　一剂药。

李魁深　怎么又是一剂药？

丑举子　二八佳人骑石滚，此乃加食伤寒，须用一剂药。

李魁深　听对：马走吊桥如擂鼓？

丑举子　一剂药。

李魁深　怎么又是一剂药？

丑举子　马走吊桥如擂鼓，此乃上实而下虚，当用一剂药。

李魁深　听你之言莫非在科？

丑举子　在科。

李魁深　在的哪一科？

丑举子　先祖父是外科，我爸爸是内科，到了我这儿是内、外两科，外带小儿科！

李魁深 原来是郎中。
丑举子 员外一升就是郎中。
李魁深 胡说！
丑举子 内热！
李魁深 不通！
丑举子 用大黄！
李魁深 放屁！
丑举子 下补虚！
李魁深 赶出去！
丑举子 下巴豆！
李魁深 闭了场门！（四龙套两边下，李魁深下）
丑举子 贴膏药！我又混他一场。（出门）**【大锣打下】**（“下场门”下）

第十一场

「正场桌，两方凳放成“八字儿”。
「**【小锣打上】**贺氏右手持拐杖，“上场门”上，至台前。

（念〔哭相思引子〕）

贺 氏 サ6 5 6 5ˇ - 6 5 3 2 2 3 -（**大 o 大**）6 1 2 3
娇儿一去 不回 程， 怎不叫

1 -ˇ 2 3 1 2 1 6 6 5· 6 - ‖**【小锣归位】**（归里，坐“小边”方凳）
人 痛 伤 心。

老身贺氏，只因那年在周梁桥下拾来一子，取名张继保，抚养成人，送到学中攻书。不想这个奴才，听信学友之言，回得家来要他的亲爹亲娘。也是那老天杀的打了他几下，竟自逃奔在外，逃在清风亭，又遇见了一个妇人。不知是他的亲娘不是他的亲娘，竟自叫人家白白的认得去了。是我一闻此事，朝思暮想，我就想成了重病啊（哭）。（**大 大 大 台**）今日略略的好了些，我不免将这个老天杀的唤将出来与他吵闹一顿，也消消心头之恨，我就是这个主意。老老！老老！（左右无应）这个老天杀的。老天杀的还不与我走出来吗！（走至“大边”方凳坐下）
「张元秀内白：“唔……！”（这个“唔”字，是苍老虚弱之声，发音用下沉的嗖音吸住）
「**【小锣打上】**张元秀持拐杖，慢慢地懒步走上至“小边”台前，随着（**多、多**）左右两边看。

张元秀 （念）〔哭相思引子〕

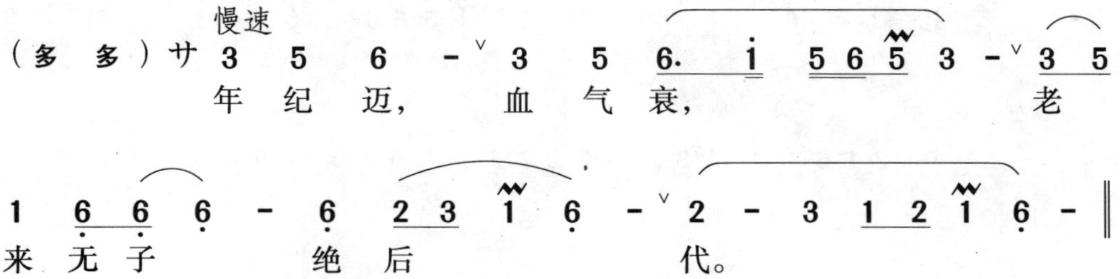

贺　氏 （坐在凳上焦急地喊）老老！

张元秀 （至台中看贺氏，转回身）唉！

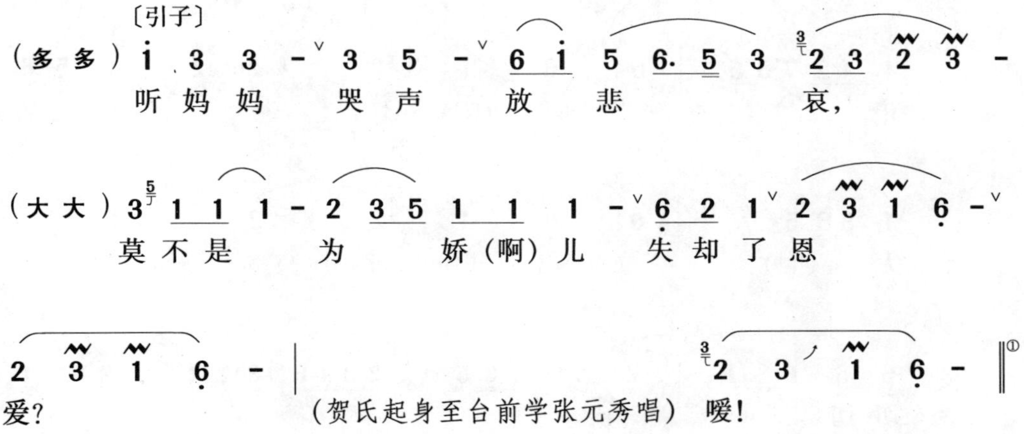

〔【小锣原场】张元秀走至“大边”，贺氏走回“小边”，二人同坐。（大大大大乙台）

张元秀 妈妈，你不在床上养息养息，又起来则甚哪？（关心体贴的口吻）

贺　氏 啊？我这病略略的好了些，你是怎么不叫我起来？你是怎么不叫我起来呀？

张元秀 唉！你说话总是怄气，你是有病之人哪！

贺　氏 我是有病之人，可你道我这病是从何而起呀？

张元秀 不过为娇儿身上所起呀！（勉强回答）

贺　氏 一来为娇儿身上所起，二来就是为你这个老天杀的！

张元秀 你为我何来？

贺　氏 为你何来？好端端的一个儿子，被你今天也打，明天也骂，竟自将他打骂跑了，我是怎么不埋怨你呀？啊？我是怎么不埋怨你呀？！

张元秀 啊！难道说，养儿子不教训吗？

贺　氏 啊，教训，都是你那样教训，今日打，明日骂，因此将他打骂跑了，追赶在清风亭，遇见了那个妇人，不知是他的亲娘啊不是他的亲娘，叫人家白白的认得去了。到如今你我二老只落得孤寡一对，我怎么不埋怨你哟！

---

① 京剧里“引子”有很多种类和多种念法。〔哭相思〕是个曲牌，这个“引子”要以唱的方法打，等于没有伴奏的干唱，但要做到唱中有念，与念白能够一致。

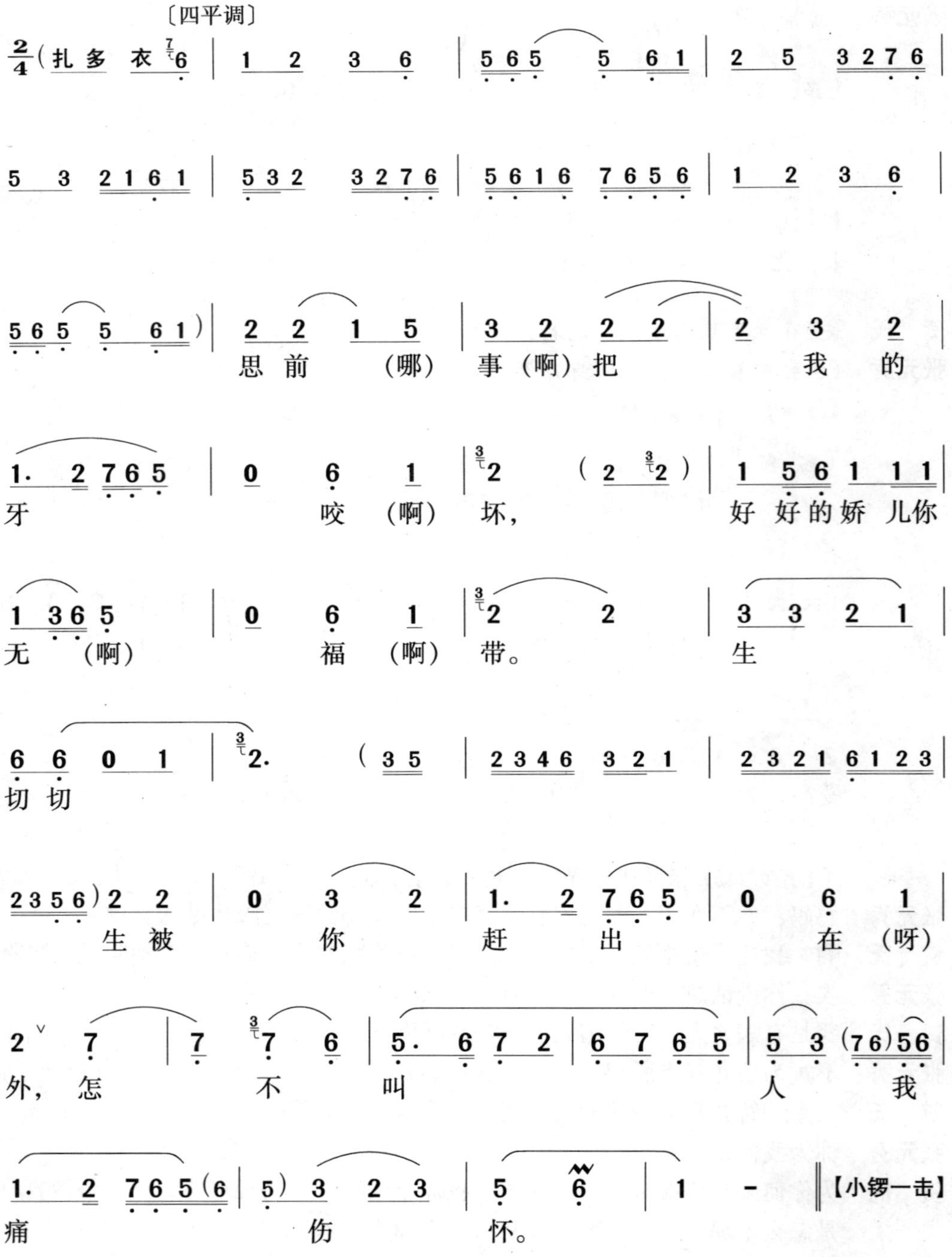

张元秀 啊妈妈，你呀说呆话了。

贺　氏 怎么？

张元秀 慢说是人哪，他就是鸡犬，也不能让人家白白的认去。况且那血书上面的言词一字不差，故尔才叫她领去，那儿子又不是你十月怀胎亲生养的哟！

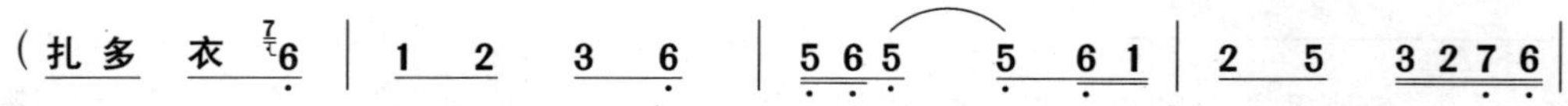

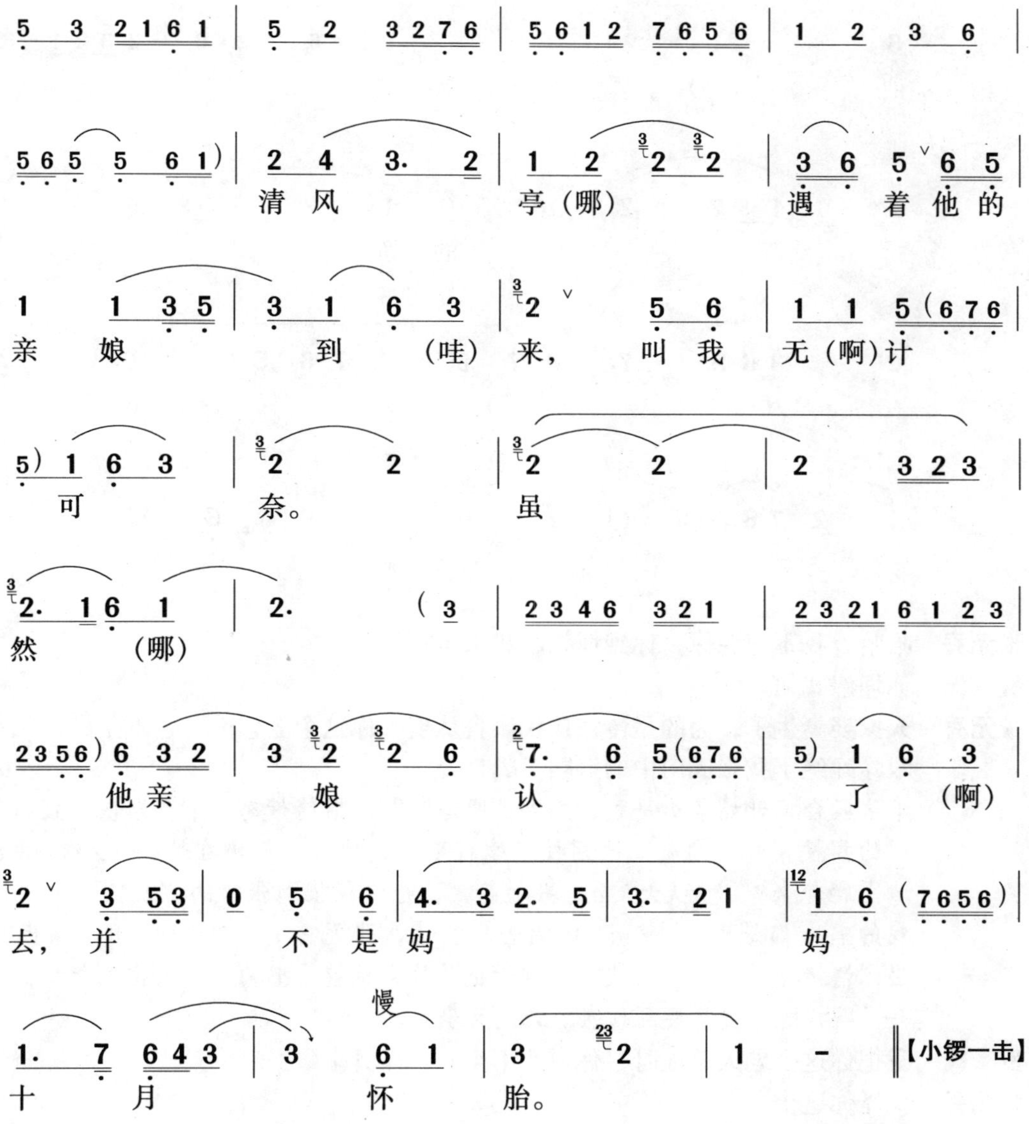

不是你养的呀！

贺　氏　虽然不是我十月怀胎，也亏我恩养他一十三载。这一十三载不要说是人哪，他就是块石头，我抱在怀中，今天磨，明天磨，这磨么——也把他磨光了哟！

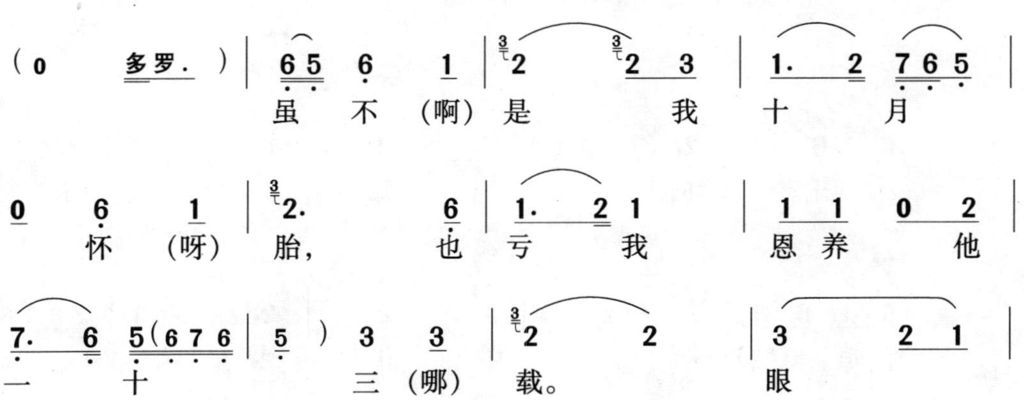

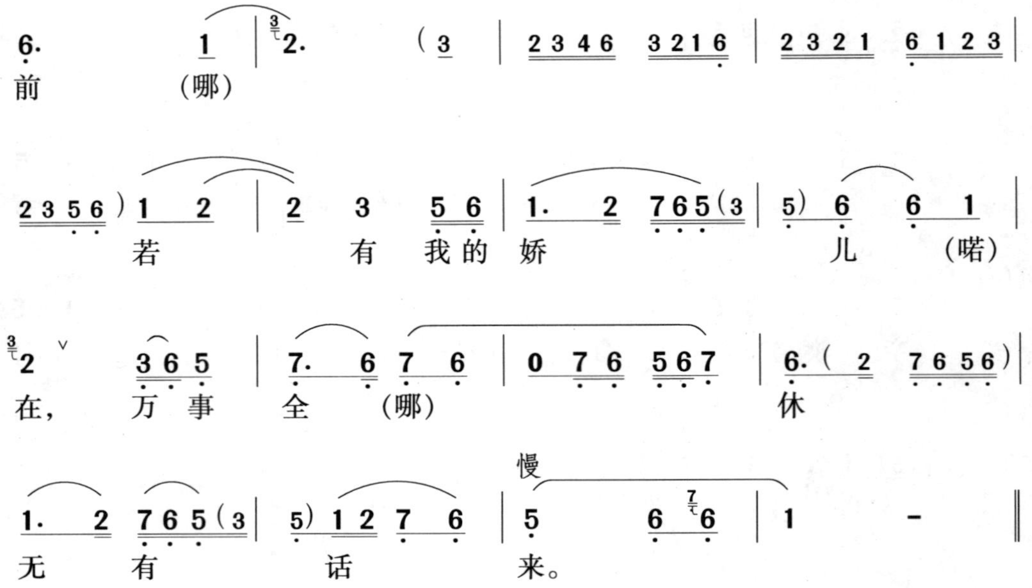

张元秀 哈哈，我不埋怨你，你到埋怨起我来了！

贺 氏 你埋怨我何来？

张元秀 人家娶妻生子，为的是传宗接代。自从娶了你这个老乞婆，一不生男，二不养女，眼睁睁绝了我张氏门中的宗嗣了哟！

〔这段台词开始节奏平稳，念到“眼睁睁”时情绪带怒，节奏渐快，直到最后把手中的拐杖抬起，向贺氏的拐杖下端打下。致使贺氏摔倒在地，**【大锣一击】**贺氏从地上爬起来，**（大大大大台）**更加起火，把责任推到张家的“祖德”上。以上这段戏的唱，都是用〔四平调〕的唱腔来表达，张元秀的〔四平调〕用“垛板”的形式唱，情绪激动，节奏较快，有利于把矛盾，也就是把两个老人由互相埋怨——争吵——厮打的冲突发展到顶点。二人又坐下。

贺 氏 我把你这个老天杀地呀！你道我不生养，怪哪个呀？

张元秀 我怪你这个老乞婆。

贺 氏 怎么你怪我，这是你张氏门中，积德不到！

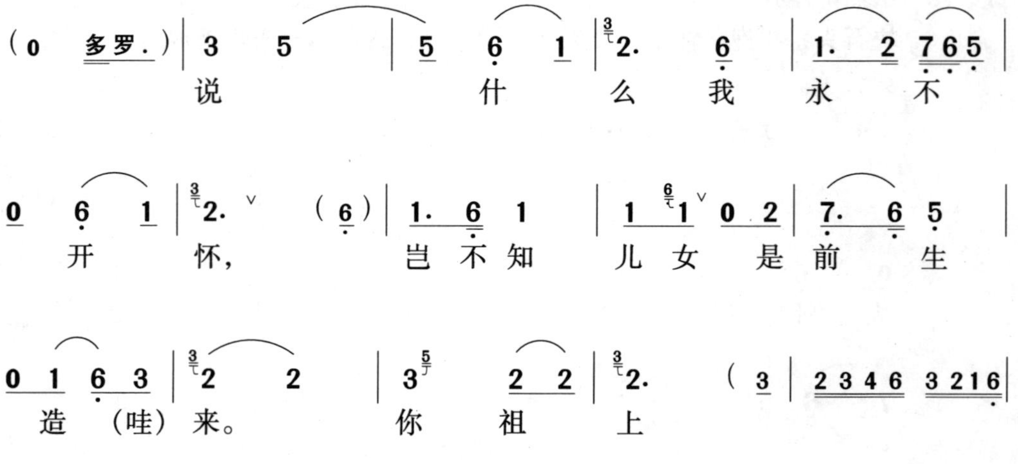

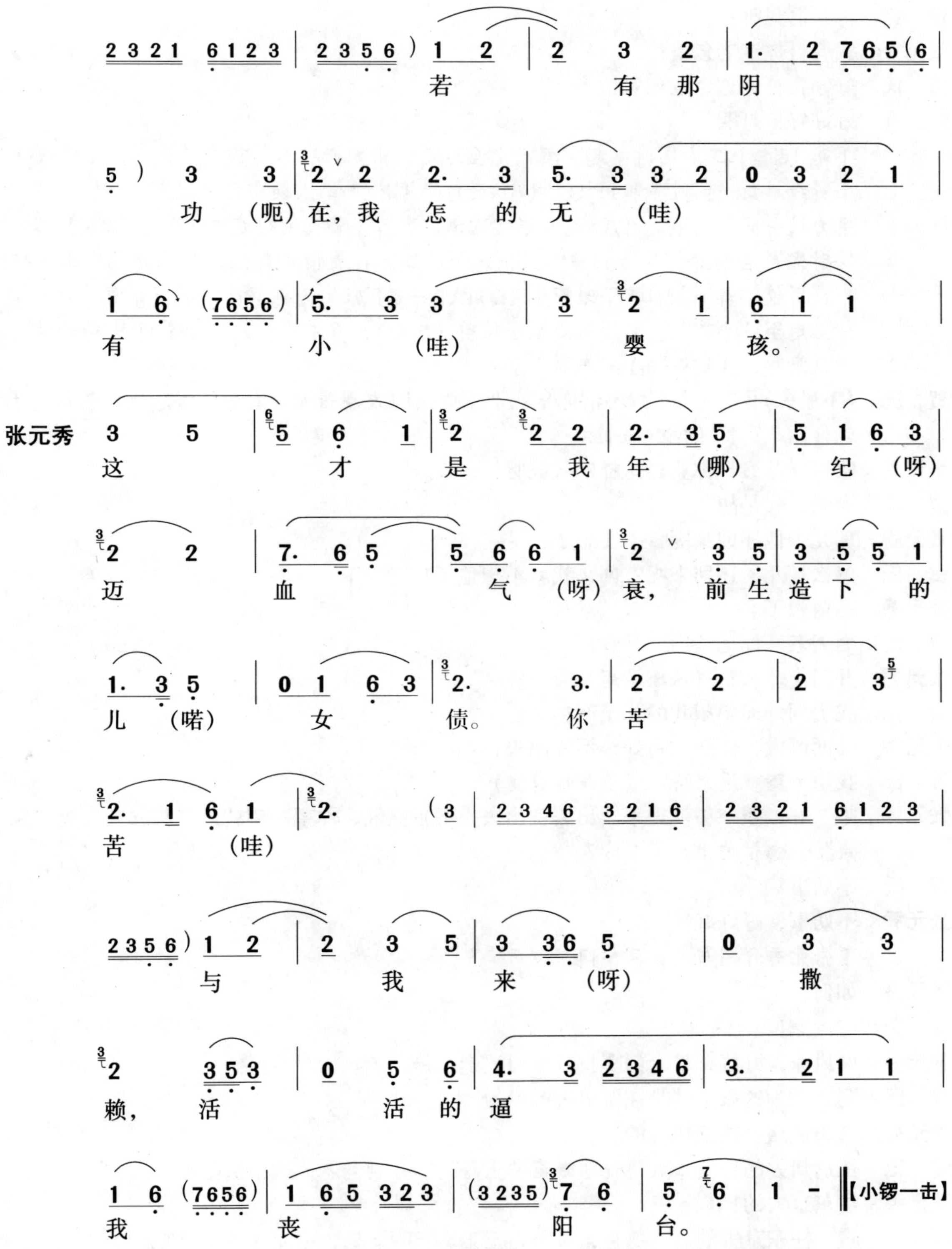

贺　氏　哈哈！我把你这老天杀的，动不动就拿死来吓我！难道我这条老命，就死不过你吗？

张元秀　啊，我这条老命还拼不过你吗？

贺　氏　我死不过你吗？

张元秀　哈哈，你是气我呀！

贺　氏　你是怄我呀！

张元秀　我要打你这老乞婆！

贺　氏　好，我打你这个老乞丐！

张元秀　好好好！打啊！

〔起**【乱锤】**二人同时站起。贺氏走至台前，张元秀在原处往左转身，二人站成一个斜线对角，同时举起拐杖。**（八大仓）**接**【撕边】**二人同向台中蹉步，举杖对打，用力过猛同时倒地，**（八大仓）**张元秀倒向台前，贺氏倒在后边。再起**【乱锤】**二人同时颤抖着起身，后背相撞，又倒地下。二人再慢慢地起来，张元秀见贺氏又打来，用杖“盖下”。接下来四个**【撕边大锣一击】**张元秀打贺氏四下，并由“大边”往里走至“小边”。张元秀走至座位前**（八大仓）**双手抱杖，起**【撕边】**眼神转动，定位眼神，**【大锣一击】**“气椅”。

贺　氏　（不服的）我叫你打！我不信你拿死来吓唬我！（发现张元秀真的气闭急喊）老老，老老你回来呀！**【小锣一击】**

张元秀　唔！（苏醒）你竟是这样的气我呀！

贺　氏　老老，我是想儿子呀！

张元秀　那儿子他还回来呢，不要想了！

贺　氏　怎么！儿子还回来呢？回来我就不想他了！（坐下）

张元秀　不要想了。

贺　氏　啊老老，你把这门儿开开！

张元秀　开门作什么？（从座站起）

贺　氏　我去到外面望望我的儿子啊！

张元秀　外面风大，你病体将好，不要出去！

贺　氏　我望一望就进来呀。（急躁地口吻）

张元秀　哦，好，望一望就进来。出去就出去，不犯怄气，你望一望就进来！（开门起“风声”，急忙关上）怎么样？

贺　氏　不妨事！

张元秀　不妨事，好好好！

〔张元秀开门与贺氏同出门，“风声”。

张元秀　如何？

贺　氏　好风凉！

张元秀　好风凉，好好，带上门哪！（带门）走、走、走。

贺　氏　啊老老，这条道路是往哪里去的？

张元秀　这条道路？往荆州去的！

贺　氏　往荆州去的！（二人随说随走至“上场门”）啊老老，这条道路呢？

张元秀　往东京去的！

贺　氏　哦，往东京去的。（随说，二人走至正场）啊老老，中间这条道路呢？

张元秀　中间这条道路么?！**【撕边大锣一击】**

〔张元秀看到前面正是通往清风亭的路程，抑制着心中的悲伤，低头无语，他是想避开这无意中走到的地方，没想到老伴这样的追问。这句台词要突然提高声音，加速节奏，“么”字的声音再提高，拖长，随后**【撕边大锣一击】**以厌恶的口吻说出下面的台词。

这就是往清风亭去的！

贺　氏　哦，这就是往清风亭去的？啊老老，当初你我的儿子继保可是打这条路上走的呀？

张元秀　正是。

贺　氏　你我要叫他呀！

张元秀　叫啊！

贺　氏　叫啊！

二人同　叫啊！【冲头】【叫头】

张元秀　张继保！

贺　氏　小娇儿！【大锣五击头】

张元秀　儿打此路而去。【小锣二击】

贺　氏　怎不打此路而回？【小锣二击】

张元秀　为父的在此望你！【撕边大锣一击】

贺　氏　为娘的在此想儿！【叫头】

〔两次【叫头】二人同时抓衣袖，张抬右手，贺抬左手，对称。

张元秀　张继保！

贺　氏　小娇儿！【撕边空匡】

二人同　唉！儿啊——！（哭）

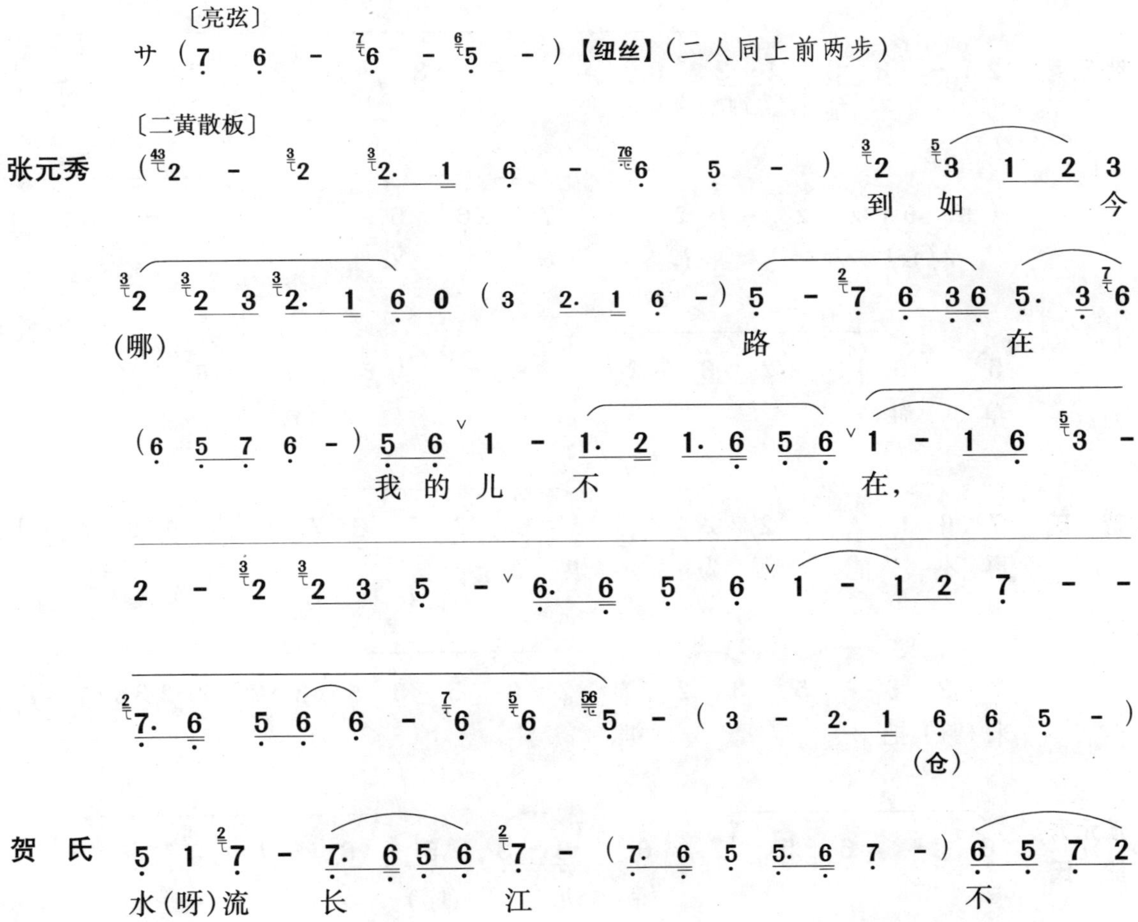

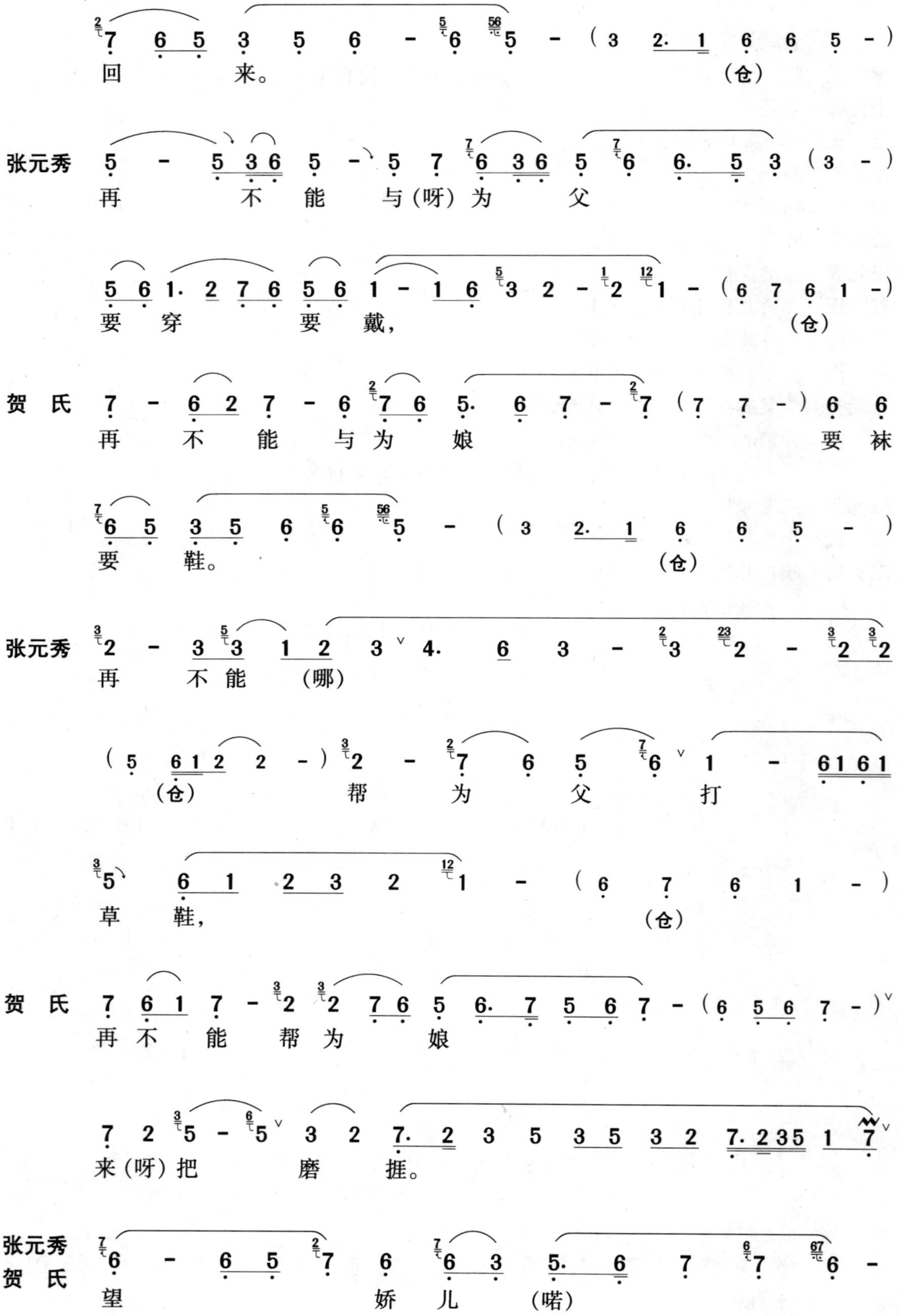
回 来。 (仓)
张元秀
再 不 能 与(呀)为 父
要 穿 要 戴, (仓)
贺 氏
再 不 能 与 为 娘 要 袜
要 鞋。 (仓)
张元秀
再 不 能 (哪)
(仓) 帮 为 父 打
草 鞋, (仓)
贺 氏
再 不 能 帮 为 娘
来(呀)把 磨 捱。
张元秀
贺 氏
望 娇 儿 (喏)

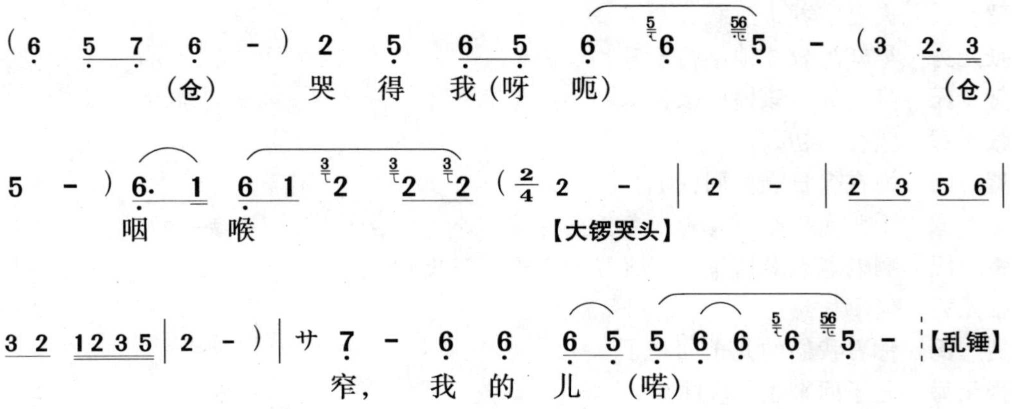

〔贺氏晕倒，张元秀急用右手抱住。【撕边】

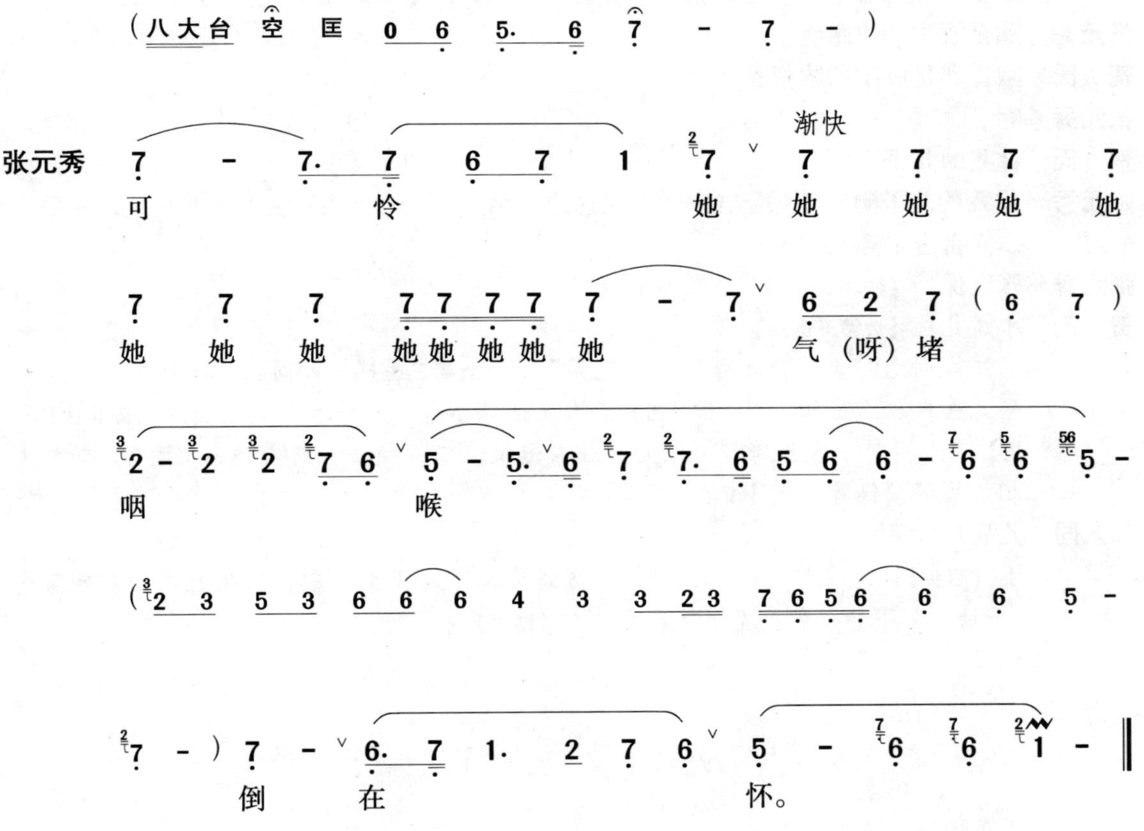

张元秀 妈妈，妈妈！【小锣一击】（贺氏苏醒哭出声来）妈妈，怎么样了？

贺 氏 我是想儿子啊！

张元秀 儿子是人家的，不要想他了。

贺 氏 儿子是人家的，我就不想他了。

张元秀 天时不早回去吧！

贺 氏 回去吧！

张元秀 唉！周梁桥下一婴孩，

（张元秀拉贺氏，随念随走圆场）

贺　氏　夫妻空养十三载。
张元秀　早知那奴才他不行孝哇，
贺　氏　当初你不该捡回来！
张元秀　错在当初，
贺　氏　悔在今日啊。回去吧！
「张元秀往下场走，贺氏回身往“小边”台前看。**【小锣一击】**
贺　氏　啊老老老老这里来！（张元秀走近贺氏）
张元秀　何事！
贺　氏　你看我们的儿子回来了。
张元秀　儿子回来了，在哪里？
贺　氏　在那里。
「张元秀用右手擦眼睛，张望着贺氏指的方向，**【小锣一击】**失望地劝贺氏。
张元秀　那是放牛的牧童啊！
贺　氏　哦，那是放牛的牧童？
张元秀　啊。
贺　氏　你我的儿子呢？
张元秀　你我的儿子啊？**【撕边大锣一击】**在这边厢啊！（**【快冲头】**右手拉着贺氏的左手，二人由台中走至“大边”）
张元秀　张继保！**【快冲头】**（二人横步走至“小边”）
贺　氏　小娇儿！**【大锣五击头】**
「二人同退一步。张元秀往左“甩髯”，**【大锣三击】**二人同往“大边”三跨步。张元秀再往右甩髯，**【大锣三击】**二人又往“小边”三跨步。接着三个**【撕边大锣一击】**二人同时左右三跨步，张元秀往右甩髯，二人挽手，随着锣鼓（**顷仓**）向外亮相，头部颤抖着，起**【撕边】**。
二人同　儿啊！（哭）
「**【回头】**贺氏往前上一步，仍向前方眺望，不愿离去。张元秀扯她不动。转身向“下场门”下场。贺氏见老伴已走，在**【撤锣】**中下场。

第十二场

「正场桌，“八字”椅。
「薛荣、周桂英**【小锣打上】**至台前。
薛　荣　堂前悬灯结彩，
周桂英　必有喜事报来。（二人坐八字）
「薛禄内白：“报！”**【小锣五击】**上，进门。
薛　禄　少爷得中回来啦！（站在“大边”念）
薛　荣　叫他进来。
薛　禄　是，有请！
「奏唢呐曲牌<小傍妆台>四青袍、门子、张继保上，四青袍下、门子下。张继保进门，站在“小边”曲牌止。

张继保 爹娘请上，受孩儿大礼参拜！

薛　荣
周桂英 不必拜了。

张继保 哪有不拜之理，爹娘在上，受儿一拜。

〔再奏<小傍妆台>走至台中跪拜，起身回原位，曲牌止。

薛　荣 儿啊，少年登科，可喜可贺。

张继保 爹娘训教。孩儿奉旨回往原郡祭祖，即刻登程。爹娘还有何吩咐？

薛　荣 儿啊，就该将张氏二老接进京来才是。

张继保 孩儿前堂有父，后堂有母，岂肯相认他们。

薛　荣 嗯！忘恩负义，岂有此理！

周桂英 老爷请到后面歇息，妾身自有道理。**【大锣五击头】**（薛荣下）

周桂英 儿啊，这有血书在此，认也在你，不认也在你！

张继保 孩儿遵命。

〔**【冲头】**周桂英下。四青袍、门子“两边”上，张继保站台中。

【叫头】哎呀且住！想我身为状元，岂能认那两个老乞丐，去到那里再作道理。带马！

四青袍 啊！

〔**【大锣原场】**青袍带马，张继保出门，上马，四青袍“插门”下，张继保骑马随下。

第十三场

〔**【小锣抽头】**张元秀，贺氏“上场门”上，至台前。

〔二黄摇板〕

张元秀 （过门同前）1 3 2 2 3 2 2 1 2 1 65（6 5 6 7 6 1 1）
年　老　　无儿实可　　惨，

贺　氏 2 2 1 2 1 2 3 2 2 1 6 1 2 -（2 5 6 1 2 -）‖（坐在地上）
左也难　来　　右也　难。

张元秀 怎么样了？怎么样了？

贺　氏 我的两足疼痛，腹中又饥饿，头也发起昏来了！

张元秀 哎呀！这便如何是好啊！（往前望）**【小锣一击】**啊妈妈，你看前面有一大户人家，我去讨要些残茶剩饭与你充饥，你看如何哇？

贺　氏 我也前去。

张元秀 你也去？好，走啊！**【小锣凤点头】**

（过门同前）3 2 2 1 3 2 2 1 2 1. 6 1 -（6 5 6 7 6 1 1）
屋漏　　又遭连阴雨　　（呀），

渐慢

贺 氏 2 ³2 1 2 3 3 ᵛ 2 1 6 1 ³2 － （2 5 6 1 2 －）‖
行 船 又 遇 顶 头 风。

（二人随唱随走一个小圆场，无意中又来到了清风亭）

张元秀 到了，到了，上来，上来。【小锣一击】（二人进亭，张元秀站“大边”，贺氏站“小边”）我当是什么大户人家，偏偏又来在这个讨厌的亭子上啊！

贺 氏 好大一座庙啊！

张元秀 这不是庙！

贺 氏 是什么？

张元秀 这就是清风亭！【撕边大锣一击】

贺 氏 哦！（震惊地）这就是清风亭？

张元秀 正是。

贺 氏 你我的儿子继保，可是打此亭上走的吗？

张元秀 正是。

贺 氏 不叫它清风亭。

张元秀 叫它什么？

贺 氏 改作望儿亭。

张元秀 也不是望儿亭！

贺 氏 叫它什么？

张元秀 这叫断肠亭啊！【冲头，叫头】张继保！

贺 氏 小娇儿！

张元秀、贺 氏 哎！儿啊！（哭）【大锣纽丝】（二人同上前两步）

〔二黄散板〕

张元秀 （过门同前）サ ³2 3 3 ³2 1 1 － 6 1 ³2 ³2 ²1 － （5 6 7 6 1 －）
到 如 今 亭 在 我 的 儿 不 在， （仓）

贺 氏 2 ³2 7 6 5 6 5 6 7 － 6 6 5 3 5 6 ⁵6 ⁵⁶5 －（3 2 1 6 6 5 －）
怎 不 叫 娘 痛 伤 怀。 （仓）

张元秀 ³2 1 2 4· 6 3 ³3 ²³2 － （5 6 1 2 －）
张 继（呀）保， （仓）

贺 氏 サ 7 6 2 5 6 7 6 ⁵⁶5 － （3 2 1 6 6 5 －）
小 娇 儿（啱）， （空 － 匡）

张元秀 3 1 ³2 －（2 2 2 3 2161 2 －）7 6 7 ⁶7 － ³2 ⁶⁷6 － 【大锣凤点头】
今 何 【大锣哭头】 在，

张元秀
贺　氏　（过门同前）7 6 2 7 5 5 6 7 - 7 6 7 2 7 6 6 7 6 1 -【大锣住头】‖
我二　老死后　谁　人　葬　埋。

〔二人坐“下场门”倒椅，背靠背。周小哥“上场门”喊着上，站“小边”台前。

周小哥　闪开点，闪开点，状元老爷要来了。别挤，别挤，靠后点，靠后点。真有会找地方的，坐这儿！（看）怎么像张伯伯啊？我叫他一声。我说那边坐着的是张伯伯吗？张伯伯！

贺　氏　啊老老，外面有人唤你呢？

张元秀　什么？

贺　氏　外面有人唤你呢？

张元秀　有人唤我？（出亭，走近周小哥）

周小哥　张伯伯，张伯伯，您好啊！

张元秀　好好好，你是何人呀？

周小哥　您连我都不认识啦？我是周小哥啊！

张元秀　啊，你是周小哥？

周小哥　可不是我吗！

张元秀　为何这身荣耀啊？

周小哥　您不知道，我呀当了咱们这个的地方啦！

张元秀　哦！当了地方啊，恭喜贺喜！

周小哥　您瞧着也喜欢哪。我说张伯伯，您怎么混成这样儿了？

张元秀　唉，再不要提起，自从你继保兄弟逃奔在外，是我二老朝思暮想，生意懒做，怄成疾病，落得乞讨之中了啊…… （哭）

周小哥　我继保兄弟跑了，张伯伯，我听人家说这个新科状元可像我继保兄弟！

张元秀　哦！

〔贺氏站起，走至周小哥身后突然抱住。

贺　氏　儿子来了！儿子来了！

周小哥　（吃惊的）这怎么回事？撒开，撒开。

张元秀　这是周小哥，不是你我的儿子啊！

贺　氏　怎么，他不是你我的儿子？我说他不像呢。（回原处）

周小哥　不像，不像吧！

张元秀　你不要见怪于她。想那张继保丧尽天良，未必有此孝行吧？

周小哥　状元老爷是奉旨回家祭祖，待会儿就在清风亭打坐，您何不认认呢？

张元秀　少时人烟稠密，我偌大年纪挨挤不上啊！

周小哥　您怎么忘啦，我是这儿的地方，我在头里轰赶闲人，您跟着我就进去了。

张元秀　有理。周小哥，儿子若是将我认下，我一定请你吃酒啊！

周小哥　那我一定扰您。这块地方您可不能呆了，状元公一会儿就来，您先躲躲，我有事，咱们回头见。（“下场门”下）

张元秀　这就好了，这就好了！（随念随挖至“大边”，贺氏走至“小边”）哈哈……（大笑）【小锣一击】

贺　氏　老老，你笑什么？

张元秀　我笑什么？你我的儿子得中了头名状元，喏，我就是太老爷了！

贺　氏　你是太老爷，啊老老，我呢？

张元秀　太夫人哪！

贺　氏　我是太夫人，好个太夫人的样儿啊！

张元秀　你我来成样，成样！

贺　氏　成样，成样！

张元秀　那旁来的敢是太夫人？

贺　氏　不敢，不敢，那旁来的是太老爷？

张元秀　岂敢，岂敢，太夫人请！

贺　氏　太老爷请！

张元秀　不，不不，太夫人请！

贺　氏　太老爷请，儿子是你捡来的。

张元秀　总是你恩养大的。

贺　氏　俱是一样！

张元秀　俱是一样，你我夫妻挽手而行哪哈哈哈……（同笑，二人挽手下）**【小锣打下】**

第十四场

〔**【撤锣】**奏唢呐曲牌<急三枪>接<小傍妆台>四青袍、门子、张继保上，“一条鞭”，下马。周小哥“下场门”上迎接，四青袍“挖门”，张继保进亭，入“大座”，曲牌止。

张继保　来，传地方。

门　子　是，地方来见。

周小哥　来了！（进亭）伺候状元老爷！

张继保　状元公在此打坐，不许闲杂人等乱出乱入！

周小哥　是。（出亭）哟！这二老怎么还不来呀？

〔张元秀挽着贺氏上。

张元秀　走，走，走！

周小哥　太老爷，太夫人您来了。（施礼）

张元秀　罢了，罢了。

周小哥　状元老爷都入了坐了！

张元秀　哦，状元老爷入了坐了？

周小哥　您看看是不是？

张元秀　待我看来。（往里看张继保）不错，是的。

周小哥　是吧！（回头向“下场门”）伙计们，预备两乘大轿，要槟榔木的轿杆，灰鼠里子。

张元秀　慢来，慢来，两乘小轿也就是了，我儿子没有钱哪。

周小哥　这点小意思，我孝敬您了。

张元秀　周小哥是能办事的很哪！

周小哥 您夸奖啦！

张元秀 妈妈，你在此等候，我去认来！（欲走）

贺　氏 啊老老，儿子若是将你认下，你可不要忘了我啊！

张元秀 啊妈妈，常言道得好，少是夫妻老是伴。我焉能忘得了你呀，哈哈哈！（笑）

〔张元秀念到“你”字时，以右肘碰一下贺氏的左臂，示意她不要不放心，言语和动作都是在打趣。然后进亭至“大边”。

儿啊，为父的到了，下位迎接为父啊！

张继保 哦，义父到了，待我下位相认。（起立欲下位）

四青袍 哦——（堂威）**【撕边大锣一击】**

张继保 （寻思，仍坐）嗯！（作威）这一老乞丐，你姓什么？

张元秀 我……

周小哥 忘啦！

张元秀 我姓张。

张继保 这就不对了，你姓张，我姓薛，怎么是你的儿子？

张元秀 儿啊，恩父义子，原是不同姓的！

张继保 有何为证？

张元秀 有血书为证。

张继保 拿来我看。

张元秀 哦？那血书被你那亲娘，就在这亭子上面抢了去了啊！

张继保 嘟！**【大锣五击】**胆大老乞丐，竟敢冒认官亲，左右，轰了下去！（张元秀愣住）

四青袍 下去！

周小哥 怎么着，不认？伙计们，大轿听信儿啊。（下）

张元秀 吾儿暂息雷霆之怒，（此句词拖长音）**【撕边】**

〔接击**【撕边】**四青袍“哦——”（堂威）**【大锣一击】**

张元秀 两旁撤去虎狼之威，听我这老乞丐啊，**【大锣一击】**唉！一言诉禀啊！（哭）**【大锣纽丝】**

〔二黄散板〕

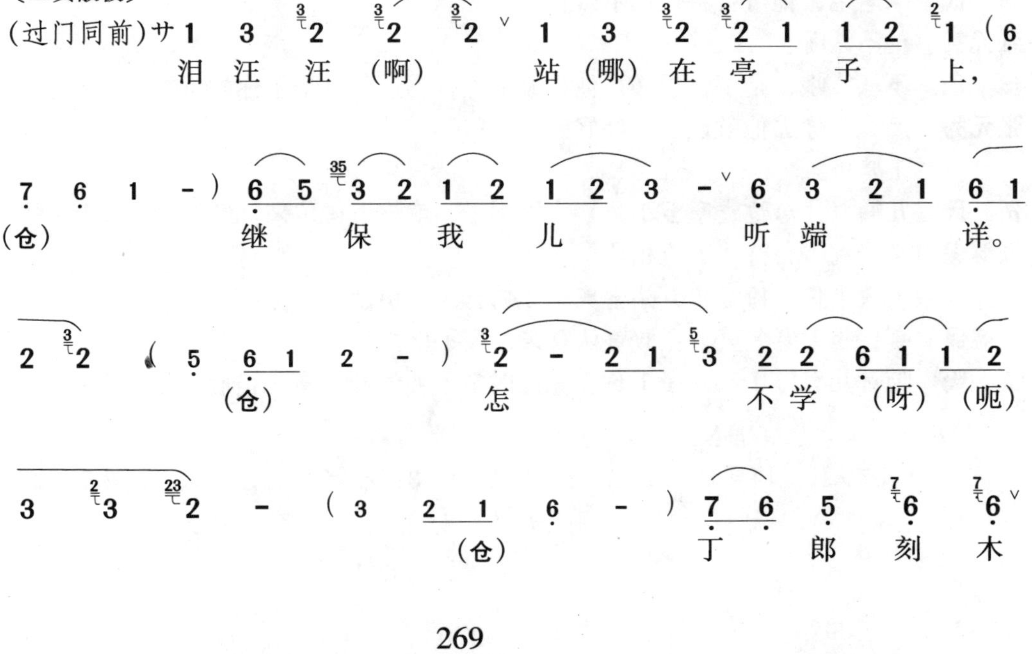

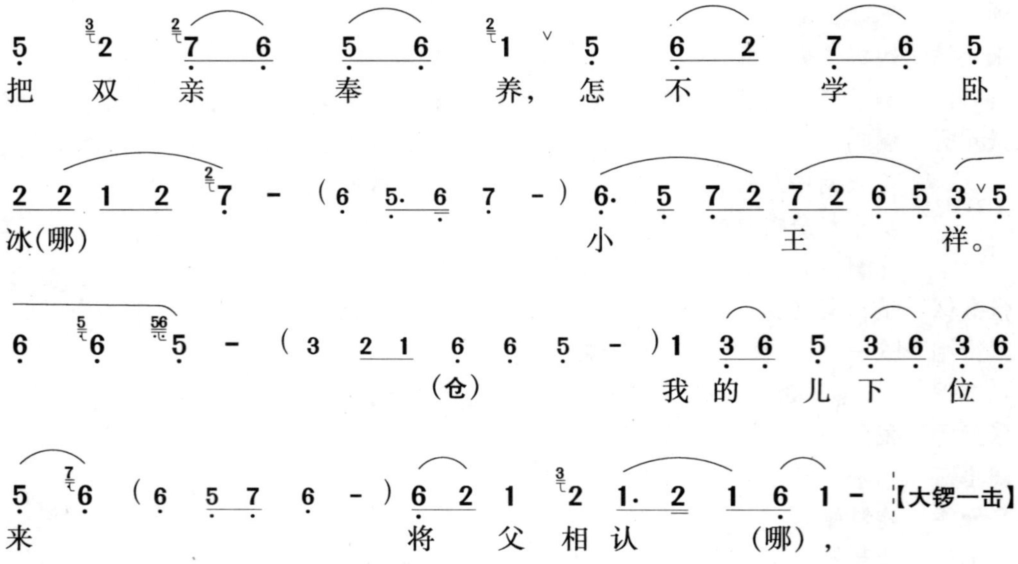

张继保 赶了下去！

〔【乱锤】张元秀后退。

张元秀 【大锣凤点头】(过门同前)

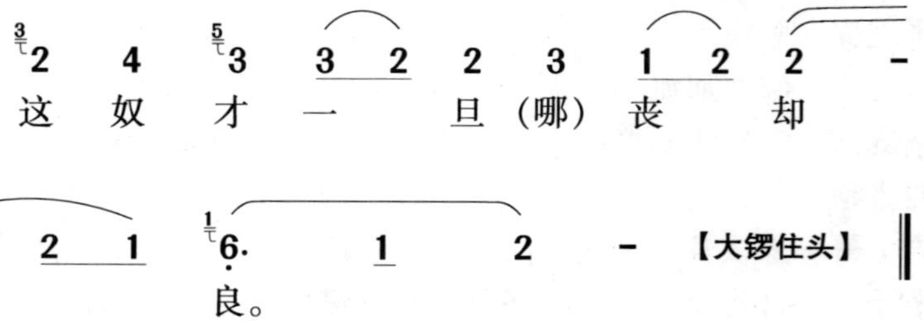

(边唱边走出亭，至台前“小边”)

不认！不认就罢，总要你认！(与贺氏碰面)

贺　氏 啊老老，他可曾将你认下呀？

张元秀 他不认哪！

贺　氏 不认？哦，是了，想必是他在家中你打骂过他，记了你的仇了，我去他就认了！

张元秀 怎么，你去他就认了？好好好。

〔暗下。

贺　氏 儿啊(边念边进亭至小边)为娘到了，就该下得位来，迎接为娘才是！

张继保 义母到了，待我下位相认。

〔欲下位，四青袍，喊堂威。【撕边大锣一击】

张继保 嘟！胆大老乞婆，竟敢冒认官亲，轰了出去！

贺　氏 哎呀儿啊！【大锣一击】你在家的时节不要说起，自你走后，为娘啊——

〔二黄散板〕

【凤点头】(过门同前)

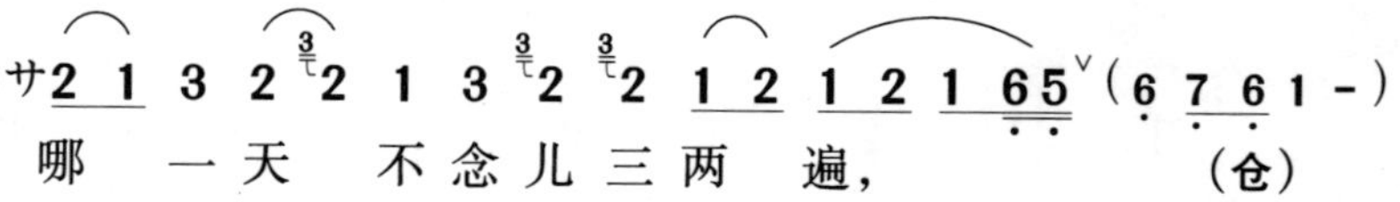

2 1 2 3 1 2 3 3 3 2 2 1 6 1 2 ^{3}2 （5 6 1 2 －）
哪一 天不 哭儿到五更 寒。 （仓）

7 6 2 7 6 5 3 6 5 ^{7}6 $^{\vee}$6 2 1 2 1. 2 1. 6 1 － 【大锣一击】
我的 儿 下 位 将 娘相认 （哪），

张继保 赶了下去！

〔【乱锤】贺氏后退。

贺　氏 【大锣凤点头】（过门同前）2 5 3 3 2 2 3 3 － $^{\vee}$3 2 1 6 1 ^{3}2 －【大锣住头】‖
这奴才一 旦（哪） 丧 了 天。

〔张元秀上。

不认哪！好，不认就罢！总是要你这个奴才相认。连我他也不认了！

〔边念边走出亭，见张元秀。

张元秀 妈妈，儿子可曾将你认下？

贺　氏 他也是不认哪！

张元秀 你也不认？走！

贺　氏 哪里去？

张元秀 回去讨饭去！

贺　氏 啊老老，依我之见，你我二老到亭子里面，百般的哀告于他，倘若将我二老认下也未可知。

张元秀 再若不认呢？

贺　氏 再若不认哪，你我就屈他一膝！

张元秀 哦！（以最高的强音念出，这种念法也称“混合音”）【撕边急刹住锣一击】怎么，还要屈他他他他一膝？【大锣一击】

贺　氏 跪跪何妨啊！

张元秀 唉！这也是我无儿子的下场头啊！【冲头】（二人进亭，张元秀站“大边”，贺氏站“小边”）【叫头】

张元秀 儿子老爷！

贺　氏 儿子状元！【大锣住头】

张元秀 从今以后，莫把我二老当作恩父恩母。【小锣二击】

贺　氏 全当做使奴丫环！【小锣三击】

张元秀 吃不了的残羹剩饭，【小锣二击】

贺　氏 赏我二老一碗半碗。【小锣三击】

张元秀 穿不了的破衣烂衫，【小锣二击】

贺　氏 赏我二老遮寒。【撕边大锣一击】

张元秀 你可曾听见哪？【大锣一击】

贺　氏 你可晓得呀？【大锣一击】（张继保稍侧身，故作未听见）

张元秀 他不认哪。

贺　氏　不认，你我就跪他呀！
张元秀　**【大锣一击】**怎么，跪？
贺　氏　跪！
二人同　跪啊！
　　　「**【乱锤】**二人向张继保跪下。

〔二黄哭板〕
张元秀　**【快纽丝】**（过门同前）サ 2　1 2　1　2　^{3}2　－（2　－）
　　　求　老　　爷　　　　　　（仓）

贺　氏　7 6　5　7　7 6　^{56}5　（5　－）
　　　发　　善　心（哪），　　（空 匡）

张元秀
贺　氏　6 2　1　3　^{3}2（2　2　2 5　6 1　2 －）^{2}1　－ **【快扫头】**
　　　将　　我　相（啊）**【大锣哭头】**　　　　认。

门　子　看他二老哭得可怜，请老爷周济他们。
张继保　看在你的份上，这有二百铜钱赏与他们。（在桌上拿两串钱交门子）
门　子　老头儿起来。（站“大边”台前）
张元秀　啊？
门　子　有了赏了。
张元秀　有了赏了。（颤抖起身）赏了什么？
门　子　二百铜钱。
张元秀　**【撕边大锣一击】**（深感意外）二百铜钱是赏与我的吗？
门　子　正是。
张元秀　好。拿来！
　　　「右手抖动着接过钱。睁大两只迷惘的昏花老眼，用力盯在铜钱上，由伤心绝望转而气愤得浑身发抖，抓住手中的拐杖支撑住自己不住抖动和时时都要倒下来的身躯，迈动颤巍巍的双脚，转身招呼一旁的老伴。
　　　妈妈！起来，起来。
贺　氏　他不认，我是不起来的！
张元秀　有了赏了。
贺　氏　有了赏了，有了赏也是好的。（起来走近张元秀）老老，赏了多少银子？
张元秀　多少银子？二百铜钱！**【撕边大锣一击】**
贺　氏　二百铜钱！（加重声音）
张元秀　二百铜钱不少哇！
贺　氏　好，拿来，（左手接过钱，寻思）啊老老，这里来，他呀不是你我的儿子。
张元秀　你我的儿子呢？
贺　氏　你到亭子外面去找吧！（故意把张元秀支开）
张元秀　好好好，我去找儿子去了啊！

（念到“了”字时，把手中的拐杖轻轻提起，然后用力向地一杵，急走出亭下场）

［【快冲头】贺氏出亭一望，再进亭至“小边”。

贺　氏　【叫头】张继保，小奴才！可记得我二老打豆腐卖草鞋，恩养你一十三载，到如今儿身做高官，不认我二老，还则罢了，怎么，反赏了我二老二百铜钱，这二百铜钱，一十三载，够儿吃的？够儿喝的？够儿攻书的纸笔墨砚钱吗？这钱我不要，赏与你奴才打棺材钉吧！

［【撕边大锣一击】贺氏向前，青袍一轰，贺氏倒地。【乱锤】贺氏起身怒指张继保，然后拍自己的心田，再向外呼喊。

贺　氏　老老，老老！

（进亭，看“小边”亭柱，双手指亭柱后退。两个【撕边大锣一击】双手扬水袖【撕边】向前蹉步，双手抱亭柱（崩登仓）碰头，两个【软四击头】左右搠步。（崩登仓）、【撕边大锣一击】，“僵尸”倒地。门子把钱放在贺氏的胸间）

［张元秀“下场门”上。张元秀的这次上场没有任何锣鼓，是毫无声响的静场。

张元秀　（平静地）亭子外面哪有儿子呀？分明她又哀告那奴才去了。（边念边走进亭内）妈妈，他不认你也是枉然啊！天不早了，回去吧！（无应声，有点恍忽）妈妈！（感到事情不好，高声叫）妈妈！【撕边大锣一击】（看到贺氏的尸体）啊！【撕边】（头部颤抖。在锣鼓（八大仓）中扔拐杖，甩罗帽，僵尸倒地。起【乱锤】起身，双手抓水袖，跪蹉步，锣鼓打几个（八大仓），奔向贺氏的尸体，【乱锤】中，以手试探贺氏的呼吸，知其已死，右手在贺氏身上拿起两串铜钱。【原场】站起身，步履艰难地站到“大边”。【大锣归位】，左手抖袖站定）

张元秀　（念）可叹世人心太偏，（节奏平稳舒展）

有钱无子也枉然。【小锣二击】（“子”字扬起，“然”字略长，用“擞音”下滑收音）

是我无子又无钱，

抚养此子接香烟。【小锣三击】（“烟”字比“香”略拖长收音）

身荣不把义父认，（强调“不把”二字）

逼死恩母在亭前。（哭）【小锣二击】（“母”字提高，“亭”字悲音，“前”字哭出声。）

辛苦抚养十三载，（强调“抚养”二字，“十三载”要一字一板的念出）

这报恩——（节奏加快，“恩”字急收）（八大仓）（把钱交给左手，右手指着左手拿着的钱）只得二百钱。【冲头】（左手把钱交到右手上，往里甩髯，搠步，拿着钱指张继保）

【叫头】张继保啊，小奴才！【大锣五击】儿不记得当日儿不满一月的血娃，在那周梁桥下啼哭，看看冻饿而死，是为父将儿抱回家去，抚养一十三载，送到学中攻书。指望我二老到老有靠，谁知你这奴才人大心大不听教训，逃奔在外。如今做官回来，就该好端端的将我二老认下方是正理。儿可知生身父母在一边，养身父母大如天。（“天”字延长收音）【大锣住头】是我二老百般的哀告于你，你才赏了我二老二百铜钱。这二百铜钱一十三载，够儿吃的？够儿穿的？够儿攻书纸笔墨砚钱？【大锣住头】这二百铜钱为父的不要，我赏与你这奴才（小停顿）打棺材去啊！（“啊”字延长结束）

〔【撕边大锣一击】张元秀把铜钱摔在桌上，张继保挥手示意，四青袍用红门旗阻拦，张元秀后退倒地。【乱锤】慢慢爬起，右腿跪地面向外，眼望“大边”的亭柱（假设），顿足，双手抓袖在三个（八大仓）中走向亭柱，双手抱柱一碰。【撕边大锣一击】双手抱头，抬左腿，单腿后退昏倒。【乱锤】慢起，左手扶头部走至柱前，双手上下翻水袖打髯，后退至中场。双手托髯顿足，口衔髯，双手抓袖，在三个（八大仓）中顿足前行，双手抱柱用力一碰。两个【软四击头】左右踋步。（崩登仓）双袖下垂。【撕边大锣一击】“僵尸”倒地而死。

门　子　启禀老爷，看他二老死得可怜，赏他二老两口棺木吧！

张继保　但凭于你。左右！

青　袍　有。

张继保　带马回府！

〔【原场】张继保出亭，上马，青袍“插门”，门子、张继保下。奏唢呐曲牌<尾声>后半段。

——剧　终